S.T.Hiung.

伦敦Peter Davies出版社1943年版《天桥》书影

天桥

熊式一 著

外语教学与研究出版社
北 京

图书在版编目（CIP）数据

天桥／熊式一著. — 北京：外语教学与研究出版社，2012.7
ISBN 978-7-5135-2332-5

I. ①天… II. ①熊… III. ①讽刺小说—中国—当代 IV. ①I247.5

中国版本图书馆 CIP 数据核字（2012）第 178244 号

出 版 人: 蔡剑峰
策划编辑: 吴　浩　邓晓菁
责任编辑: 赵雅茹
执行编辑: 方宇荣
装帧设计: 赵　欣
出版发行: 外语教学与研究出版社
社　　址: 北京市西三环北路 19 号（100089）
网　　址: http://www.fltrp.com
印　　刷: 中国农业出版社印刷厂
开　　本: 650×980　1/16
印　　张: 21.5
版　　次: 2012 年 8 月第 1 版　2012 年 8 月第 1 次印刷
书　　号: ISBN 978-7-5135-2332-5
定　　价: 39.00 元

* 　 * 　 *

购书咨询: (010)88819929　电子邮箱: club@fltrp.com
如有印刷、装订质量问题，请与出版社联系
联系电话: (010)61207896　电子邮箱: zhijian@fltrp.com
制售盗版必究　举报查实奖励
版权保护办公室举报电话: (010)88817519
物料号: 223320001

读《天桥》有感[*]

（英）约翰·梅斯菲尔德

屠岸　译

李大同，还是个男孩，
他满心是安恬，愉快，
只想在绿草庭院内
种植李树或白玫瑰，

这就能在春天，六月，
让天上的明灯——满月
在洁白透明的时光
替"人"把白花照亮，

这样，寻访者就会
低语："她会不会说起
这奇事？她会不会许愿
要消除我们的苦难？
她能不能从绿叶枝头
下降，做我们的王后——
我们的救星？噤声！
瞧她下来了……她能。"

他长大以后，在宽广
寥阔的中国土地上，
找不到任何僻壤——
可用来种树的地方。
相反，有钢铁的志愿
要学会砍伐、斩断
那乱成一团的野草——
它阻挡我们的需要。

今天，"人"的青春，
四月，没五月紧跟，
五月，后面没六月，
夜里，缺失了明月。
受挫生命中有希冀
在未灭的美质中奋起，
以闪烁的光芒突破
种种谬误的黑涡。
那千百万支光焰
把一切耻辱烧成烟！
李大同准定能觅得
他心灵安宁的寓所；
盛开的李树将绽放
白花像雪花般飘扬，
上面有宁静的月亮
在静海一般的天上。

[*] 本诗为英国桂冠诗人梅斯菲尔德（John Masefield）为本书所写代序诗。

1942年10月15日作
2012年5月30日译

On reading
The Bridge of Heaven

To Ta Tung, as a boy,
This hope gave gentle joy,
To plant, in some green close,
A plum-tree or white rose,

That, so, in Spring or June
The lamp of the full Moon
Might show to Man the flower
White, in its whitest hour,

That, those who came to seek,
Would whisper: "Will she speak
This Wonder? Will she bless
Our woes to nothingness?
Will she descend the green
Sweet sprays, and be our Queen?
Our Saviour Queen? O, still...
She moves... She will."

Then, growing-up, be found
No garden-close, no ground,
In all wide China's space
To be a planting-place.
Instead, an iron will
To learn to kill, and kill,
The tangle of the weeds
That thwart men's needs.

Thus is Man's youth today,
An April without May,
A May without a June,
Night without Moon.
But Hope from thwarted lives
In unquenched beauty strives
Slowly its glimmer breaks
The darkness of mistakes.
So many million flames
Will burn away the shames;
Ta Tung will surely find
His plot of Peace of Mind;
His blossomed plum will lift
White as the snow in drift,
Under a Moon of Peace
In skies like the still seas.

John Masefield
October 15th, 1942

大陆版序

关于熊式一《天桥》的断想

一

综观20世纪中国文学史，至少有三位作家的双语写作值得大书特书。一是林语堂（1895—1976），二是蒋彝（1903—1977），三就是本书的作者熊式一（1902—1991）。

这三位同时代人，不仅在中文文坛占有一席之地，更在生前就用自己的英文创作走向了世界。林语堂以散文集《吾国吾民》、长篇小说《京华烟云》、《红牡丹》等风靡欧美，蒋彝以图文并茂的散文集《湖区画记》、《牛津画记》等"哑行者"系列游记享誉欧美，而熊式一则以话剧《王宝川》①和长篇小说《天桥》等赢得广大欧美读者的喜爱。

然而，与林语堂的中英文著作早已大量出版、与蒋彝的"哑行者"系列等正陆续刊行相比，熊式一作品的出版和研究就严重滞后了②。

二

严格地讲，虽然自20世纪20年代末起已在《小说日报》、《新月》等大牌新文学杂志上发表过译作③，并且还得到过郑振铎、徐志摩等新文学大家的肯定，熊式一在远赴英伦之前，毕竟在中国只是小有文

---

① 该剧由中国传统京剧《红鬃烈马》中王宝钏与薛平贵的故事改写翻译而来，英文名为 *Lady Precious Stream*。
② 迄今内地出版的熊式一著作仅有二种：《王宝川》（中英对照），北京：商务印书馆，2006年；散文集《八十回忆》（陈子善编选），北京：海豚出版社，2010年。
③ 自1930年10月第21卷第10号发表英国巴蕾的《半个钟头》和《七位女客》两个剧本起，《小说月报》陆续刊登了不少熊式一的译作；熊式一还在1931年《新月》第3卷第11、12期连载萧伯纳的《"人与超人"的梦境》译作。

名。直到1932年底远涉重洋到英国深造，他的文学生涯才展现了真正的多彩多姿。

熊式一的英文处女作——话剧《王宝川》，1934年夏由英国麦勋书局出版，大概他自己也没有想到，竟然一炮走红，好评如潮，奠定了他在英美文坛的地位。

同年冬天，熊式一又亲自执导，把《王宝川》搬上英伦舞台，更是雅俗共赏，久演不衰。不久，瑞士、爱尔兰、德国及欧洲其他国家相继上演《王宝川》。次年秋，《王宝川》又移师纽约百老汇，美国剧坛也为之轰动。从此以后，熊式一一发而不可收，他翻译了《西厢记》——这部译作特别受到萧伯纳的赏识，还创作了以"我国近代历史为背景"的话剧《大学教授》，等等。熊式一以擅长英文、独树一帜的中国话剧家的身份活跃于欧美剧坛。

三

整个第二次世界大战期间，熊式一一直在英国。他一方面大力宣传抗战，发表了情真意切的《怀念王礼锡》④等文；另一方面潜心创作长篇小说《天桥》，终于夙愿以偿。1943年《天桥》在战火笼罩的伦敦问世。这部长篇小说成为熊式一英文创作的第二个、也是更为引人注目的高峰，是熊式一更具代表性的作品。

《天桥》英文版初版本上有英国桂冠诗人约翰·梅斯菲尔德的序诗，熊式一很看重梅斯菲尔德，明确表示他的序诗与作家H. G. 威尔斯的评论和时任西南联大历史系教授的陈寅恪的赠诗一起，是"我心中最引以为荣的"⑤。这首诗在香港和台湾出版的《天桥》中译本中均付阙如，这次在内地简体字版中首次译出与中文读者见面。序诗题为《读<天桥>有感》，梅斯菲尔德用浓郁的诗的语言概括小说主人公李大同的成长，其最后几句为：

---

④ 熊式一《怀念王礼锡》刊于1940年6月《宇宙风》百期纪念号，文章在深切怀念王礼锡的同时，对他自己的旅英生涯也有生动的回忆。
⑤ 熊式一：《<天桥>中文版序》，《天桥》，香港：高原出版社，1962年。

李大同准定能觅得

他心灵安宁的寓所；

盛开的李树将绽放

白花像雪花般飘扬，

上面有宁静的月亮

在静海一般的天上。

多么恬静美好的图景，梅斯菲尔德赋予了《天桥》更多的诗意。

四

《天桥》是一部气势恢宏的历史小说。它以江西南昌城外李家两代人建筑造福乡民的"天桥"为始终，通过李氏家族的兴衰，特别是主人公李大同非比寻常的从出生到32岁的曲折经历，反映了辛亥革命前后中国大地的巨变。

李大同从私塾到洋学堂，到北京，到投身维新，到南下加入兴中会，到最后武昌起义建立民国，熊式一精心塑造的这个文学形象，既有他自己某些经历的投射，更寄托了他对未来中国的理想和追求。李大同的成长过程是晚清一代青年奋斗成长过程的一个缩影，因此，从这个意义上说《天桥》是一部成长小说，也无不可。

有意思的是，《天桥》虚实相融。将真实的历史人物与虚构的小说人物揉和，将真实的历史事件与虚构的小说情节嫁接，是《天桥》的一大特色。孙文、李提摩太、袁世凯、容闳等在中国近现代史上留下重要印记的真实的历史人物，一一出现在小说中。李大同置身于他们之间，与他们发生这样那样的关系，使小说的人物因此更具实感，小说的情节因此更加跌宕，《天桥》也就更具浓郁的时代气息。

五

回顾一下中外《天桥》接受史是很有意思的。

英国作家H. G. 威尔斯在他的回忆录中特别提到《天桥》，敏感地指出："我觉得熊式一的《天桥》是一本比任何关于目前中国趋势的论著式报告更启发的小说，从前他写了《王宝川》使全伦敦的人士为之一快，但是这本书却是绝不相同的一种戏剧，是一幅完整的、动人心弦的、呼之欲出的画图，描述一个大国家的革命过程。"⑥他强调的是自己的阅读经验，他从《天桥》中读到了一个古老大国的"革命过程"。

史学大师陈寅恪关于《天桥》竟留下两首七绝一首七律，数量之多，不能不使人感到有些意外。陈寅恪的诗早已脍炙人口⑦，不必再详加征引，需加说明的是两点：一、他首次把熊式一与林语堂相提并论，所谓"海外林熊各擅场"，而且林语堂的《京华烟云》是"北都旧俗非吾识"，他更"爱听天桥话故乡"。二、陈寅恪当时在伦敦治疗眼疾，听读《天桥》，才有"故国华胥宁有梦，旧时王谢早无家"的感叹。正如熊式一在《天桥》中文本序中所说的，《天桥》述及戊戌政变中陈氏之祖之父都被革职永不录用，因此百感交集也。

史学家余英时在讨论林语堂的海外论述时，也提到了熊式一，并对陈寅恪写熊式一《天桥》的第一首七绝作了解读。余英时认为这首诗"通篇借林语堂来衬托熊式一"⑧，"字面上几乎句句偏向熊式一"，越是对熊式一恭维，越显出林语堂在海外文名之隆。这是一个独特的视角，自成一说，但熊式一的文名不可忽视，也自不待言。

熊式一亲自执笔译成的《天桥》中文本早在1960年就在香港问世，但迄今出版的各种香港文学史著作大都未提及《天桥》，令人诧异。唯独香港出版的《香港文学书目》给予《天桥》一席之地，认为熊式一这部小说"无论写人写事都写得活泼风趣，破除成见"，从《天桥》可见熊式一"想写出中国和西方的真貌，而不欲互视对方为稀奇古怪的国家和民族"⑨。

2003年台湾正中书局出版《天桥》中文繁体字增订版，王士仪教授在序中提出熊式一是戏剧名家，他用"戏剧的结构来'造'他这本《天桥》小说。以喜剧的形式，达成他所说历史的讽刺。这部小说中

---

⑥ H. G. 威尔斯：《近年回忆录》，转引自熊式一：《〈天桥〉中文版序》。
⑦ 陈寅恪咏《天桥》的两首七绝和一首七律首见于熊式一《〈天桥〉中文版序》，早已收入近年多种版本的陈寅恪诗集。
⑧ 余英时：《试论林语堂的海外著述》，《现代学人与学术》（《余英时文集》第5卷），桂林：广西师范大学出版社，2006年。
⑨ 亦然：《熊式一：〈天桥〉》，《香港文学书目》，香港：青文书屋，1995年。

戏剧核心结构是什么呢？引用亚里斯多德的创作方法，熊老是在重塑历史社会环境中，主人翁面对冲突事件的抉择，由抉择中展现一个人的心灵，即品格，也表示思想。这本小说不仅有一连串冲突事件的好结构，而对冲突行为的抉择更能引人入胜"[⑩]，这个观点值得注意。

六

《天桥》英文本在1943年出版后，当年就再版四次，1944年又再版四次，1945年再版两次[⑪]，真可谓洛阳纸贵了。1969年，《天桥》英文本又由台北"中央图书出版社"出版台湾版。

《天桥》中文本由作者亲自译写，1960年由香港高原出版社初版，1961年和1962年又出版第二、三版。1967年，《天桥》中文本由台北正中书局推出台湾初版，2003年又增订再版。

对《天桥》英、中文的版本源流作上述简要介绍，想必并非多余，至少从这么多英、中文版本可见《天桥》在海内外长久不衰的影响力。

在《天桥》英文本问世70周年即将来临之际，《天桥》中文简体字本终于问世了，《天桥》英文内地版也即将问世，于是写了这篇不像样的断想以为贺，并希望以此为契机，推动内地学界对熊式一的研究。

陈子善

---

⑩ 王士仪：《简介熊式一先生两三事》，《天桥》，台北：正中书局，2003年。
⑪ 据1969年台北"中央图书出版社"初版《天桥》英文本版权页所示。

台湾版序
为没有经历大革命时代的人而写*

我父亲的小说《天桥》原英文名为 *The Bridge of Heaven*，一九四三年由伦敦彼得大卫斯书局出版。出版后受到各方面的一致好评，立即成了畅销小说，并多次加印。后又被译成多种文字，在欧洲各国出版，成了一部具有国际声望的小说。

当时海外真正有名望的华人作家只有三位，即旅美的林语堂，旅英的熊式一和蒋彝。蒋彝是画家，他以"哑行者游记"系列闻名，所有他的书都是以他的画为插图，图文并茂，自成一家。而写小说的，只有林语堂和熊式一。林语堂的小说《京华烟云》（*Moment in Peking*）也差不多是和 *The Bridge of Heaven* 同时问世，而这两部小说出版后同样引起了极大的反响。两位作者的风格虽然不同，但从某种意义来说，它们也有相同之处，都是描写清末和近代的中国，所以不免有一些读者喜欢将这两部小说进行比较，这正如陈寅恪教授送我父亲的诗中所说："海外林熊各擅场"。林语堂在美国写了多部关于中国的书，名声很大，而我父亲的戏剧《王宝川》在伦敦连续三年上演了近一千场，在英国几乎是家喻户晓。《天桥》和《京华烟云》都是他们的第一部小说，同样都获得空前的成功。《天桥》出版的当月就销售一空，不得不在同月再加印，同年就重印了四五次，第二年又重印了四次，最终重印了十次之多，真可谓纸贵洛阳。

中国有句老话："文人相轻"，但我父亲对林语堂一向很尊重，并

* 选自2003年台湾正中书局版《天桥》。

曾在BBC的一次文艺节目里和另一位英国作家辩论，称赞林语堂的第二部小说《风声鹤唳》（*A Leaf in the Storm*），林语堂对我父亲的《天桥》也有极高的评价，真可谓"文人相敬"！的确他们二位是值得尊敬的，因为在他们之前，还没有人在海外以小说的方式将真实的中国介绍给西方读者。外国人笔下的中国和中国人，大多数都是落后、无知、神奇甚至是邪恶的。惟一比较严肃、真实一点的作家是一位传教士的夫人，Pearl S. Buck，中文名字为赛珍珠，她的小说《大地》（*The Good Earth*）曾获得诺贝尔文学奖。小说描写了一个普通中国农民的一生，一个偶然的机会使他由穷变富。尽管描写得比较真实，作者的态度也是比较同情的，但整个书还是强调了中国农民的落后和愚昧无知，看不到任何希望和积极的东西。看到这样的书竟然得奖，这使我父亲暗下决心要写书改变西方人对中国的偏见。

虽然我父亲早就有试笔写小说的念头，但由于种种原因，一直等到一九三九年他才开始动笔。当时抗日战争已开始，他满怀爱国热情完成了现代体裁剧《大学教授》，当时也用同样的热情写《天桥》。书已完成大半第二次世界大战就爆发了，加上种种别的原因，使得他不得不暂时停笔。一直等到一九四二年，《天桥》才全部完成。

《天桥》是继《王宝川》之后又一次轰动全英的作品。假如《王宝川》是以其新鲜、神奇、轻松、带有神话般的故事备受大众青睐，《天桥》则以实取胜。它完全是一部现实小说，以中国近代史为背景，从清末一直写到辛亥革命，许多历史人物，不管是正面的还是反面的，都活灵活现地出现在书中，但《天桥》毕竟是一部小说，是为西方读者写的，但也是为我们没有经历大革命时代的人写的。

正中书局再版《天桥》，值此中华民族文化再次鼎盛于世之时，堪称文学界一大幸事！我为父亲的遗作能为二十一世纪世界文坛增彩添色感到自豪、欣慰！

我有幸和前来北京参加国际书展的正中书局胡芳芳女士见面，洽谈出书事宜，应她约请写序，特此致谢！

熊德輗

香港版序*

　　一个三十年来在海外以卖英文糊口的人，一朝回到了居民十九都是同胞的香港来，自然不免要想重新提起毛笔，写点中文东西。回想三四十年前，我在国内以卖中文糊口的时候，并无想在英美文艺界争一席地的野心与计划。到了伦敦之后，偶然听了伦敦大学一位朋友，聂可尔教授（Professor Allardyce Nicoll）的劝告，用英文写了《王宝川》一剧，一切事便出人意表。最初是舞台方面的权威人物，都说它的文学意味太高，绝不能得到广大的观众；换句话说，不是生意经。他们劝我，既然写得出如此的英文剧本，何不写写小说，书局一定会欢迎的。后来《王宝川》的剧本由伦敦麦励书局出版，极得佳评，因此人民国立剧院，把它搬上舞台，结果竟大受观众的赞赏，三年不辍。我因得此鼓励，便跃跃欲试，预备写《天桥》这本小说。

　　当初我还在起腹稿的时候，有一位好朋友，极力劝我为人不可不成"家"。他说你专写剧本，自然算是戏剧家——我因此便写了《大学教授》、《财神》、《孟母三迁》、《西厢记》等剧——若写小说，非但不成"家"，反变为杂牌军队、万应紫金锭、同仁堂的老鼠屎之类的东西了。这么一来，许多年也就过去了。最后一方面是经不住一位出版家朋友的鼓励——也可以说是利诱——一方面到底是我自己想多辟门径，认为许多大著作家都兼长诗歌戏剧小说，我未尝不可尝试尝试写小说的滋味，于是便毅然决然的闭门造《天桥》了。

　　《天桥》由英文小说而变成中文小说在香港出版，也是由于我这种喜欢走新路的老脾气。从前在国内以写作为生，卖了十几年的

* 选自1960年香港高原出版社版《天桥》。

文——也有文言，也有语体文——到了英国之后，除了写作之外，绝少提起毛笔，专门以英文写作为生，不觉又是二十多年了。现在到了香港，有了机会，自然不知不觉的又做了下车的冯妇。

我最初把自己改编的《王宝川》译为中文话剧出版，随后又依照我所译的《西厢记》英文本，校正为中文本，在香港出版；这两出戏都在香港电台广播了，而且又搬上了舞台，在艺术节时和香港的观众相见了。去年我又编了一出社会讽刺喜剧《梁上佳人》出版，大大的和香港各种风头人物开玩笑；在舞台上，在电视上，在香港广播电台，都受到了香港观众和听众极大的鼓励，后来又由本地电影界的名手，把它改编改写，变成香港最通行的电影形式，搬上了银幕，使我相信我并没有变成一个完全不通中文的华侨。今年我又把这一本自己的英文小说，写成中文小说。谁都知道在香港卖文，难求一饱。我的《王宝川》、《西厢记》、《梁上佳人》三本书，在香港出版，并没有收到半文版税；但我仍是再接再厉，一本书一本书继续的出版，希望总有一天，大家努力合作，明白杀死生金蛋的鹅，并不是致富捷径；把文艺一事，扶到轨道上去。

《天桥》在英国出版的时候，蒙文艺各界，一致予以好评。可是我心中最引以为荣幸的，是这三个人的重视：一是当今英国桂冠诗人（Poet Laureate）梅斯菲尔①（John Masefield）的代序诗，二是大文豪威尔斯（H. G. Wells），在他的著作中对《天桥》的评论，三是清华大学历史系教授陈寅恪读后的赠诗。梅氏的代序诗不易翻译，威氏的评论如次：

"我觉得熊式一的《天桥》是一本比任何关于目前中国趋势的论著式报告更启发的小说，从前他写了《王宝川》使全伦敦的人士为之一快，但是这本书却是绝不相同的一种戏剧，是一幅完整的、动人心弦的、呼之欲出的图画，描述一个大国家的革命过程。"（见威著《近年回忆录》*A Contemporary Memoir*八十四页。）

陈氏的诗，其中有两首绝句，其一：

---

① 又译梅斯菲尔德。

海外林熊各擅场，卢前王后费评量，
北都旧俗非吾识，爱听天桥话故乡。

其二：

名列仙班目失明，结因兹土待来生，
把君此卷且归去，何限天涯祖国情。

此外还有一首七律：

沉沉夜漏绝尘哗，听读伽卢百感加，
故国华胥宁有梦，旧时王谢早无家。
文章瀛海娱衰病，消息神州竞鼓笳，
万里乾坤迷去住，词人终古泣天涯。

　　诗中一用"听"，一用"听读"，不用"阅"或"阅读"，是因为
陈氏那时双目已失明。"海外林熊"一语，是指曾作英文小说《京华烟
云》的林语堂氏。"旧时王谢早无家"一语，是因为《天桥》中述及戊
戌政变事，陈氏之祖湖南巡抚陈宝箴，陈氏之父吏部主事陈三立，都
在政变时遭了革职永不叙用的处分，无怪他老先生百感交加了。
　　《天桥》在英国美国出版之后，马上就有法文、德文、西班牙
文、瑞典文、捷克文、荷兰文等各种文的译本，在各国问世。虽然风
行一时，翻译得如何，我却没有如此渊博的语文学问来评判。可是我
真万万没有想到，最后还要由我自己把它翻译成中文来。当时我以为
在我把整本书完全翻译了之后，我想我自己可以很容易的看得出，到
底还是英文本，抑是中文本，比较差强人意一点。但是今天把这两种
本子比较，这才发现文学作品是不能比较的。用某种眼光来看，英文
本中不妥之处，在所不免；用另一种眼光来看，中文本中也有不少
的毛病。我真要诚心诚意的请教精通这两种文学的读者，尤其是对
于这两种文字的文学作品，有湛深研究的博学家，不吝赐教。

当这篇小说，自元旦起，逐日在《星晚》上刊登时，常常有爱护我的读者，或写信或打电话到报馆中，意在指正我这小说中的错误。虽然其中并不是我的错误，而大半是读者忘了这是清季的背景，许多地方和官衔，甚至于有的普通名词，都和民国初年绝不相同，可是我仍是衷心感激他们，足见他们重视我的著作，这等于他们认为白圭之上，最好是洁白无玷的意思，我觉得这真是第一件我最荣幸的事。

后来又有许多读者，以及朋友，不断的询问我，李大同这个人何以不见于历史？也有人说，李大同是不是康有为，或者是不是谭嗣同；竟有人说，李大同是不是熊式一夫子自道！

我在这儿只能说，康有为是康有为，谭嗣同是谭嗣同，李大同是李大同，熊式一是熊式一。李大同是书中主角；康有为和谭嗣同在书中都一再提到过；熊式一是本书的作者，书中没有提过他，他的名字，只是在书封面上印着。康有为生于前清咸丰戊午八年二月初五日（阳历一八五八年三月十九日），死于民国十六年（一九二七年），三月三十一日（阴历丁卯年二月二十八日），谭嗣同生于前清同治乙丑四年二月十三日（阳历一八六五年三月十日），死于光绪戊戌二十四年八月十三日（阳历一八九八年九月二十八日），李大同生于前清光绪庚辰年庚辰月庚辰日庚辰时，即光绪六年三月十三日（阳历一八八〇年四月二十一日），他比康有为小二十二岁，比谭嗣同小十五岁。日子过得真快！当年大同诞生的时候，我还记得清清楚楚的，那是应该由我负完全的责任。不觉得眨一眨眼，他已是八十开外的老人了！

读者关心史实，不断的询问，我现在只好在这儿作一个总答复：我所写的《天桥》，是一部以历史为背景的社会讽刺小说，并不是正史，也不是想要补充历史中所语而不详，或是遗漏了的事实。历史注重事实；小说全凭幻想。一部历史，略略的离开了事实，便没有了价值；一部小说，缺少了幻想，便不是好小说。不过许多读者，把我的小说当做历史一般去研究，这是重视我的著作，我根本就不应该去争辩。这成了第二件我感觉最荣幸的事。

当初我写这部小说的时候，觉得西洋人不知道也不明了中国近几十年的趋势、近代的历史，和人民的思想生活近况等等，所以我要以真实的历史为背景，而且小说中尽量的放许多历史人物进去，尤其是外国人所知道的人物，如袁世凯、慈禧、光绪，以及英国的传教士李提摩太（Timothy Richard）。那知道我写完了大半部之后，于无意中发现写得大错特错，全功尽弃，只得另起炉灶，几乎要重头再写。

我从前觉得西洋出版关于中国的东西，不外两种人写的：一种是曾经到过中国一两个星期，甚至四五十年，或终生生长在中国的洋人——商贾、退职官员或教士——统称之为"支那通"，一种是可以用英文写点东西的中国人。后者是少而又少，前者则比比皆是。他们共同的目的，无非是把中国说成一个稀奇古怪的国家，把中国人写了成荒谬绝伦的民族，好来骗骗外国读者的钱。所以这种书中，不是有许多杀头、缠足、抽鸦片烟、街头乞丐等的插图，便是大谈特谈这一类的事。近来还有一位老牌的女作家，用了她同行冤家的笔名，写一部英文的自传，除以杀头为开场之外，还说她父亲有六个太太，她自己便是姨太太生的。

我不能否认他们所根据的是事实，他们有照片为证，这位作家有她自己本人为证，但是我在英美讲演时，总是告诉他们现在中国人大多数都不抽大烟，不缠足，不留长辫儿，不蓄妾，不杀头，但是这有甚么用？我在荷兰时，曾亲眼看见一条小街上，坐着一个青田女人，用一块方布盖着脚。过路的人，给她一点钱，她便揭开方布让那人看一看她一双赤着的三寸金莲！我在意大利船上，碰见过一位德国教授，特别在香港买了一支鸦片枪带回国去示人；而且现在鸦片烟灯，仍是香港畅销的旅行纪念品。还有那位女作家，她也到四处去讲演，好让人家鉴赏鉴赏姨太太女儿的丰彩！

所以我决定了要写一本以历史事实、社会背景为重的小说，把中国人表现得入情入理，大家都是完完全全有理性的动物，虽然其中有智有愚，有贤有不肖的，这也和世界各国的人一样。因此我一定要找两个西洋人，放在里边。我有一部陈恭录教授所著、商务印书馆出版的大学丛书教本——大学丛书委员会的委员，包括蔡元培、蒋梦麟、张伯苓、马寅初、冯友兰、郑振铎、王世杰、朱家骅、翁文灏、顾颉刚、胡适等五十五人，中国的名流学者，应有尽有，几乎不缺半个——皇皇巨著《中国近代史》，我在其中发现了到中国来传教的西洋人，有一位英国教士李提摩太，真爱中国，真是好人。还有一位美国教士林乐知（Young John Allen），陈教授在他的书中上卷第十篇《变法运动》中，说他们都是开明之士，非常的爱护中国，对于中国维新变法，极有帮助，极有影响。

好了，既然是有这种人，我便把李提摩太写成书中的洋主角，帮助中国的正主角李大同求学，做事，救国，反衬一位标准心地狭窄的传教士马克劳。我又到了伦敦的中国内地会（China Inland Mission），去打听打听李提摩太的体态和生平，不幸毫无结果。后来偶然和塞夫人（Lady Hosie）讲起此人，她说她的父亲，前牛津大学中文教授苏提尔是李提摩太的好朋友，用了他所遗的文件，写了一本《李提摩太传》，现在虽绝版，不过她马上就送了我一本。我仔仔细细一读，写了三百多页的小说稿，只好把它扔了！我也不必骂陈教授误人，我只说后来我所描写的李提摩太，他的性格，他对光绪上的维新条陈，都是根据了苏氏的《李提摩太传》，不是和陈教授一样捕风捉影的。

我得了这一次教训之后，对于历史上的人物，以及他们的语言和行为都特别小心，总是先要有了可靠的根据，才肯落笔。这虽是一部小说，有关史实的地方，总不可以任意捏造，使得读者有错误的印象。不过一个人的学问有限，经历更是狭小，这本书中想必未尽完善之处很多很多，还要希望爱我的读者，见闻渊博，多多指正。

这部小说在香港报端发表的时候，蒙高原出版社的编辑先生赏识，收在他们的《中国当代文艺丛书》之中出版问世，这是第三件我觉得最荣幸的事。又蒙张慧贞女士替我校对，校正了不少的错字，我要在此感谢她。

熊式一

目 录

楔子

种瓜得瓜，种豆得豆，
天网恢恢，疏而不漏。

本书的开端，作者先要虔心沐手记一件善事。前清光绪五年（一八七九）七月间，在江西省南昌城进贤门外二十几里，一条赣江的分支小河上，有几个工人，不顾烈日当头，汗流浃背，正在那儿尽心竭力的建造一座小桥。

作者虔心沐手，并不是要对这几个工人致敬。他们一来是被生活所迫，二来是因包工头儿打错了算盘，估价过低，用少了工人，所以只好咬紧牙根吃点苦，拼命的做下去。这位包工头儿，一生精明强干，平素不会看走了眼的，这一次怎么会答应八十两银子包下这项工程来呢？其中有个缘故，他这位老主顾，不肯多出钱，包工头儿怎敢得罪他？只好对工人明明白白的讲，修桥补路，人家是做善事，既然不肯多出钱，只好答应下来。一方面不免要偷工减料，一方面还要弟兄们多出点力帮帮忙，这都是大家份内的事。

作者要虔心沐手致敬的，正是这位包工头儿和工人都不敢得罪的李明先生：他是一位由做慈善事业而起家的大慈善家，他天性慈善，做了半生的慈善事业，所谓"善有善报"，现在成了这一方的富豪。附近几十里的田地，全是他的产业。全村的居民，没有几个不是他的佃户。他慷慨成性，乐施为怀，凡是上门乞讨的，他一定施舍残羹烂粥。他认为"好心必有好报"，谁吃了他的茶饭，不等到走出他的田地范围，一定会在他产业中留下些大小便做肥料的。

李大善人住在这小桥北六里的李家庄上。这村庄全村姓李，约有五百家住户，大都务农为业。李明虽然不是李家庄的族长，族长住的是土墙茅屋，那能比得上李明住的高楼大厦呢？不过这幢大厦，有他一个没出息的胞弟李刚占了一半；可惜李刚不事生产，他那一半房子破旧不堪。李明的房子，不用他自己半文钱，每年都由这些在各慈善团体包工的头儿义务修理，粉刷一新。所有的包工头儿，那个不怕李大善人；不消他开口，他的房子就有人自动替他修缮。他一家只有他夫妇两口儿，又用了六个底下人。有这六个底下人，十二只手做事，他这幢房子，自然是终年焕然夺目。

不懂事的人，还要说两夫妇住在乡间，用了六个底下人，未免太奢侈。李大善人虽然慷慨好施，生平却最恨奢侈，所以他纵然用了这许多底下人，实际上并不出半文工资。像他这样一位有名气有地位的大慈善家，用六个底下人实在不算多。他既然专做慈善事业，不免要和一时的权贵交往，南昌县知事，无论是谁接任，总是他的好朋友，甚至还要和南昌府的知府应酬应酬。所以他少不了一位大爷，一位二爷，还要一个传达，一个厨子，一个园丁，另外又要两个老妈子照应上房，两个丫鬟做零星杂事的下手。可是李大善人有经天济世之才，齐家小术，算得什么？在他巧妙的安排之下，只要六个不支工资的底下人——其中有两个尚未成年的呢！——便担当下了九个人的工作。

老王是一位远亲，颇读过不少的诗书；屡试不第，贫不聊生。起先找了蒙馆教书，学生总欺侮他，只好依靠李家，算是账房师爷，博一个吃住而已。李大善人要他住在门房里，兼做传达，带管收发。谁都知道李大善人轻财重义，生平不用外人管他的账目，就连他的妻子也不敢问他的财政，老王不过是挂一个账房师爷的名而已，吃了人家的饭，总得做点别的事以为报效；只要不叫他脱了长衫做粗事，便是兼上大爷和门房的差事，还不算太失老王的身分。

厨子老张本来是有工资的，工资不多。但是李大善人见他空闲，知道"业精于勤，而荒于嬉"，便叫他把花园改为菜园，一年四季，在菜园里忙个不停，有时太忙，老王也要来帮帮他。菜园里出产的蔬菜，一家那里吃得完呢？每逢三六九当集的日子，老张赶早就挑了菜去，到附近集子上去出卖；这样一来，李大善人付了老张的工资之外，每年还有很多钱富余。

两个老妈子，高妈是随李太太陪嫁来的。她快六十岁，孤苦零丁，把每月的工资，交给李大善人存着；积少成多，好让她百年之后，有一套好寿衣，一副好棺木，一块好坟地。文妈年纪轻，做做帮手，只落下吃住而已。她衷心感激李大善人，把她丈夫荐在南昌县县衙门当差，出息很好，岁时三节还要厚厚的孝敬李大善人，她那敢支工钱？双福和鸿喜是李大善人在她们十岁时收来养的，将来大了出嫁时，还可收回两笔教养费呢。

李大善人天性俭朴，觉得他这一大班底下人，是他一个大负担。他常常说这些人要不要工资，倒算不了怎么一回事；可是他们的衣、食、住、一切等等，完全都由他一人供给，未免叫他心痛肉痛。他们两夫妻穿破了的旧衣服，除了一小部分还可以卖给收买破铜烂铁、旧衣废纸的担商之外，其余卖不掉的全部要分给这一班底下人穿。这些衣服，虽然是褴褛不堪，可是全都足以蔽体御寒。还有一层：无论什么人，到他家中一看，看见他的底下人都穿得如此破烂，一定就会知道他半生致力慈善事业，绝没有从中渔利。他们住的问题，虽然没有要他额外增加开支，却也占了他许多房间，可是他们食的问题最为严重。

楔
子

3

天下事，偏偏有这样巧：他们这班人，个个都食量极大。平时吃的喝的，虽然是粗米白水，累月积年，消耗也可观。加上每月初一和十五两日，按这一方的乡规，总要开荤打牙祭。李大善人不得不大破其钞，买上一斤便宜的肥肉，煮上一大锅肉汤给大家吃。这一味每个月尝两次的名贵荤菜，大家都不肯叫它做炆肉汤，却叫它做"东湖里捞猪"！肉虽不少，汤实在太多；大锅中找肉，恐怕比在湖中找猪还要难得多。这六个人之中，高妈的命最苦。她虔心信佛，以修来生。每逢朔望，即是初一和十五两日，她都要持斋茹素，不吃荤腥。所以她一年三百六十日，吃的都是臭咸菜烂糟，其他五个人，大家都一致拥护她继续持斋，说她来世一定会享福。

不用提，那半边屋主李刚并没有用底下人。一来他用不起，二来他认为不应当。李明和李刚虽然是同胞兄弟，合住在一幢大厦之中，可是彼此不相关，各走极端。父亲去世之后，李明是长子长房，主持分家，他自己当然多得一份；加之他又善于经营，于是家道蒸蒸日上。他一方面节衣缩食，一方面通知各佃户，"预租"改为"仰田"，停收一年的田租，以后每年加一收租；再加上他做慈善事业，善有善报，因此附近一方的田产，渐渐全给他收买得来了。他弟弟李刚，坐吃山空，家境一年不如一年。论理李明可以在城里谋一幢大宅子住，不必和穷本家在一块儿。不过他父亲临终叮嘱他两兄弟，要相依如手足，不可分居，哥哥好照应弟弟。因此，他们的财产虽然分开了，可是仍然还同住在这幢老房子里。

他们这幢房子，虽然正中有一道墙，把它分成左右两边，可是左边李明的房子前面有一道小耳门通到李刚的前院，再左便是大花园，右边李刚的房子后面也有一道小耳门通到李明的厨房，再右便是谷仓。他们分产业的时候，房屋固然可以一家住一边，但是花园和谷仓却不好归任何家独占。李明足智多谋，谋得双方协议，哥哥可以用右边的花园，弟弟也可以用左边的谷仓。那知道弟弟的租谷，一年比一年少，后来李明只要留下一间仓的一小角，便足够贮藏李刚的租谷而有余。可是李明充分利用大花园，把所有祖传只好看而无用的花木都清除了，改种日用蔬菜，除了自己全家吃用之外，每年获利甚厚。李明看见他弟弟快要用不到他的谷仓，真是爱莫能助。他虽然是一个大慈善家，对于败家的子弟，却是毫不同情的。

李刚虽不算败家子弟，却是一个怪人。他天资比哥哥高，父母宠爱很甚，师友期望也很重，读书负盛名，却连秀才也考不上。李明也没有入泮——俗叫"进学"，不过李明的的确确下了一番苦功，只怪他不是读书之材，因此另找门径。他戴不了雀顶，穿不了蓝衫，是因为他挟不了泰山超不了北海，"是不能也，非不为也"。他弟弟则"是不为也，非不能也"。

当年有人把李刚送进了南昌县的考棚；他一下子便把三道题做完了，听见隔壁号子里有呻吟之声，过去一看，看见一个老童生正在上吊。他把老者救了下来，问他何故轻生。老者两眼流泪，说是考题艰难，要交白卷，无面目回家。李刚一时起了恻隐之心，便把他做好了的诗文草稿，送给老者，自己交了白卷出场，后来老者考到了秀才，找来谢他，他却避而不见，而且从此再也不进县学不入考棚。他说进学中举，不过是想做官，他根本就看不起官吏，何必去应考呢？

李明要他经商，他也乐于从事。他带了很多货色资本，出门经商；过几个月回家，货色也卖得干干净净，资本也用得落花流水，一文莫名，空手而归。他认为牟利的都是奸商，后来在家务农为业，请了几个长工，试验各种农业新法：一要改良谷种，二要改良肥料，三要改良农具。结果仍是一事无成，得不偿失。他有一个儿子，三岁时，他便口口声声说，他这个儿子，将来一定可以承继他的事业，成为一个模范新农夫，把大家的肚皮都笑痛了。

李明自己考不到功名，弟弟又不肯上进，无法着着引援，只好破破钞钞，捐个官儿，也算是荣宗耀祖。他赋性节俭，大官的价钱高，他当然舍不得捐，只捐了一个小小七品官儿，也可以带上金顶儿了。他弟弟虽然没有一官半职，却有一件事令他瞧得眼红的，李刚生了一个儿子，李明至今膝下犹虚。有的人简直忘了"善人无后"的古语，硬说他"心术不正，绝子灭孙"，把他气得个半死。当年他们初初结婚的时候，一年一年的过去，不生儿子还不十分着急。后来日子长了，仍然是毫无动静，这才令他心焦起来。

楔子

5

要说他们这许多年以来，不知道请过多少大夫郎中、草药医生，用了多少膏丹丸散，求神拜佛，抽签问卜，逢庙就烧香，见菩萨就许愿。本村的神祠，固然是拜遍了，所有左近邻村，几十里乃至一百里之内的庙宇寺院，没有一个不曾去拜过的，一共不知道花了多少钱，费了多少精神，结果总是不灵。费了精神无所谓，花了银钱却要想方法找回来。所以他在事业上，与人往来，处处都要赚几文，省几文；能赚多少是多少，能省多少是多少，以资弥补。

自从李刚的媳妇生了一个儿子之后，李明的媳妇更倒了霉，她丈夫把她从东处的寺观拖到西处的庙堂去拜佛，那还不要紧；今天要她吃这个方子，明天要她吃那个方子；上午吃一种草药，下午又吃一种净水。成年的奔波劳碌，早已累得她头昏脑胀，成年的吃药喝水，更使得她叫苦连天。

李明比他弟弟大两岁；他看见李刚的孩子都快三岁了，自己的媳妇还是没有影讯，觉得岁月再也不可蹉跎了，只得咬着牙忍痛花一笔大大的钱，到省城里去请一位名医来瞧瞧。从前总是为了省钱，所请的全是本乡的土医生、过境的游方郎中，或者是草药师傅。现在迫不得已，决定到南昌城里去请替南昌府知府治病的杜大夫。病人有名望，医生也因之有名望；医生出了名，病人吃了他的药，心里自然也舒服多了。杜大夫的门诊脉礼要收一两银子，出诊脉礼更高，本城是四两，城外是八两；下乡的话，太远了根本不去，这一次是看着知府魏大人的面子，特别下乡一趟，脉礼随便多少，李明心中暗暗打算一下，看看非十两不可。他只望杜大夫一包药，明年早生贵子，十两银子也值得。

有一天，李明预备好了两锭五两一锭的小元宝，把杜大夫请到了李家庄，替他太太诊诊脉。他自己小心翼翼的陪着杜大夫，半吞半吐的请杜大夫开了一个药到便可受胎的妙方子。那知杜大夫心不在焉的听他说，含含糊糊的答应他，草草率率的切切脉，马上就随随便便开了一个方子，话也不多说一句，便告辞出门。李明心中暗暗的酸痛，把一封沉重的银子交给杜大夫的轿夫，送大夫上了轿，赶回来看这张花了十两纹银换来的脉案药方：

左脉弦小，右关脉滞，乃营养未足，肝脾不调；
宜培土抑木，柔肝理脾。
制香附三钱　炒白芍三钱　白茯苓四钱
焦白术三钱　广玉金三钱　路路通三钱
佛手花钱半　青陈皮各一钱　白通草一钱
丝瓜络三钱

李明一看，气得两眼发直，他花了许多银子，换得一张这么简单的脉案，开了几味这么平凡的药：佛手花、丝瓜络，真是冤枉之极。他这几十年来，看过多少药单子，知道这都是便宜极了的药，就是好人吃上它三两包，也不会发生什么效果的。再说他太太去年立夏那天，照着南昌的乡风，饱饱的吃了一顿米粉蒸肉之后，称一称已经超过了一百四十斤，而且那支秤是他买粮食柴炭的秤，每斤十八两，所以她其实快有一百六十斤！该死的大夫，还说她营养未足，真正岂有此理！他是要太太生儿子，并不是要把她养肥了卖肉呀！他越看那张药单子越冒火，越伤心！

"这个家伙真狠，这是什么话？"他怒冲冲的对着他太太说，"开几味这种药，就白去了我官秤十两整，还要说你营养不足呢！"

"老爷别动肝火，"他太太轻言细语的劝着他，"杜大夫的话，很有道理，我实在是外强中干，营养不算足。别看我这么肥，我是虚肥呢！"

"你还虚肥？外强中干？"李明望望他满面红光、白白肥肥的太太说，"那我就是外干中强了……"

"外干中强"虽然是一句气头上的话，他仔细一想，其中倒是大有道理，他太太说她自己外强中干也大有道理。当时他不知不觉的低下头来偷眼望一望他太太，心中不觉发生了一个疑问：是不是他太太真有什么大病不能生育呢？他两人默然相对了一阵之后，他局促不安的说道："太太！现在既是你外强中干，我又……我又……圣人说：不孝有三，无后为大，并不是我好色，不如趁早找一个年轻的……年轻的……"他说不下去了。

他太太一看，这情形不妙，不等他再往下说，就问他道："老爷的意思，是不是要想讨一个年轻的姨太太？"

事情既然说破了，李明倒放了心。他抬起头来，正眼看着他太太直说道："太太，你知道我生平无二色。不过到了今天，我们俩谁的年纪都不算小啦，若是我们李家这一门，由我起就绝了后，怎么对得起我们的祖先呢？"

他太太知道丈夫生平无二色！不过她也知道她丈夫并不是不好色，无奈他天性好色不如好财，贪色则破财，因此他才生平无二色。她接着说道："若与人不和，劝他娶个小老婆；老爷若是娶一个小狐狸精进门，我们这一家子都完了。"

"我们这么大的家产，将来百年之后，上坟扫墓都没有人……"李明想得很伤心。

"老爷不如把大猷侄少爷过继下来……"他太太说。

"老二就只有他这一个独儿子，他怎肯……"李明说。

"一子双祧得了！"他太太足计多谋马上就回答。

"你想把我一生辛辛苦苦积下来的钱，全给老二那个卖书的儿子花了去呀？那他不用卖他爸爸那些破纸旧书，卖我的田产好了！"李明气愤愤的说。

李刚生平最爱收买版本好的古书，把田地变卖得差不多全光了；所以李明他们都说：将来他的侄儿子大猷，没有爸爸的田地可卖，只好卖书了。

于是替大猷这孩子起了一个外号儿，就是"卖书的儿子"。后来李明一提到他侄子，就说他是"卖书的"。

"老爷的田产，舍不得让侄少爷卖，难道舍得让小狐狸精卖吗？"他太太问他，他不做声。

"我今年还不到四十岁，老爷再等两年也不要紧。我弟弟出世的那一年，我爸爸都过了四十三啦！"他太太继续的劝他。

"我可四十九啦，那时候你妈多少年纪？"

他太太不直接回答他的问题，转一个弯儿说道："我妈妈告诉我，那一年我爸爸要花一千银子讨一个堂子里的人做姨太太，让她知道了，闹得天翻地覆。后来大家劝他把这一千银子做了好事，第二年我妈妈就生了我弟弟。你也做点好事得了。"

李明一听，火气直冒，对太太说："好，我做了一辈子的好事，谁不知道我是李大善人？今天你还叫我做好事。好像我一辈子没做过一件好事似的？"

他太太低声下气说："我不是说老爷没做过好事！我是想：老爷如果要感动天地，得自己出点钱，不能全靠拿别人的钱做好事。"

李明听了他太太这几句话，低头不能答词儿。他扪心自问，这许多年来，为了想生儿子，求神拜佛，请医吃药，所花的钱真不算少，可是全白花了。假如把这笔数目去做一件好事，也许真的可以感动神明，生一个贵子呢。

他太太看见他在那儿沉思不语，知道他的心意在转变，马上接着说："修桥补路，都是好事善举，善有善报的。梅家渡的石桥，多年失修，老爷就做一件好事，把它重建起来，免得来来往往的人，都要搭船过渡。"

"我老早就打算兴办这件好事，"李明对他太太说，"无奈梅家渡全村的住户，都是一班穷苦不堪的东西，没有一个出得起钱的。无论你去找谁捐钱，人家头一句就要问一问：梅家渡本村的人捐了多少钱？大家听了梅家渡本村没有半个鬼肯出一文钱，谁还愿意做这种冤大头倒霉蛋呢？……"

"老爷，我不是这个意思。我要你办这一桩好事，是和素常素往不同，不但不要落点儿钱，还要你一个人独力承担，自己掏腰包把桥修了。"

"我一个人独力承担，自己掏腰包把桥修了？"李明瞪大着两只眼望着他太太，"我的好太太呀，你知道要花多少钱才办得下吗？旧桥全是大理石砌的，打云南运大理石来，没一千贯钱别想动手……"

"我爸爸当年也捐了一千两银子……"他太太说。

"一千两银子！"李明不等他太太说完就生了气，"我最怕你们城里人开口闭口提银子，直夸自己有钱似的！其实一千银子只是说得好听，比一千贯钱少多了。我们说一贯钱就是制钱一千文，最少也九五扣，实足钱九百五十个，一两碎银子还值不了八百文呢！"

"老爷要讲银子也好，制钱也好，官票也好，做善事一定有善报，花了多少，天上知道的。"

"我要修梅家渡的桥，我才不上云南去运大理石来呢！运费既贵，时间太长，我等不了！"

"用麻石也结实，本省有卖。"他太太很将就。

"做这种慈善事，用麻石也犯不上！水里边用红石，面上搭木架子就成了。全要我一个人自己掏腰包，我先得仔仔细细的打打算盘。"

他太太一听见李明真打算自己掏腰包，高兴极了！她劝他："只要天保佑生一个儿子，别生女儿，多花点都值得。"

"我先同包工的谈谈再说。"李明这一次真下了决心。

第二天早晨，李太太叫老张去找一个包工的头儿来。一谈之下，不消多久，这一方的居民，以及过往的客商，没有一个不摇头称赞李大善人的善举。大家只知道他慷慨解囊，重建多年失修的小桥，却没有人知道他那天早上辛辛苦苦的和包工头儿争论价钱的情形。当初横算直算，都少不了一百贯钱的人工和材料，可是李明说长说短，说好说歹，把嗓子都说哑了，结果说得包工头儿答应了一方面用最次最便宜的料作，一方面极力的节省人工，工价打上一个八折。

工价八十贯一经议定之后，李明再喝半碗茶润润嗓子，这才告诉包工的这次是他自己一个人掏腰包，没有第二个人捐半文钱，要包工的再让点儿工价。大大的再费了一番唇舌之后，包工的不好不答应。他一答应再打一个九折，李明又说他这次办的是一件小工程，与往常大不相同，决不要包工的送礼，也不要他孝敬什么富余的好材料，更不要他去粉刷修理他自己的私产，所以要包工的再打紧一点儿。包工的不肯再减，李明一定要他减，先来软的，后来硬的，把这个包工的弄得哭不得笑不得。最后他不敢开罪老主顾，只好答应人工材料合收八十两银子。李明说，八十两银子，到底比六十四贯钱好听点儿。

马上就选了黄道吉日开工。开工的日子，李明看见还有许多大块的大理石在水里，既然有了红石，就用不着这些整块的大理石啦！他要工人们当晚顺便把这些石头抬回家去；他不要工人白做，每人给一大碗他家里自己做的水酒以为酬报。好在天气极热，大家辛苦了一天，口渴得很，所以这种水酒喝起来也还可口。

不消多久，这一座小桥就快完工了。最下面是破了的大理石做基础，水里面用了全新的红石做支柱，杂木桥架抹上了桐油，白红黄三色鲜明，远远的看过去，好似一幅图画。这座桥原来叫做梅家桥，现在既是李明一个人出钱建的，梅家没有半个人出了一文钱，再叫它做梅家桥，李明心里不服。要是他自己给它起一个新名字，谁也不会用的，大家一定还会叫它做梅家桥的。李明想了一夜，想到一个好主意，把南昌府的魏知府请来，要他题一个新桥名，这一下子谁也忘不了他的善举，谁也不能抹煞这个新桥名。

不过他又得破破钞！他定了一个好日子，写下请帖去请南昌府的知府魏大人，也得请南昌县作陪，还另外请了城里几位绅士，他们都是知府知县的好朋友。加上他自己的内弟吴士可，再有他弟弟李刚是半主人，几个人正好凑成一台席面。

李明要请南昌府的知府到乡间来题新桥名，同时还要请几位达官贵人作陪，真是非同小可！他先在城里义顺兴定下了一桌八大八小的鱼翅烧烤席，又向他岳母吴老太太家中借了两位城里当差的来伺候城里来的客人。知府的大轿一到李家庄口，李明早已得了通报，站在家中前门外恭候。他远远望见大轿来了，立刻令老王放鞭炮欢迎，随着又叫轿夫把轿子抬进大门，在自己那边的二门口下轿，李明赶上前来忙打拱作揖问魏大人的安，说是要魏大人到这么远来，一路上想必十分辛苦，魏大人下了轿，向李明微微的点一点头，说是轿夫一路走得很平稳的，并不算怎么辛苦。

知府大人每天都有许多应酬，不能在李家多耽搁，所以坐下来喝了一口茶之后，便告诉李明他还有好几台酒席都等着他。李明诺诺连声的说："是，是，是！"一面吩咐预备开席，一面请魏大人同去看新桥，李明借了他舅老爷吴士可的轿子，陪同魏大人一行五六顶大轿一直抬到河边。魏大人的轿子走前，最先到便先下轿，大概他是被李大善人的善心感动得太深了，他瞪大着一双眼睛，望着这一座小桥发呆，好像是不相信他所看见的是一座桥似的。呆呆的望了一阵，深深的叹了一口气，不知不觉的说道："我的天啦！"

李明这时候已经赶到了魏大人身边，他忙忙打拱作揖，请魏大人题桥名。魏大人是两榜出身的才子，官场中少有的风雅人物。在他未来之前，想了许多风雅的词句，以便见了桥之后，触景生情的题名。现在看见了这一座涂了桐油的杂木小桥，使得他啼笑皆非，不忍卒睹。他一转过脸去，又看见一大群梅家渡的贫苦居民，衣衫褴褛的小孩子；再转过脸去，正看见李明鞠躬如也的在那儿请他题桥名，他窘到极点，不知不觉的又叫起天来了，他失声道："天啦，天啦！"

李明听了一愣，不敢答词儿，四面的小孩子听见大老爷直叫天，都大笑起来了，其中胆大一点的小孩子竟大声说："大老爷直叫天！"

"大老爷直叫天！"一个传一个，大家听见都愣住了，瞪大着眼睛望着魏大人。魏大人窘得更甚，不知如何下台，恰好他灵机一动，接着对大家说道："李大善人建造这一座——这一座别开生面的木桥，也有它天然的雅趣，这是代天地赐福于一方，给人民的方便于百世！我看什么别的名字都不相宜，只应当叫它做天桥！"

"天桥，"大家都应声而说。

"天桥，"李明高兴的重复一遍，"多谢大人的金言。"

魏大人揩一揩头上的冷汗，马上命驾回李府。

魏知府一行人，一回到了李府，李明马上叫开席。可是四面一看，他那个没出息的弟弟，今天还算是半个主人，竟然尚没有过来陪贵客。早上他早已叫了老王送一件官纱长衫一件缣丝马褂过去，怕他弟弟衣冠不整，有失他的面子，所以把衣服借给他穿一天好来陪客。到了这时候，仍不见他的踪影，李明无可奈何，只得一面叫人再去催他，一面请客人入席。

那知魏大人久闻李刚的文名，不肯入席，硬要走过隔壁去看李刚。李明对任何人也不肯多提他这位没有出息的弟弟；可是魏知府常常听见那一班卖古书的人说："魏大人若不多出几两银子，早点把这套好版本的古书买下来，回头李家庄李大善人那位弟弟李刚一看见了这套书，他一定会买了去的。"魏大人既入了翰林院，楷书自然写得不坏。南昌城的绅士，若有求于魏知府，只要事前送纸来求他的墨宝，以后找他帮忙就容易了。不过魏大人为人拘谨，书法也拘谨，不善草书；偶然看见李刚的草书，放纵超脱，令他十分钦佩，今天他要表示礼贤下士，所以他一听见李明替他弟弟告罪，说恐怕他弟弟不能来奉陪，请大家先入席，他一定要亲身过去拜访这位书家。

这一下可把李明吓坏了！他忙叫老王先跑过去通报，自己陪了魏知府慢慢走过来。他们还没有走到前堂，李明便先大咳几声，随后又高声叫他弟弟赶快出来迎接贵客。咳了也不见人出来，叫门也没有人答应，李明只好请魏大人进大厅。大厅里没人，书房的门是敞开的，魏知府说人不在家，看看他收藏的书吧；李明让着魏大人进书房，自己也跟着走进书房来。进门一看，他那个没出息的弟弟，上身露体，下身只穿了短裤，极不文雅的样子，躺在上首的炕床上，面朝里的睡了。

李明恨不得走上前来打他弟弟一顿，无奈知府在侧，只得忍气吞声的，咬着牙根低声叱道："快起来，知府大人到了！"一声两声的呼着没有用，再大一点声音叫第三声——李刚不但不答，反大大的发出鼾声来了！这一下子李明真是忍无可忍，正待要跑上前去把他弟弟扯下炕床来教训他一顿，魏大人拦住他说道："不要惊动令弟吧！这只怪我来得太鲁莽，还要请你转告令弟，希望他多多原谅！"他说完了这几句话，对着李明勉强的笑一笑，转身回去。李明哭丧着脸陪笑一声，只好随着魏大人回家。

魏大人只尝了一羹匙鱼翅便告辞。不多久，其他的达官贵人一个一个也跟着走，越达越贵的走得越早；等到南昌县知县告辞的时候，只剩下了舅老爷吴士可一个客人。县太爷和李明是至好，临别还问问李明太太的安。李明顺便把魏知府的医生杜大夫开几味不相干的药告诉县太爷。县太爷听了直笑直摇头，不置可否，只说他将来请他自己的医生来瞧瞧李太太。

等到上最后几个菜，和甜点心以及饭粥的时候，吴士可也起身告辞，说他今天真是酒醉菜饱，什么也吃不下了。李明叫老王一面泡茶打手巾把儿，一面看看轿夫和向吴家借来的两个仆人吃好了饭没有，招呼他们吴老爷马上就要启程回省城去。

吴士可平日不饮过量之酒，他今天虽然喝酒极多，但是他酒量非常之大，并未真醉，这不过是说说客气话而已。他听见妹丈又想替妹妹找一个医生吃药，他的话匣子就开了。他对李明说：

"舍妹和我一样，我们两个人都是外强中干。别瞧我们都有这么肥，实在全是虚肥！舍妹今年都快四十了，妹丈也怕快要做五十大庆吧？你们两位膝下犹虚，我们真是常常替你们干着急。我看这种事儿药石是见不了什么功效的！丸散膏丹，仙方妙药，都只可以治病，不能够种子！妹丈，你觉得我说得对不对？你们家里这么大的家财，将来二位百年之后，难道全送给别人的子孙去花吗？老兄，胸襟放宽一点儿，还是早早纳一个妾吧……"

李明听了，眉开眼笑的插嘴道："士可老弟，不瞒你说，我前不久和令妹提过了！可惜令妹没有老弟的远见……"

"妹丈真是圣人！"吴士可哈哈大笑道，"现在舍妹当然不会同意的！不过妹丈犯不上早让舍妹知道呀！等到小孩子养出来了的时候，把孩子和妈妈一同接进门，我保你舍妹看见了一个又肥又胖的小娃娃，世界上再找不出比她更高兴的人呢！"

李明觉得这些话真有道理，诚心诚意的说道："我只要令妹高兴，我什么都不在乎！"

"这就好了！妹丈下次进城来的时候，多耽几天，我带你四处去瞧瞧。我知道好几个漂亮的小姑娘儿，她们的妈妈，托我替她们找人呢！你进城来就可以由你挑选……"

"恐怕很要花几个钱吧？"

"花不了多少钱！"吴士可说，"不过南昌的姑娘，比不上上海的女子。妹丈要想求美色，明年同我到上海去住几个月，保你一定满意。不过先看看本地的姑娘也不妨事。"

吴士可和他的妹丈谈完了这一席话，喝两口茶，揩揩脸，便到上房里去辞别他的妹妹。出来上轿的时候，他又再三叮嘱他妹丈，早点进城多住几天，他愿做识途的老马。

俗话说得好：客去主人安。近来因为新桥造完了，李家大请贵客，忙忙乱乱的闹了好几天，把李明闹得头昏眼花。现在客人一个个都走了，各样事情都算差强人意的办妥了，李明觉得大大的松了一口气，坐下来对他太太说：知府大人非常喜欢他造的新桥，赏脸替它起了一个再好没有的名字——"天桥"；知县大人听见杜大夫开的药单子不好，马上会请他自己的医生来替她诊诊脉开方子。他觉得这一向到他家里来的人，全是南昌城里的达官贵客，知府、知县等人，就连到他家里诊脉的医生，也是第一流的名医，去了知府的医生，现在马上又要来知县的医生，真是足以骄其妻妾了！不料他太太听了他的话之后，吞吞吐吐的对他说：

"老爷，我看……我前几天……老爷这几天太忙，没空和我谈话……，我本想早告诉老爷的，我看现在用不着再请医生再吃药了……"

"你是什么意思？"李明急着问。

"我怕我自己看不准，今儿早晨我又去问了弟妹：我现在已经有了——"她低下头去。

"什么话？你已经有喜了？"李明跳了起来。

"快三个月了。"他太太说。

"快三个月呀？"

"算起来有两个月二十三天……"

"天啦！"李明两眼流泪，深深的叹了一口大气，坐下来望着他太太，摇摇头不做声。

"老爷怎么啦？"他太太看见李明脸上一点高兴的样子也没有，眼泪直流，吓得不得了。

"没有什么。"李明又摇摇头，小小的声音埋怨他太太道，"既是有两个多月，你怎么不早告诉我？要是你在一个月之前告诉了我，那我就用不着糟蹋这么多的钱去造那座桥呀！里里外外快去了一百串啦！"

"那时候怎么说得定呢？"他太太答道，"老爷一生兴办慈善事业，我总想老爷自己出一点点钱做好事，现在总算是了却我一桩心愿。也许老天爷不辜负你的好心，给我们一个儿子，别生女儿，一百串也不算多呀！做好事的钱，决不会白花的。"

楔
子

李明心里算一算，花一百串钱，换得一个儿子，这笔买卖真做得合算。他这一向，为了修桥花这许多钱，半夜里常常在床上翻来覆去睡不安，现在想想，这笔钱花得真值得，只可惜白送了那个该死的杜大夫十两雪白的银子。

第一章

千算万算，不如老天一算。

人生五十而得子，决不是用一句"有子万事足"的成语便可以形容他无限快乐的。李明一生俭朴谨慎，可是这一次忽然得了这一桩意外的喜事，一下子忘其所以，奋不顾身，打定主意要请全村全族的人来吃他儿子的满月酒席了。生平节俭为本的人，忽然如此，其中另有一个缘故。二十几年前李明成婚，全族大大的吃了一顿喜酒；几年之后，李刚成婚时，老太爷卧病在床，由李明当家主事，却只请了族长和各房之长，来吃了酒以及没有吃着酒的人都恨透了他。

李老太爷一生为人，也极其节俭。不过他不如他大儿子，他只知道对自己节俭，不知道对别人打算盘。李明成婚的时候，老太爷自己作主理事，请了全族吃喜酒，大家吃得落花流水。等到李明当家，替他弟弟请喜酒的时候，只有房族长来吃酒。他们吃了之后，大家除了摇头赞叹之外，没有别的话好讲，只对新郎说他大哥将来一定会发大财的。

李刚一定是多喝了两杯水酒，不知怎么，居然说起醉话来了。他说他哥哥比老爷浪费得厉害！大家问他怎见得。他说他父亲当家，红烧肉虽然是一味荤菜，它里面总要放一点萝卜。今天他哥哥当家，红烧萝卜虽然是一味素菜，它里面居然也放一点肥肉骨头皮起来了！

没有多久之后，他们的老太爷去世；大出丧的那天，吃酒的人，比李刚成婚的客人要多多了，不知不觉就坐满了一十八张八仙桌子。李明为了挽回面子起见，要把这种场合平素的主菜，红烧肉——加多少萝卜随主人之意——改为红烧鸡。红烧鸡之中，虽然万万不能加半块萝卜，却不妨加点笋。恰巧那时是盛夏，那里去找冬笋呢？好在春天过去不算太久，最后期的春笋，还可以想方法谋得到。那知这一味名贵的菜，成了大家茶余酒后的谈话资料，他们说，大家都知道：鸡有五德，但是在李家吃的鸡，至少还要多加一德："年高有德"。乡下人全都敬老尊贤，那里敢去吃年高有德的东西？只好敬而远之，留得做李府传家之宝。

抬灵柩照例是八位年富力强的同族，尊称"八仙"。他们八个人卖了力气，不知出了多少汗，吃不着肉，心中未免怀了怨，要大家查一查这十八桌上的红烧鸡，一共有几个头，几个尾，几只脚，几个翼尖。结果发现十八桌中，一共只有一个头，一个尾，两只脚，两个翼尖。于是他们替这一次的酒起了一个好名儿，叫做"鸡飞十八桌"。他们又说可惜李明把这许多笋糟蹋了：实在采得太早，所以太嫩了！再过几天，便可以留得做家具了。

李明费了许多心血，想出那么好的主意，请同族人吃了名贵的红烧鸡。他们得福不知感，反要怨口流传的骂他，把他气得半死。于是他打定了主意，以后再不招待他们了。不过这一次忽然天降大喜，添丁比发财还要难得，所以他才会忘其所以的要奋不顾身大宴全村了。

李明高兴得简直糊涂了。他太太更是高兴得不知所以；她私心最庆幸的，是从此以后，再用不着到各处去求神拜佛，更不必再吃什么种子金丹了。殊不知李明一听见她太太有孕之后，第二天就去找了好几个郎中来看她，要她吃各种保胎安胎的药。从第三天起，又要她先到附近的，后到更远的，各处庙宇道观中去谢神灵，许心愿：感谢菩萨使她受胎，默许菩萨生了男孩子再来还愿。时时刻刻要吃药，见天便要烧香许愿。

正当的药虽然苦，还不算难吃；最怕的是特效奇方，用种种不可思议的东西煮汤，有的还要加"人中黄"、"人中白"、"牛溲"，或是"马渤"做引子。这些怪东西，在别人或者可以假说吃了，把它倒在痰桶就算了；可是李明惜药如金，这些方子既然都是花了银子钱换来的，他非亲眼看见他太太全部吞进肚子里去不可！

像这样的闹下去，结果把他太太闹得真病了。这一下子可把李明吓坏了。他赶快把南昌县知县介绍的陈大夫请了来，又去了他八两银子！陈大夫开了药单子之外，还大大的教训了他一顿。陈大夫最后对他很严厉的说，以后千万不可以四处奔波拜神，更不可以乱吃什么仙方妙药，像她这样的年纪，又有这么肥，假如一动了胎气，就没有法子安得住了！假如流产之后，恐怕没有希望再受胎了。李明太太吃了陈大夫一服药之后，病是好了，神也不用再拜了，仙丹灵药再也不用吃了！那里知道她的罪仍没有受够，又换一套玩艺儿来了。从此之后，饮食行动，要受极严格的控制，不但不可以自己做点什么好吃的东西吃吃，就连洗澡穿脱衣服，也得让双福、鸿喜代劳。

临盆的日子不远了。李明早已定好了梅家渡的稳婆来收生。他为什么不要本村而要住在五六里之外的稳婆呢？因为三年前，李刚的太太要分娩，本村的稳婆病倒了不能来，不得已把梅家渡的稳婆找来。她一进门，先向李刚道一道喜，恭喜他今天生贵子，果然马上就生了大猷。她对人说，她有法术，能使女转男胎。李刚不理她，李明却很相信她；因为他早测过字，知道李刚会生女的，结果竟生了男的。

李明的太太四十岁生第一胎，当然要找一位有经验有福气的太太来照应照应。本来用不着找，他弟妇是现成的，同住在一个大门之内，多么方便。可是李明不要她，说她不能算全福，因为她只有儿子，没有女儿；所以他还是到城里去请他岳母吴老太太来。吴老太太有儿有女，这才算是全福的人。

虽然吴老太太的经验，要比李刚太太的更丰富，可是她的儿子，即是吴士可，今年已是四十开外。她女儿，就是李明的太太，也快四十。她小儿子若是活着的话，也有三十三岁，可惜没有养大。三十三年以来没有生过孩子，也没有奶过孩子的母亲，纵然福气好，到底不能和三年之内生了孩子的比。还有一层，李明要到城里接他岳母到乡间来住，真要大动干戈，劳民伤财；若是就近请他弟妇照应照应，谁也不必搬动，有事时打开耳门叫一声，李刚的太太就可以过来，可以一文钱也不用花。李明对于这一点也明白，他对于他的丈母娘，也和普通一般人对他们的丈母娘不相上下：避之则吉，远方发财！他心中仔仔细细的打了很久的算盘，算算请了他丈母娘下乡来住要破费多少冤枉钱；可是最后还是决定去请他丈母娘来。

把吴老太太当做一位普普通通避之则吉的丈母娘，未免委屈了这位后补道夫人！她过了世的丈夫是候补道台，她大儿子也是候补道台，假如她小儿子没有早死的话，也一定会捐一个候补道的头衔的！她官派十足，神气十足！她是标准贤妻，她万分的瞧不起她无用的丈夫！她是模范良母，她把儿女娇生惯养得一点事也不能做，比他们的父亲更要无用。她女婿不肯多出钱捐一个候补道台，只捐得了一个候补知县，她认为这是她毕生的大缺憾。

光绪六年（一八八〇年）三月十二那天下午，吴老太太坐了四人大轿，带了一大队人马，浩浩荡荡的到李家庄她女儿家里来了。由南昌城里到李家，虽然不过只是二十几里路，可是在这吴李两家的家族史上，倒是很重要的一页。轿子刚刚到了门口，李明早已吩咐老王赶快放鞭炮表示欢迎。

这一次李明买鞭炮的时候，大概是价钱特别的便宜，老王把它点燃了之后，往地上一扔，满以为乒乓霹拍之声不绝于耳。那知道他一扔下去，只听见小小的一串鞭炮落地的声音，以后就寂然听不见响了！这一下子，好像是地球也停止了旋转，日月也没有了光辉似的。大家呆呆的等着，不知如何是好。李明急得直揩汗，忙叫老王立刻把鞭炮拾起来重放。老王蹑手蹑脚的拾起来再放，点了半天，后来再听见断断续续的几声小鞭炮响，大家的兴致减低了许多。

李明并没有注意他买的鞭炮声音不响亮，他看见吴老太太把她的丫鬟翠珠，还有她家里当差的中孚也带了来，这才知道他当初心中做的预算全做得太小了，现在木已成舟，心痛也不好言语了。他忍气吞声的走上前去向他岳母请安。他的声音，也和那串断断续续不甚响亮的鞭炮声相仿佛，听了令人减低兴致。可是他太太一看见了母亲，兴奋到万分，马上搀了吴老太太到内室去谈心，抛下李明在中堂里仔仔细细察看他岳母带来的东西。

除了许多吴老太太自用的箱笼、被服、茶壶、烟袋、盆桶之外，李明看见还有许多婴儿用的穿的东西。他一方面暗中估计这些东西最低限度的价值，一方面却发现它们全是专为男性的婴儿预备的。他心中一乐，马上觉得他丈母娘也有他丈母娘的好处，忙叫双福和鸿喜赶快到厨房里去劈柴。通常老张在菜园里忙不过来，所以每逢烧水沏茶，总是两个丫鬟的事。李明的经济原则是铁一般不可改动：不沏茶时不必烧水；不烧水时不必生火；不生火时不必劈柴；耽误一点儿时间不要什么紧，住家过日子总要以省俭为主。

　　吴老太太把各间屋子巡视了一遍之后，对她女儿说她要大家搬动搬动。第一个她要李明带了随身换洗的衣服，搬到中堂那一边的客房里去睡。李明的太太也要搬到原来存放箱笼和两个丫鬟住的大套间里去，吴老太太也在那儿开铺陪她的女儿。空出来的正寝室让翠珠一个人在那儿睡，好让她半夜里可以随叫随应的起来照应产妇和老太太。双福和鸿喜也不可搬远了，只好在后房日卷夜铺。老王的屋子让给中孚睡，老王搬到厨房后面，暂时和老张拼在一间屋子里住。李明再三对他丈母娘讲情，求她老人家不要如此的调动人马，无奈和吴老太太讲道理，好似向鸭背上泼水一般，费尽了气力，一点一滴也不会进去。

天桥

20

　　动员令发下了之后，全家闹得兵慌马乱，纷纷攘攘的自饭前忙到饭后，等到大家把各人的新防线弄清楚了齐整了的时候，已是夜深了。李明叹一口长气，心里念着谢天谢地，这才可以休息了！不料吴老太太马上又发号令，叫翠珠到厨房里去要老张快快开出宵夜的点心来。李明一听见"宵夜的点心"，好似万箭穿心，哑口无言。他当初做预算时，还没有想到城里人半夜还要吃东西。他辞说他们乡下人早睡早起，胃口不大，不肯吃宵夜便去睡觉，略微的表示不合作的抗议。

　　李明的太太多少年没有享受过这么好的宵夜点心。她生长在城里的富家，嫁到乡间之后，随着丈夫省吃俭用，不敢反抗，尤其是近几个月以来，不但吃些淡而无味的东西，连动也不让她乱动一下。今天她母亲来了，大家又忙又乱，谁也不管她的事，她正好大玩大吃，痛快极了。她和母亲谈了大半夜，精神疲倦不堪才肯去睡觉。新床真不舒服，她翻来覆去的睡不好，后来越睡越睡不着，肚子渐渐的痛起来了。到了天亮，早已有了分娩的象征，大家早早起身，打发老王赶快到梅家渡去接稳婆来。

　　李刚是睡惯了早觉的人，大清早就听见隔壁嘈杂的声音，后来又听见他嫂子的叫痛声；只因李明太太的身材大，嗓子也大，叫起来惊动天地，把李刚吵得不安不宁，只好要他太太过来问问嫂嫂情形，要不要她帮什么小小的忙。吴家姻伯母一看见她进房子来，马上沉下脸去对她说：嫂嫂的一切事情，有她亲身安排，万稳万妥，用不着弟妇费心。李刚太太看看情形不对，耽在这儿反使人家不方便，不如自己先告退。

　　她回去不久，便闻见一种怪味儿，由李明那边渐渐的透过来。这种怪味儿，越来越厉害，后来把李刚也弄得不能忍受；他只好起了床，穿好衣服，走过来问问他哥哥，这到底是怎么一回事。他到了哥哥这一边，看见满屋子都是烟，臭气穿鼻，李明正站在天井中间透气，看见他弟弟来，好不高兴的样子回答道："不必大惊小怪，没有你的事儿。"

　　"没有我的事儿不要紧，"李刚说，"不过你们烧了什么东西，臭气冲天？你可以跑到天井中间来透透气，嫂嫂临盆，怎么受得了？"

　　"我岳母烧了一点雄鸡毛驱驱邪气，"李明望着他弟弟说，"孩子快出世了，邪气总是要不得的！"

　　李刚听了几乎要冒火，问他哥哥道："有这种话？邪气在那儿？什么时候来的？我怎么不知道呀？"

　　"大清早弟妇到处跑了，又一直冲进了产妇的屋子，恐怕带了一些——带了一些不正的东西进来；烧雄鸡毛的气味可以驱邪！宁可信其有，不可信其无！"李明教训他弟弟。

　　"这叫做活见鬼！"李刚忍不住的骂开了，"假若你们见神见鬼，碍不着旁人，我倒可以不去管它！不过这满屋子的臭味儿，就算是可以把鬼熏走了，生人也受不了呀！产妇关在四面不通风的屋子里，不要让它熏坏了吗？"

　　李明认为他弟弟说的话不吉利，更加不高兴，他骂道："别胡说八道！就算你读了几本臭书，懂得一点点医道；女人生孩子的事你那里懂得！"

　　"我不懂得，稳婆总应该懂得！你们怎么不先问问她呢？"李刚大声的嚷着，好让稳婆听见。

　　"稳婆还没有到呢！"李明答道，"我刚才又打发老张去催了！老王一早就上梅家渡去接她去了。"

"不如先把本村的稳婆找来照料照料。"李刚提议，"老王去了那么久，一定是找不着那个女人！"

"用不着找本村的稳婆！"李明意志坚定，"我们可以等梅家渡的女人来！"

"你可以等，我可以等！"李刚真急了，"可是产妇不能等！孩子不会等呀！快点去找本地的稳婆吧！"

"怎么啦？"李明讥讥讽讽的问他弟弟，"你凭什么非要我去找本村的稳婆不可？难道她答应了分一份喜钱给你谢谢你吗？你少管人闲事吧！"

李刚最讨厌人对他提钱的事。他哥哥这么一说，真把他气坏了。他跳了起来对他哥哥叫道：

"好！好！我不管人闲事！我不管人闲事！就是我明明看见人自己找死，我也不管了！"

乡下人最忌讳的就是说不吉利的话。好日子说话更要图一个吉利。李明认为他弟弟有意咒骂他。他怒不可遏的叱他弟弟道：

"胡说八道！你这个没出息的败家的浑蛋！"

正在他两兄弟都怒气填胸的时候，双福从大套间里喜气洋洋的跑了出来对李明说：

"老爷，恭喜！恭喜！太太生了一位少爷！"

李明一听见这句话，满脸的怒容马上变成了笑容。他再也不去睬他弟弟，忙着放一串比昨天欢迎他岳母还长十倍的鞭炮。一时鞭炮声乒乓霹拍的响亮极了，多花点钱到底不吃亏。

"快别放爆竹！快别放爆竹！"吴老太太在屋子里高声的嚷着，她叫鸿喜跑出房来，传她的命令："快别放呀，快别放呀！"最后吴老太太又大声的骂道："我没叫放，谁就胡放起来了？快别放呀！"

李明才做了几秒钟的父亲就听见了这种话，真如同遭雷劈了一般，垂头丧气的走过去把鞭炮踏灭，拾回尚未放完的那大半串，回到中堂，看见李刚又在那儿和吴老太太吵架。李刚正对着里屋大叫着：

"这时候灌药给刚生下来的孩子吃简直是胡闹！你得把他倒提着

抖几下子，打打他的背梁和屁股！"

"小不点儿的宝贝，打不得的！你才是胡闹呢！"吴老太太大发雷霆的叱骂着李刚。

"孩子生下来不呼吸，非打不可！"李刚毫不让步，"你要是专门灌药给他吃，他决活不了的！"

"我做过妈，我养大了好几个孩子，"吴老太太个儿虽小，嗓子却不小，又高又响亮，声震屋瓦，"不懂事的土包子知道什么啦？"

"我知道你一定会把他弄死——"李刚说。

李明听到这儿，忍无可忍，大叱道：

"放屁！你真浑蛋！你快滚出去，别惹我发脾气！"

李刚知道他哥哥早已发了脾气。哥哥不听他的好话，真是糊涂；他自己明明知道人不听好话，还要强人听他，那更糊涂！想到这一点，他自己不觉失笑，便不再说什么，退回家去了。

李刚走了之后，吴老太太的火气越来越大，见人骂人，见东西骂东西。有谁在她面前，她就骂谁，没有人在她面前，她就自言自语的骂东西，大唱独脚戏，骂个不停不了，谁也不敢惹她。

孩子是毫无疑的死了，她可不肯放手。她说她会打金针，打了一顿金针，那能起死回生呢？她又用艾焙，当然也不会见功效。同时产妇还在那儿叫天叫地的大叫着。

梅家渡的稳婆，至终同了老王老张来了。她不知一切，照例的一进门便向李明道喜，恭贺他今天生贵子。李明怒气未息，大骂道：

"把她赶出去，把她赶出去。"

"别赶她走！"吴老太太大声叫着，"让她进来瞧瞧，也许她可以治治这个小少爷呢！"

"我早说了是一位少爷不是？"稳婆很得意的说，她以为李明生气骂她，是因为她到得太晚了，"我知道一定会生少爷的……"

"少张嘴，快进来瞧瞧吧！"吴老太太叫着。

稳婆赶快走进产房里去，李明这才回头质问老张老王两个人，为什么去了这么半天才把稳婆找来，耽误了大事！

老王说：他一早便到了那个稳婆家里，可是稳婆不在家，等了一阵，也不见她回来；后来老张来了，两个人商量，一个在她家里等，一个到附近去打听，看她上那儿去了。打听下来，一家邻人告诉老张，说是那稳婆早上出去接生去了，可是他不知道她是上那一家。于是他们便问他附近那几家的女人要生孩子，他们按照得来的消息，把梅家渡的孕妇，一个一个都找遍了，有的离产期还远得很的孕妇，他们也不敢放过，仍然去问了。问了一早晨，毫无着落，最后有一个小孩子说，他在河边沙滩上捡鹅卵石，看见稳婆到一只泊在新修的天桥附近的小渔船上去了。老王老张赶到那只渔船上，正好那渔妇已经生下了孩子，这才把她带回家来。

李明生平最相信命理。他听见打鱼的人正在这时候生孩子，那个孩子便和他死了的孩子同年同月同日同时，两个八字完全相同，真是凑巧。那末他们的命运也应当相同了。他不禁问道：

"那个打鱼的孩子，生下来活着的吗？"

"活着的。"老王老张异口同声的答应着。

"是男的呢？还是女的呢？"李明又问。他想也许女的可以活，男的就养不活。

"男的！是一个小子。"老王说。

"那里是男的呢？是个闺女。"老张似乎知道得更清楚，"他爸爸那副愁眉苦脸的样子，当然是个闺女。"

"他爸爸愁着养他不起，"老王不服，"他们穷极了。"

"你准知道是个男的吗？"李明追问老王。那知道他越想追问清楚，他们两个人越糊涂，谁也不敢肯定。老王极力巴结，说他可以再去看看准，李明气得高声的大骂他们，"你们简直是两个糊涂蛋！连男女都分不出来！"

"两个当差的，再加上老爷，一共三个整！"李刚又跑来说笑话，他早已忘了先前和他哥哥吵架的事，"哥哥你也糊涂，问他们有什么用？屋里自然有人知道，你不去问，偏偏要问他们这两个糊涂虫？"

"难道你知道？"

"我不知道！稳婆一定知道呀！"李刚说，"哥哥怎么不去问问她呢？"

李明一想，自己真糊涂！怎么还要弟弟来提醒他！恨恨的望了他弟弟一眼。李刚看见自己不受欢迎，赶快对他哥哥解释：

"我不是来管这些闲事的，我是来求求你们，别再把产妇扔在一边不理，专门想起死回生救那个死过了头的孩子！嫂嫂还在受苦受难呢！"

李刚故意很大的声音说着，好让大家都听见。李明听了还是叫稳婆出来问那孩子是男是女，稳婆说：

"是个小子！我去收生，十个就有十一个是男孩子的！老天爷真没有眼睛！他们是穷人，一向在鄱阳湖打鱼的，偏偏要生孩子。本想到丰城去生，好送给一位有钱的本家，那知道到了梅家渡就发动了；好大一个小子！足有八斤重！老爷别怪，明年我再来给太太收一个八斤半重的又肥又壮的小少爷！"

吴老太太又把稳婆叫了进去；李明一个人闷闷不乐的沉思着。打鱼的并没有做善事，更没有修桥，反生了一个八斤重的小子，他一生不知道做了多少善事，这一次又花了许多银子修桥，生的孩子却是死的！他真想把桥毁了。

"真倒霉！今天真倒霉！"他不停口说。

李明在家里闷得慌，无精打采的走出门来透透气。他望一望天；太阳恰好又隐起来了，阴云四起，看看一时不会再出来的样子。他走出李家庄口，站在高坡上，向着梅家渡望去。天气晴朗的时候，本可以远远的看见梅家渡的村落和小桥，今天一点也看不见。李明不知不觉的走到了天桥之前，从前觉得这桥美丽得堪入图画，今日认为它难看得不堪入目。隐隐闻到远处雷声，他恨不得雷火把桥烧了。

他看见桥下停泊了一只小渔船，知道那个打鱼的人还没到丰城去。他们既然是穷得养不起孩子，要想把他送给有钱的本家，想必可以打商量，把这个孩子让给他。他有的是钱，孩子给了他，有吃有穿，将来读书进学，中举点翰林，扬名显亲，荣宗耀祖，岂不两好吗？孩子好，他也好！按说这个打鱼的应该一说就答应的，不过穷人总是要钱，他非得预备大大的破钞不可。

在他尚未走到船上之前，先做好一番讨价还价的准备练习。他心里打算，无论如何也不可以超出十串钱。稳婆说他们穷极了，那么出八串也不算少；若是他假装不真打算要买的样子，也许只要六串便可到手；见了孩子，说他长得样子太粗，不好看，可能花四串买下来；不过照着讨价还价的原则，最先开口可以说二千文。

准备妥当，李明走进船去，先礼后兵，先恭喜他们添丁发财，然后再渐渐的谈到世道艰难，食用昂贵，养大一个小孩子不容易。他说他听见稳婆说，他们想把这个孩子送给丰城的本家，远路迢迢的，何必送到那么远去呢？不如就在本村脱手，他晚年无子，一定会把他看得比自己亲生的孩子还重。他说了一大套，最后他说：

天
桥

26

"在你们既然是肩上减轻了一个重担子，在这个孩子是找到了一个好爸爸，将来他出了头，到底是你的亲骨肉。只要你们彼此不相认，他那里会知道他不是我的亲生的儿子呢？好吧，我也没有多少现钱，我出两串钱，把他买断了，一文我也不能添！"

他不敢正眼看他父母的眼睛，四处张望一番，他们真穷得不成话！船上什么也没有，女的奶着孩子躺在舱板上，盖着一床补了又补的破单被。他偷偷的看见那女的眼泪汪汪的望着她丈夫，不答词儿，他心里想着，要是这女的哭起来便糟了，做买卖最怕有女的在旁边打搅，他只好打算五百文一次的慢慢添价。

打鱼的听了李明这一番滔滔不绝的高论，瞪大着两只眼睛，一动也不动，一声也不声。

李明是内行，看见卖主不点头，毫无表情，知道这笔买卖不容易做，他得横着心镇定下来，假装一副随你爱卖不卖的样子，要卖主说价，自己千万不可以先添钱。

"两千文不算少啦，"李明沉着脸说，"这个年头儿，怕你不要勤奔苦干半年八个月，才能积下一两吊钱来。我一失口答应出这么多钱给你，你得马上回鄱阳湖去，以后再不许到南昌一带来。你来了，于你的儿子也没有好处，你得明白。"

那人呆了一阵，转过脸去望望他的女人。李明一看这情形，觉得越来越不妙，低下头去不敢看他们两人。那女的眼泪直流，对着她丈夫点了头，叹一口气，小声音哭起来了。打鱼的对李明说道：

"老爷真是一个大善人，救了我们一家人，天爷爷一定会保佑你们一家的。自然一切全由老爷作主；老爷怎么说怎么好，我们只有谢善人的大恩，没有别的说。"说完了对李明连作两个揖。

李明觉得回礼也不好，不回礼也不好，心里惭愧极了，难过极了。他惭愧难过，不是为别的，只是怪自己一时急于要买孩子便太糊涂，现在才明白过来，这两串钱花得太冤枉，早知道卖主一口就答应，当初何必出这么多钱呢？

他仔细一想，当然是女孩子比男孩子更值钱。自己生的孩子，固然是男的比女的好，但是卖起来男的却不如女的。每家都可以买一两个丫鬟，有谁要买小子呢？他只顾着自己的需要，就去定高价，没想到打鱼的找不着第二个买主儿。

李明是一个大善人，君子言而有信，既然开口便出了两千文，那怕心酸肉痛，也照数的付给了那孩子的父亲，马上就把孩子接过来。当时那女的呜呜哭个不停，李明赶快叮嘱那父亲立刻离开梅家渡回鄱阳湖去，自己抱着这个用破布卷着的孩子上岸，打鱼的看见细雨纷纷，把一个竹叶笠帽给李明戴了才解缆开船。李明便在这凄风苦雨中，夹着一个小破布卷儿慢慢的走回家。

他一到门口，老王好像是知道他买了儿子来似的，立刻恭喜他添丁。他走到中堂大家一个个都喜气洋洋的向他道贺。他双手拿着小破布卷儿看一看，一路上迎面的微风细雨，已经把小破布卷儿洒得透湿了，他戴的笠帽没有多大的用，只保得自己头部胸部没湿。他不明白他还没有打开小破布卷儿给人看，怎么人人都会知道他有了儿子了？

吴老太太兴高采烈的从屋子里出来对李明说道：

"姑老爷，恭喜恭喜！到底还是做了爸爸！"一面让翠珠把一个大红面子的小被包包着的孩子给他看，"姑老爷，看看你的小少爷。"

李明摸不着头脑，茫然的问道：

"怎么啦？你们到底把孩子救活了呀！"

"别再提那个了！"他岳母说，"姑太太生的是双胞胎，头一个没有养活，以后别再提他了。第二胎也是一位少爷，是巳时生下来的。恭喜恭喜！"

翠珠打开被包给他看。他看见翠珠手中的大被包，和自己手中的小破布卷儿，大小既然是差得多，拿法也绝不相同。翠珠是照传统的方式抱孩子，他好像是夹着一口袋米似的，无怪谁也不会知道他带了一个孩子进门。他也把小破布卷儿打开一头，凑上去把两个孩子一比。虽然都是生下不久的婴儿，他自己的小少爷闭着小嘴儿睡得挺香的，那个买来的孩子已经开了眼，瞪着两只眼睛，接着就开了口，呱呱的大哭起来，一个是富贵人家的少爷，一个是打鱼人的孩子，一目了然。吴太太一见大惊，质问李明其中的底细。

"我刚刚找来顶替那个没有养活的。"李明忸怩不安的解释，"当初不知道是生双胞胎……"

"阿……啾！阿……啾！"小少爷一连打了两个喷嚏，马上也张开他的小口，小小的声音哭着。

"翠珠，快抱小少爷进去，你怎么让那个又脏又湿的东西靠近小少爷？这一下准着了凉！"吴老太太又转身对李明说，"姑老爷在那儿弄这么一个又丑又脏的野孩子来，现在自己有了少爷，赶快把这个小东西送回去！"

"太晚了！"李明叹一口气，"人都走远了！"

李明真是哑子吃黄连，有苦说不出，日后只好让他岳母和他太太责备他一辈子。

照着南昌的乡规，生了孩子，尤其是第一胎，要送喜蛋给亲友以报喜讯的。送多送少，随家境而定。穷苦人家送一个两个，也要表示意思。生男的送单数，生女的送双数，当下李明高高兴兴的叫老王去收买几担蛋来，他要送单数的，表示生了儿子，可是吴老太太更有主意，她要每家送十个。对外呢，说是生了一个女孩子，不值钱的贱东西，容易带容易养一点。对李明呢，算是尊重他的意思。他既是有两个儿了，买的儿子算是大少爷，自己的孩子算是二少爷，每个儿子要送五个蛋，一共岂不是十个吗？

李明的亲友每家接到十个染得鲜红的喜蛋，问问送蛋的底下人，是不是生了小姐？若是吴家来帮忙的仆人，都照吴老太太的命令，说是生了一位小姐。若是老王或老张，他们秉承老爷的意思，说是生了两位少爷；当初大少爷生下来的时候虽然是呆的，后来又让外老太太打金针救活了。当然也有人知道真情，但是传来传去，真的变成了假的，假的又有各种不同的说法。大家不知道李明到底是生了男还是生了女？生了一个还是两个？死的救活了没有？那一个是买的？不过李家马上就雇了两个奶妈倒是千真万确的事实。于是大家都认为李大善人修桥补路，乐善好施，上天果然降厚福，晚年一举两男；这事传遍一方。

　　吴老太太和她女婿一样，十分相信命理。第二天她便叫中孚到城里去请了一个她常请的算命瞎眼先生来替两位少爷算算命。瞎子先生说，大少爷的八字真奇怪，那年（光绪六年）是庚辰年，三月又是庚辰月，昨天十三正好是庚辰日，生时又恰逢着庚辰时！这个八字，上面是四个庚字，下面是四个辰字；庚属金，辰肖龙，这位大少爷是金龙转世；金生水，龙非水不生，真是奇极了。他忽然问道：

　　“昨天早上辰时，生这位少爷的时候，你们这乡间下了大雨吗？”

　　“可不是吗？”吴太太说，“城里没下雨吗？”

　　“生大少爷的时候，那里下了雨呢？”双福多嘴说，“老爷扔在地下的鞭炮，拾起来的时候还是干的。生二少爷的时候，鞭炮是我放的，我记得清清楚楚。”

　　“你知道什么？”外老太太不愿意外边传出真情来，赶快提出强有力的反证，“你家太太生大少爷的时候，你家老爷在外面走了一趟，回来一身湿，不是你还拿了衣服给他换吗？”她回头对瞎子先生说：“这里昨天一早便下了雨，先小后大，难道昨天城里没下吗？”

　　“城里下午才下了一点毛毛雨，”瞎子答道，“我知道你们这一带，一定是大雨倾盆的。老太太，你这位外孙少爷是天上的金龙投胎，将来会惊天动地的做一番事业，了不起，真正了不起！”瞎子先生对吴老太太谈大少爷一生的大运，李明在旁听得出神。他知道那时并没有下雨，所以他的大儿子生下来便死了。打鱼的孩子生在河上的渔船上。四面都是水，所以活了。龙无水则死，有水则生，这个算命的先生说得真灵。他问道：

　　“君子问祸不问福！最后终局怎么样？”

"应当有水，而遍遍无水的地方，就是金龙归天的地方。"

大家问他是什么的地方，他说只有天知道。

吴老太太更关心她的真外孙，她要算命先生老老实实告诉她。

"这位二少爷的八字也奇怪，他是庚辰年，庚辰月，庚辰日，辛巳时。辛庚都属金，巳肖蛇；他是金龙头，金蛇尾；龙头蛇尾……"

"呵！"吴老太太听了大不高兴。平常人家骂装腔作势无胆做事的人是"虎头蛇尾"，算命的说她真外孙是"龙头蛇尾"，她马上把脸沉下来。

算命的瞎子虽然看不见她的脸色，听见她那一声"呵"，立刻知道话说错了，赶紧改过口来，说了一大套恭维二少爷的江湖话。说他将来事业兴隆，得贵人扶助，富中有贵，贵外加富，姬妾满堂，儿孙绕膝。吴老太太要她女婿加倍打赏算命先生，李明只好忍痛遵命。

中孚进城请瞎子先生来算命的时候，同时也回到吴府，去传李明的话；谓舅老爷吴士可和舅太太到李家来吃两位小少爷的洗三酒。客人没有来，他带了一封信来。吴士可的太太，写了一封向李明道贺和道歉的信：一方面恭喜姑丈和小姑子添丁，一方面表示他们不能来参加盛宴的遗憾；并请李明转禀她的家姑，她外子那天早上因要务启程到上海去了，只剩下她一个年轻没有经验的弱女子，在家里料理一大家的家务，恐怕她世故不熟，不能胜任，请求家姑早早回城来主持一切。

吴老太太有了两个小外孙，加上一个"坐月"的娇女儿要她照看，一时那里能抽身回省去。好在李明为了兴办各处的慈善事业，三天两天要进城去，他岳母责成他每次进城就在吴府住一晚，好照料照料，帮助帮助他的舅嫂。一来是前一向李明为了自己的事忙，没有多到省城去，现在算是告一段落，自然要多在城里活动；二来是借吴府做他兴办慈善事业的基地，既排场，又方便；三来吴府住得真舒服，自己家里本来就差，现在连屋子也不够住，更是乱糟糟的；四来利月吴府一切，不必花一文钱；所以李明进城来，常常一住便三四天。这样他岳母既放心，他舅嫂也有了倚靠，他自己又省了钱，真是一举三得。

"洗三"的那天，许多乡下人送些不值半文钱的礼物，而外老太太所预备的酒席却丰富极了。李明心里算算，他岳母住在他家里，主持家务，大方极了，不知道糟蹋了他多少血汗金钱，他在城里吴府，也大大方方的替他们用钱。好在他舅嫂年轻，世故不深，反觉得他为人慷慨体贴，十分感激他。

李刚没有什么用，只会看看书写写字，替人取取名儿。这一次添了两个侄儿子，自然是他替侄儿子取名儿。大的叫做大同，因为他听说这孩子将来是一个了不起的人物。小的叫小明，因为他外祖母和爸爸妈妈一天到晚叫他做小命儿，三天便叫开了，要改也改不过来。明和命的音差不多，而且父亲叫做明，儿子自然是小明。

外老太太管家是最讲公平的，大同和小明两人的奶妈，待遇讲定了，一律平等，穿一样的衣服，戴一样的首饰，吃一样的伙食，就连经常的补药，两个人也是同吃一服：小明的奶妈吃第一次汁，大同的奶妈吃第二次汁。两个人的饭菜，完全一模一样，不过小明的奶妈饭底下，每次不是藏着鸡蛋便是大块的肉。至于衣服和首饰，样子完全相同，只是材料和分量上，由外老太太酌量，自然要有微妙的区别才对。

大同这个孩子，长得真结实，用不着谁去关心，所谓没有父母的儿子天会照应。初生的那天被毛毛雨淋得上下透湿，自己不病不伤风，连喷嚏都未曾打一个，可是这个可恶的贱东西，把他身上的湿气冷气，传到小明身上去了，当时便一连打了两个喷嚏，以后常常伤风咳嗽。说也奇怪，小明的奶妈也和她所带的小少爷一样娇弱，不是胃痛，便是泻肚子。好在全家上下，都特别注意小少爷；外婆、妈妈、仆妇、丫鬟，大家都不停手的抱着、拍着、哄着这孩子。白天固然是大家轮流抱，晚上也要人抱在手里走着唱着才肯睡。

吴老太太看见自己的外孙瘦弱得很，督率全家人马额外加意调护。一方面给他补药吃，替他打金针，一方面替他求神许愿，忙个不停。无奈在满月的那天，大宴全村，这一班乡下人，都已经听见传说，两个小孩子之中，有一个是买来的穷孩子。大家认为大同又肥又大，和母亲一样，一定是真儿子，异口同声的夸奖不已；对于瘦弱不堪的小明，猜想一定是穷苦人家生的孩子，睬也不多睬他，还说将来哥哥一定福厚，弟弟福薄得多。

吴老太太为了对外孙操心，忙得枕席不安，在李家一住几个月，端午节回城里家中去只住了两天，第三天又赶回乡下来照料女儿和外孙，一直住到八月才回去过中秋。好在她女婿后来三天两天就到城里她家中去住一两晚，可以替她处理家务和照顾她的媳妇。过了中秋她又想到乡下来，正巧他的儿子由上海回家，她只好留在城里补叙天伦之乐；以后李明也不常进城，进城也不必过夜了。

第二年的春天，李明高高兴兴预备替儿子大大的做周岁，很早就去约他岳母全家到李家庄来住几天，大家热闹热闹。他明知道岳母一来，家用既大得无法控制，他也要受她摆布，不过他不知怎的，仍是要想接她来，而且还要请他舅爷和舅嫂一同来。但是事出人意料之外，不仅是舅爷和舅嫂简直不来，连外老太太也只答应过周岁的那天当天来一次，即晚就要回城。她说她媳妇五月开怀生孩子，她这几个月不能抽身。这真是惊天动地的新闻，大家都认为吴家的老大，自小便狂嫖滥赌抽大烟，前妻和几个外室都没有生孩子，全说他不能生孩子要绝后，没有想到他这位年轻的继配居然会有身孕。

大户人家的孩子过周岁，非同小可，除了大宴亲朋戚友之外，小孩子还要"抓周"，看看他在许多摆在面前的东西之中，抓着什么东西，便可以表示他将来会做什么职业。当然这件事不一定对的，可是将来不对的话，谁也不会提起这件事，万一对了，大家便一传十、十传百的说是灵验呢！

还有一层，孩子的天性所近，也常常会抓着他性之所爱的东西，将来大了，很容易做这一行。若是这个孩子常常看见他家中用什么东西，他多半也会抓这件东西，例如商人的儿子会抓算盘，读书人的儿子常会抓书抓笔，这也是自然的道理。

大同和小明的周岁之日，开宴之前，外老太太把抓周的仪式安排得妥妥当当，万无一失。她预备好了一锭小元宝，光耀夺目，一颗官印，用鲜红的缎子包好，一本四书，用黄绫子扎住，放在案上最中央的地方，然后叮嘱奶妈抱了小明，送到这三件东西之前，好让他一伸手定然抓到这三者之中的一件。那知奶妈抱他到案前时，他手中早已拿着了一把奶妈用的剪刀，怎么也不肯放下。吴老太太叫奶妈把剪刀夺下来，小明大闹大哭，给他什么他都不要。李明只好说不抓算了。

李刚说大同也应该抓一下子，他看看预备的东西不齐备，叫双福把农具和小工具也加上，让大同自己来抓。谁也不注意，大同一抓便抓着一把镰刀，李刚一见，十分高兴，他说道：

"我的大侄儿子真不错，将来可以承继叔叔的衣钵，做一个模范的新农夫！"

大家本来不把大同抓周的事当作一件认真的仪式，不过因为李刚这么一提，倒使得大家笑起来了。

吴家外老太太因为她媳妇只有两个月便要分娩，一吃完酒就回城去了。那知道二十天之后，她就派人送了二十个红喜蛋来，十个给她姑爷家里，十个给李刚家里。他们问问来人，才知道四月初二上午，舅太太便生了一位千金，照时计算，应该在五月中生的，现在早生了一个多月，好在大小都平安。大家向吴家道喜，同时也对吴老太太说，俗语说得好："生男之前先生女；娶媳之前先嫁女。"明年一定会添孙儿子的。

吴老太太听了这句俗语之后，居然马上就如法炮制。当她请满月酒的那天，她便把她女婿叫到一边，对他说她要把她的孙女儿，取名为莲芬，许配给小明，亲上加亲，两家的关系更加密切一点。按情理说，这的确是一件好事，李明应该乐于从命的。但是不知何故，李明似有难色，客客气气的推辞。先说孩子还太小，一个才周岁，一个才满月，等他们大点再谈。他岳母说这不算早，人家指腹为婚的尚多呢。

他又再三谦让，说他们近年来家道空虚得很，不便耽误了这位小姐的好姻缘；他岳母听了很生气，叫他不要说假话，他们是老亲结新亲，何必说这一套话呢？李明又推说大同是长子长房，要先和大同定婚才对。一提大同，老太太便冷笑起来，她叫李明千万不要在她面前提那个买来的野种！

最后李明说血统关系，嫡亲的表姐妹不宜结婚，他岳母说不错，血肉还宗的表姐妹，是不宜结婚的，不过这不是血肉还宗，所以毫无顾忌。说来说去，李明说不过他岳母，再也找不出甚么正当的理由来推辞，只得勉强遵命。他太太一听见她母亲的提议，再高兴也没有，内侄女做媳妇，家中多一个自己的人，这是再好不过的喜事。她和她丈夫的见解完全相反，她既不觉得定婚太早，也不认为嫡亲的表姐妹不可通婚；大同是买来的儿子，根本不关痛痒，她想也不会想到他头上去。

过了几天，选了一个黄道吉日，两家请了执柯的冰人，带了朱漆礼盒，里面盛着莲芬和小明的年庚八字，李吴两家行定亲礼。大家忙了一天，晚上李明仔细看看莲芬的八字，发现光绪七年四月初二日巳时，正时辛巳年，癸巳月，癸巳日，丁巳时。八个字中，下面四个都是巳字？觉得十分奇怪，第二天便请了一位算命的先生来排排这个八字。他怕算命的先生不肯说真话，便说这是他们一个仆妇的女儿的八字。

算命先生听说这是一个仆妇的女儿的八字，把它推算一下，摇摇头，说这个八字真古怪，地支是蛇年，蛇月，蛇日，蛇时，天干是两重癸水，一重丁火，一重辛金，这是一个纯阴八字。水克火，火克金，金生水，水克火，火克金，他说算了几十年的命，从来没有碰见过比这个更硬的八字。

李明听了大惊，立刻要算命先生老老实实的直说，他决不会听了生气的。

算命先生当下便滔滔不绝的说了一大套：

"老先生，请你千万不要怪我直说，这个小姑娘的命真恶。'八败'带'大败'，上不载兄，下不载弟，家破人亡，命苦无比。又带'桃花'，又带'扫帚'，最少要嫁两个丈夫，家产也会一扫而空。早年就要穿'麻裙'，又犯了'白虎'，决不会生儿子。"

"这还了得？"李明听了吓得叫起来了，"那里有这么硬的八字？"

"老先生，这些毛病，有人犯了一件都不得了，何况她竟然把一切的毛病都犯全了！真是奇怪极了。"

李明把算命的先生打发走了之后，再和他太太商量商量，到底怎样来对付这位内侄女，怎样应付吴老太太。当初李明的太太对这头亲事非常之高兴，今天听了算命先生说这八字如此之可怕，把她吓得也要改变主意了。到底是太太足智多谋；她马上就想出一条妙计来。

"老爷，我看只有把她配大同吧！大同的八字也硬得奇怪。俗语说：'强配强，可封王'。这样，表面上莲芬仍然是嫁给我们的孩子，而我们的真孩子又不致吃她的苦。"

"我老早就对你母亲提议过，她老人家说她的孙女儿怎么可以嫁给买来的野孩子呢？"李明说。

"暂时不必对她老人家说明就是，她今年六十八岁，孩子们总要到十八九岁才好成亲，那时候她老人家早已去世了，怎么会知道呢？我明天去和我哥哥私下谈谈，把大同的八字去换回小明的八字就是。"

"假如你哥哥不肯要大同做女婿的话，"李明说，"你就要背着人对你嫂嫂讲讲，要她劝劝你哥哥。"

"我自然会背着人和我嫂嫂谈谈。不过你为甚么认为我哥哥没有我嫂嫂那么讲理呢？莲芬的八字不能瞒人的呀？"

这门亲事果然就照此解决了，自然她哥哥只好同意，尤其是她嫂嫂，她不但同意，而且好像是认为大同更合适似的。于是他们把小明的八字换成大同的八字，又决定大家都不要对老太太讲明，以后提到这门亲事时，说话要特别留意，特别含蓄。

第二章

江山易改，本性难移。

李明晚年得子，一举两男，虽然大的死了，总算他设法把它补上了；有时不免为之四顾，踌躇满志。小明简直成了他的掌上明珠，真是喜欢得不忍释手。大同也是他生平得意之"买"。李明仿佛是一个得意的鉴赏收藏家，偶然可遇而不可求的买到了一件价廉而物美的宝贝，每逢有人夸赞大同，他不知不觉的满心欢喜；若有人指摘的话，那怕是极小极小的毛病，李明也会非常懊悔，即令弃之如敝屣也在所不惜的。

两个孩子刚刚过了三岁的时候，他们都渐渐的能够认字了。小明比较聪明多了，一教便马上认识；可是学得虽快，忘得也快。大同似乎笨一点，一次两次教不会的，必须三番五次重复的教，他才能认识一个字，可是这个字一经认识之后，从此就不会忘。小明当然是一家人不离手的抱着，因为他喜欢要人家抱着他，大同却最怕人抱他，喜欢一个人自己走，因此谁也不去理他。他常常跑到隔壁叔叔那边去同大猷玩，看看他读书写字，李刚也特别喜欢他，有时教教他读书写字，他无意中多认识了很多字。

等着两个孩子快到六岁的时候，李明打算去请一位先生到家里来给他们启蒙。李家庄上只有一位秀才，全村人都尊称他为"秀才先生"——简称"先生"。李明本来十分瞧他不起，认为他是一个毫无出息的人，不过究竟是这村上独一无二的秀才，没法子只有找他。那年刚刚过了元宵节，乡间新年的娱乐已告结束，大家都做正事，李明叫老张在所养的鸡之中，选一只最小最瘦的，又在肉店里，买一个小得不能再小的猪肘子，把这两样大礼物，交给老王提着走前引路；主仆二人，虽没有担酒牵羊，倒是带了鸡带了肉，专诚去拜访"秀才先生"。

　　他们尚未走到秀才先生的门口，便听见人声鼎沸，不知道秀才先生家中有什么大喜庆事似的。走近来一看，全房子里边都是人。大家拥挤得水泄不通。中堂里摆了三顶李氏宗祠里抬来的神轿：关圣帝君、杨泗将军、文昌帝君。天井中刚刚宰了他家里所畜的大肥猪，大家纷纷攘攘的正在那儿分猪肉，每人一斤，凡到了的都可以自取。不但秀才先生本人的影子看不见，就连他的女人"秀才娘子"以及他们的儿女，全家人一个都找不着。李明看这情形，不知出了什么大毛病，自己马上躲开，叫老王藏着鸡肉去问明了缘故之后，马上转身回家去。

　　李明一路回家，一路着急，这位秀才先生是不中用了，叫他除了去找他那个没有出息的弟弟李刚之外，还有什么别的办法呢？当然他的岳母吴老太太也许可以在城里去找一位秀才来，但是城里的秀才，未必学问真有他弟弟那么好，而且外老太太代请的人，价钱一定高得很，一经请定，他毫无办法，只得照付；所以他心中打打算盘，不如去找弟弟。

　　哥哥去找弟弟，虽然是为了要请他教儿子的书，照例是用不着带礼物去，但是李明要表示尊师重道，未便空手登门，因此叫老王把小瘦鸡放回鸡囷中，只是自己提着一个小小的猪肘子，不走旁门，绕道出自己的二门再进李刚的二门。照规矩哥哥看弟弟是可以登堂，弟弟看哥哥，简直可以入室的——南昌的俗语说："小叔可以上嫂嫂的床，大伯不可以进弟妇的房。"——但是这一次李明看不见一个人，便遵着"将上堂，声必扬"的古礼，大声叫道："大猷，你爸爸在家吗？"

　　"伯伯来了呀，"这孩子在书房中答道，"爸爸在家。"他马上走了出来，看见伯父手中提着一个小猪肘子，必恭必敬的样子，站在中堂前，觉得有些蹊跷。"伯伯，请坐呀？"他半疑问式的望着他伯父说。

　　李明做一副特别慈和的样子，对着他侄子微微笑着说道："这是我送给你爸爸的礼。快交给你妈妈去。"

　　"不敢当，伯伯，不敢当。伯伯，多谢多谢。这怎么——这怎么——？"大猷这孩子才九岁，不知道应该不应该收下来。

"别傻了，你这个傻孩子。"李明不耐烦起来了，"我叫你接着，你就接了去，马上交给你妈妈去！你爸爸呢？"

大猷接过猪肘子来，又道了两声谢，极力想法子避免回答他伯父问他的话。他知道他爸爸还没起身，他也知道他伯父不喜欢他爸爸睡早觉，所以他马上向厨房跑去，可是李明追着问道：

"你爸爸还没起身吗？"

"叔太婆还没有起身呢！"大猷一说完又想跑了。

"我是问你：到底你爸爸起身了没有？"

"你问我妈妈吧！"大猷一溜烟似的飞奔到厨房中。

"叔太婆"是本村一位远房高几辈的太叔太婆。认真讲辈分，叫得怪绕口的，所以大家都简称她为"叔太婆"。孤苦零丁的无依无靠，一向是李刚养着她。李刚的太太看见李明送他们这个小肘子，虽然是小得可怜，觉得太阳从西方出来了，赶紧问明白是否发生了什么误会。李明说这便没有误会，他要见见弟弟谈谈，她只好去催她丈夫起床。

正月的天气怪冷的，李刚要辞别他温暖的被头，穿上冰凉的衣服，是一件不太高兴快做的事。李明等得心烦，暗想日上三竿尚未起的人，真不配为后辈的师表，本想不再等他，去另请高明，但是一想到那个猪肘子早送到弟妇手里去了，只好忍气吞声的等着，等得实在无聊，漫不经心的问大猷道："大猷，你现在念什么书？"

"正念《诗经》呢。"

"念《诗经》？好难念吧！"

"伯伯，一点儿也不难念；容易上口，也容易背，有的词儿挺好玩儿的。"

"挺好玩儿的？懂得它的意思吗？"

"伯伯，当然懂得，全懂得。爸爸一句一句都先讲给我听啦！"

这一下子可把李明怔住了！才九岁的孩子懂得《诗经》，还全懂得！李明当年念《诗经》的时候，比大猷大两岁多，什么"关关雎鸠，在河之洲"，"采采卷耳，不盈顷筐"，"螽斯羽薨薨兮，宜尔子孙绳绳兮"，把他闹得昏头昏脑，不知挨了多少先生的戒尺！背不出，不懂它说些什么，到今天他已是五十六岁了，仍然是不知道《诗经》里讲些什么精灵古怪的东西。他弟弟居然能叫九岁的孩子把《诗经》读得上口而明白它的意思，真值得他多等一等。

李刚被他哥哥吵得没有睡好早觉，不大高兴的走出来问他送一只肘子来到底是闹什么鬼。

李明也恼了说道："官不打送礼的，狗不咬拉屎的。"说到这里，他又忍住脾气，和颜悦色的解释："我并不是把你当做狗，我那个肘子虽然是——反正不能比做屎！那算是你两个侄儿子孝敬先生的见面礼。弟弟收了礼，也就算是收了他们做学生吧。"

"本村庄上放着一个现成的秀才没饭吃，你不去找他，偏偏要来找我，你有什么毛病吧？"李刚火气仍未熄。

"他的学问还不如你的——"这是李明的外交辞令。

"这不像你的本心话！你快把肘子拿去送他吧！他要知道了你先来找了我，他一定要生气的！"

李明看见他弟弟叫大猷去拿肘子还他，他真急了，只好直说：

"不瞒你说，我先上了他家里去看看，不过我既然是知道了他不是一个正人君子，我就不想要他做我儿子的老师。"

"什么话？"李刚不太相信自己的耳朵，"你还说他不是正人君子？"

"可不是吗？现在全村的人都在他家里宰他的猪，分他的粮食呢！我不能请他了！"

"为了什么呢？"李刚问他哥哥。

李明冷笑道："我们的秀才先生，和很多读书的人一样，书读得越多越不明理！现在大家查出来了，他经管祭祀会，吃铜打夹账，他写花账又不在行，一下就让人家查出来了！……"

"这算什么？可惜他没有来请教内行！"李刚望一望他哥哥，"这一班人简直不成话，我去跟他们讲去！"他一说完掉头就走，也不管他哥哥还要同他讲话。

"嘿！你怎么啦？"李明追上去叫他弟弟回来，"他关你什么事？你这个书呆子，你出面替他讲情一大伙儿都会和你闹的，他们会说连你也有份！"

李明的话还没有讲完，他弟弟早已跑了。李刚跑到秀才家里，站在大门口，对着大家高声叫道："各位尊长，各位兄弟，请大家听我讲几句话。"

大家不知道他有什么事要说，都呆呆的望着他。

"我们的秀才先生经管祭祀会的银钱账目，出了毛病。各位查出来了，他的账目有一点儿不清不楚。对不对？我要请问请问各位：我们李家庄上，有几位秀才先生呀？天上没有掉下来，地上没有长出来，我们就只有这么一位秀才先生啦！秀才先生可以耕田吗？秀才先生可以种地吗？秀才先生可以耷谷吗？秀才先生可以舂米吗？秀才先生可以挑担吗？秀才先生可以推车吗？秀才先生上有老母，下有妻儿子女，一大家人，他既不能耕田种地，耷谷舂米，挑担推车，只能经管祭祀会的银钱账目，他要是再不吃铜打夹账，他一大家人只有吃西北风，难道你们各位要看着他们一个个都饿死吗？"

本村的农民，平素都很尊敬李刚；一来因为他常常和农民佃户在一块儿下田工作谈谈笑笑，二来因他肯替他们写信写对联立租约等等。他那一份家产，一大半都花在本村。今天这一番话，若是由李明口中说出来，大家未必肯听，但是经李刚这么一说，似乎颇有道理。大家都知道李刚和秀才素无来往，决不是私心偏袒他，于是觉得自己做得太过分了。李刚知道领导群众的是几个比较不安分的乡民，他便好声好气的叫他们押着六个年富力强的农人，把三顶神轿马上抬回祠堂去，祭祀会的账目，和分了的猪肉，一律都不去追究，大家各自回家算为了事。

秀才先生全家已逃光了，只剩下秀才的老母亲一个人藏在厨房后面哭个不停。他看见大家纷纷的散去，又听见他们走的时候说既是有李刚到场出面做"和事佬"，大家都回家得了，她高兴之至，渐渐的探头探脑走了出来，正想要找李刚以便谢他救护之恩，那知李刚怕他们再发生变故，早已押着那几个领导群众的人一同走远了，幸好李明已经赶到了这里。他对她说："婶婶，一切弄妥了，我叫弟弟把他们这一班浑蛋打发走了。"

秀才的母亲听见李明说他叫他的弟弟把事情弄妥了，衷心感激，跪在李大善人前面，叩头如捣蒜，口中千恩万谢的不停，再也不肯起身。当初李明并不一定是要受人家的谢礼才挺身而出的来看她们，只因他慈善成性，每逢人家有急难之事，他很少袖手旁观。这一次看见大家都走了，只剩下一个孤苦零丁的老太婆满面的眼泪，故此不辞艰苦的上前去安慰她一番，虽然只是说几句空话，真可以算是雪中送炭。无奈这老婆子就此把他拖住，还要他等她的儿子儿媳、孙儿孙女们回来，一同叩头谢他。李明看此情形，心中知道留此并无一点油水可取，只好转身去追他弟弟，一同回到他弟弟家中，再申前请，要他教两个侄儿的书，讲来讲去，李刚只好答应，他说：

"可是哥哥不要把我当西席，我也不能把哥哥当东家，只是两个侄儿子到我书房里来，和大猷一同读书就是。"

不但富豪之家，即是小康之家，都是决不能把子弟送到外边去就学的。他们总不惜重资，要把先生请到自己家中专教自己的子弟。穷苦人家，自己请不起先生，只好把孩子送到别人家的私馆去附学，或者是到先生自设的蒙学中去读书，照这两种办法，所出的学费都很少。李明虽然是节俭成性，原本不想在两个儿子的教育费上打算盘。恰巧秀才先生是不能为人师了，弟弟又不肯就范，他只好将就弟弟，把儿子送到隔壁来读书，好在他们两家共了一个大门，关起大门来还算是一家。再说李刚也再不会另外收到别个学生，于是乐得依着弟弟的意思，开销因此便可省去不少。他答道：

"好吧，一切都照老弟的意思办去，你现在不是我的老弟，是我两个孩子的先生了。不过书房虽然在你这边，你只当是在我家里教你两个侄儿子。茶水我那边送过来，可是饭菜呢？送来这边开不太方便，到我那边去吃方便不方便呢？"

李明有一点怕他弟弟答应过去吃饭，所以说得半吞半吐的，好在李刚马上就说不用他预备饭，他宁可在家吃，两个侄子，回家吃饭好了。李明又提出每年三千文的束脩，他弟弟说他并不计较这些，可是李明说宁可先小人后君子。当下选定了正月二十的黄道吉日开学，叫两个学生过来拜孔拜师，一切议定之后，李明站起身来，深深的对他弟弟作两个长揖，使得李刚跼踬不安的连连回礼。李明告辞之后，仍由前面的正门回家。李刚只好如法炮制的送他到门口揖别，自己回头来不忍失笑，觉得滑稽极了。

李明做事十分彻底，第二天还送一份聘书来，写明束脩条件，随后又送了两张小书案和两把高椅，放在李刚的书房之中。正月二十日那天早上，李刚糊糊涂涂，完全把这桩事忘了，还是和往日一样，在床上睡早觉，忽然听见一片非常响亮的鞭炮声。他正在发恼，要问他太太这是弄甚么鬼的时候，他太太跑进睡屋来，叫他赶快起身，他哥哥带了两个侄儿子来上学。

李明等了又等，才见他弟弟衣冠不整，望之不似人师的样子走进中堂来，李明只好压着脾气，先对他弟弟行一个礼，然后叫他两个儿子拜孔拜师，然后双手交一根竹鞭子给他弟弟说：

"养不教，父之过，教不严，师之惰；学生不好好儿的读书，先生用这根竹鞭子打，打断了我再送一根来。"

"这是甚么话？"李刚不肯接鞭子，"教书匠不是铁匠，全靠不停手打着！读书的学生用不着要先生打；要先生打的学生就用不着来读书。"

李明不便和他弟弟争论，今天是两个儿子开蒙的黄道吉日，一切事情都只好容忍。他又叫儿子拜师母，拜师兄，然后再把敬师礼呈上。他对他弟妇说，双福回头会送一大壶茶，四只茶碗来，放在书房中用，晚上放了学，仍由双福拿回去洗，第二天早上再换新茶来。他把一切的零星琐事都安顿妥了，才一个人必恭必敬的辞别了弟弟回他那边去。

李刚等他哥哥走了之后，才叫两个侄儿子到他身边来，问问他们带来的书包之中，放了一些什么东西。原来他们两人，除了带着文房四宝之外，每人都带了一部《四书》。李刚一看，直对着这两部书皱眉头。大同算是哥哥，李刚就先对他说道：

"大同，你把你这部《四书》先交给我，我替你留着。这部书自然是很重要的经典，谁也不可以不读的。不过一个六岁的小孩子，最初发蒙就读这种东西，那简直是糟蹋你的时间，糟蹋我的精神，就是十二岁的小孩子读起《大学》和《中庸》来，也不容易了解，你们这种年纪怎么能读它呢？《孟子》这部书里的辩论、譬喻和教训，都对于你们将来立身处世有极大的帮助，假若现在要叫你们去读它去背它，那你们这一辈子都会一听见孟子就要头痛的。所以这部书，也要留到将来再让你读。《论语》是孔夫子教他学生的言论，一个人做人之道，若是能够依着他这些教训，便可以称为一个君子。但是这部书也要等你们大一点才能了解。现在我想你先读这一本书吧。"

李刚从他书案的抽屉之中，取出一本薄薄的新书来，书面上的名儿，叫做《时务三字经》。他把书打开，由笔筒中抽出一支银朱笔来，用白芨磨好银朱，将笔蘸满银朱，逐句逐句的圈着，同时教大同读着：

今天下，五大洲，东西洋，两半球，
曰亚洲，曰欧洲，曰非洲，曰美洲，
美利坚，分南北。

接着他就告诉大同：大洲是甚么，洋是甚么，半球是甚么，亚洲叫做亚细亚等等。

大同听见这许多新名词，真是闻所未闻，读得津津有味。小明不读《时务三字经》，暂时先读《百家姓》，因为《百家姓》句脚有韵，容易上口，李刚也带着他读：

赵钱孙李，周吴郑王，冯陈褚卫，蒋沈韩杨，
朱秦尤许，何吕施张，孔曹严华，金魏陶姜。

小明也真聪明，教一遍就会念，念一忽儿就熟透了，马上可以流水似的背出来。李刚真高兴，大大的夸奖他，大同每一"上"是十句，共三十个字，上午读一"上"，下午再读一"上"，共六十个字。两"上"都读熟了，再读一"上"所谓的"带书"，即是把早间的一"上"最后两句，和下午的一"上"最前两句接着读。大同读《时务三字经》，二十句三个字一句共不过六十个字，勤苦的努一天之力，若不是有几个重字，还不容易全记得清楚。小明早间读一"上"是八句，马上就熟了，希望多读点，下午有时可读两"上"，也很快的就背

得出，《百家姓》每句是四个字，而且绝少相同的，所以他所背的字数比大同的多很多。

那知小明只会读书，不会认字，书读熟了——其实是唱熟了——字一个也不认得。要他只认赵、钱、孙、李四个字，认了两天，还是分不清楚，李刚只有对着他愁眉。

一年分三节，五月端午节放一天假，李明把先生请到家中吃酒，让他坐在首位上，用红纸包了十张江西官银号一千文一张的钞票送给他。

"天地君亲师"，这是五尊，李明对他弟弟，不能不尊师重道，不过他既然出了钱，到了放假的日子，就可以问问老师，为甚么对自己的儿子就教他念《诗经》，对出了钱的学生反教他念《百家姓》，他说轿夫脚夫读《百家姓》还有点用，将来好认公馆牌子，他的儿子将来是要做官的，应当先读四书五经。李刚只好答应。

大同读的《时务三字经》，李明也认为是左道旁门、邪说惑众的新玩艺。甚么"欧罗巴"呀，"美利坚"呀，"拿破仑"呀，"哥仑布"呀，听起来古灵精怪，找起来也不见于经传！他请问先生，为甚么他放着四书不读，去读一本这种离经叛道的洋书？难道他两个儿子都不配读《诗经》，只有大猷一个人配读吗？

李刚心里气极了，认为他哥哥蛮不讲理，盛气凌人。他更没有好气的答道，他打算要他儿子大猷务农为业，所以要读《诗经》，一则多识鸟兽草木之名，二则知道乡间的情况。大同的前途未可限量，所以要学通中外，先打好一点世界知识的基础，给他《时务三字经》读，可以略知今日天下的大势。小明将来一定是承继父业，可以师陶朱而致富的，所以应当先读熟《百家姓》。以后也应读些商业应用的书籍，不必去读孔孟的空论，将来做买卖要是照着孔孟之道去交易，不但是难以牟利，恐怕连老本全要赔光的。

李明不管这些，一定要他弟弟教他的儿子读四书。他说"货从客便"，他要他儿子读甚么，先生就得教甚么，反正钱是他出的，书也要由他挑选。李刚无奈，只得从第二天起，开始教他们两个孩子读《论语》。《论语》的句子有长有短，短的时候，只有一两个字，长的时候七八个字，而且又没有韵，十分绕口。大同一向是按部就班慢慢的认字慢慢的记，已有了一千多来字的底子，虽然觉得《论语》比《时务三字经》难多了，干燥多了，难懂多了，还可以渐渐的接受。小明从前唱歌似的读惯了有韵的《百家姓》，根本就不认识几个字，现在对着《论语》，简直是恨之入骨，慢说他不愿读，就是万分愿读，也读不上口。

到了八月中秋节，他们又放一天假，李明又把弟弟请过去吃酒席，再送一个十吊钱的红包儿。这一次李明知道先生依了他的意思教他两个儿子读四书，自然无话可说。但是李刚却满腹牢骚，借饮酒便发泄发泄。他说这一节中，大同的进步慢些，他的束脩就应该打一个对扣，再加上小明简直一点也没有读到，更应该一文钱不送。李明说他们这两个孩子年纪还小，上学不过是收收心而已，少读点书并不要紧的，将来读书的日子还长呢。

李刚看见小明不肯读书，也不便勉强，于是多下点功夫教大同。到了年底，大同早已把《时务三字经》和《论语》及《孟子》全读完了；小明的《百家姓》只能唱不能认，《论语》简直等于没有读过一样。

李家庄是腊月二十四过小年，所以二十三晚便散学。二十四过小年那天，照例是要吃年饭的，李明顺便把先生也请了来，"一弓两箭"，省了一台谢先生的酒席。

席间李刚又趁着喝了两杯空心酒，说小明这一年来简直没有读多少书。头一季因为是初上学，一切都摸不着头脑，所以不能读书。第二季过了端午节，天气一天比一天热，小孩子精神疲倦，总是在书房里打瞌睡。等到过了中秋节之后，第三季就忙着预备怎样过年玩耍，绝对没有心情再念书了。

李明听了他弟弟这一番话，心中老大不高兴，忍着脾气没有去回驳，没想到大同插嘴说道：

"爸爸，我知道一首诗，正合弟弟读书的情形。

'春天不是读书天，夏日炎炎正好眠，

过得秋来冬又到，收拾书卷过残年。'"

李刚听了大笑，说是这一定是有人知道小明这一年来读书的情形才做的。李明觉得一点也不好笑，沉下脸来问他弟弟，这一年之中，大同的成绩如何，李刚看见有机会夸夸他得意的高足，很高兴的说道：

"大同这一年之中所读的书，比普通孩子两年所读的还要多很多。这个小孩子真了不起！"

李明满肚子的不高兴，借此发挥发挥，他说道：

"小时候读书了不起，大了做人未必了不起。"他说时望着他弟弟，因为李刚小时候读书极好，谁都说他了不起。

李刚明白他哥哥在挖苦他，不过觉得自己是客，未便和主人吵架，只好瞪着眼睛望他哥哥，不做声喝一口酒。当时大同又插嘴道："爸爸小时候读书一定了不起！"

李刚一口酒正喝了一半儿，忍不住笑起来了，弄得半口酒由鼻子里川出来，大咳不止。李明气得说不出话来，大叱大同一声。

过小年，过大年，辞岁，迎岁，迎春，过上七，逛灯，过元宵，一连二十几天没有读书，十六日两个孩子才重上学。这二十多天以来，小明玩得不亦乐乎，痛快极了，再把他关在书房里面只关得住他的身子，关不住他的心志。他看见了书本，如同看见了仇人一般，李刚决不肯打学生的，小明不读书不写字也由他。他在书房里闷得慌，若不是托病逃学，便只好和大同大猷捣蛋。大同当仁不让，小明打他，他也回敬，他长得比小明高大，小明不敢多惹他。大猷比他大三岁，处处只好让他。李刚看看情形不妙，便早早不让大猷读书，不到十一岁便下田工作。大猷走了之后，小明失去了最好的目标，更觉得生活沉闷。

这一年是光绪十四年（西历一八八八年），江西早已经奉了学部的命令，自乡试起，全加算学一科取士。等到这消息传到李家庄时，李明听见之后，高兴得不得了。他真是日算天，夜算地，算盘打得比谁都快；加，减，九规，斤求两，两求斤，化元为两，化两为元，颠来倒去，没有一样他不是熟透了的。他弟弟李刚一辈子也没有摸过一下算盘，谁也从来没有听见他算过什么账来。不料打算盘也可以进学、中举、点翰林了！

有一天早晨，两个学生才去上学不久，李明带了两把小小的新算盘，要到书房里去看看弟弟。他刚刚走过了耳门，便听见书房里两个孩子都在高声的叫着。他心中一愕，为甚么他们叫着呢？轻手轻脚的走到窗户前，从窗棂中望里偷看偷看。不看便罢，这一看却把他气坏。

李刚不在书房里，毫无疑问的这个懒骨头还在床上睡早觉。"一日之计在于晨！"他的书算是白读了。先生虽然不在那儿，先生的书案和椅子倒有人正在用呢。不知谁把桌椅移到了书房中间，桌上的摆设，仿佛是一位正堂的公案，公案后面坐着一位小老头儿，戴了眼镜，长了胡须，神气十足，脾气极大，手上拿着一根戒尺，把它当作惊堂木在桌上连连的拍个不停；每拍两下便厉声叫道："混账的东西，推出衙门去，把头砍了！"

这声音是小明的声音，眼镜和胡须都是用墨画的，他正那儿坐堂审案子，将受审的人犯一个个都砍头示众。

小明在正中坐堂审案子，大同却在他后面陆地行舟。他把两张小书案和两把小高椅来代表一只舢舨儿船，自己用纸做了蓑衣笠帽穿着戴着；他那副神气和相貌，和八年前天桥底下他那个驶船打鱼的生身父亲一模一样。这孩子已经把他的绸长衫脱了下来，用一根长绳子系着，当做鱼网，这个小渔翁把网撒在他幻想中的河里，一网打着了许多鱼，现在，正小小心心的收那沉重的网，高高兴兴的叫着。

李明看了之后，百感交集。自己的儿子，不失大官人的身分，正和孔子幼时陈俎豆为戏一样，他是高兴极了。但是大同这种行为，令他又失望又心痛，又悔又气！八年来所费的心血，所用的金钱，所存的期望，现在算是全完了！真是"龙生龙，凤生凤，要饭的只能生大麻疯！"他大发无名之火，跑进书房对着大同厉声叱道："你这个下流的贱骨头！我花了多少钱教养你，还是换不了你的下流贱骨头。你替我滚出去，你这个下流的小浑蛋，快滚出去！"

大同知道情形不妙，可是不知道出了甚么毛病。他赶快把纸笠帽除了，纸蓑衣脱了，绸长衫穿上，再把桌椅一一搬回原位。小明当初听见父亲大发雷霆，也吓了一跳，不过马上就看出来父亲是发大同的脾气，他不但不再害怕，反而高兴起来了。大同出了毛病要挨词儿，他再快乐也没有。他走到父亲身边去补告哥哥一状：

"爸爸，他一下也不肯同我一道玩儿，他说要是我砍他的头，他一定要把我宰了！"

李明一听，走上前去把大同的后颈脖儿抓住，骂道："好！弟弟叫你同他一道玩儿，你还要把弟弟宰了？你这个下流贱骨头，马上替我滚出去！"他抓住大同，要想把他拖出去。

大同听了这话，心中十分不舒服，他生性固执，一赌气就不出声争辩，双手攀住书桌子，一动也不动，表示反抗他父亲不公平的态度。李明更生气，使劲把他一拉，那知哗啦一声，连桌子也拉倒了，纸笔墨砚和书本儿，也随着桌子全倒在地上，到处都是。这一下可把李明气坏了。

"你这个逆子！我要摔你出去！"

李明要想把大同摔出去，说是容易做却难。大同长得高大，李明又上了年纪，都快六十啦。李明抓住大同，大同抓住桌子椅子，见甚么抓住甚么，死死的不放手。李明使劲一拉，屋子里的家具一件件都给打倒了。两个人挣扎了半天，小明在旁边看热闹，看得高兴极了。

李刚听见书房中一片打闹声，越打越凶，只好起身来看看。他看见李明和大同两个人继续的拼命！屋子里的东西，让他们打得落花流水，满地都是，十分惊异，十分忿怒，大声叫道：

"你们在我这儿搞什么鬼？快快住手，快快住手！"

李明正打累了，喘不过气来，听见他弟弟的声音叫他住手，马上借机会下台阶儿，立刻便放了手。不幸大同正打得起劲，也许是没有听见李刚的声音，也许虽然听见了，却要先报复报复才肯停战，藉此机会便一手将李明推倒，李明躺在地下直喘气。

"大同！我叫你住手！"李刚大叱他，马上跑过来扶他哥哥。

李明气得胸脯都快要爆裂了，认为李刚是鼓励大同打他的帮凶，挨也不要李刚挨他，宁愿自己慢慢的爬起来坐在地上，咬着牙齿，摇摇头骂他弟弟道：

"好一个先生……真是的……我出了钱，请……请你……你教我儿……儿子打我！"

李刚本打算骂大同一顿的，听了这句冤枉他的话，马上变了脸，不再去扶李明，他拾起他自己的椅子坐下，沉着面孔说道："我走进书房的时候，只看见你打他，要想摔他出去呢。"

李明把气喘过来了之后，反骂他弟弟道："书房？你还说这是书房！我看早已变成了一只臭渔船！这个小王八蛋在你这儿只学会了打鱼打架！"

书房重地，是老师的世界，未经老师的许可，闯了进去，打学生骂学生，即令这个学生是你的儿子，也是极端不对的。李刚认为他哥哥侵犯了他的圣地，板起面孔来说道：

"既蒙你赏光到我书房里来了，就请你坐下吧！"他一看，李明要坐也无处可坐，桌椅全给他们打翻了。他只好叫大同扶起一把椅子来给他父亲坐。大同把椅子搬过来，李明睬也不睬他一下，走到李刚前说道：

"我不是来坐的！我是来告诉你：朝廷里颁布了命令，'加算学一科取士'，我要我两个孩子学算学。我带了两把算盘来给他们学，没有想到你的书房早已不成了书房……"

李刚不等他说下去，便冷笑道："你说得不错，我的书房早已不成了书房，我看见你们比武的情形。不过我不明白，你把算盘带来干甚么呢？"

"孩子们得学算学啦！你要是不会教他们的话，那只好让我自己来教他们呵！我不是告诉了你吗：朝廷颁了命令……"

"用不着你的算盘！自从北京的命令颁布之后，我早已教了他们学阿拉伯数目码子，做算学习题。"李刚从抽屉里拿出一本薄薄的《石印数学入门》来，翻开几页给他哥哥看，那上面印了许许多多阿拉伯的数目码子。他接着说："他们现在是学这种东西。"

李明愕然的望着这本书，反唇相讥道：
"你总有许多古灵精怪的新花样！"

"这不是我的古灵精怪的新花样，这是学部批准的古灵精怪的数学新教科书。"

"好吧，留给你的孩子自己去读吧。"他把书推还他弟弟，"我的小明儿用不着这种东西！"

"那正好，他本来就不愿学，这样省得糟蹋大家的功夫。只有大同一个人学得快。……"李刚欣然的说。

"大同？大同也用不着学了！我要带他走。"李明说。

"带他走？你是甚么意思？"李刚惊问他哥哥。

"他在你这儿只学会了打架，打鱼！有甚么用？我要把他放到一个更妥当的地方去。"李明讽刺的回答。

"老哥，你误会了。其实是小明在这儿学不着甚么，而且专门捣蛋，你不如把他带走吧。"李刚求着他哥哥。

"你用不着再讲我小明儿的坏话，我自然会把他也带走的。"李明冷冷的说。

"你把你的小明带走，我倒不在乎。"李刚不知不觉的说，"不过我的大同……"

"你的大同吗？"李明诧异而讥讽的问道，"你的大同没有你的事儿！他算是我的儿子。我今天就要把他带走！马上就带走！"

"马上就带走？"李刚认为这是受了侮辱，"你不是口口声声要说，尊师重道吗？这一季还没有念完呢！……"

"你不用愁，我明白你的意思。我明天会把这一季的学费照数送给你的，半个子也不会扣。我不在乎这点儿钱。"李明并不是不在乎这点钱，可是他认为这一次值得大大的牺牲一下子。

"谁要你的黑心钱？你留着你那些臭铜吧！我一文也不要你的！"李刚站起来，怒冲冲的望一望李明，又望一望小明，接着说，"好吧，我现在就请你们两父子早早起驾吧！快请远方发财，越远越好！越快越好！"

"我们不止两父子！我们一共是三个人！既是你不肯收学费，那也好，我就不客气了。"李明一只手牵着他的儿子，那一只手招呼大同，要他一同走。

大同听见了李明对李刚所说的话，心里慌乱得很，一点也不愿意走。不过李刚对他说道：

"大同，你走吧，他总算是你的爸爸，你得听他的话。你先走吧，以后我再看看有没有甚么办法。"

大同无奈，只得收拾书本预备走。李明等得不耐烦，催道："大同，快走，用不着你管那些书了，快来吧！"

大同犹豫不决的望望李刚。李刚点点头表示让他走，他便把书全放下，跟着李明和小明走了。

他们三人走了之后，双福过来捡茶具、算盘、文房四宝、书本儿等等东西。她和平常一样，总是由李刚后边的耳门进出的。李刚再也不想同他哥哥往来了，跟随着双福走到耳门口，当时便把耳门砰然一声的关上了，而且又把锁也锁上，以示决心。

双福把茶具收起来了之后，又把书籍、算盘、文具等物交给李明，不免顺便报告主人，说是二老爷把他那边后面的耳门砰然一声的关了，而且听见他马上又把它封锁了。李明听了大怒，马上叫双福去把他前面的耳门也如法炮制，以示报复。双福高兴之至，马上去把前面的耳门，砰然的关它两次，再加封锁。

李明仔细一想：这事做得吃亏了。他弟弟没有了余谷，用不着谷仓，所以可以把后面的耳门封死它。但是前面的花园之中，全是他叫老张种的蔬菜，前面的耳门再一封，岂不是把菜都送给弟弟了！倒霉的双福，只得蹑手蹑脚去把前面的耳门轻轻的启封。

第三章

池中有水，水中有鱼，
用之不竭，取之不尽。

大同当天晚上翻来覆去的睡不安，半夜之后才疲倦极了而蒙眬入寐，第二天早上醒来，觉得时间已不早了。他走进中堂，又看不见早饭的踪迹。那天没有太阳，他不知确实的时间。全家只是他母亲的屋子里有一座钟，他只好进去看看，那时已是十点多，但是母亲和小明还躺在床上未起身，却不见他的父亲。

大同料想他们暂时不必上学读书了。平常总是他催小明起床的，今天他用不着催他快快起身上学，所以他向母亲请了早安之后，便跑到厨房里去，问一问今天甚么时候才开早饭。老张告诉他早饭已预备好了，但是要等着老爷回来了才可以开出来，这是老爷一早出门的时候所吩咐的。

等了好一阵，李明才回家，他一进门便吩咐快开早饭。可是用早饭之前，他又到他的账房里去写甚么东西；写了半天，把那张写好了的大皮纸折好，放在衣袋中，才出来吃早饭；同时又叫他太太赶快让丫鬟把东西检好捆好。她听了他的话，似乎愕然的望了大同一眼，便押着丫鬟同到后面去。大同饿极了，狼吞虎咽的吃着早饭，心里忽然奇怪起来了。母亲押了丫鬟"把东西检好捆好"，并不是回到她自己屋子里去检东西，而是到后面去，他不知道他叫她检些甚么东西。

早饭还没有吃完，双福拿了一个小布包儿来，偷偷的望了大同两眼，把那小布包儿放在他座位边，一句话也不说的走了。李明很快的把早饭吃完，便叫大同也快把饭吃完，大同刚刚把筷子一放下，李明便一手提了小布包儿，一手牵着大同，连拖带拉的望外走。

大同摸不着头脑，只得跟着走。到了大门口，老王看见老爷手里提了东西，赶忙过来接手。李明也不开口，只是把头一摇，表示不用老王代劳。李明对待下人，虽然宽厚，但是他总要他们手不停脚不住的做事，"业精于勤，而荒于嬉"，是他御下的金科玉律，所以他自己素来决不肯提一个小小的包儿。他读过《孟子》："斑白者不负载于道路"，他两鬓渐斑，自然要他人代劳。今天他居然不要老王代劳。大同的小小心灵儿，马上知道这是他不要第三个人知道他们是上那儿去的意思。他心里忧虑起来了，问道：

"爸爸，我们上那儿去呀？"

"别问！快跟我走！到了自然知道。"

"爸爸，远不远呀？爸爸，让我提这个包儿吧？"

李明只当着没有听见一样。

大同知道事情不妙，回头望一望自己家的大门口，看见妈妈和小明都赶出来了，站在门口望着他和父亲，母子二人脸上的表情都很奇怪。他们后边，还有几个下人站出那儿偷偷的望着他们。

"爸爸，我们到底是上那儿去呀？"大同仿佛是提出质问似的，"爸爸若是不告诉我，我就不去了。"

仍然的紧紧拉着大同走，李明随口答道："到你那儿去！"

大同自然而然的不走了，说道："我不去了！我要回我叔叔那儿去上学。"

"你的叔叔！"李明冷笑道，"谁是你的叔叔！"

大同这孩子一点也不顾体面，竟想把李明拉回去。

"别拉了！"李明怒叱道，"在外面拉着，像什么样子！"

"我不管！"大同发了他固执的脾气，"爸爸不告诉我上那儿去，打死我也不去了！"

李明知道大同的臭脾气，也觉得在街上拉拉扯扯不成样子，只好忍着性子，和和气气的对大同说：

"我替你找着了一个好地方，现在就是送你那儿去。"

"甚么好地方？"大同要问明白，"我上那儿做甚么？"

"我看见你喜欢打鱼，所以我送你去学打鱼。我替你找着了一个打鱼的师父，他答应收你做徒弟，教你打鱼，你跟着他可以学到许多打鱼的本领。"

大同不知不觉的又随着李明走了一阵，心中仍是犹疑不定。李明一直的拉着他走，一面拉着，一面催着：

"快走吧，那个……那个打鱼的师父在那儿等着你呢！"

"打鱼的师父教我打鱼吗？"大同问道，"我叔叔怎么说呢？"

"你的叔叔呀？"李明冷笑一声。他们已经走出了村落，现在大路两边全是稻田，他们一直向着天桥走去。李明看看四面无人，便对大同直说道："你没有叔叔——那不是你的叔叔！你爸爸是一个打鱼的。"

"我早知道！"大同一说，使得李明愕然，"现在是送我上他那儿去吗？"

"不是的！"李明道，"你怎么就早知道呢？谁告诉你的？我想准是你那个没有出息的——没出息的——"李明一时想不出别的称呼来，只得说道，"——没出息的叔叔！"

"不是的，"大同道，"先是小明讲，后来我听听，谁都小声的讲，到处都有人讲。叔叔不让小明说我是打鱼的野种。你昨天不是骂我做小王八蛋吗？我怎么不明白呢？"

"你明白就好了。"李明道，"八年之前，我花了两……我花了很多钱把你买过来，这八年之中，穿的，吃的，一切的用度，不知花了我多少！两年的学费就是六十吊，要想把你教育成人，那知道全是白费。你天生就是一个小浑蛋！"

"我不是小浑蛋！"大同提出抗议。

"你还强嘴？你这个该死的小浑蛋！"李明越想越生气，"我为你花了这许多钱，把你教养了这许多年，得了甚么报答？你这个该死的小浑蛋，你昨儿个几乎把我打死了！"

大同对于昨天的事，心中本来觉得十分的不安，不过李明这样的责备他，他反觉得自己受了冤枉，宁死也不肯认错。假如李明先表示歉疚，大同便会不计一切自己也道歉的。现在听了李明咒骂他，错怪他，他赌气不开口。

"俗语说得对，'关门养虎，虎大伤人'，我养了像你这样一个下流的野孩子，果然落了这样的结果，"李明自怨自艾的骂大同，"我再把你养下去，真是碰见了鬼。"

　　大同心里想着：你错了！假如你把我养大成人，我决不会伤你，你为我花的一文半文，我都会赚回给你的。不过他心里虽然是这样想，嘴里决不肯那样说。他说：

　　"我用不着要你养！我叔叔会养我的！"

　　"你叔叔！"李明觉得好笑，"谁是你的叔叔？你还不知道我既不是你的爸爸，他怎么是你的叔叔呢？"

　　"那末——那末我的——我的打鱼的爸爸在那儿呢？"大同软口软嘴的问道。

　　"你那打鱼的爸爸呀？"李明不屑的样子说道，"你还叫他做爸爸呀？告诉你吧，他拿了我两——他拿了我的钱，就没影没踪了！我知道他在那儿？"

　　"我的——我的妈妈呢？"大同再试问一句。

　　"你的妈妈呀？"李明用极鄙薄的口吻说道，"那个打鱼的婆子同她男人一道儿去了。"

　　"他们姓甚么？……我姓甚么……我原本姓甚么？"

　　"我真不知道！"李明是说实话，当初他就不肯问。

　　李明听见这孩子问他原本姓甚么，虽然不伤心，却也觉得倒霉。他不免要悔当初不该糟蹋这许多钱去教养别人的孩子。他的生身父母虽然把他卖了，而且恩情断绝了这几多年，现在还急急于打听父母的下落。李明觉得自己真做了冤大头。

　　大同觉得无话可说。从前常听见人传说的话，现在完完全全证实了。好在自他出生以来，"爸爸"和"妈妈"这两个称呼，对他从来也没有引起亲爱的情感。父母对他既然没有情感，今天他确定了他没有父母，因此也不觉得难过。奇怪得很，"叔叔"这两个字，他叫起来好像比叫"爸爸"和"妈妈"更亲切多了似的。

　　他们两人一路走，李明一路骂着。好在大同心思纷乱，一点也听不见李明说些甚么。他随着李明走到天桥边，望一望河畔的小房子和茅棚儿。从前沙滩岩石上没有什么，现在这一边竟有了一二十所小房子和茅棚儿。

离开这许多小房子和茅棚儿很远的地方，另外有一个破旧不堪的怪棚儿。当初新盖的时候，本来就是七拼八凑弄成的，仅仅是勉强可以蔽风雨而已，经过了多年的风吹雨洒，早已不成了样子，东补一块，西贴一块，那边加一根支柱，这边下一根闩儿，这才没有完全塌下来，可是全部仍向东南倾斜得厉害。棚儿是向南开着的，并没有门。李明把大同牵了进去。

里边只有两块木板搭的一张床和一个土砖砌的灶，灶前蹲着一个穿得破烂不堪的中年男人，他在那儿用一些树叶和枯枝生火。他听见有人进来，并不起身，只转过头来对李明说："老爷请坐吧，请在我床上坐坐。对不起，我没有凳子椅子。"

他的面目既可怕，他的床更脏得令人作呕，李明那里肯坐，只说不必客气，宁愿站一忽儿。那人说他老远便看见李明来了，所以正在生火烧水，预备泡茶给李明喝，他家中没有别的可以敬贵客。说完了这几句话，又转过脸去用口吹火。土灶既无烟囱，全屋子又是三面不通气，所以马上只见一片浓烟，连人都看不清楚。李明和大同，都被烟熏得不能开眼，呼吸艰难，眼泪直流。可是那个人大约是被烟熏惯了，一点也不在乎的样子。

"快不要烧水吧，"李明实在受不住了，急得大声叫着，命令式似的要那人把火熄了去，"我不喝茶，你马上把火熄了吧！这是你的徒弟。"

大同一听，知道心中所疑的最坏的事，现在果然证实了。他急得几乎要哭出来。他望着那个可怕的人，假如他想过来牵他，他就会跑出去的。幸好那个人对他毫不发生兴趣，睬也不睬他。

"他妈的火上不来，吹了半天也没用。老爷不喝茶，我就把他妈的火熄了吧！"他一面说，一面用他一只又大又粗又黑又有长毛的手，把那壶水提起来，对着火中倒下去。火一见水，白烟涌起，把李明和大同冲得大咳不止。眼睛更难睁开了。不过大同心里怕得发慌，赶快用手擦着眼睛，瞪住这个人。他站了起来，高大无比，头顶着小棚儿的房顶了。

大同听过多少妖魔鬼怪的故事，但是他素来胆大，并不害怕。不过今天见到这个怪人，将来要做他的师父，未免胆寒。这个怪人的身体，越看越大，站起来之后，头越看越小，而且站在暗中，周身只见黑白的浓烟围绕着，更令人不寒而栗。这孩子吓得紧紧的挨着他父亲，动也不敢动一下。

"大同，这就——是你的——师父。"李明一面咳嗽一面说，要想把孩子马上推到那个人身边去。

"不行！不行！"大同吓得叫了起来了，拼命的往后退，"爸爸！爸爸！我们回家去吧。"

"我的小徒弟不肯过来，不喜欢师父吗？"那个家伙歪着嘴怪笑，"你要拉爸爸回家去呀？"

李明用力把大同推上前去骂道："你那儿有家？谁是你的爸爸？你回那儿去？"

那家伙的样子令人看见讨厌极了，但是李明这几句话，令人听见更要讨厌百倍，他的举动，更令人寒心。在这一刹那间，大同对李明，觉得比这个可怕的怪人更要可怕。于是身不由主的离开了李明，慢慢的向这个生人走去。这孩子这时候的心境，和一个引颈就刑的死囚的心境差不多：两眼觉得天昏地黑，两脚不知高低，向着惨淡的目标走去，静候不幸的事情发生。他偷眼望一望他所谓的师父丑恶的面孔，料定他一定会伸出他那只吓死人的巨灵之掌来接他。

第三章

57

那知大同把自己的身价估计得太高了。他的师父睬也不睬他一下，他似乎没有看见他的徒弟向他身边走过来似的。他向着李明问道：

"老爷把现钱带来了没有？"

"带来了！"李明答道，"不过你要先在这张协约上画一个花押。"他把小布包儿放下了，从怀中取出那张皮纸来，把它打开给那个家伙看。

"我不会画花押，"那人说，"我们穷人，这一辈子就没有拿过笔。还有他的东西呢？他的衣服呢？怎么不带来呢？"

"这个布包儿里，就是他的东西。他的衣服全在这里边。"李明把小布包儿交给那个人，"协约是要签的，你不会画花押也不要紧，你可以打一个手印儿。"

"打手印儿？老爷先把协约念给我听听。"那人道。

当初大同有点莫名其妙：怎么李明要把他卖给那个人，还要付钱给他呢？后来听见李明念这张协约时，才知道李明并不是把他卖给那个人，只是出二十五吊钱，把大同交给他教养，这笔钱叫做"教养费"。

那个家伙急于要钱，又没有墨，便在锅底上把手指擦满了油烟，印在协约上。李明看看认为满意才收了协约。那人便把那只脏手在身上马马虎虎的擦了两下，伸出来接钱。李明把钱票子一张一张的数清了交给他，对他说一声孩子既然交给他做了他的徒弟，以后一切全要由他负责，便掉头出茅棚儿回去，对大同理也不再理了。

说也奇怪，李明头也不回的走出去，大同不期然的追出去，也不期然而然的一出门口便停步不追了。李明仍旧是很快的走着，大同又不知不觉的叫道："爸爸，别走，带我回家去……爸……"，又不知不觉的停止不叫了。现在"爸爸"这两个字，叫出口来，怪不自然似的。

李明的背影越来越小。大同望了一忽儿，心中有说不出的感慨，不忍看下去，抬头望着天际，四面的阴云，比以前淡了，一方略见开朗，细雨纷纷的下起来了。大同再望一望那远处的背影，高声叫道："天下雨了，要不要遮雨的？"

背影越走越远，一眨眼便看不见了。大同觉得他满面都是雨水，只好回到小棚儿里来。那个家伙正跪在地下，把李明带来的布包儿打开着。包儿里边不过是几件大同换洗的衣服，全都是破旧的东西，不过本来都很干净，现在却让他有油烟的手弄满了黑手指印，脏极了。那个家伙看了十分失望，把它乱扔在床上，站起身来，对着大同发脾气的骂道：

"你妈的就带这点儿衣服来呀？一个大钱也不值！倒霉的小穷鬼！跟老子出去做活儿去吧！"

乡下人说"做活儿"，一定是指耕田种地这一类的粗活儿，他们认为在书房里念书，简直是消遣，连细活儿也算不了。大同从来就没有人叫过他去"做活儿"，今天听见这个人居然叫他去"做活儿"，觉得这句新鲜的词儿别有风味，引人入胜似的，马上就诚心诚意的预备同他走。

那个人走出去望一望四面的天，雨下得比以前更密多了，看起来一时是决不会小，也决不会停的。可是那个家伙毫不在意，不遮不戴的向外走，叫大同跟着他去：

"来呀，快跟老子来呀。"

"下雨啦！"大同说，"不戴什么吗？地下全湿了，我又没有钉鞋。"

那时候没有人穿皮鞋。在乡下简直就不知道皮鞋是什么东西。有钱的人穿缎鞋缎靴，中人之家以布鞋为主，工人农人，天晴穿草鞋，但是下雨的时候，有钱的人坐轿子，照原穿缎鞋缎靴也不要紧，穷人只好打赤脚。只有中等人家，既不能用代步，又不肯打赤脚，才有钉鞋或钉靴这种介乎其间的东西。鞋面靴面虽仍是布制，但抹上几次桐油，却可防水；鞋底靴底是半寸以上厚的木板，下面再钉上大钉子。

那个家伙听见大同说他没有钉鞋，生气叫道："去你妈的钉鞋！脱了鞋子袜子马上跟老子来吧！他妈的还要穿钉鞋！"

雨越下越大，那家伙就淋着雨一直走。大同只好赶快把鞋袜脱去，把那块包衣服的包袱蒙着头和肩部，跑出来追他。那人已经走得相当的远了，看不见大同，回头大叫道：

"快来吧，不中用的公子哥儿，他妈的雨淋不死你的。快来吧！"

大同好不容易追上了那个人；他一路迈着大步直走，大同连奔带跑的跟着。当初在河边走的时候，赤着脚踏在细平的湿沙滩上，倒是舒服极了。可是马上就离开了河岸，走着稻田之间的小路，赤着脚走却要叫苦连天。那家伙一直的不放松一步，令这孩子跑得喘不过气来，还是跟他不上。

那个东西不走大路，也不向甚么村庄走，却专选没人迹的田间走去。等他们走到离梅家渡有了相当远的地方，每逢看见一个水塘，便绕那塘一周，仔仔细细端详一番，因此大同倒可以赶上了他，透过一口气来。他看看那家伙被雨淋得通身上下透湿，头上身上全有水珠儿往下滴，这孩子自己也是一样的湿透了，那一块包袱一点用也没有，顶在头上就和顶着一块湿手巾一样。他觉得人又倦，腿又酸，呼吸又短促，不过他一点也不觉得冷，反而觉得热烘烘似的。现在他毫不怕淋雨了。即使没有下雨，他自己身上所出的汗，也足够使他全身湿透了。

那家伙在水塘边便放出师父的口吻来，叫徒弟跟着他四周察看，什么地方可以放水出塘，看定了牢牢记在心上，再去找第二个水塘。

他们一连找着了又察看了好几个水塘之后，才转身回家。到那时天色已晚，大同疲倦极了，饥饿极了，既认识回家，便慢慢的走，让那家伙一个人先走先到也不要紧。等到大同回到那小棚儿里的时候，看见那人早已赤着上半身，蹲在灶前煮什么东西。

大同也把湿透了的上身脱下来，一身是汗，也赤着上身。他看见那人的湿裤子是挂在灶边一个钉子上烘着，于是也把自己的湿裤子，挂在那人挂衣服的钉子上面烘。那人一见，勃然大怒，站起身来，把大同的裤子取了下来，扔在地上，大声叱道：

"蠢东西！先得把它拧干了再烘！把他妈的湿衣服罩在老子衣服上，好浑蛋；挂在他妈别的地方去吧！不准挂在老子的衣服一块儿！"

大同拾起衣服来，用尽平生之力拧着，那里拧得干，能够略微的拧去一点点水，已经累得他两手酸痛了。他只好让它湿湿的挂在另外一个钉子上。

天
桥

60

全棚儿里漆黑，只有灶内的火，发出一线之光，大同在黑暗中望望那家伙，他的面容实在可怕。他在灶前，打开锅盖，用一双又粗又大的筷子，搅和锅中所煮的东西。那锅里的东西沸腾着，锅里冒出来的水蒸气，和灶里冒出来的烟，把他那副可怕的面孔笼罩着，使得大同想到他曾在一座道观里看过的壁画。那壁画是画一个青面獠牙的夜叉，用叉子叉着人，放在一个沸腾着的锅中去煮。大同越看越觉得那家伙和夜叉一模一样，自己身上一阵一阵的作寒作冷，战栗不已。

那人盛了一碗热东西，自己坐在床沿上大吃起来，问也不问大同一声，大同饥寒交迫，想在灶附近找出一只碗来盛点东西吃，可是再也找不到。忍了半天，不得已问道：

"师父，碗放在那儿？我饿了，也想吃一碗，好不好？"

"等老子吃完了再说！"那人答道。

大同无奈，等了又等。那家伙吃完了一碗，又去添第二碗，吃完了第二碗，又去添第三碗。大同在旁边老等着，真干着急，要是那家伙再这么一直吃下去，岂不要把它吃光吗？还好，那家伙吃完了第三碗之后，把碗给大同道：

"老子吃饱了，不要了；你拿碗去把他妈的全吃了吧。"

这儿显然没有第二只碗，所以那家伙才叫大同等他吃完了再说。大同接过碗来，想找一盆水来洗洗碗，可是怎么找也找不到一个盆儿。只好又问道：

"师父，在那儿洗碗呀？"

那人斜靠在床上休息，听了骂道：

"还要洗他妈的碗？嫌老子太脏了呀！他妈的大少爷要洗碗，出去到他妈的河里洗去吧！"

大同走到河边去洗碗，外边更冷，大同抖个不停，锅里煮的是糙米羹，大同饿得慌，连吃了两碗，真把它吃光了，觉得又暖和又好吃。吃了东西之后，人也舒服多了，脚也渐渐的热了。不过脚热了便觉到破皮的地方痛得厉害。

那人歇了一阵，又把那件湿衣服穿上道：

"把他妈的衣服穿上，同老子出去做活儿去。"

大同一摸，衣服还是透湿的，仍把它挂回，说道：

"我不冷，我不穿了。"

"不穿会冷死你这个小鬼的。快穿上跟老子来。"

大同只好把湿衣穿上，跟着那人出来。他用一根长绳子，绳端绑着一块砖头，扔到门口河水中去。扔了好几次，才捞上四个细竹丝做的鱼牢来，那鱼牢里边放了石子，所以沉在河底。

那人把石子倒出来，叫大同带着这四个鱼牢，自己拿了一把锹，又向白天到的地方走去。黑暗之中，那人走得慢点，大同虽然知道方向，但带着四个鱼牢，脚底又刺痛，走路不方便，他要拼命的赶着，怕一眨眼找不到了师父。黑夜寒风之中，赤着受了伤的脚在小路上走着，苦不堪言，但是大同横着心咬着牙关忍痛走去。他既然要随着师父学打鱼的本事，将来好自立，吃点苦也不要紧。

他们走的差不多是下午走过的原路。到了一个下午曾仔细察看过的水塘边，他的师父停步了。大同高兴之至，看他师父怎样做活儿。他师父选定一个塘里水面比外边高的地方，用他带来的锹，开一个深深的阙口，叫大同给他一个鱼牢，放在阙口之中，然后又把土将它四周封得牢牢固固，塘中放出来的水，全要由鱼牢中经过，凡是走顺水的小鱼，必定会冲进鱼牢中去。鱼牢内两端都有半活竹片，阻住出路，鱼可进而不可出。他把这一个鱼牢放好了，再到第二个水塘边去，如法炮制，然后再到第三个第四个水塘边，把四个鱼牢都安放好了才回家。

大同并不是一个笨孩子。他师父这种行为，他看了之后，心中明白：为了要偷人家的小鱼，所以半夜三更，专门挑选大家不常走过的地方，来放去人家水塘中的积水。那家伙掘水塘放阙的时候，偷偷缩缩、贼头贼脑的态度，他越看越生气。这叫他怎么办呢？他心中又恨那个人，同时又怕他。

他跟着那人回到小茅棚儿之后，那人叫他去到河边提一桶水来。大同把水提来了，那人在桶里洗洗他的脚，便倒在床上睡觉，同时吩咐大同道：

"小心的等着过了煮开他妈的三壶水的时间，——当心不要打瞌睡，打了他妈的瞌睡，看老子不把你揍死——就可以回到放那几个他妈的鱼牢的水塘去，把鱼牢拿回来，把他妈的阙口封好。回家来把鱼牢里的鱼放在他妈的水桶里。还要把他妈的石子儿放回鱼牢里去，穿成一串，又扔到他妈的河里去。完了事老子会起来让你睡觉。"

大同知道这张床睡不下两个人，也不说他倦了。他不但倦了，又冷又饿，脚又痛，头又晕，全身又作寒热。不过他肉体上的痛苦，万万不及他内心的痛苦。李明说这个家伙是他的师父，现在他知道是一只又凶又恶的贼。他是非走不可！但是他知道李明再不会收留他了。不过即使李明肯收留他，他也不愿回李明家中去。他只有一条路可走，就是投奔李刚"叔叔"的家中去。

虽然李明对他讲明了，他自己既不是大同的父亲，李刚更不是他的叔叔，但是大同觉得这位"叔叔"一定不会拒绝他的。他等那家伙睡熟了鼾声大作之后，才敢偷偷的向李家庄跑去。他精神委顿极了，梅家渡离李家庄有六里路，他脚痛腿酸，头昏眼花，真觉得前途渺渺茫茫，再加上迎面的风风雨雨，实在是一步提不起一步，但也只好拼命的往前拖着走。

由河边走到大路上，在黑暗之中，他不知道摔了多少次。路又滑又不平，一脚踏下去，有时是水，有时是泥，有时是石头，真是一脚高一脚低，有时摔在路上，还容易爬起来，有时摔在田里沟里，便要在水中泥中拼命的挣扎，才能爬到路上来。他先是跑，后是走，再后慢慢的走，最后简直是一步一步的拖着爬着。前进的速度，只可以和蜗牛比赛。东方渐渐现鱼白色，远远的树林子后面发曙光，雨停了风也小了，可是大同困乏到极点，觉得头比石磨还重，两眼发黑，看看要倒下去不得起来了。

"汪——汪汪，汪，汪，汪，汪！"

一只狗在不远的地方对他吠起来了，随着三只五只，马上十几二十来只狗，都群起而效之的吠声吠影。他当初一惊，勉勉强强的打起精神，定睛一看，才知道他在不知不觉中，已经走到了李家庄的村落边缘；这好过打了一针强心针，精神因之也大为振作，于是又一步挨一步的向着李刚的家门走去；真是经过了千艰万难的挣扎，最后居然走到了。

后门是敞开的，这显然是大猷早已起了身，从事农务工作。大同心中说不出的高兴和安慰，用尽平生之力，跨过门槛，再也站不住了，一跤摔下去，口中大叫着，"叔叔，救命——救——"但是声音已没有了，微弱的气息也不能维持，摔在地上，当时便不省人事。李刚的太太正在厨房预备大猷的早饭，听见后门口有人摔跤的声音，以为是大猷回来了，跑去一看，看见是大同躺在地上昏迷不醒，一身上下透湿。她马上把她丈夫叫起身来，一同把大同抬到床上，慢慢的等他醒回来，替他换上干衣服。

李刚看过许多医书，深明药理，诊察了大同的脉，知道这孩子的毛病，不过是饥寒疲乏，便开了药让他吃。当初他听见他哥哥把大同送走了，不知送到那里，无法交涉，现在看见这孩子如此的样子回到他家中来，心中便猜到一半，只等大同精神略略恢复之后，再来问他到底被李明送到甚么地方去了。

李明听见大同逃到李刚家中，心中甚是烦恼，但是同时也觉得十分尴尬。他当然说：他这个不中用的"逆子"背了师父逃走，真是无法无天，没有出息，他决不会收留这种不肯上进的孩子；就是他弟弟，也应当以"叔叔"的身分，教训"侄儿子"，不可收留他，还要使他无处可逃避，只有回到师父那儿去的一条路可走。可是李明口中虽然这样对许多人说，但他自己却不肯到他弟弟家中去对他弟弟当面讲。

有人把李明的话，传给李刚听。李刚早已听见大同把他的经历详详细细说了出来，便在家中大骂他哥哥毫无人心，宣布他从今以后，要把他"侄儿子"教养成人，假若那偷鱼的贼敢上门来找他，他一定要把那人捆起来，鸣锣聚众，叫所有曾被那个家伙偷过鱼放过阙的塘主佃户，都来打贼，先把他打得半死，再把他交给李明去发落。

李刚家中住的那位"叔婆"，听见李刚把大同收留教养，十分赞成。不过她老人家深谋远虑的说道：

天
桥

64

"李明这东西良心是黑的，他做了亏心事，不敢过来见你。可是大家都知道大同是他的孩子，你替他教养孩子，你不当众把这件事弄个明白，将来难免纠葛。这种黑良心的人，得要厉厉害害的对付他……"

"用不着！"李刚说道，"我家里再加大同一个人，不过是吃饭的时候，多加一双筷子而已，我决不要他出'教养费'，我是替国家社会造就一个人才……"

"你要是不当众把这桩事弄明白，"叔婆警告李刚，"李明这东西会讲你引诱良家子弟，不务正业……"

"我不怕他讲我的坏话！"李刚说。

"他会说你收养他的儿子，将来想争他的遗产……"叔婆面面都顾到。

"他造孽得来的钱，大同是不会要的！"

"不过他到县里可以告你拐骗他的儿子。这场官司打起来，你一定是输的。"

"这就糟了！"李刚承认道，"别说县衙门里全是浑蛋，全是他的狐群狗党，就是真讲理讲法律的话，我也打不过他。这怎么办呢？"

"把全村的房族长请来，大家评评理呀！"叔婆足智多谋，提议这个最民主的办法。

李刚高兴之至，当下便请了族长和各房的房长，还有德高望重的同族，都在大街上的茶馆儿喝茶。这消息一传出去，大家都知道李明把大同送到天桥边住的偷鱼贼那儿去学偷鱼，他弟弟李刚要请房族长评评理。李明知道情形不好，当下就先去布置一下。

那天大街上的茶店中，真是济济一堂，房族长全到了之外，还有几位德高望重的长辈，村中唯一的"秀才先生"以及非出席不可的原告李刚、被告李明。李明本不想来，不过他如若不来，被缺席判决，不仅要付茶账，有的人就会乘这个机会足吃足喝一顿，假若全由他出钱，岂不倒霉！

李刚坦坦白白的把李明在他书房中和大同打架，然后和他自己口角，将两个儿子退学，第二天把大同一人送到天桥边那个偷鱼的贼那儿，出了二十五吊钱，要想买脱大同，当天晚上那个贼带大同出去，到四处水塘放阄偷鱼，大同逃回来的事，源源本本说给大家听。他说李明与偷鱼贼为伍，应当把他的名字，从族谱上挖了下来。

"挖谱"虽不等于宣布死刑，也等于剥夺公民权，李刚这种提议，未免太过。大家谁都知道天桥边住了一个惯贼，不知道曾经犯过多少案子，可是李明只不过是把一个买来的儿子送到他那儿去，并不是自己做贼偷鱼，所以对李刚的提议，一时难置可否。在李明自己尚不知道如何答辩的时候，忽然有一位先生替他辩护起来了：

"各位尊长，俗语说得好，'清官难断家务事。'我们大家对于同胞兄弟之间意见不合，父子之间意见不同，未便多管。刚哥并没有受多大的委屈，明哥本人也没有犯什么法。大同这孩子逃回来了，现在就没有甚么大不了的事要惊动各位尊长。挖谱的处分，实在是小题大做。我想明哥刚哥家里同胞兄弟之间的纠纷，我们局外人不好去过问。"

这一位义务辩护师就是本村唯一的秀才先生，自从那一次祭祀会出了事起，他一直认为李明是他的救命恩人。后来他又听见李明本想请他到家中教两个儿子的，不知怎么这一碗饭又让李刚抢去了，心中恨恨不平。这次李明事先去托他对大家说几句好话，他就大发他的议论。他一看大家果然犹豫不决，对李刚所提的"挖谱"处分，似乎都认为太甚，他又说道：

"各位尊长，俗语说得好：'大事化小，小事化了。'现在正是农忙之时，各位田里都有事，劳步得很，就此请回吧。"

大家都知道这一次只有一杯寡茶喝喝，几颗瓜子剥剥，别无油水可沾，多一事不如少一事，都站起身要想散场。李明一看，情形好出望外，谁也没有指摘他，他可以不算犯了过，不必出茶钱，高高兴兴的打算回家。李刚受了委屈，不肯干休，只好把他的杀手铜拿出来。

"各位尊长，"李刚站起来大声叫道，"这件事不可以不了了之！假如各位都认为家兄把大同送去学放阙偷鱼做贼不算做错了，他就不用付茶钱，我就要请各位自己付。大同不肯遵父命学做贼，逃到我家中来，不敢再回家，我总没有做错甚么事，有谁可以说这次的茶账应当由我付呢？"

大家一听，本来是想能够不得罪李明便免了得罪他，现在若是怕得罪他，自己都要掏腰包了。好几个人都骂秀才先生有偏见，每一件事情，总有是非曲直，怎么可以不评一评谁是谁非就马马虎虎的散场呢？大家公认这一次当然是李明不对，和著名的积贼往来，算是打输了官司，大同的教养，由李刚负责，却由李明出钱。茶钱自然由李明付。秀才再怎么替李明争辩也没有用。族长当面还责备了李明一顿才散场。

李明只好自认晦气，碰见这样一个弟弟，而又偏偏买来了这样一个取债鬼的假儿子！他押同茶店掌柜的仔仔细细点清茶碗盖和空瓜子碟的数目，忍痛付清了账，头也不回的走出茶店。心中最痛的事，并不是失去了一个买来儿子的教养权，而是白白的出了这许多钱，请房族长等这一班东西喝茶！他们喝了他的茶，吃了他的瓜子，拍拍屁股就走了，谢也不曾谢他半句，真冤枉，真倒霉！

李刚回到家来，马上把好消息告诉大家。大同听了高兴之至，问道：

"从此之后，我就可以住在叔叔这儿，不必再回家吗？"

"当然呵！这就是你的家了。这是族长和各房房长评的。"

"那天桥边住的人再不会来找我们吧？"

"他那儿敢？他是一只贼，你爸——你——我哥哥想把你送到他那儿去，好和你脱身。你放心，他决不肯露面的！"

大同这孩子半天不做声，后来说道：

"叔叔呀，以后我也不必用我爸爸的钱，我可以做活赚点钱。我大了我会养叔叔婶婶。"

"好孩子！他造孽的钱，我挨也不要挨，不过你还小，读书要紧，现在不是你赚钱的时候。"李刚说。

从此之后，大同就在叔婆后面一间小屋子里睡，好让叔婆照看照看他。她十分疼爱大同，每天早上在她尚未起床之前，和晚上她上了床之后，一定要叫大同进来问问他舒服不舒服，她对大同关心极了。她骨头有点风湿痛，早晚一见大同，便要他替她捶背。此外每天她总要找着大同三四次，问长问短的，然后叫他替她跑跑腿，做点零星琐事。她之关照大同，可谓无微不至。大同一个人跟着李刚读书，心也定了，又没有小明捣乱，进步也快多了。

第四章

对酒当歌，人生几何？
譬如朝露，去日苦多。

李明受了一肚的闷气，走出茶店，打定主意，还要到天桥去一趟。他到那小茅棚儿里去找那个家伙，责备他做师傅不尽职，把徒弟放跑了，现在应该把那二十五吊钱的教养费退回给他。他竟没有想到，问贼要钱，比之与虎谋皮还要艰难。那家伙睬也不愿意睬他，气得他直冒火，声言要把那家伙送到南昌县衙门里去坐班房。那家伙说班房他不知道坐过了多少次，再去坐坐也不在乎。李明急得破口大骂他一顿，他毫不客气的反唇相讥，甚么粗话也说得出口。李明一听，知道他那二十五贯钱，算是沉到东洋大海底下去了。

李明生平善于理财，无论什么地方，什么时候，什么事情，只要有银钱过手，他总可以捞几文的。这一次自修天桥起，以至买大同，直到最后大同跑到李刚家中去，房族长评他付茶账止，不问直接或间接，只要略略与这孩子有关系的事情，没有一桩不是要他大大破财的。他回首前尘，简直肝肠寸断。好在现在大同这个东西算是脱了手，谢天谢地，再也不必要他操心了。花去了的这些钱，算是还了前一生欠他的债，越早还清越好。

李明那天下午冒雨回家，早已感受了风寒。今天饿着肚皮在寒风中走到天桥去，又空手走回家来，觉得更不舒服。大同这孩子病一两天便完全好了，李明却病得一天比一天厉害。他生了病决不肯请好医生诊治的，好医生的脉礼贵，有违他节俭之本、做人原则。乡间的草药郎中多得很，他认识好几个，他们都是看病不取费，只收回一点点草药的本钱。当他躺在床上看看不吃药决不会好的样子，他才请了一位草药郎中来治他。

那次的草药也真便宜，三百文九五典钱就买了三大包。他立刻把一部分煎汤喝了，第二天便发生了显然的效果：寒热发得比以前更甚，口中干渴如火，不怕喝多少水，越喝越渴，而且浑身上下出汗，烧热不但不退反而加高，再吃药也是一样。再把那草药郎中找来，他说这种药吃得对了路，先要把病根完完全全的发表出来，人才会复原。他又给了李明许多药，药价比前更便宜，四大包才收了他二百文九五典钱。那郎中说，吃完了这些药以后不必再吃了。

　　李明吩咐日夜煎草药吃。每吃一次病更厉害一次。当初喉音发哑，后来简直说不出话了。李刚听见哥哥病重，跑过来劝他不可再吃草药郎中的草药，要另请名医诊治，那知李明一见弟弟，竟和见了杀父的仇人一般，一点也不听他的劝告，不但不另请医生，反而多多吃那廉价买来的草药，把自己的性命来赌气似的。

　　这样的一连几天拖下去，李明虽然只有五十八岁，可是因素来身体弱，这一下子就病得不似人形，和一个骷髅差不多了。他太太到处去求神问卜，当然一点用也没有，现在饮食已不能进口，看看非预备后事不可。多年之前做好了的楠木寿材，由仓角里搬了出来，请漆匠加漆，裁缝也请了来把寿衣整理整理，赶做大家的孝服。李明寝室的窗户，完全关闭了，以免邪气冲进来。帐子也除去了，以免临终时在帐子里断气，到了阴曹地府，定遭牢狱之灾。床前点了一盏菜油点灯草的灯，好做他向黄泉路上走时，引路的明灯。

　　李明口中虽然不能说话，心中还是清清楚楚的。他看见家中替他预备后事，感伤得厉害，常常流眼泪，要想对家中叮嘱甚么后事，可是无法表达意思。他太太问他这个，问他那个，问些极不相干的零星琐事，他听了很不耐烦，心中更加着急。后来李刚出主意，把纸笔拿来，扶他握着笔在纸上写。无奈他手指无力，眼光不足，写不成字，写了许久，恍惚其中有"莲""芬"两个字。大家都来左看右看，实在看不出他写些甚么，不过，"莲芬"的名字，一定不会错的。问他是不是有什么关于莲芬的事要叮嘱，他点一阵头，又摇一阵头，弄得大家莫名其妙。他太太马上打发人进城去通知外老太太和舅太太，说是她丈夫临危说不出话，写了"莲芬"的名字，不知有甚么事要叮嘱那孩子。

　　第二天吴家外老太太把莲芬带了到李家来，她老人家，今年高龄七十五岁，精神健旺，毫无衰老龙钟之态。她说小明是李家的独子，莲芬是吴家的独女，他们既然订了婚，将来这两家的财产要合在一起，李明一生理财有道，自然是为此要见见未来的儿媳妇。她把莲芬带到李明的床面前，一看李明的样子，早已不成人形，和一个死了尚未埋的尸体一般无二。李明两只没有了光的眼珠，看见了他岳母和莲芬，简直的要爆出来似的。他虽然不能多动，不能出声，但他的表情，强烈极了，他好像有千言万语，要想对她们说，可是没有法子说出来，急得不得了，要想伸出他那骨瘦如柴的手来牵莲芬，外老太太不让莲芬上去，怕她传着他的病，更把李明急得很厉害。大家看看这种情形，觉得李明看见了莲芬，反而不好，不如不要莲芬在他眼前。

　　外老太太说她本来走不开，不过她媳妇这两天身体忽然不舒服，所以不能出门，她自己只好把孙女带来见见她的姑丈和未过门的家翁，万一李明临终有什么交待，这女孩子最好在身边。

　　第二天早上，李明的情形，显然不能再维持了。两脉差不多不能继续，呼吸微弱极了，下半截已经是完全死了。他双眼欲闭，但是他拼命的睁开，望一望射在闭着窗户上的太阳光，又望一望床前点着两根灯草的油灯，用尽最后的余力摇摇头，他想伸出一只手来，但是伸不出来。他们替他把手扶起来，看见他尽力的伸着两个指头，扣住其余那三个，不知他是什么意思。李明拼命的睁开着他的眼睛，望望他伸着的两个手指，又望望油灯，又望望窗户上的阳光，大家谁都不知道他望些甚么，急得他直摇头。

　　他太太想把他的手指头扶齐，他不让她改动，她又用手替他把眼皮闭上，他表示气极了，使大家不知如何是好。他太太想想，莫不是她丈夫要找他家的老二来，便去把李刚找来。李刚来了，李明仍然是照前一样的摇头，伸着两个指头不放。

　　李刚一想，赶快去把大同叫来，要他和小明两人并排站在他面前，问他是不是要有了两个儿子送终才肯闭眼。

　　李明仍然是伸着两个手指摇头。

于是大家你问一句，我猜一句，要想问问他死死的伸着两个手指头不肯闭眼是什么意思。莲芬很聪明，她注意到姑丈常常望油灯，她说一定是和那盏油灯有关，是不是姑丈要两盏油灯点着，照得比较更光亮一点，她说："我看姑爹的眼睛老望着灯，是不是说一盏油灯，不够光亮，要两盏灯同点着，他老人家才肯闭眼呢？"

"我知道了，"小明眼珠一转，得意的微笑着，"窗外还有太阳光，一盏和两盏油灯，有什么分别。爸爸一生省俭，最不喜欢人家浪费菜油的。"

他跑到那盏菜油灯前，把两根灯草分开，熄灭一根，只剩下一根点着，如此才合了他父亲节俭持家的原则。他对他父亲道："爸爸，窗户外边的太阳光亮得很，用不着要两根灯草点着，白白的糟蹋菜油，只要一根灯草就足够了。爸爸，放心吧，爸爸去世之后，我们会照着爸爸在生的时候一样，住家过日子，一切都会省省俭俭的。"

到底小明是李明自己的骨肉，能够体会父亲内心的情感。李明看见小明的举动，听见小明的言语，心中十分高兴，脸上现出微微的笑容，透出最后一口气，略略的点一点头，两眼一闭，当时便与世长辞了。

李明不能够明明白白的叮嘱后事便死了，大家谁也不知道他到底埋了私窖藏了金银没有，不过家中的现款实在不少，而且全村左近全是他的田地，所以他遗下来的产业真真可观。他太太本想照着他生平的素志，根据孔子的教训"礼与其奢也宁俭，丧与其易也宁戚"做去，但是有了吴家外老太太在场，不奢也得奢，不易也得易。这一次她老人家来得巧，今天到，明天就要办丧事。她自己七十多岁，正怕人家替她办丧事办得不如她的意思，现在没有想到白头人送青头人，她可以替她女婿办丧事，她那里肯轻轻放过。她本来说她儿媳妇有病，她马上就要回家去照护病人的，可是现在打死她也不肯在丧事办完之前回家了。

她命令她女儿专心专意去做"未亡人"，不可管闲事，一切全由她一个人支配。她马上请了三七二十一个和尚，要做七七四十九日的斋。出丧的日子再加二十四个道士，五亭，三队乐，一棺罩三十二人的杠，连打牌區执事的，一共要请两百多人上路。他女婿一生赚了这许多钱，在生时杀他也不肯用，现在死了，难道还带进棺材不成？出丧再不大大方方的用一下子，连最后一次用钱做面子的机会都没有了，岂不冤枉？

这四十九天之中，李家不像一家住宅，简直和一家戏园子一模一样。前前后后，上上下下，由前门口一直到后门口，全用白布扎了花牌，花匾，花屏，花帐。临时雇了二十多个底下人帮忙，门口坐着一队九个人的乐队，一见吊丧的亲友进门，马上奏乐举哀，等到吊丧的行完了礼出门，他们又奏乐送客。

天桥

中堂后面放着灵柩，中间挂着白幔帐，把它分为前后两部；前面设祭台，台上摆着五供，又陈列了果肴等等，点着绿蜡烛，中间放置香炉。幔帐正中挂着一张李明的遗像，这是在他死了之后，请画匠临时来画的（那时候南昌简直还没有人照过像）。两边全是挽联。祭台的两边，坐了许多和尚，日夜不停的敲着木鱼念着经，超度亡魂。

祭台前铺着地毯，地毯正中放着一个大蒲垫，好让来吊丧的人可以跪拜。左边白幔帐之内，小明和大同穿着白孝衣，披着麻背心，系着草绳，等客人一到，立即跪下回礼。未亡人与尚未过门的小儿媳妇，在右边回礼。她们一面回礼一面还要不停声的哭着，吊客出了门，她们才可以略微住一住口。未亡人的孝服当然是麻衣麻裙系着草绳，莲芬是尚未过门的儿媳妇，本来可以不在孝堂回礼的。不过她既来了，她奶奶命令她和姑妈做伴。她的白孝衣上钉红纽扣，表示她父母都健在。

初初开吊的那几天，吊客盈门，从早到晚，络绎不绝，未亡人同着几个孩子，一天跪到黑，辛苦极了，最苦的是未亡人，她差不多不停的要大声哭着。城里的大户人家，吊客再多也不怕，他们可以由杠房里去请代哭丧的女人，每一个只要三五百钱一天，她们便可以在你后面替你代哭。在乡下，这种事情就行不通，吊客都认识你的。他们跑到幕后来劝劝你节哀顺变，一看见你雇了外人代哭，回去传遍全村，要骂得你狗血喷头。城里的吊客认识你的不多，就是认识你也不要紧，反正大家都雇人代庖，彼此彼此。

前几天忙了一阵之后，慢慢的逐渐清闲一点。未亡人常常可以在没有吊客时坐下来休息休息。三个孩子更可以偷出去玩玩。好在大门口等于设了一道防线，客人一到，乐声大作，孩子们马上跑了回来跪在地下回礼，只要他们玩时留心听乐声，便不会出毛病。因为莲芬许配了她的表哥，所以他们虽是中表，从前都没有见过面，这全是李明和吴士可太太极力设法避免孩子们认识，吴家外老太太虽然极想小明和莲芬早早不避嫌疑的来往，也居然迟延到今日他们才见面。

莲芬常听见她奶奶说她的未婚夫小明多么清秀，多么聪明，多么有礼，偶然提到大同，总是说那野孩子多么丑，多么蠢，多么野，谁碰见了他真算倒霉！

莲芬是一个独女，娇生惯养，个性特别强，对一切的事情，她自有主张。她妈妈的意见，她不尽以为然，她奶奶的意见，她尽不以为然。奶奶疼她疼得过了头，她处处要表示她反抗的精神。奶奶越夸小明，她越喜欢和奶奶辩，尤其是奶奶说她不好小明好的时候，她心中更生气，自然而然的对小明生了一种反感。

在她心目中，大同虽然未必如奶奶所说的那么坏，不过总免不了是个乡下种田的野孩子，粗粗笨笨，不懂一点规矩，和他一块儿玩没有什么意思的。这次在乡下住这么久，对这两个孩子，有了她自己的评价了。这个聪明俊秀的小明，使她大大失望。大同的行为举止，完全和奶奶说的相反。她心中不免怀疑，也许奶奶老糊涂，把这两个孩子的名字记颠倒了，好的是大同，坏的是小明。

莲芬最受不惯小明那种盛气凌人、惟我独尊的态度。她从来也没有看见过这样自大的孩子，他好像认为谁都远不及他，尤其是把她简直当做双福鸿喜一般，比丫鬟好不了多少。她从城里来，带了许多城里新到的玩具，洋囡囡、皮球之类。这些东西，乡下人从来也没有见过的。大同想玩玩，总是向她借一借就还她，小明爱甚么就从别人手中拿甚么，一直把东西看做自己的一般。

莲芬被她奶奶宠惯了，偶然有不如意的事，她就到她奶奶面前告状。那知道小明比她更厉害，一点点小事，他就跑到他妈妈面前告状，他妈妈对吴家外老太太一说，莲芬准吃败仗，不管谁有理谁没有理，她奶奶总是叫莲芬要对小明让步。

小明和大同都喜欢莲芬带来的皮球。大同做了一个鸡毛毽子，和莲芬换一个小一点儿皮球玩，莲芬没有踢过毽子，非常高兴，很愿意跟着大同学踢毽子。小明看中了莲芬那个最大而漆了花的皮球，他说他一定要那一个。这正是莲芬最喜欢的东西，她那里肯依，两个人马上就吵起来了，一同去告状。奶奶说，莲芬是做客，不可以和主人吵架，要让让小明哥哥，这个球两个人共玩好了。他们两个人谁也不肯让谁，谁玩着就不停手，那一个只好跟着等候。

他们常常在花园里玩。那边种了许多菜，花是早已没有了，树也砍去了许多，只余下几棵果树。有一棵砍去了的树根之间，留下了一个很深的洞。从前他们打球的时候，球常常会掉进去，讨厌极了；皮球更圆滑，这一次小明正打着那个大花球，莲芬在旁边等着玩，小明一边打一边躲避她，一不留心，把球掉进洞里去了。洞太深，探手不到底，莲芬急得很，小明说不要紧，他有方法。

他说他从前打球的时候，球也落进去过好几次，他都把它弄出来了，他叫莲芬不要着急，他马上去拿东西把它勾上来。莲芬半信半疑，看小明怎么勾球。小明把他的钓鱼线和钓鱼钩儿拿到花园中来，向洞中放下，叫莲芬看他不消几下就可以把球勾上来。那知小明从前玩的都是绵纱绕成的球，钓鱼钩儿上有反刺，一碰着纱线就勾住了，橡皮球圆滑极了，左勾右勾也勾不住，小明急得出汗，莲芬看得心焦，哭起来了。小明老羞成怒，索性不再勾了，把钓鱼线和钩儿都扔了，破口大骂钩儿，大骂皮球，还要大骂莲芬。

他们两个人正吵着闹着，大同跑到井边，提了一桶水来，走到洞边，把水灌进洞中，洞中水满，皮球便随着水浮上来了。莲芬一看见心爱的球浮上来了，高兴之至，对大同又感激又崇拜。自此之后，大同在她心目中，真是一个了不起的英雄。她奶奶越说大同不好，她越觉得他好。她认为大同受了全家人的欺侮，因此更对他发生同情心。她又看见大同对大家轻视他毫不在乎，尤其使得她敬仰万倍。

莲芬虽然是娇生惯养一点，天性倒十分可爱，城里生长的女孩子，处处有大家风度，兼之相貌秀丽，举止文雅，衣饰精致，乡间女子绝比她不上。她既然对大同格外垂青，大同自然对她也特别要好。当初三个小孩子在一块儿玩的时候，她总和大同做一边儿，后来她简直设种种方法避开小明，专找大同，只要他们两个人在一块儿玩。小明非常之机灵，马上就觉得情形不对，妒忌他们两个人在一块儿，总要找着他们捣捣乱。

他们两个人也没有法子，只好趁着小明早上还没有起床的时候玩玩。小明每天早上睡惯了早觉，总是很晚才起身。他一向都是和妈妈一床睡，睡醒了还要躺在床上和妈妈说东说西的乱说一阵才起床的。大同每天却起得极早，因为天还没有亮，他隔壁屋子里的叔婆就会大大的咳嗽一阵，把他吵醒。天刚刚一亮，她就要把大同叫到她屋子里去，问问他昨儿晚上踢开了被头没有，是不是着了凉，发不发寒热。问完了这一套，便要他做每日照例的工作，替她捶背，大约要捶半个钟头的功夫。假如捶完了背之后，可以不让她再看见或听见，大同便有一两个钟头的自由自在，等到李刚起身才去上课。所以他总是在捶了背之后，到书房去读书之前，可以和莲芬两个人玩玩。

生长于城市中的莲芬，从来也没有看见过山水田野，奇花异木，鸟虫牛羊，所以也起身得特别早，好和大同到田间散散步。这时正是春末夏初，天气宜人，花木茂盛，乡间的景色，十分可爱，使得莲芬每天早晨总是在野外留连不想回家。

水塘中的游鱼，更引人入胜。因为莲芬只看见过小缸中的金鱼，和盘中烹好了的熟鱼，就没有看见过水中来往如飞的大鱼。大同告诉她邻村不远有一个大养鱼塘，那儿有很大的鲤鱼青鱼，约定第二天早上带她到那鱼塘边去看鱼。那知叔婆那天早上偏偏和他为难，骨头痛得厉害，要他捶背捶得特别久。大同心中有事，不耐烦极了，眼睛望着壁上挂的一张画的老虎出神，无精打采的轻轻捶着。叔婆觉得他捶得不如往日，叱道："大同，用点力捶呀！"

大同心不在焉，两眼望着那张画的老虎，小拳头随着画老虎的笔势，先捶虎头，再捶虎身，那正好捶在叔婆背中央，再捶那条高高举着的虎尾，越捶越高，听见叫他用力捶，最后便用力在叔婆的后脖儿上捶了几下。叔婆大怒，骂道："嘿！你搞甚么鬼呀！"

"对不住，对不住。"大同一溜烟似的逃跑了。

莲芬在花园里等了许久，大同才跑来带她到那个养鱼塘边去。那儿有几树垂杨，清风徐来，杨枝拂面。莲芬说他们可以在树下坐着，好多看看鱼游水。大同说：

"地上的露水还没有干，一坐衣服就湿了。"

"不要紧。我有一块大手绢儿，铺在地上垫着。我们两个人合坐……"莲芬说。

"我不怕湿。"大同说。

"我的手绢儿大得很，两个人坐，足足有余……"莲芬说。

"手绢儿大，你就把它折一折得了。"大同说。

"折一折还大……"莲芬说。

"那就折两折得了，折厚一点儿更好。"大同免得再说，自己先坐在湿地上。

莲芬望望这个固执的孩子，心中知道他的意思，只好把手绢儿折两折，贴着大同坐下。

"你这个死心眼儿的笨孩子！"莲芬两眼望住大同说，"我真喜欢你！"

"你真喜欢我？"大同两脸发热，低头望着水面，然后半吞半吐的说，"我也喜欢你。"

"你真喜欢我吗？"莲芬很自然的望着大同，高兴极了的问道，"你有多么喜欢我呢？"

"喜欢极了！"大同的声音却小极了。

"你咬咬我的胳臂，"莲芬卷起她右边的袖子，把胳臂伸过去给大同咬，"看看你到底有多么喜欢我。"

大同不敢抬头，轻轻的摸一摸雪白粉嫩的胳臂，又轻轻的咬一口。

"就只有这一点儿呀？"莲芬十分失望，"你一点儿也不喜欢我。"

"我喜欢极了。我是怕咬痛了你。"

"我不怕痛的！你再试试给我看看！"

大同再仔细看看这只可爱的胳臂，稍微用力的一咬。放口再看时，那上留下了几个牙齿印子，大同心痛；莲芬失望："还是这么一点儿呀？"

"我反正不再咬了！"大同表示决心。

"那你还不够我喜欢你的一半儿呢？"莲芬只好收回手来，"好吧，伸出你的胳臂来，你看看我多么喜欢你！"

大同犹豫了一下子，偷眼望一望莲芬，无可奈何的伸出右手。

"男左女右，你连这个都不懂！"莲芬说。

大同无话可说，把左手伸出去。

"你怕痛不怕痛！"莲芬先问道。

"当然不怕。"大同转过脸去，心中想到关公刮骨疗毒，尚不怕痛呢。

莲芬先盯着大同望了一阵，然后再热忱的咬着不放口，问道："痛不痛？"

"不痛。"大同说。

"痛不痛？"莲芬再咬紧一点。

"不痛！"

"现在呢？"

"哦！"大同痛得把手抽了回来。

"呀！我咬破你的皮了，真对不起。"莲芬抓住大同的胳臂看，果然在大同抽回手时，她的犬牙尖刮破了一点点皮，"你怎么不说一声就把手抽回去呢？"

"不要紧，算不了甚么。"大同又望着塘中的水和鱼。

破了皮的地方出了一点血，莲芬用口吸了，把胳臂轻轻的靠在她脸上亲一亲偎一偎。大同觉得窘极了，赶快把胳臂收了回去，望了望莲芬，看见她右边脸上有一点点血。"你脸上沾着了血！"

"在那儿？你替我擦。"她把脸凑过来。

大同从来也没有和女孩子如此的接近过，当下不觉面红耳赤，心中忐忑不安。他昏昏沉沉的用手把血迹拭去，不知如何是好。

"嘿！你们两个人在这儿闹甚么鬼？"小明的叫声由远远传来，打破了他们二人的白日甜梦，"我到处找你们也没找着，现在可让我逮住了。"

"你真是讨厌鬼。"莲芬骂道。

大同要起身，莲芬不让他起来，说道："怕甚么？坐着别动！"

"我不是怕他，他来了我们再坐也没有意思。我们回去吧。"大同说。

"大同，你说你不怕他，倘若他欺侮我，你敢保护我吗？"莲芬问。

"当然！"

"可别反悔！"

"谁反悔！"

小明一到塘边，便破口大骂，后来甚么粗话都对着莲芬骂起来了。莲芬是在城里的大户人家生长的，从来也没有听过难听的粗话，这真是她生平最大的耻辱，眼泪夺眶而出，站起身来对大同请命似的说："大同，你要是真喜欢我的话，替我把这个下流东西扔到水里去。"

大同也受够小明的气，现在师出有名，一下跳起来，便把想逃的小明抓住，望水塘中一推，噗通一声，小明落水，大喊大叫也枉然。好在水不太深，他喝了两三口水便爬上了岸，一路哭着叫着去告状。大同、莲芬虽然知道要挨骂，但也觉得心满意足，出了一口气。

小明哭哭啼啼的在他母亲和外婆面前告状，说大同和莲芬在外面做不要脸的事，他好言相劝，反被他们两个人联合欺侮，乘其不备，两人打一人，把他推到水中。

吴家外老太太一面管教孙女儿，一面叫女儿不准那"野孩子"再过来。她说：七七之中，少一个孝子不要紧，出丧的日子，上路时再让他来，大家仍然可以看见是有两个孝子。

莲芬知道她再偷偷的和大同一块儿玩，也不算甚么大不了的罪过，说是要打她也是假的，每天早上仍然趁早和大同到野外散散步。李刚虽然也叮嘱大同不要再理莲芬，却也开一只眼闭一只眼，让小孩子们一块儿玩玩不要紧的。

李家做了七七四十九天的斋，大同和莲芬在这一段时间之中，先由互相认识，而互相了解，再而互相倾慕，最后互相怜爱，暂且不表；只说吴家外老太太眼巴巴的等到把斋做完，好让她来主持大出丧。她下了决心，要把这一次的白喜事，做得十分脸面，使得不但李家庄的居民，即是附近这一乡的居民，都要见所未见，闻所未闻，好让父亲谈给儿子听，儿子谈给孙子听，将来孙子又谈给他的儿子孙子听，说是吴家外老太太替李明办的丧事，真是上空千古，下开百世，叫大家世世代代都忘不了。李明在生不肯花钱，死后他岳母代他花一个痛快。

李明的坟地，离李家庄不过才两里地，出丧的时候，假如一直去，走前的人到了坟地上，走后的人才出李家的大门呢。吴家外老太太早有远见，命令他们实行南辕北辙的计划，一出门即向北方省城走，无奈棺材只准出城不准进城，否则吴老太太一定要他们进城去绕一个圈儿的。到了进贤门口，转向惠民门走去，到了惠民门，再转回来向南走，凡是在进贤门外和惠民门外两条大路上的村落，都可以瞻仰瞻仰李明的遗像，领略领略他死后的哀荣。

李家庄全村的居民，都请来吃出丧酒，这一次的丧席，比任何一次的盛宴还要丰富，而且每人都带一块素手巾和一块祭肉回去。可是吴家外老太太没有料到，这一次虽然花了这许多钱，结果还是把李家庄的人全得罪了。

照乡间的通例，李家庄的家法，抬灵柩的"八仙"，一定是本村的壮年。外老太太胸襟开展，说是你们喜欢抬就由你们抬，不过在这种场面，非要用三十二人的杠不可，她本意觉得用六十四人的杠也不算铺张。天啦，他们一向都是八人杠，再加上候补的预备员，也不过十三个人能抬，临时再抓几个强壮耐苦的，勉勉强强可以凑成十六个人，那真是把全村的人才一网打尽了。外老太太说好吧，你们凑足十六个，我再在城里杠房雇十六个，一共三十二个人。

乡下人真不懂事，说是要杠房的人和他们一同抬灵柩，简直是侮辱他们到极点，他们全不干！吴家外老太太说那正好，她会全雇杠房的人。乡下人更生气，说以后李明一家子，再别想请本村的人帮忙了。吴家外老太太说那更好，马上叫她女儿预备进城去住，小明到城内读书，请先生容易多了。女婿死了，少不了全靠她照应，搬进城彼此都方便多了。她上了年纪，不愿意常下乡来，有事派人进城也费时间费事，干脆搬进城去住好多了。她女儿一想也对，反正现在一切都靠妈妈，妈妈怎么说怎么好。

出了殡之后，吴家外老太太便把莲芬带回城中去。莲芬偷偷的和大同话别之时，免不了暗中拭泪，千叮嘱万叮嘱，要大同常常抽空到城里去探望她。大同心中知道艰难，口中不敢答应，但又不好拒绝，一再迟疑之后，只有说他会牢牢的记住她的话，决不至忘记她的。

一面大同继续跟着李刚叔叔读书，一面小明预备同母亲全家搬到城里去另找先生，暂时玩玩不去再找先生上学，一面李明的太太清理她丈夫的遗产，先还清这一次做七七四十九天斋，然后大出丧的账目。李明的遗产真不少，可是现款还完了账就没有什么富余，再加上要在城里买房子，还要置新家私，又得加上小明的教育费，便要卖去一大部分的田地。

叔婆听见李明的田地，让他的未亡人卖得落花流水，提也不提大同一句，便对李刚说道：

天桥

80

"你这个书呆子真糊涂，你哥哥的产业，大同应当有一份儿的。祠堂里的族谱上，大同是他的长子呀！田地不能由你嫂嫂一个人卖得户封八县，你赶快把房族长找出来谈谈。"

"叔太婆，何必多此一举呢？"李刚笑一笑说道，"大同将来有出息，他用不着要他爸爸的田地；假如他将来不中用，把他爸爸的田地产业全给他，也是白费。钱不是好东西，年轻的人有多了钱，十个就有九个半会让钱给毁了的。大同就为了他爸爸留多了造孽钱，做了两个来月的斋，出丧出到城门口，不知道耽误了多少学业呢。我再也不让他耽工失业，要他跟着我好好儿的念书，这要比他得了多少遗产还强。"

"哈！哈！哈哈！"叔婆笑道，"我说你是书呆子，没有错儿！大同把你的本事全学到了家，将来大不了和你一样，一辈子做一个没有钱没有势的空心大老官！大同大了之后，要怨你当时没有替他留住一点点产业的。"

"太叔太婆，"李刚越叫越认真，平常大家都嫌太啰唆，简简单单的只叫"叔婆"，真讲辈分，太叔太婆还不够，至少也要再加上两三个"太"字，"你说大同要，我说大同不会要，咱们都白搭，不如让大同自己说，我去叫那孩子来。"

"八岁的孩子知道甚么呢？"叔婆说，"他那儿会知道钱来得艰难，他怎么敢和人争财产呢？"

"大同！"李刚把他找来问道，"现在你妈妈在卖你爹爹的田地，按说你也可以得一份儿的。你不要管我说甚么，叔婆说甚么，你自己想不想一份儿？田地房产家私衣服，房子里一切的东西，你都有份儿，你自己愿不愿问他们要甚么？"

"我愿要！叔叔，我愿要！"大同说。

"咳！你这孩子真没出息！"李刚真急了。

"刚叔叔不许讲话！"叔婆得意之至，"好孩子，我早知道你懂事。你说愿要就可以要的。我说甚么不管事儿，你叔叔说甚么也不管事儿。你说吧，你愿要甚么，我们一定去替你争来！"

"我爱要甚么就可以要甚么吗？"

"只要不太过分儿，我们一定替你争得到的！"叔婆极力鼓励。

"大同，"李刚说，"不是你对我说过：你甚么也不要你爸爸的吗？"

"你别打岔儿！"叔婆说，"孩子自己的主张，我们不能不听的。大同好孩子！你算是长子长房，应该由你先要，小明是老二，你在先，他在后。你对叔太婆说，你要甚么？房产哪？田地哪？现钱哪？"

"这些我全不要！"大同一针见血的说，"我只要那只养在厨房里的小白猫！"

"你要甚么呀？"李刚高兴得跳起来了。

"我要那只小白猫！小明老是说甚么东西都是他的，没有我的份儿，假如我说我是长子长房，甚么全不要只要那只猫，算是我得的遗产，行不行？"

"行之至，大同，行之至！"李刚嚷着。

"胡说，傻孩子！你要猫干甚么？"叔婆着急了，"要一点田地，足够你买一千只猫了！"

"我的太叔太婆！"李刚说道，"当初不是说了吗，谁说都是白搭！一切由大同自己作主。我说甚么，你说甚么，都不管事儿，大同说甚么，才算甚么！"

"大同，你不是讨厌猫猫狗狗的吗？"叔婆说，"不如要点房产和现款，你要猫，我赶明儿个买一只小白猫给你得了。"

"我不是喜欢猫！"大同说，"小明喜欢弄它，天天用绳子拴住它，要它拉小车儿，它一不听话，就把它打得个半死。我叫老王把它送给别人，老王不敢，怕小明告诉妈妈。"

叔婆毫无办法，只好让大同把小白猫要来，作为他所应得的遗产。大同又把他得的遗产送给对过一个最喜欢小猫的女孩子去了。叔婆生气说，她从此以后再也不管大同的事了。

吴家外老太太马上就在城里替她女儿找着了一幢大房子，价钱贵点不要紧，只和吴家隔一条街，两家相近，容易照应。赶着修理，粉刷，油漆，小明母子全家就搬到城里新房子里去了。外老太太虽然疼外孙，并不多荒废他的光阴，早已请好了一位有名的老秀才在家里教他。吴士可两夫妻也让莲芬来附读，这位老秀才学问虽好，口齿不清。教授《尚书》和《史记》都要开讲的。他讲书时只会口中嗡嗡然单调的照句念着，同时把他落光了头发的脑袋摇来晃去。他觉得他把头不停的摇晃着，就把书中的意思全说明白了。

天桥

82

小明人本聪明，不过《尚书》真干燥，先生嗡嗡的一念，他眼睛就睁不开。有一次先生对他说，"小明，你懂吗，不懂就看我的头。"

小明半睡半醒的答道："先生，我只看见一个皮灯笼！"

可怜小明两眼昏昏沉沉，没有看清楚，脑子昏昏沉沉，失口说错了一句话，先生蛮不讲理，重重的处罚了他，无怪他嗣后逃学赖学，见到先生就怕，听见要读书就没有心思。这位先生看见他的主要学生，三天不卖两条黄瓜式上学，请求东家不可太让小孩子任性旷课。那知他说了也是白说，后来一赌气就辞馆不教了。好在城里找先生容易，不过三五天又另请到了一个，虽然换了许多先生，没有一个教得长的。

主要的学生小明读书，偏偏碰见这许多枝节，附读的学生莲芬，差不多一身兼读两个人的书，把小明应读的书也从旁听熟了。她本来只读《女儿经》；后来再读《孝经》，可是她把《尚书》和《史记》也附带读了。先生教小明的东西，小明没有听进去，她却全记住了。她姑妈知道她的怪八字，听见她上学，一个人会读两个人的书，而小明半点也读不进去，便去对老太太说，女孩子和男孩子同学，会把男孩子的天资夺过去的，所以莲芬读得好，小明读得不好。她并不提莲芬的怪八字。老太太当然以小明读书上进为重，马上叫她媳妇不要莲芬再上学。莲芬伤心极了，她母亲也失望，但是无法反抗。

莲芬退学之后，照理小明可以好好的读书，有进步。可惜以后所请的先生，全没有耐性，没有一个肯好好的教下去。几年以来，每年总是过了元宵节，请到一位新先生，教完了一季，在吃端午酒的筵席上，便向东家告罪，说是再教完下一季就要东家另请高明。问他们为甚么事要辞馆呢？他们每人都是说家里临时发生了事故。外老太太听了真生气；她明明知道有的先生根本就没有家。

每换一位新先生，小明总要换一套新书。这些书都难读极了，不消读几页，就叫人一见生厌。所以一换新先生，小明就要换新书，旧书用不着了，便给莲芬念。莲芬一方面由她母亲教她读小明不读的书，一本一本的全把它读完，同时又跟着她母亲学会绘画，因为她母亲自小就学了工笔画的。莲芬学东西也快，跟她母亲学了不久，画得就和她母亲的画差不了多少，在外行看过去，真没有法子分得出，那一张是母亲画的，那一张是女儿画的呢。

吴家老太太对她外孙小明的前途极关心，她女儿也口中念念不忘小明读书的事。不过他们都认为小明年纪还小，今年玩玩不要紧，明年再另请一位好先生认真读下去。明年复明年，一年一年就这样的过去，小明陪着他的外婆和妈妈，走东家到西家的时候多，上学读书的时候少。

第五章

天下兴亡，匹夫有责。

大同渐渐的长大了；也渐渐的懂得国家大事和世界大势。李刚
常常和他谈论我中华帝国过去的光荣和今日的落后。他告诉大同，
咸丰年间，人民对现状不满，因此有了洪杨之乱。再谈到咸丰十年
（一八六〇），因为鸦片战争，而引发了与英法联军之战，以至英法
联军占领天津，抢劫烧毁北京近郊的圆明园。大同渐渐的能看地图，
看见英国割我缅甸，法国割我安南，日本割我琉球群岛，我中华的版
图，都是在慈禧太后一个人手里，渐渐的变小了，怎不叫人痛心？

李刚并不是一个空谈家，只坐在家里空谈理论的人。他一份家私
用得差不多干干净净，其实不是他挥霍掉了，而是他暗中捐助了各种
秘密的救国团体。他常和一班思想进步的人民领袖接洽通讯，并和东西
洋赞助中国维新的洋朋友也有联络。那时候中国还没有设立邮政局；私
人通信，都要由私办的信局子传递，传递费按距离远近而定，价钱非常
之高。那时不比现在，和人通通信，可以算是一种奢侈的习惯。

信局子都开在省城，李刚要送信接信，都是派大同自己到南昌省
城信局子里接送。大同既是常常要进城去送信接信，也因此而有了机
会常常去和莲芬见见面。莲芬也长大成人了，出落得端庄秀丽，妩媚
动人。他们真是两小无猜、青梅竹马的朋友，因为环境如此，所以
总是聚少离多，见面时不过只可以匆匆的谈几句话，绝无机会长通款
曲，畅叙幽情。

大同这孩子年纪虽小，却算是特别的老成持重。他认为大丈夫以
身许国，匈奴未灭何以家为？偷偷的抽空和莲芬见一面，都算是因私
而废公，耽误了他为国家为人民服务的时间。他不能学大禹治水三过

家门而不入，已经要常常私心耿耿的责备自己。

　　他除了攻读旧的经、史、子、集之外，又喜欢读当时那些维新派的领袖所著的新书。那时有一个美国人，名叫约翰亚伦杨（Young John Allen），取了一个中国名字，叫做林乐知，在上海出版了一份《万国公报》，此乃中国最早的新闻纸。李刚定了一份，由长江经赣河运到南昌，一路都是旧式的帆船载运，要经过许久才能到达南昌。大同把《万国公报》当经书一般的重视，因此也得了许多新知识。那时并不是没有火轮船，不过火轮船极少，坐火轮船的人也少。普通一般人都不免思想守旧，认为火轮船是洋鬼子弄的古灵精怪的东西，坐了很危险的。

　　李刚曾经发挥过许多革新的言论，主旨虽然是要救国救民，不免令守旧的人认为有犯上作乱的思想。林乐知觉得这是难得的有胆识的高见，把它在《万国公报》上发表了，因此博得一大部分读者的好评，同时却也引起了当局的敌视。有一位英国来的传教士名叫提摩太理查（Timothy Richard）的，自己改姓为李，署名李提摩太，在山西传教和办教会学校，也常在《万国公报》上写文章，因此结识了李刚，彼此常常通信。李提摩太所发表的文章，有的是关于现代政治、西洋历史和科学等等，全都是用中文写的，登载在《万国公报》上，所以大同都仔仔细细读过了，因而十分崇拜他这个人。林乐知和李提摩太都很爱中国，都希望中国能去旧维新，变成一个富强的现代国家。他们说，日本自明治维新以来，由一个落后的旧帝国，已变成了强国，中国可以借镜。可是慈禧太后以下，朝臣十九都守旧，反对维新。

　　李刚所结识的朋友，都是倒霉的学者、外国传教士、日本留学生等人，而所触犯的，却是当地的长官。他们虎视眈眈，待机而作。

　　那年正是光绪十九年（一八九三），大同过了十三岁，进城去取信时，被传到南昌县衙门去了。他见了知县并不慌，问县太爷传他做甚么。知县把许多拆开了的信交还他，说这都是好乱的歹徒写给李刚的信，其中有一封还是李提摩太写的。李提摩太最近已被山西当局驱逐出境。这信里虽然没有谋反作乱的证据，不过知县是父母官，他不愿他的子民，和这样一班不法之徒通信，所以他把大同叫到县衙门来，警告警告，以后再不宜与这种番鬼来往。

知县对着大同骂了李刚一顿，便吩咐退堂。差役把大同带到收发处之后，大家都向大同道喜，说他既没有挨板子，也没有坐牢，真是万幸，大同莫名其妙，坦然的说道：

"我又没有犯甚么法，怕甚么？"

大家看见大同得福不知感，绝无赏他们的表示，便冷嘲热讽的骂他，其中一个竟警告他道：

"小东西，不必要犯什么法，也可以坐坐牢的。"

大同听见过县衙门里的黑暗和差役们的贪污，于是不想再理他们，转身便走，他们不让他出门，对他说："嘿！小东西，你想上那儿去呀？"

"回家去呀！"大同说。

"你想回家去呀？你忘了一桩甚么事儿吧？"

"我忘了一桩甚么事儿呀？"

"好小子，先想想！理也不理我们就走呀？不成的！"

"你们是甚么意思？"

"放手到口袋里摸摸，口袋里有甚么东西要给我们吗？"

大同听见县衙门里的人，居然开口向他要钱，觉得真是岂有此理！他们像这样强横霸道的逼着他，他心中更不甘，他认为这是非法的事情，他决不肯做，他说道：

"你们讨赏钱也不是这样凶神恶煞讨的，我凭甚么要给你们赏钱呢？"

差役们一听，马上横眉竖眼，把他三下两下的推出了收发处，大同正不知道如何对付他们时，早有两个人赶了出来，拉着他就走。大同生了气，大声叱道："不用你们拉，我知道打那儿走！"

"小东西，你知道什么？我们带你去，又近又快。"一个人说。

"我们带你走一条黄泥大路，一直可以上西天！"那一个人说。

那怕大同一路挣扎一路叫，谁也不理他。那两个人把他拉去，锁在一间又脏又暗的空屋子里。大同大叫，也是白叫了，他又打门又踢门，捶墙撞壁，一点用也没有。他把嗓子叫哑了，谁也不理他。他真没有法子了，困乏口渴，坐在地下歇歇，心中想道，"他们真想把我关在这儿饿死吗？"

大同未免把这件事看得太严重了！他们为什么会要他的命呢？他们这一班东西，要的是钱，听见大同不叫不打门踢墙壁了，就派一个人过来看看。大同听见有脚步声，马上又大叫大打门大踢墙起来了。那脚步声立刻停止了，只听见一个人很不高兴的大声骂道：

"这个小东西真蠢，你要是再吵再闹，我就不再来了。"

大同没法子，只好忍气吞声，等那人走过，由门缝中张去，是一个老头儿。那老头儿说道：

"小东西吵什么？嚷破了你的嗓子，也没有人理你的。我是看得你可怜，才来帮帮你，你还想把我吓跑了！"

"对不住，我不知道您是来帮我的。"大同抱歉说。

"不用再提了吧！我问问你，你要不要给你家里寄一个信儿去？写给你爸爸吧？"那人问。

"我没有爸爸。我想给我叔叔寄一个信儿。"

"好吧！交给我办吧！可是你别再叫唤了！"

"您真是好人！真劳您的驾了！"大同说。他没有想到县衙门里，居然也有好人！

"要是你自己不会写信，我也可以写，那可得另外加五百钱。"

"谢谢您，用不着请您代笔了，我自己会写的。"大同赶快说。

"也可以的，那末你就自己写吧。先给我五百钱，我就把纸笔给你。"

"我自己写怎么还要给你钱？"大同问道。

"这是买信纸信封儿，租笔租墨租砚台，外加一头儿的送信钱啦！"那个人说道，"信送到了，那一头儿你的——你方才是说你叔叔，是不是？——那一头儿你的叔叔还得另外给点儿收信钱呢！"

"我不给！"大同气极了，"这成什么话？这简直是讹诈放抢！"

"少放屁，该死的小鬼！你不想给信儿到你家里去，不关我屁事，你高兴在这儿耽一辈子，我都管不着！不过这是官衙门，不是小饭店，这儿的伙食费贵得很呢！"

"坐牢还要出钱的呀？"

"坐牢？谁说你坐牢？你还没有进牢门呢？这不过是你欠了人钱，留在这儿——暂时留在这儿等你家里人来拿钱赎你出去。这是别人的事。我管不着！"那人说完了这几句话，昂着头走了。

"天啦！这就是父母官的衙门！"大同心里越想越生气。按说他出五百钱请人送一封信，虽然是比信局子里贵多了，他也愿花，可是他们这样用手段逼他，越逼越叫他生气。他仔细想想，这一班人也不敢拿他怎么样。他决心不出钱去鼓励贪污，看他们到底怎么办？他一直饿到晚，真是饥寒交迫，先前来过一次的那个老头儿，故意打他门口过来过去，走了两三次。大同咬紧牙关，忍饿忍寒，不去睬他，怎么也不肯问他买饭租被服。

再说信局子里的人，看见县衙门把大同传了去，马上找着一个人送信给李刚，告诉大同进县衙门的事。大家听见了这桩事，都着急极了。李刚当晚赶到城里，县衙门早已关了门，谁也找不着，只好第二天一早再来。收发处一听见来的是李刚，就叫他等等，说是县长正要传他谈谈呢。李刚一等就等了一天整。他问他们大同在那儿，他们鬼推磨似的，你推我，我推你，你问我，我问你，都推说不知道，不如回头李刚自己去问问正堂大老爷吧。他再催三催也没有用，快上灯的时候，才把他传进去见知县。

知县一听李刚进来，不等他开口，先对他大大的教训一顿，所说的话和对大同讲的一模一样，最后严重的警告他，以后再不可以和这一班为非作歹的番鬼子来往。他把话一说完，马上起身，旁边的差役便高声喝着"送客"。

李刚站起身来问道："大老爷，请问舍侄大同犯了什么法，大老爷把他关在那儿？"

"他没有犯法，我怕你不肯来，先把这些话对他讲讲，要他转告你。我没有把他关起来。"他说完了转身便要进上房去，理也不理李刚。

"大老爷请留一步，"李刚高声叫着，"贵衙门的公差把他带进衙门，到现在还没有放出去，我问他们，他们叫我请示大老爷。"

知县很不高兴的回过头来望一望李刚说道：

"他要是还在衙门的话，你可以领他出去。我并没有把他拘留起来。"

他又板着面孔，打量李刚一番，然后才回头重进上房去。

李刚听他的口气，知道这是下面的差役捣鬼，私下把大同扣押起来了。知县当初纵然不知道，现在知道了，也仍然假装没有这回事，满口的官话，让你自己找台阶儿自己下去。李刚马上回到收发处，说是知县大老爷亲口说了：他可以领大同出衙门。当初那位总收发老躲在后面，不肯直接同李刚交谈，现在他和颜悦色的出来招待李刚，请李刚坐下来谈谈。他口若悬河说了一大篇鬼话，大意不外乎说他收发处开销甚大，用人甚多，全靠到衙门里来走往的老爷们帮忙。李刚当初也生气，说是他们要点钱他本不在乎，不过把小孩子押起来，等拿钱来赎，实在太不成话，他当面已和知县太爷讲妥了，可以带小孩子回家，假如他们再要向他敲诈，他便再去请示县太爷。那收发软硬功夫都有，好话之中，暗暗表示县太爷不会管这种小事儿，现在回了上房，谁也不敢再去惊动他。李刚若是真不讲交情，那就请明天再来等一天。

第五章

89

李刚看看他再发脾气也没有用，回想知县的态度也很不好，当时值堂的差役也在收发处，那人当然也知道县太爷不会追问扣押大同的事，李刚决不能为了不肯出一点点小钱，而到南昌府知府衙门去告知县。后来经不住那收发磨菇磨菇的不停不了，李刚只好自认倒霉，赏了那收发两吊钱，叫他快快把大同放出来。那收发照例的要请李老爷"高升"一点，李刚又添了一吊，这才算是交易做成了，把大同放了出来。他还说假如到县衙门来来往往的老爷们，都和李老爷这样不体谅他们当差事的话，将来有谁肯吃这碗饭啦！

大同一见李刚，高兴得了不得，马上就告诉他叔叔这班差役怎样欺侮他的事。他说他昨天饿了半天，今天也只吃了两顿没有菜的糙米饭，晚上床也没有，被也没有，靠在一墙角上打盹。他要他叔叔把这种情形告诉知县。李刚听了很伤心，但只有微笑点头说，过去的事算了吧，不值得再去追究，县太爷公事忙得很，恐怕没空闲来管这些小事。他叫大同不必再说了，快快同他回家去吧。

大同经过了这一次的阅历之后，对于维新政治更认为是当今的要务。第二年（光绪二十年，西历一八九四）的夏天，日本籍平东学党之乱的名义，出兵高丽，后来向北部中国大陆进攻。慈禧太后下令对日本正式宣战。可怜中国的海陆军，都是古董，那能和日本维新后的新式军队对敌。交锋之后，一败再败，节节后退。到了第二年（光绪二十一年，西历一八九五）海军全军覆没，军士投降，总司令丁汝昌自杀。李鸿章到日本去求和，割地赔款，城下之盟，举国上下都一致反对，但政府有甚么力量反抗呢？后来还是俄、法、德三国来干涉，说是日本的要求太过分，条件太苛刻，这才把割让辽东半岛的条件取消，加补赔款库秤银三千万两，总数是二万万三千万，而且把台湾和澎湖群岛，割让与日本。这三国并不是厚于我而薄于彼，他们认为日本得中国东南的海岛，其害尚小，若是得了中国的大陆，他们在中国的利益就有了威胁，为保持各国在中国的权利势力平衡，这才出面做好人，主持公道。

　　我堂堂中华大国，被一个小小的日本岛国，欺侮到了这种地步，无怪士大夫痛心，老百姓忿恨朝廷。自鸦片战争之后，大家早已发觉中国的海军，若不根本革新，将来不免付之一炬。当时便征收特税，专办海军。那知到了今日，果然应验了前言，中国海军的木板帆船舰队，和日本的铁甲舰队开战，逃避不及，都烧得热闹好看。特备创设新海军的专款那里去了呢？政府从未公布。不过慈禧太后建造了避暑的颐和园，园内有山有水，楼台亭阁，雕梁画栋，比之被英法联军焚毁的圆明园要好多了！慈禧太后一个人可以乐其晚年，中国的新海军就不必要了。四万万人民的大国，也就不能和几千万人的小国对抗了。

　　国事日非，当政者大权在手，胡作胡为，人民敢怒而不敢言，这才会产生秘密的爱国党团。广东香山县有一个青年，曾在香港读书，姓孙名文，后习医为业，热心国事，到处奔走，集合同志，组织了一个兴中会。兴中者，振兴中华也。在鸦片战败之后，大家都要革新政治，希望政府能够维新变法。但是空讲了多少年，土地继续的一片一片送给外国。朝廷人士，依然故我，半点也不改陈法。慈禧太后穷奢极欲，只图她一个人的享受，把国家弄得民穷财困。豺狼当道，贤士遭殃。所以中日战争一败涂地，丧权辱国，莫此为甚。孙文的兴中会，极博得大家的拥护，海外侨胞，尤其受到弱国人民在外的痛苦，有钱的捐钱，有力的出力，都想救国。李刚和孙文早已曾经通信，不过自兴中会成立以来，一切都要特别小心，保守秘密，信局子所通信件之中，只谈不露痕迹的事。那年孙文谋在广州起义，一船军火被当局发现了，许多起事的同志被捕，幸好孙文逃到日本去了。

孙文虽然在逃。政府当局，便行文各地，通缉谋反叛逆的孙文，归案正法。凡是附逆有据的党羽，也要就地逮捕，一并归案。行文到了江西的时候，南昌县正堂，要想邀功，便设法找兴中会的党羽。他记得他从前检查李刚的信件时，曾经看见过有孙文的信；这和与李提摩太、林乐知等人通信大大不同，马上密令漏夜拘捕李刚到案。

那天没有天亮，李家庄中到了许多军队和捕快，把李刚的房子四面围住，走前打火把的差役，便咚咚的拼命捶门。当下把一家老小从梦中惊醒，妇女们吓得发抖。李刚倒十分镇定，叫大家不必惊慌，令大同快快去开门。大同把门开了，打火把的走前，后面涌进许多兵勇和差役，大声叱问谁是李刚。李刚挺身而出，说他便是李刚，差役马上就把他上了手铐脚镣，一面把他押了出去，一面仔仔细细搜查所有的文件。每一个屋子里都上上下下检查，箱笼橱柜一切打开逐件的看过。书房里的书最遭灾；李刚生平最爱收藏善本图书，这一班粗人，怕书里藏有文件信札，每函都粗手粗脚的打开翻翻，翻了随手扔在地上，走来走去，不免在书上乱踏。好在李刚被他们押出去了，眼不见，心不痛。他们把信件全都带去了。大同虽然才十五岁，倒是少年老成，他看见叔婆吓得躲回她屋子里去了，婶婶急得直哭，大猷不知所措，大同便上前去安慰婶婶，请她不必悲伤，他会随着他们进城去照应叔叔。

叔婆听见大同要跟他们进城去，以便照应叔叔，便拿出一小包钱来，交给大同说道：

"孩子，这是我一生所积蓄的一点儿钱，本来是预备好买一副楠木棺材，埋我几根老骨头的。现在你带到县衙门里去花吧。那儿一班吃人不眨眼的吸血鬼，一举一动没有钱不行。我的老骨头还结实，这几年还坏不了。我活一天还可以咒骂他们一天。"

大同接着叔婆的钱，他婶婶感激之至。婶婶说这真是雪中送炭，将来一定会慢慢再筹还叔婆，那怕把田地全部变卖干净，也不敢亏累她老人家的。婶婶手中也有一点点现款，她也拿出来，一齐交给大同。又告诉他随后她还会源源筹借，陆续叫大猷送到城里去，以备叔叔狱中的用度。

大同跟着这一行人进城，他们不准大同在他叔叔身边，以防他们谈话。到了衙门口，他们把李刚押进了衙门，不许大同进去。大同无论问他们甚么，他们理也不理。后来大同跑到信局子里请他们转托和县衙门有往来的人，代为打听李刚的案情，才知道李刚的罪名有"勾结乱党，意图作乱"。大同四面去请亲戚朋友帮忙，他们一听见这个罪名，吓得理也不敢理大同，都说平素与李刚毫无来往，只有几个穷得差不多没有饭吃的朋友，倒肯奔走效劳。

李刚的案情重大，收押不久，知县便传他过堂审问。

天桥

92

知县坐了大堂之后，两边的三班六房一声呼喝，把李刚押来跪在当中。他虽然认识李刚，也照例叱问姓、名、年龄、籍贯、职业等等。问明了一切，再由刑名师爷把案卷证物汇齐，在李刚家里抄出带来的信札文件，公案上那里堆得下，都一札一札的摆在案旁地上，谁也没有时间去看过。不过知县大老爷胸有成竹，随手拿了一小札摆在他前面，把惊堂木一拍，大声叱道：

"好大胆的李刚，铁证都在这里，你实招吗？"

"大老爷，冤枉！李刚没有甚么事可招。"李刚坦然的答道。

"好大胆的乱党！"知县说道，同时把惊堂木在公案上拍了两下。左右的差役，一听见第二下惊堂木声，便同时大喝一声，声震屋瓦，好不威风。"你还想赖吗？你若是及时回头，猛改前非，本县还可以把你从轻发落。你要是把你们的党魁孙文的行动，详细告诉本县，因此便把孙文捉着，还可将功赎罪，你若是希图抵赖，那你谋反作乱的大罪，就免不了满门处斩的！"

"大老爷明察，"李刚应道，"孙文不是我的党魁，李刚生平没有加入过甚么党，更不知道孙文这个人的行动。"

知县一听，勃然大怒，马上又把惊堂木连连的拍着，三班六房等人，大家连声大喝了一阵，知县骂道："好大胆的李刚，你居然敢抵赖不认识孙文逆贼吗？"

"我只同他通过信，"李刚答道，"我却没有和他见过面。"

"这就好了！"知县高兴极了，"你把你和他通信、商量造反的经过详情禀告本县，本县对你一定特别从宽发落。"

"大老爷明察，我不敢造反，我是同他讨论中西医药的区别。"

"胡说！"又是拍案和呼喝声。

"大老爷容禀：他研究西医，我研究中医。我们通信所谈的实在是医药上的事情。"

"好刁滑的东西！不用刑法，想必不肯实招！"知县由签筒中抽出两支红签，望地下一扔，叱道："重重的打你两百板子，看你再敢放刁不敢。"

两旁又是一阵呼喝，执刑的人等，一个把李刚按倒，一个把他的衣服撩起，裤子放下一半，另一个拿着长竹板子打他的屁股，再有一个人一五一十的数着。李刚咬紧牙根，不做声的挨打。打到五十板时，知县又一拍惊堂木喝道："不行！打得太轻。叫也不听见叫一声！重重的打！"

当下执行的差役，又高声的呼喝一声，加重的打下去，可是李刚依旧的不做声。

重重打了一百板，一点叫痛的声音也没有，县太爷听不见李刚叫痛，觉得有些古怪，马上又喝令停刑，再叱问李刚，到底肯不肯招认。差役上前扶起李刚时，看见李刚早已昏迷不省人事。这也难怪，他今年已是六十三岁的高龄，读书人不能比种田的，身体并不怎样强壮，受不住刑。差役把凉水浇他的脸，又把他摇摇，仍然不醒。县太爷看看情形不妙，怕把他打死，马上叫他们把他收监，自己便退堂。

县太爷这一下可着急！眼看这个死心眼的李刚，打死他也不肯自招的；再加上他的年纪又大，身体又不结实，别说不能再受重刑，就是收在监里，可能活不下去，要是他把辫子一跷，两眼一瞪，岂不落下一场人命在他手里。他想反正李刚没有画招，便把案卷改得更加严重，县衙门不敢自决，马上呈到府衙门去取决。

南昌府早已换了一位满人，他是报效出身，没有读甚么书，根本不懂得政治，不晓得法律。接了这桩案子，本来以为有油水可捞；一看情形不好，犯人早已不能动弹，言语也不清楚，打听一下之后，听见李刚一贫如洗，家徒四壁，马上也如法炮制，把案情改得比前更加重大，赶快把他送到臬台衙门里去。

新任的臬台，正巧是那一位两榜出身、前几年曾做过南昌府的才子魏大人。魏大人平素喜欢赋诗写字，收集书籍碑帖，最怕管"等因奉此"的公文，所以一切多半是他的机要秘书代拆代行，他只过一过目而已。凡是两榜出身的人，同年同科自然而然的彼此引援，他人缘极好，既会做人，又会做官，所以他在几年之内便升了臬台。

李刚的案子，经过了县衙门和府衙门一再更改加重，到了臬司手中，已经变成了"结党作乱谋反叛逆"了。这样的案情，非同小可，秘书们吓得马上请臬台大人亲身去处理。魏大人头一下便看见犯人姓李名刚，住在南昌县进贤门外李家庄。心中不禁一动，记得那一次，他亲身礼贤下士的去拜访他，而这位名士却高卧睡榻鼾声如雷不理他。当初他尚以为他只不过是一个玩世不恭的名士，焉知道竟是乱党！他只好破例亲眼把案卷证件一一仔仔细细看看。他不看便罢，一看才知道全案毫无根据，只是犯人自己承认曾与孙文通过信，讨论过医药问题，甚至于连这项口供也没有画招，因为犯人当堂昏厥，身体一直没有恢复健康。至于据府县两衙所控告的结党谋反的大罪，连任何证据的踪影也找不到一点。魏臬司到底是一个读书之士，胸中还有一点点正义感，虽然觉得李刚这个人是一个目空一切的狂士，到底书法高雅，读书人爱惜读书人；他马上把这件重要案亲笔批示，要李刚把原口供对清补签，叫他找着殷实连环铺保，保他随传随到，便可释放。

天桥

94

大同好不容易找着了两家铺子做连环保，保李刚出狱，随传随到，便雇了两名轿夫，用一张竹床子，反将过来，四脚朝天，李刚躺在反过来的竹床子之内，四只竹床脚，正好当做四根床柱，盖上一块大布，好似幔帐。由城里抬回李家庄，一路上大同和大猷在竹床子左右两边扶着照顾。到了家中，他太太和叔婆看见他瘦得不似人形，悲痛万分，认为他有病，马上就要去请医生来看他。李刚虽然是精神虚弱不堪，神志却十分清楚，坚持不要他们去请医生。他太太劝道：

"留得青山在，不愁无柴烧！你的身体坏成这种样子，请医生和吃药的钱是不可省的，请一位大夫看看，开一个方子吃吃，没有病也要补补。"

"我自己知道我有没有病，我自己也会开方子。"李刚道，"万一你们觉得我非吃药不可，就让大同把纸笔拿过来，我报几味药叫他写上，抓来我吃一两服好了。"

"良医不自医。"他太太又劝他，"还是另请一位大夫吧。"

"真正有病，当然是良医不自医。"李刚道，"我并没有毛病，只是受了伤和营养不足而已！你们要记得'不药胜中医'！"

"好！你要开方子，那你自己觉得你的本领在中医之上吗？"他太太笑道。当初看见他躺在竹床子里，半死半活的样子，她差一点要哭了。现在听他说说笑笑，除了中气不足、声音微弱一点之外，简直和平常议论风生的神气差不多了，所以她也笑容可掬了。

"普通的药，都是消痰化气的东西，好人也可吃三服，病人吃了心理上好多了。大病来了，不是一服两服药挡得住的，医生为了要收脉礼，不得不开几味药，安安病人的心，大概药开得越多，越特别，越贵，病人越喜欢。病人心理上舒服，病也容易好点。"李刚道。

"你现在也预备开几味消痰化气的药，安安你自己的心呀？"

"不是的，我是要安安你们的心。"李刚笑道，"我打算开几味不太难吃的便宜药，你们看见我吃了药，你们心理上一定就舒服了。"

李刚回到家中之后，饮食好，调养好，几天之后，一切完全复原，一天到晚，又和大同大谈其社会、政治、宗教等问题了。自从这次把李刚抓去审问坐监之后，大同对于政府官吏，痛恨入骨。当初他以为他们把文件信札全带了去，一定在里面找着了甚么重要的证据，所以这桩案子越来越严重，最后送到臬司那儿去，那知他们甚么证据都没有，只望拷打成招。李刚告诉大同，他对小事马马虎虎，对大事特别小心，略略有牵涉政治的信件，决不走信局子里传递，一到手便把它烧毁了。

"这真岂有此理！"大同气得叫起来了，"他们怎么可以如此横行呢？"

"这不算甚么！"李刚道，"人民是鱼肉，他们是刀俎。他们把人民，爱杀就杀，爱放就放。法律只管人民，管不着官府。俗语说得好：'只许官府放火，不许人民点灯'，老百姓的生命和财产，一点保障都没有，所以许多人都主张要定新宪法，维新政治。"

"光是宪法便足以救中国吗？"大同气愤填胸的说道，"全国大小的政权，都落在一班贪污成性的人的手中。大官大贪，小官小贪，对外便丧权失地，对内便鱼肉人民；当今之世，中国全国就找不出一个好官来！"

"大同，你这话也说得太过火！"李刚道，"魏桌台就不算坏人呀！唉！我当初不应该对他打鼾，人家来看我，本是一番好意呀！不过他那一手拘拘谨谨的馆阁字，我实在不敢恭维，我要不是假装睡着了，就免不了谈书法，我要是一提到他那手字，一定会大大的得罪他的。"

"放是他把叔叔放的，不过叔叔不知道他衙门里边的人，上上下下一样要钱的。小改小变没有一点用，一定要大改大变才成。做官的全该宰了，管牢的全该坐牢。"

"孙医生的意思和你一样。"李刚道，"他认为只要是满人执政，中国就绝没有希望。不过也有人和他的意见不同。康有为主张变法，他觉得光绪皇帝是个英明幼主，只要把慈禧太后和她的羽翼铲除了，中国一定可以富强起来的。我们的英国朋友李提摩太，也是和他一样想法。我出了狱，人也好了，还没跟他通信呢，我马上要写信给他。"

"叔叔写不得！"大同说道，"他们一定会检查你的信件的。"

"不要紧！我信里只是托他照顾你。"

"叔叔要他照顾我？"

"是的！我的好孩子，我马上就要出门去。"

大同大惊，李刚笑道：

"好孩子，别担心，我不是逃命！有一位朋友——赣南有名的萧百万——老早就要请我去替他办文牍，一来我不喜欢专门做寿文，写挽联，做应酬诗，二来我要留在这里教你读书，所以我一直都没答应。现在你可以算是长大成人了，自己能看书求学问，用不着再要我教你了，所以我这一次答应他了。再说我们家里也没有了钱而等着钱使。我最近周游了三个衙门的监牢，这一笔旅行费，一定不少……"

"叔叔不必为钱操心！"大同说道。

"坐监狱比旅行住头等旅馆还要贵得多！你们不知道为我花了多少钱。"

"没有花甚么钱！"大同想遮盖遮盖。

"用不着瞒我！我看看禁子脸上的表情，就知道你们为我花了多少钱。他们沉着脸不理我，我就知道你们还没有为我花钱；他们爱理不理的样子，那就是略微花了一点点，不过花得还不够；等到他们个个对我笑嘻嘻招呼，我早知道我所剩下的田地，差不多全卖光了！"

"还没有全卖光！"大同赶快补一句。

"那真算是他们留了情呢！"

"叔叔不用愁。"大同说道，"我现在大了，可以干活儿赚钱。"

"好孩子，现在不是你干活儿赚钱的时候！"李刚忽然转一个题目问大同道，"大同，我要你对我直说：你对基督教的看法是怎么样的？"

"我讨厌他们透了！"大同很率直的答道，"叔叔不是要我去吃教吧？"

"当然不是！"李刚赶快说，"可是你得把事情弄清楚，我是问你对于基督教的意见，我并不是问你对于基督教徒的意见！这一带吃教的人，尤其是本村那几只东西，都是坏蛋，当然你讨厌他们透了。他们现在自称为'罪人'。这虽然是吃了教之后用的新名词儿，他们根本就常常犯罪，所以才去吃教，要不然他们何必去吃教呢？他们要是去做和尚，做道士，犯了法一样要坐牢，可是一吃了教，外国的传教士可以到县里去，说这都是他的教民，一下就把他们全保出来了。不过话得说回来，除了几个浑蛋的传教士和那一班专门犯罪的吃教的'罪人'之外，基督教也有许多好人，你不可以讨厌基督教呀！无论甚么宗教总是教人为善的，基督教也是如此呀！"

"我根本就讨厌基督教！"大同说道。

"为甚么呢？"李刚问道。

"因为它强横霸道，"大同答道，"蛮不讲理呀！我们的儒、释、道，三教——孔子的哲学，就算它是儒教——决不致认为别种宗教是异端邪说，只有自己的宗教，是登天堂唯一的途径。像这样传教，太不讲理了！"

"大同！"李刚道，"你忘记了孔子说'道听途说，德之弃也'吗？我应该留几本基督教的书在我书房里，好让你有空的时候看看，也可以长长见识。无奈我对这种东西，一点兴趣也没有，所以凡是传教的朋友送的书，一本也没有留下来。"

　　"这样说起来叔叔好像很赞成基督教似的。"大同道，"我一向老以为叔叔不喜欢基督教呢！叔叔的朋友，许多都是传教士，可是叔叔从来也没有和他们辩论过，我老觉得奇怪得很呢。"

　　"我对于任何宗教，全不发生兴趣，所以我不在乎他们说些甚么！"李刚道，"我生平为人正直，当做的便做，不当做的决不做，这就是我的宗教。也许我所履行的，是照着了一切宗教的好宗旨，我所不齿的，是各教自私的教条。不过我所交往的传教士，恰好都是开明理智之人，这要算是我的运气好。他们先劝我入他们的教，看看劝不通，嗣后就再不麻烦我了。当然也有一两个继续努力想劝我入教的，那我只好不理他算了。所以到今天我仍然是一个不肯登天堂，而奉行异端、相信邪说、不可挽救的罪人。"

　　"叔叔为甚么忽然对我大谈其基督教呀？"大同问道。

　　"因为我要问问你：大同，你肯不肯进教会学校？"李刚问。

　　"叔叔，那还不肯吗？"大同答道，"只要有机会，我马上就去！"

　　"我猜你会肯的。"李刚道，"我还猜你将来很可能做一个基督教徒呢！"

　　"叔叔，我一辈子都不会的！"大同很肯定的说。

　　"会的。"李刚道，"你现在讨厌基督教，将来准会入教！"

　　"叔叔以为我做事一定会前后矛盾吗？"大同问。

　　"不是说你矛盾。"李刚说，"天下事往往如此：当初讨厌极了的东西，一天认识清楚了，你反会觉得它可爱；爱极的东西，后来发现了它的毛病，反会令你讨厌它。宗教也是一样。假如你一直不理它，将来你也不会被它感动。"

　　"叔叔，我想进教会学校，"大同解释着说，"是因为我想求新知识，读外国文，学科学。这都是在别的地方学不到的。对基督教，我还是讨厌透了的。"

"傻孩子，你何必去讨厌它呢？"李刚道，"基督教不在乎你讨厌不讨厌它的！虽然有一些这种强横霸道的传教士，到我们中国来传教，那也不能就说基督教要不得。它是世界上的一个极大极大的宗教，包罗万象，各种人都有，就是这位请我去办文牍的萧百万，也喜欢勉强别人信基督教。每次请我吃饭，总是放大声音祷告上帝要我入教，他不是要上帝听见，而是要我听见。所以我从前不肯去。现在我想想也不要紧。每顿吃饭听听他的祷告，对我也有一种好处：可以训练训练我的忍耐心。"

大同听了叔叔这一席话，沉思不语的过了一阵。他本想不再去求学，从今后就和大猷一道下田去做活。他再仔细想想，现在剩下的田地不多，大猷一个人耕种正好，用不着要人帮忙。要是再去租点田来种的话，也许每年可以多赚点粮食，贴补贴补这一家五口的家用，可是大家过这种手赚口吃的生活，对于李刚老年人，可就太苦了一点儿。他喜欢收买旧书，要是全靠田里的粮食换钱来使唤，那就不会够的。萧百万请李刚去办文牍，这种拼命劝人信教的富翁真是讨厌，可是他给的薪水让李刚买买书是有富余的。大同想想还是不能不让他老人家去。到底在家里过苦日子，不如到萧家去享受享受。百万富豪之家，饮食起居，一切适宜于老人家的生活。按说李刚已经是六十多岁，应该要过几年舒舒服服的日子。现在田地比以前少多了，收入自然不能和从前比。从前尚且没有甚么富余，以后的日子就要艰难多了。为了老人家着想，还是让他到萧百万家里去的好。

大同一心要想求"新知识"，牺牲一切，在所不惜，进教会学校，大不了和进地狱一样而已。假如可以求到"新知识"，虽是要经过十八层地狱，他也决不会畏缩一下的。李刚藏书虽然丰富，可是只有旧书，没有新书。大同曾看过一本薄薄的"新知识"的东西，书名曰《八线学》。他虽然学了新数学，也认得阿拉伯数码儿，但是这本《八线学》太深，他看了多少遍，还是摸不着头脑。后来他知道，要想求新知识，最好要懂得一两种外国语文，他对于代数、几何等等，也因为不懂得洋文，全靠看翻译本，感觉十分困难。

那年的冬天，李刚受的伤早已全好清了；一切出门的摒当，也都齐备了。赣州府的萧百万，差专人送了一百两银子给李刚，算是川资和安家费用，以后的薪俸，按年一百二十两银子，请他早日起程，希望他在正月元宵以前到赣州。南昌到赣州，水陆都是好几百里，走旱路近一点快一点，但是李刚不肯坐轿子，年纪大了，又不能步行，严冬的天气，风霜雨雪，年轻人也不便走长路。坐船去由赣江一直南下，一路上如遇着北风，便是顺风，日子也不算多，不过冬季北风太大，白天勉强可行，晚上就不能走，若遇着南风，那就一日只可走个十里八里了。所以到了十一月上旬，李刚便搭定了一只回赣州府去的船，船家把舩泊在天桥，到李家庄来接李刚的行李，当下李刚便和妻儿叔婆告别，大同替他叔叔提了一小箱他心爱的善本书，送他到天桥上船。

船家一家三口儿，他儿子看见爸爸把李刚的行李挑来了，马上走过来接着，拿到上舱里去，又替李刚铺好被服，船家娘子烧好了开水，替李刚冲了一壶茶来。李刚带来了许多人家送的点心，便在中舱里打开了，请他们船家夫妇和儿子同来吃。他们忙于准备开船，那里有闲空坐下来吃东西。不过他们看见李刚又斯文又和气，真算是一路上找着了一个难逢难遇的好搭客。大同觉得这船家一家人都体贴周到，他叔叔这一次在船上可以舒舒服服的休养一个来月，倒也十分放心。

李刚看见船家忙于拉帆预备启碇，便对大同道："好孩子，我不能不离开你到赣州去，这一别就不知道那时候再见面了。我一路自己会照应，你请婶婶他们不必挂念。我早已写了信转给李提摩太去，到现在还没有回信来，我等不了。他从前就提过，我应当送你到省城一家教会学校念书，他可以向校长保送你免费入学。他的回信来了，你就不用替我转去，可以代拆代行，照他的信办。现在我有了萧家送的钱，他们不免你的学费，也可以照付了。"

"叔叔赚的钱。"大同说，"留给婶婶他们花，我不可以——"

"你的教育最要紧！"李刚道，"你要听我的话。我知道你会用功念书的，用不着我叮嘱。"

叔侄俩草草话别，各有无限心事。大同站在天桥上，看见一帆乘风远去，默然回家。

第六章

玉不琢，不成器，
人不学，不知义。

李刚走后不久，李提摩太的回信就来了。大同遵着他叔叔的命令，把信拆开来看。他这位英国朋友的信中说：听见宗兄近来遭了无妄之灾，十分挂念，他已经替宗兄默祷了万能的上帝，保佑宗兄早日复原。彼此同姓李，可算是一家人，所以他一向都把大同看作自己的侄儿子一样。侄儿要升学，他当然会尽力把他送进南昌的教会学校去念书。那封信里就附了一封写给南昌教会学校校长的信，要大同带了去见那位校长。他希望大同在这位英国先生教导之下，可以得到他所渴望的新知识。他又说以后无论甚么时候，有甚么事，可以用他之处，他一定是乐于帮忙的。最后他又祷告天上的父亲降福与李刚全家大小，但是下款他却用了中国式的："愚弟李提摩太再拜启。"

大同看了这封信之后，高兴得不得了。那里边附的信，更令他兴奋万分。他从来没有看见过外国信纸，纸厚而坚硬，全部是天青色，和中国的红边信封信纸大不相同。信并没有封口，他抽出信纸来看看，竟不知道是倒还是顺，横行的蚯蚓式的文字一个也不像算术和代数里的洋字。他拿着倒看顺看的看了半天，实在没有法子懂半个字，他真甘心情愿减掉自己几年寿，换得可以看懂这一封信。

信封外面除了几行横写的英文之外，另有一行直写着的中文："马克劳先生台启。"

第二天一早，大同带了这封信到省城去。这个教会学校，设在德胜门外赣江的江边。大同由南方的进贤门进城，穿城一直往北走，出北方的德胜门，离开了附城的热闹区域，不远便是幽静的江边。那学校是一幢红砖建筑的洋式大楼，和旧式的中国高楼大厦绝不相同。

大同到了学校门口，目不转睛的望着这座洋楼，看看它是怎样的建筑法。正在他仔仔细细注视的时候，听见了一个人的声音，由远而近的叱他道：

"嘿！你站在这儿搞甚么东西？快点儿滚开！一忽儿让洋先生看见了你，你就要倒霉的！"

大同看看那人，衣冠楚楚，神气十足；想必是那学校的门房，大同就带笑的说道：

"我特意到这儿来，就是要想见见你那位洋先生呢！我是来见校长马克劳洋先生的。"

那位门房先生一听见这么一个土头土脑的乡下孩子，开口便要见见校长，不免小吃一惊。他把大同仔仔细细打量一番之后，问道："甚么人叫你来见他？他那有许多功夫来见你们这样……他不是逢人都可以见的。"

大同从口袋中掏出那封洋信来说道："有一位李先生，写了一封信给你们的校长……"

"哦！"那门房恍然大悟，"原来你是替李先生送信来的呀？怎么不早说呀！好吧，把信交给我，你没事儿回去吧！"

"李先生信上说了，要我来找你们的校长马先生，当面把信交给他。"大同只好把原委完完全全说出来。

那门房半信半疑的问道："李先生真是这么说吗？是那一位李先生哪？"

"李先生也是一位洋先生……"大同说道。

"哦！"那门房一听见李先生也是洋人，面容大变，"也是洋先生呀？怎么不早说呀？要是你那位洋先生一定要你面交，那你就得在这儿等着。现在正上着课呢！我们的校长正公忙，谁也不能惊动他的。"

"他甚么时候才有空呢？"大同问道。

"我怎么知道？"那门房反问着，"你只好等着吧！"

从早上一直等到中午，大同看见有许多人下了课出去吃中饭，又问一问那门房，现在可以见见校长吗？门房说：现在正是大家吃中饭的时候，谁敢在洋先生吃午饭的时候去惊动他，惊动了那还了得？乡下孩子真不懂事！马上厨房里有人送午饭来给这位门房吃，于是那门房便坐下吃饭，理也不理大同。

由中午等到下午，大同的忍耐心真好。冬天的日子本来很短，不过今天一天实在长，一日如一年。等到太阳西坠，学生们都下了课的时候，大同等得委实不耐烦，对那门房道，他还要走二十多里路才可以到家，在这儿等了许久，现在非见见洋先生不可。

"现在正是洋先生吃下午茶的时候，决不能惊动他。"那门房冷冰冰的对大同说，"再等一忽儿吧，回头我就去替你看看。"

"你叫我等了一天整整的，先是正上课，一忽儿吃午饭，一忽儿又吃下午茶，再等等也许他又要吃宵夜了……"大同真急了。

"洋先生不吃宵夜的！"那位门房好心好意的告诉大同，"晚上洋先生回家去，同他那位洋太太一同吃大餐。"

"我不管他同甚么人在甚么地方吃甚么东西，"大同放开了嗓子喊道，"我一定要见见他。"

"大声音嚷甚么？"那门房道，"我又不是聋子，听得见你的话，你要是肚子饿得上了火，先到附近的小馆子去吃一碗面再来。"

"你要是再不让我见你的洋先生，那我自己进去同他一道儿吃下午茶去！"大同转身就走，他真要自己往里闯。

"嘿！别乱闯！"那人吓着了，"我这就进去，你在外面等等。"

他把门房的门锁上，又问一问大同道："李先生的台甫怎么称呼？"

"我叫李大同。"大同道。

"谁问你的名字呀？"那人道，"我是问你那位洋先生的名字。"

大同告诉他那位洋先生姓李名提摩太，有信要交给马先生。

那人好不高兴的望一望大同，然后一直穿过一片青葱葱的草地，向着学校的正屋走去。他进了那正屋的门，态度忽然一变，当初对大同那股骄气，完全烟消云散了。他拂一拂他的棉衣，满脸堆着笑容，轻轻的敲一敲一道门，便卑躬屈节的走了进去。过了一下子马上就出来招呼大同过去。大同立刻照着那人走过的路线，一直穿过草地走去。那人一见，对着大同指手画脚的做手势，极小的声音不知喊些甚么。大同走到他面前，才知道那人在骂他。他哑着嗓子责备道："蠢孩子！你怎么不看我的手势。我叫你别从草地上走过来，你理也不理我！"

"我是跟着你走过的路线走的呀……"

"小一点儿声音！"那人说道，"别让洋先生听见了！草地是不让大家走的。那是留给洋先生洋太太散散步的。我管那块草地，我都不过偶然走一两次而已。"

"对不住，"大同道，"我不知道。"

"好孩子，你得懂规矩。"那人预先叮嘱大同一番，"见了洋先生，你得必恭必敬的。他对你讲话的时候，你要朝着他端端正正的站着，低着头，眼观鼻，鼻观心。他问你一句，你回答一句，不问不回。不管他问你甚么，你老说'是，是，是'，准没有错儿。你是我带来的，你出了岔儿，责任全在我身上。你得记住我叮嘱的话呀！"

大同点头答应。

天桥

104

那门房把大同带到过道一端的一道门口，轻手轻脚的走过去敲敲门，门里发出古怪的声音说道"进来"。那人轻轻的把门打开，极小的声音叫大同跟着进去。

那间屋子又高大，又光亮，又暖和。大玻璃窗前有一张大书桌，桌子后面坐了一个古怪样子的中年洋人。头发是棕色，皮肤苍白，穿的洋装也古怪，颈项围着一条白色的硬圆领。

他的书桌上放的东西也稀奇古怪，他正在那儿用钢笔写字。他一见大同，停了笔望一望。大同对他深深的鞠躬，他也微微点头回礼。他那蓝色的眼睛，仔仔细细把大同自上至下打量一番之后，对那门房用一种特别而无轻重抑扬的声调说道："行了！你可以出去了。"

"是，是，是。"那门房鞠躬之后，倒退了出去，轻轻的关上门。

那洋人又再把大同打量一番，问道："你有一封我的朋友李提摩太先生写给我的信，是吗？"

"是，是，是。"大同照门房的吩咐答道。

"你把它带来了吗？给我看。"

"是，是，是。"大同把信给他，他看了之后又问大同：

"你就是李大同吗？"

"是，是，是。"

"你是一个乡下人，怎么我的朋友说你学问顶好？你会读书和写字吗？"那洋人问道。

"是，是，是。"大同照先前一样的答道。

"我的朋友李提摩太信上说，你的叔父是他顶好的朋友，是吗？"那洋人半信半疑的问。

"是，是，是。"大同答不误。

"他又说你要到我的学校里来读书，你要见见我，就是为了这件事情吗？"

"是，是，是！"

那洋人点点头。大同一想，那门房叮嘱他的话，果然不错。这一位道貌岸然的洋人问了他许多问题，他甚么也没有说，只是一连回答几个"是，是，是"，居然使得他和颜悦色了。大同于是决定了，以后只要如法炮制，一定一切顺利。

"你知道吗？我们学校的学费很贵。"那人又问大同，"我猜想你的叔父很有钱，是乡下的大地主，是不是？"

大同一听，觉得这一下子可糟了！他迟疑了一阵，最后认为不可以一味的盲从那门房的叮嘱，宁可老老实实的说真话；他道："不是的，不是的。"

"你说甚么？"那洋人的面孔马上变成了极不高兴的样子。大同心中暗暗叫苦，悔不该违背那门房告诉他的金科玉律。好在那门房现在不在这屋子里，否则他真没有面目见他了。那洋人沉着脸再问他道："你到底是甚么意思！谁替你缴学费让你到这里来念书？"

"没有谁替我缴学费。"大同觉得一不做，二不休，索性直说吧。

"嘎？"那洋人惊问道，"你是说没有谁替你缴学费吗？"

"是，是，是！"大同觉得这句话可以照老法子回答，所以他决不放弃这个机会。

这洋人皱着眉头，把信再仔仔细细看一遍，面现惊讶之貌，把一只长满了棕黄色汗毛的手，摸摸脑盖道："呵，原来他说你学问顶好，是要我收你做一个自助生的意思！"

他说完了这句话，又把信重看一次，然后很失望的样子把信向旁边一扔，望着大同。他发现了这是一件不十分愉快的事，但是无法避免，只得努力打起基督教救世爱邻的伟大精神来对付。他尽量的和颜悦色对大同道："好吧，你既然没有钱缴学费，我可以收你做自助生。你要知道，'自助者，天助之。'我问你，你可以做甚么事来自助呢？"

"随便您吩咐我做甚么事，"大同道，"我就可以替你做……"

"小孩子，不要说大话！"他用严厉的声音打断他的话，"随便甚么事你都可以做吗？我都不敢说这种大话！"

"我不敢说大话！"大同解释清楚，"我的意思是说，随便甚么事，只要您先教我，我就可以跟您学着尽力做去。"

"这就说得好一点点。不过还要等将来再看吧。"那人一面说话，一面用手打着书桌上一个覆着的铜碗似的东西，那东西叮叮当当的响着。过了一阵，一个人很快的走了进来，他走得和跑一样快，不过不是跑的样子，而是走路的姿势。他对洋人一再鞠躬的连声说道：

"校长，我来了！校长，我来了！"

"王先生，请坐下。"马校长很随便的把手一挥。

王先生认为在校长办公室中赐座，真是特殊的荣幸，马上再三道谢之后，便在校长书桌旁边一把椅子上坐下一半儿。"坐下一半儿"这五个字儿，用来表达王先生坐下的样子，未免不够味儿，而且不忠实，非得补充一下。王先生实在只做了一个坐着的姿势，弯着两条腿，把屁股靠着椅子边沿，蹲在那儿练功夫。大同一看，心中暗想，假若有人把椅子由王先生后面抽走了，王先生一定不会觉得没有了椅子，仍然可以坐在空中的。这一套功夫，非得经过长期的训练决做不到的。

马校长把大同的事告诉王先生，又把李提摩太的信给他看。大同在旁，不免把这位礼貌十足的王先生打量一番。其实他的年纪并不大，比大同大不了几岁，不过他戴着眼镜，满脑门的褶子，一副未老先衰的样子。他一定是一个北方人，个儿高而瘦，皮肤相当黑，说话的口音也是官话，不过官话之中，带了十足的外国语调，这大概是跟外国人太久了而染成的。

马校长对王先生无论说甚么，王先生只有两种不同的答词；第一种是："是，是，校长！"第二种是："谢谢，校长。"一直等到马校长叫王先生把大同带走的时候，王先生居然又再加了一种答词，他带了大同退到门口，一路上一连的说了三种词儿："是，是，校长——谢谢，校长——再见，校长！"

王先生把大同带到他的办公室中去。它在校长办公室隔壁，一进这间办公室，大同不知怎的便觉得这屋子有点不对，看起来不像一间屋子而像一条过道。普通正常的屋子总有四面墙，可是这间屋子只有两面墙，而这两面墙，差不多给堆满了文具纸张书籍的书架子遮满了，只看见书架上面一点点墙。大同四处找那两面墙，再找也找不到。因为那一端便是法兰西式的长窗户，可以通到花园去，而这一端便是他进来的房门，房门又高又大，两旁根本就没有墙，门上面的墙位也极少。

这屋子里，除了两行书架之外，只有一张小小的办公桌，一把小小的椅子，和两个方凳子。办公桌子放在正中，王先生虽然骨瘦如柴，走到桌子后面坐下去时，也要侧身子挤进去。那两个凳子不是让人坐的，早已堆满着东西。不但凳子上堆满了东西，地上也堆了许多文件纸盒子等等。大同只得站着。

王先生找来找去，找了半天，后来才找到了一叠大大的表格，他把桌上的东西暂时移开一下，把那表格摆在面前，拿一支钢笔预备填表，逐条逐条的问大同：先问姓名、年龄、籍贯、曾祖、祖父以及父亲的名字等等，填了这些东西之后，便到了宗教这一关了，他问大同道："你父亲入了教吗？"

"我不知道！"大同想了想才回他，"我想没有入教。"

"那末你的母亲呢？她是教徒吧？"王先生又问。

"也不是的，"大同答道，"我们家里……"

"你们家里，"王先生急得插嘴问道，"总有谁是信主的吧？你叔叔一定信教吧？"

"叔叔一点也不信。"大同答道，"叔叔不但不信，他还最怕人劝他信教！"

"得了！"王先生说，"不用提别的吧！既然是你家谁也不信主，你怎么又要入教呢？"

"王先生！"大同小吃一惊，"我并不要入教呀！"

王先生倒是大吃一惊。他把笔往桌上一扔，厉声问道："你搞甚么鬼！你不要入教吗？"

"王先生，"大同答道，"我又不想犯法，用不着要传教士去保我出牢，我入了教又有甚么用处？"

"你这个家伙，"王先生怒道，"我对你说，并不是我要劝你入教呀！别人仗着凡是教民过堂受审的时候，教会可以保护他们，便藉此来收买平民入教，我是不赞成的。不过你是读过书认识字的人，你总应该知道信奉上帝，可以登天堂，信奉邪说异教，是会堕入地狱的……"

"王先生怎么也说这种欺骗一般愚民的迷信话？"大同辩起来了，"王先生是有学问的人，至少也有点常识呀！难道还相信这种迷信吗？"

"有点常识？"王先生怒不可遏的叱道，"相信迷信？你简直的在这儿胡说八道，侮辱上帝，要不是有李提摩太先生的信，马校长的口谕，我早把你赶出去了！"

大同这才知道说话要小心，有的话最好别老老实实的直说出来。

"王先生，对不住，"大同道歉道，"我说错了！"

"这才像话呢！"王先生怒气略平了一点的说道，"马校长对我的口谕说，你没有力量付学费，只好让你申请做自助生，向学校方面申请奖学金。不过你得在学校做一点工，算是替教会服务。"

"是，是，是。"大同答道。

"照我们学校的章程，贫苦教友的子弟，无力缴学费，都可以申请；可是最后还要经校董会通过，马校长批准。偏偏你的父亲母亲都不是教友，那没有法子，只好先让你受洗礼入教，才能让你以教友的资格申请。好吧，我现在问问你，你愿不愿意入教呢？"

大同毫不迟疑的答道，他很愿意。他对任何条件都肯完全接受。

"那就好办！"王先生满意了。

大同一听，更觉得满意。

"不过还有一件事"，王先生一面说，一面又去找出一张表格来，"你得找两个保证人——一个保证你在毕业之后，要替本校或教会服务两年——这是说你是走读的话，倘若你要住堂，那就要服务四年——当然你在这两年或四年的服务期间，并不是完全没有薪水的，教会也会给你一点点伕马费，这就算是报答本校让你在这儿读书不收学费的恩典。假如你中途退学，或者是犯了校规被学校开除了，保证人就要保证你赔偿本校对你不收各费的损失，因为你将来就不能服务了呀。可是若因天灾人祸、死亡或残废因而不能报答本校，那教会是慈悲宽大的，便不会追究赔偿。第二个保证人是学校预防万一，第一个保证人不能负责赔偿本校，那就由第二个保证人负责赔偿。换言之，第一个保证人是保你，第二个保证人是保第一个保证人。"

大同觉得王先生说得天花乱坠，有点莫名其妙，老老实实的问道："万一，第二个保证人又靠不住，你还要不要第三个保证人来保第二个……"

"小孩子不要讥讥讽讽！"王先生道，"这儿是两张保证书，带回家找两个保证人填去。还要他们自己签名盖章。做保证人照章程是要有地位有声望的教友……"

"我们所认识的教友，"大同插嘴道，"都是一点地位、一点声望全没有的人。多半是没有饭吃的人才肯去吃教。"

"不要胡说！"王先生叱道，"要是你一时找不着有声望有地位的教友，外边人也行，不过要有五品以上的官衔。其实有地位的异教徒，比名誉不好的教友靠得住多了……"

"可是我们也不认识五品以上的官啦。"大同真急了，"我叔叔最讨厌做官的，谁做了官，他就不理谁。那怕你才做一个九品的小官儿……"

"别打岔。"王先生正颜厉色的说道，"万一是找不着做官的，财产在五千以上的殷实商人也可以的。"

"这岂不和保坐监牢的人出监候审是一样的吗？"大同这句话是经验之谈，"为甚么要这么严重呢？"

"少胡说！"王先生瞪他一眼，"我们这儿是明年一月二十八号——不是阴历明年正月二十八日，是主历一千八百九十六年一月二十八号——那天开学。所以你得马上把两个保证人找好，立刻把他们签了名盖了章的保证书送来。要是学校当局接受了你的申请，那你就要在开学前一个礼拜到校，帮助校役做工，预备开学。你明白吗？"

"是，是，是。"大同答道。

"你可以走了，我公事忙着呢！这是那几张表格。"

大同上前接了表格，王先生把手一挥，叫他快走。大同对他鞠躬，转身要出门。天哪，那门是关着的，大同竟打不开门，出不去。

大同生平没有看见过这样的门，洋东西真古怪，再用多大的力，既推它不开，也拉它不开，他急得满头是汗。

"乡下的土包子真蠢！"王先生看得发笑了，"把门扭儿扭它一下就开了。"

大同用力一扭，几乎把东西扭坏了。果然门松了，他再使劲一拉，门随手大开，他几乎摔了一个大筋斗。王先生忍不住大笑，大同窘极了的跑出去。

"替我带上门！"王先生高声叱道，"你一点规矩都不懂！"

大同只好跑回来关上门。他不明白为甚么白天要关着房门。乡下人不但不关房门，连大门在白天也是敞开的！

天桥

110

大同走出学校，一路上望着这几张表格寻思道："我上那儿去找两个保证人去呢？"不知不觉的他已经走进了德胜门。他因为常看《万国公报》和其他维新的刊物，所以他知道西洋的阳历，明年一月十八日，并不是明年，乃是今年腊月十四。因此他急得很，要想设法在这一个多月之内，赶快找着两个保证人才好。这时是十一月，天黑得早，他要赶路回家，便心不在焉的一直在大街当中走着。进了城之后顺着中大街望南走，便到了洗马池大街，正碰见一位大官，坐着四人大轿，轻车简从的向北来。这位大官常常上书街去买书的，所以由书街回衙门去，就不太铺张，不像别的大官一样，没有用人鸣锣开道。他的四人大轿，前边只加了两个引路的，后边两个跟班而已。那时候正是上光不接下光之时，天色已暗，而街灯尚未开，那两个引路的也没有打灯笼。大同心事重重，耳不闻开路之声，眼不见开路之人，一直向着这八九个人走过来。那前边两个引路的赶快将身子扭一扭，算是没有撞着他，可是他向抬前杠的轿夫一直冲去，两个人碰一个正着。那头杠给他撞得跪在地下，二杠几乎跌倒。轿子落地。轿子里的大官震得昏头昏脑，差一点儿摔出大轿来了。

走在大街之上，不长眼睛，把一位大官撞得人仰马翻，大同这一下子真是闯下了滔天的大祸，那两名引路的马上把大同捉着不放。后面的跟班赶上前来看大老爷，幸好大老爷没有摔伤，只是吓得心神不定而已。大家一阵忙乱之后，大老爷把神定了一定，问问底下人，这到底是怎么一回事儿。他们把大同押到大老爷面前，禀告大老爷说都是这个小孩子闯的祸。大老爷厉声的叱道：

"你这个小孩子好大的胆，为甚么在街上撞人？"

"不敢，"大同道，"我心中着急，不小心冒犯了大人……"

"臬台老大人！"旁边的底下人补充一句，"你无缘无故的冒犯了臬台老大人。"

"臬台老大人？"大同一听，马上记起来了，便问道，"就是那位善做律诗，写的楷书和欧帖一样的江南才子魏大人吗？"

"正是臬台魏老大人！"底下人答道。

魏大人听见有人说他善做律诗，楷书和欧帖一样，又称他做江南才子，心中不知道多么高兴，马上笑逐颜开的说道："你是谁呀？瞧你不出，你一定也知书识字吧？"

"学生不敢，"大同立刻恭恭敬敬的行了一个礼答道，"学生略识之无，在家里读诗书，攻经史而已。"

"你既是读书之人，怎么这样鲁莽，几乎把我撞下轿来了呢？"魏大人问道。

"学生实在不是鲁莽。"大同当时福至心灵，看见魏大人喜欢听人家恭维他，便恭恭敬敬的回答道，"学生是因为心中有事，一时疏忽，以致触犯了大人。学生记得唐代诗人贾长江，也有一次和学生一样的疏忽，触犯了一位和大人一样的有才气有学问的大官韩文公，我想大人一定可以饶恕学生的。"

"好！"魏大人说道。当初他听见大同把自己比做贾岛，觉得这个小孩子太狂妄，后来又听见他把他比做韩愈，满心欢喜，脸上堆着笑容看着大同。贾岛和韩愈那一段故事，他本来是知道的，不过当初没有想起来，经大同一提，他简直认为自己和韩昌黎可以并驾齐驱了。他为着要自我陶醉陶醉，故意问大同道："你记得贾浪仙触犯韩退之的故事吗？要是真记得，不妨说给我听听。"

大同一听，知道魏大人上了钩了，便娓娓而言道：

"学生偶然阅览《唐诗纪事》，看见这一段故事：范阳贾浪仙，工诗文词，原为浮屠，后来还俗就举业，曲高和寡，屡试不第，在京应试时，偶骑驴得佳句曰：'鸟宿池边树，僧推月下门。'后又曰：'僧敲月下门'，自己不知'推'、'敲'二字孰佳，因此且行且引手作推敲之势，一路沉思难决，不觉冲京兆尹韩昌黎公卤簿，正似学生今日之冲大人卤簿。韩文公问故，贾范阳以句告之，文公代决曰：'敲属阳平，较推为佳'。遂与并辔论诗。故后世凡斟酌字句曰'推敲'。学生今日偶冲大人卤簿，非一字之推敲不决，乃毕生之大愿难偿。本城教会学校，允收学生自助求学，但须二位名流保证，学生在家闭户读书，谈笑无鸿儒，往来皆白丁，因此束手无策，若大人不惜举手投足之劳，为学生保证，其恩何仅韩文公之助贾浪仙？如承大人俯允，学生当结草衔环，没齿不忘大德！"

"好！好！"魏大人微笑点头答应道，"看你不出，你的谈吐很文雅，学问很渊博，好吧，过一天你到衙门来谈谈。"

"多谢大人的恩典，"大同深深的一揖道，"保证书在此，就请大人收下填了，学生改日专诚拜谒时来取。"

大同把表格交给站在旁边的跟班，就此告辞回家，写信到赣州府，把这一天的大事报告给叔叔知道。

魏大人言而有信，过几天大同到臬台衙门里去拜访他的时候，他把两张保证书都找朋友填好了也盖了章。他们大大的谈论了一阵古文诗词，大同才告退。

大同把入学手续办好，预备搬到教会学校去住堂，差不多全李家庄的人都劝他别去。他们说洋鬼子没有人性，惹也惹不得的。只要看这一点，人家大家都过年，洋鬼子却偏偏要开学上课，这不就是反常吗？

大同偏偏不听好言相劝，一意孤行。他说叔叔要他去，所以他一定要去。腊月初七便辞别了婶婶、叔婆和大猷，搬到学校里去，那时除了王先生和门房之外，只有几个校役。王先生派定大同在门房指导之下，做花园、操场及其他户外的工作。第一件重要的任务，就是修拾草地，好让洋先生和洋太太回校时，可以在那草地上散步。大同双手双脚一同爬着好几天除野草，同时又认识了三个和他年龄差不多的校工，后来才知道他们是和他一样的自助生。过了四五天，教员们陆续回校，到开学的前一天，全体教职员都到齐了，恭候校长夫妇回校。那天晚上，马校长同他的太太才到。马太太的年龄比她丈夫小很多，她在附近办了一所女校。他们住在学校后面一所小洋房子里。

二十八号那天虽然开了学，可是并没有正式上课，学生也没有到齐。马先生回来之后，便让大同在学校的小礼拜堂中受洗礼入教。仪式虽然简单，只是念念《圣经》和祷告祷告，并用手指蘸一点点水，在大同的脑袋上画一画，可是参加的人都十分慎重其事，一切都极其严肃。自此之后，大同有了一个教名，叫做大卫。

开学之后两三个礼拜，陆续的有学生来注册，而且来得越晚的，自己越觉得威风。当初大同不明白这是什么道理，后来才知道只是自助生要在开学前七天到校，所有享受教友权利减半交费的学生，都要在开学那一天注册。凡是缴全费的非教徒学生，和有钱的教友不要减费的学生，都可在三个星期之后，在家中过了年再来。即令你在这第三星期最后一日尚未到校，你也可以过几天再来补行注册，不过过期一天，加缴罚款银一两。

每逢礼拜天，所有的住堂生都要到学校的小礼拜堂中去做礼拜。前边有两行特别的椅子，上面刻了捐款人的姓名，这是留给捐款人的子弟专用的。后面大家都可随便坐，只是他们这四个自助生，不可坐在这些人一块儿，最后靠墙有四个凳子是他们的座位。他们带管分发《圣经》、颂主诗等等，以及用丝绒做的有短柄的小口袋，收集捐款。马太太办的女校也有住堂的女学生。她们做礼拜时都坐在右边的椅子上。中间有一条相当阔的过道，分开男女的座位。当初女学生的家长，听见男女学生，坐在一个礼拜堂中做礼拜，认为洋鬼子野蛮，不分男女，纷纷反对。马校长只好把中央的过道改宽两尺，这才消了一点女生家长的火。

大同在学校里所受的待遇，并不算坏，他觉得生活很快乐。虽然那些缴费的学生看他们四个自助生不起，他们四个人平常很忙，根本就没有多少机会和大家一块儿玩。他们四人做完了功课，还要做许多粗事，所以他们四个人有闲时，也是四个人在一块玩玩，不和那些自命为高等学生的为伍。可是那些所谓高等学生之中，所有所谓"选民"的学生，便是那些有钱的子弟，缴全费的学生。这些学生——这些"选民"，举止阔绰，不屑与那些减费的教徒学生在一起；他们对于自助生，认为是无耻之流，他们正眼看也不肯看他们一眼。

　　学校的生活中虽然有这种区别，大家读书却是一点轩轾也不分的。学生一进了教室，自命为"选民"的，并得不着半点优待。实际上这一班缴费缴得多、花钱花得厉害的公子哥儿们，读书多半不行，那四个自助生的功课反特别好。大同除了《圣经》和英文两课，因为没有基础，所以要特别补习之外，其余各科，都比别人好多了。不久之后，先生们看见大同的中文、历史、地理以及数学四科的程度很高，马上让他跳班上课。

　　春天一到，花园及一切户外的工作特别的忙。白天的时候，大同除了在教室中上课之外，全要不停手不停脚的做活儿，没有自己读书的机会。晚上规定只有一个半钟头自修的时间，一到九点钟，自修室便要熄灯关门，大家回寝室去。九点半钟，所有寝室的灯也要熄了。大同自修英文，觉得晚上只这一点点的时间是万万不够的。他买了一包洋蜡烛，九点半之后，守着学校的规矩，把煤油灯熄了，自己便点一支蜡烛来读英文。他同寝室的那三个自助生都叫他不可如此，告诉他这是犯规则的事，可是大同说，他按规定时间，熄了学校的灯，现在是点自己的蜡烛看书，只要早上不晚起，一日之中不耽误要做的工作，这并不抵触任何校规。

　　他们话还未了，就听见拍，拍，拍，敲门的声音，随着就听见王先生厉声叱道：

　　"快熄灯！谁在这儿违背校规呀？"

　　"对不住，王先生！我想我自己……"

　　"李大卫！少废话！马上把灯熄了，明天早上到我办公室来听处分。"

　　第二天早晨，王先生对大同说，不守校规，偷着点灯，危害同学的生命，以及学校的财产，姑念初犯，记大过一次；下次再犯，立即开除。

大同说，蜡烛和煤油灯是一样的，并不更危险，他小心照应，不致失火。别的学生常常在九点至九点半之间，跑到外边去，并不照顾自己屋子里的灯，也没失火，也不算犯规呢。王先生全不听这一套，说自助生犯校规，情无可原。

大同打定了主意，每天晚上要多念两三个钟头书，不管你怎样阻止他，也是阻止不了的。王先生既然是不准他在自己屋子里念书，好，他就不在屋子里念。他等王先生睡了之后，带书出去念。天气好，月亮明朗，他可以在操场中念。天气不好，他在厕所门口那盏通宵不熄的灯下念，不过一听见脚步声，他得赶快把书藏着，逃到厕所里边去，假装着在那儿出恭。月光之下看书，就算它十分明朗，眼睛也苦得很。厕所门口这盏灯，更是萤萤之光，闪烁不止，每次总是看得两眼流泪。尤其是风雨之夕，臭气袭人，平常人皆掩鼻而过，大同却要站在那儿，寸步不离的受那种特别的熏陶。

不久之后，学校当局，发现了让大同去做花园里的粗活，未免糟蹋人才。这个孩子可以有更好的用途。

教会学校，对于请中文教员这件事，总是觉得处处棘手。普通的读书人，顽固不化，认为到洋鬼子办的教会学校里去教书，未免失去了体统。所以他们只好就教友之中，找几位略微读了一点书的人，来教中文这一课。幸好教大同的这位中文先生，学问还过得去，他做了这男女两校的首席国文教员，此外还有两位中文科目的教员，都要兼教中国历史和地理。他们对历史就不太清楚，对地理简直是现炒热卖，先要自己看看书，才可以去上课。王先生一身兼数职，校务、教务、庶务、斋务之外，也要教教他们这三位中文科目先生所不敢教的课。

既然这四位先生又忙又苦，他们发现大同对历史的认识，比他们四人透彻多了；地理一科，上课的时候，有疑难的地方，总要靠大同解决；初级的国文，若是让大同去教，也是游刃有余；所以大家向马校长提议，不要大同在户外做粗活，可以叫他担任初级的国文、历史和地理。无奈马校长觉得叫一个才来不久的自助生，居然做起先生教功课，未免有失体统，最初不如先让他替教国文的先生，代改作文的卷子，和在每月小考时，评阅各种历史地理等科目的考卷。因此大同比较轻闲多了，便不必整天的在花园和操场上做苦工了。

大同既然是可以抽身出来走走，有一天下午便到李家庄去看看婶婶、叔婆等人，第二次下午抽空出来，便在城里看看吴家外婆和母亲。他心中只想见见莲芬，不过小明和大家围住他问长问短的不离他的身。吴家外婆年纪虽然大得很，精神还是十分饱满，脾气一如从前。她一见大同，便讥讥讽讽的问道："大同，你出来了呀？我还以为你在监牢里呢？"

"外婆，"大同答道，"我并没有坐过牢。我在一个洋人办的教会学校读书。"

"妈妈，您弄错了。"小明的母亲说，"叔叔坐过一阵牢，大同并没有坐过牢，您记错了。"

"真是我记糊涂了吗？可了不得！"吴老太太说道，"大同，教会学校教会了你甚么东西？"

"洋鬼子专教人抽大烟的！"她女儿道。

"这太不成话了！"吴老太太说道，"大同，你怎么去学抽大烟哪？"

"外婆，没的话！"大同辩道，"我们那儿虽然有洋鬼子——有洋人，可是学校里边儿的规矩严着呢！不但没有人可以抽大烟，就连水烟、旱烟，也全不许抽。"

"可是我记得你的——小明的爸爸告诉过我，"小明的妈妈说道，"英国的番鬼子要求恭亲王准他们到中国来通商，恭亲王说，只要他们不做卖鸦片的传教士，倒是可以让他们来通商的。"

"我也记得，"大同说道，"恭亲王对他们说，只要他们一、不来传教，二、不来卖鸦片烟，就可以让他们来通商的。传教士一点也不赞成卖鸦片烟。卖鸦片烟的英国人，全不是传教的，他们全是做买卖的奸商。"

"大同，"吴老太太道，"你提起传教士来，我倒记起他们是做甚么的来了。他们是卖药的洋鬼子，用甚么邪门邪道的玩艺儿，替你治病，把你治好了，就要挖你的眼珠去熬药。”

“不是拿去熬药，”她女儿更正，“是拿了去把铅熬成银子。谁要是肯吃教，做教徒，他就给你一百二十两银子，你一死了，他就到你家里来，把你的眼珠挖了去。”

“没的事！”大同说，“我已经吃了教，我也是一个基督教徒。我就知道没有这样的事。”

“甚么？”大家大惊的问道，“你也吃了教呀？”

“我吃了教呀！”大同道，“你们怎会相信用眼珠子可以把铅熬成银子？这是不可能的事呀！”

大家全都把入教叫做“吃”教，倒是有缘故的。当初传教士初到中国来，稍微有一点点身分的人，都不肯去理他们，只有一般穷极无聊的亡命之徒，实在没有饭吃，才去听他们传道，听了传道之后，有的便入了教。教会便找点事情给他们做，给他们饭吃。他们看见一入了教，便有饭吃，所以叫入教为“吃教”。这都是最早的事情。

大同好不容易才对他们讲得明白：洋鬼子并不是鬼，也是和我们一样的人，一样有理性的；至多不过是他们的相貌、皮肤和我们中国人的相貌、皮肤不同一点；他们的生活习惯，和我们的生活习惯也不同一点就是，因此一般守旧的人，便胡思乱想的造出许多谣言来了。那时候大家庭的太太小姐们，连一个生男人都不轻易见到，更是绝没有看见洋人的机会。听见偶然见过一次洋鬼子的人，说得光怪陆离，真叫她们难以相信。吴老太太听见大同身历其境，天天和洋鬼子在一块儿混，有了这么好的机会，一定要把情形问问清楚。

“洋鬼子的头发，”老太太不相信的问道，“真是红的吗？”

“红倒是红的，”大同答道，“不过马太太的头发，红而带黄，马先生的头发却带棕色。”

“真不成东西！”吴老太太骂道，“那末他们的眼睛真是绿的吗？”

“蓝蓝的绿色！”大同答道。

“真的呀！他们是不是和猩猩一样，满身长着毛？”

“他们手上的毛可真长，别的地方，穿了衣服看不见。”

“大同，他们吃甚么呢？”李明的太太问道，“他们是不是真的吃大块的生牛肉？”

“他们吃牛排的时候，倒是生生的带一点点血。”

“他们吃饭的时候，是不是还没有动筷子，就要先喝一大碗汤？”

“先喝一盘汤。”

“洋鬼子用盘子喝汤吗？”

“是的。”

“还说他们压根儿不用筷子，用刀子剪子吃东西，对吗？”

“用刀子、叉子，不是剪子。”

“又说他们的男人穿裙子，女人反穿裤子穿长袍儿？”

“这就不大对。马先生平常穿短褂子和裤子，做法和我们的有点不同，偶然才穿花格子的裙子，他说那是苏格兰装。马太太经常穿长袍儿，不过和我们的长袍儿完全不同。只有骑马的时候，她才穿裤子。”

“大同，要不是你亲口告诉我，”吴老太太道，“我真不会相信！”不过她心里还有一桩事，今天要问问明白的：“大同，洋鬼子既是事事和我们相反，我要问问你，是不是他们一难过就会笑，一高兴就哭起来了呢？”

“那儿会有这种事？”大同答道，“他们不过外貌和我们不大相同，心里却是和我们一样的。”

“谁知道他们心里的事？”吴老太太道，“我们的和尚道士，谁都劝人为善；洋鬼子的传教士，偏偏保护做贼的和做坏事的，所以专找坏人去吃教。”

“外婆这话不全对，”大同道，“外国来的传教士，自然希望多有人入教。他们的原意是好的，劝人为善，不可作恶。不过也有些不顾一切的传教士，为了要多多引人入教，就连那些犯法的人也去保护。每逢教徒和非教徒打官司，这种传教士就去帮教徒。地方官怕洋人，打官司时教徒总占便宜。法国天主教神父，还要和地方官并坐会审他们教徒的官司，所以有些人都愿意做天主教徒。”

“大同，”莲芬问道，“你现在吃了教，知县再也不会捉你吧？”

“自然不能捉了！”她母亲道，“他现在归洋鬼子管了。”

“我并不归他们管，不过我有事，他们可以保我出来就是。”

莲芬认为大同自此以后，便可以逍遥法外了，好奇心驱使得她再问道：

"大同，你怎样吃教变成一个基督教徒的？"

"很简单，"大同答道，"受一受洗礼，就成了一个基督教徒。"

"是不是用一大盆水来洗你呢？"莲芬问。

"不是用大盆！"她姑妈见闻更广，"他们把你蒙着眼睛，带你走到一个大水池子旁边，然后来了一个神父——那就是一个洋鬼子，对你念几句洋咒，把你噗通一下推到水池里去。"

"一点不对！"大同不得不辩明，"他们没有大水池……"

"别骗我，我认识一位太太，她就是那样受洗礼的。那是冬天，天气冷得很，她因此就得了伤寒，没过多久就病死了，我还去送了殡呢！"

"基督教不是那样受洗礼的，"大同道，"他们没有大水池……"

"洋鬼子家里都有大水池子！"吴老太太道，"我的士可在上海，都到过他们家里洗过澡，游过水，不过他是在夏天去的。听说他们男男女女在一块儿洗澡，洋鬼子真不要脸！"

"男男女女都在一块儿洗澡吗？"小明问道，"那么么好玩儿！"

"西洋人不在一块儿！"大同道，"听说东洋人男女才在一块儿洗澡。"

"西洋鬼子和东洋鬼子，都是一样的洋鬼子！"吴老太太道，"他们都是生番，怎么不在一块儿洗澡呢？"

大同只好谈别的。他告诉他们教会学校教书的方法非常之好，除了念国文、英文、数学、理化、博物、地理、历史之外，还有图画音乐，以及各种球类游戏。大人们对这些东西不发生兴趣，可是小明和莲芬，听见大同谈这些功课的事，真是心往神驰。小明一直在这儿常常换先生，一点书也没有读着，听说学校里竟然有图画、音乐、体操、球类的功课，简直有点不相信。他对他母亲道：

"这种学校真好，我情愿进学校，何必再去请先生，不如让我到大同的学校去念书得了。"

"孩子，那怎么行呢？"吴家外老太太说道，"我们怎可以让你去吃教，变成一个不要脸的基督教徒？"

"用不着吃教，"大同道，"谁都可以进这学校。我是因为缴不起学费，没法子这才入教的。我们学校里那些阔学生，全都不是教徒。我将来有了钱，我也要退出基督教。"

"大同，"莲芬马上问道，"不吃教的人，真可以进教会学校吗？要是有女孩子进的教会学校才好呢！"

"有呀！"大同道，"马太太就在我们附近办了一个女校。"

两个孩子一听，异口同声的吵着，都要进学校。当初大人不肯，后来经大同的解释，又经莲芬母亲的提议，与其让两个孩子在家里白耽误光阴，不如进学校试试，吴老太太这才答应先到学校去看看，看了之后再决定进不进。大同要回校去的时候，小明私下问他道：

"大同，咱们男子汉大丈夫不用说假话！你先前说，洋鬼子男男女女不在一块儿洗澡，那是骗人的吧？"

大同马上把吴老太太有意思要让她的孙女儿和外孙来上学，先想到学校来参观一下子的提议，告诉马校长，第二天马太太便打发门房到吴府去请他们阖第光临。吴老太太认为此行非有她儿子不可，所以吴士可只好来护驾。

学校的门房，一看见一大串的大轿光临，马上变成了一个和蔼可亲极了的人。他恭恭敬敬把客人们请到会客厅里坐下，赶快跑去通知马校长和马太太出来接待客人。吴老太太要大家趁此机会，在洋鬼子尚未出来之前，偷偷的四处看一看，假如这个学校是和她心中所猜想的那么古怪荒谬，那末大家就偷偷的回家去，省得再去冒险和洋鬼子见面。

那知道那两位洋鬼子马上就出来了。马太太一马当先，伸出一只又大又有汗毛的洋手，要和他们握，把这几位太太们吓得倒退。好在吴士可经验多，阅历广，他在上海见过洋鬼子，一点也不怕，懂得洋鬼子的礼节，把马太太一只手，握住不肯放，马太太痛得差一点儿要叫出来了，赶快拼命的把手缩了回去。马先生也把他那巨灵之掌伸过来，那上面的毛，更长得可怕，太太们一见，吓得几乎要昏倒，吴士可勉为其难的代替全体和他握了一阵手。也许马先生是替他太太报仇，吴士可的手，被他握得麻木了。

吴老太太没有想到这一对洋鬼子全会说中国话，音调虽然古怪，说得倒是流利得很。吴老太太觉得这反不方便，因为她说话便要小心了，假如她一不小心，随意说出她心中的话，主人听了，一定会生气的。马太太招待殷勤，坚持要请大家先到他们家里喝了茶，再来参观学校。吴老太太本来不肯答应的，那知道她儿子早已答应了，他和那洋鬼婆并肩而行，把他们一行人带到她家里去喝茶。

到了马校长的私宅，马太太把吴士可带进一间小客厅。吴老太太在后面，听见他儿子一进门便哈哈大笑。洋鬼婆问他笑甚么，这三位太太们赶到一看，看见吴士可对着一条大红百褶绣花裙，还有一条裤脚上镶了花边的女裤子，分别挂在两把椅背上，不停的大笑，大家觉得十分的难为情。

"这有甚么好笑？"马太太再三的问他。

吴士可笑得不能住口，只用手指着那椅背上的裤子和裙子。

"这是你们中国最好的手工做出来的！"马太太说，"你说它做得不好吗？"

"这是女人下面穿的东西，"吴士可看见马太太一点笑容也没有，怒目的望着他，他只好忍住笑，解释给她听，"我们觉得这是不登大雅之堂的东西，怎么好摆在外面让人家看呢？"

"呵！你们的思想真奇怪！"马太太对客人道，"我们觉得这是顶好的艺术品，我特别拿出来欢迎贵客的。"

这三位太太们看见有一条女人的裤子和一条裙子摆在那儿，真是坐立不安，勉勉强强的闻一闻茶味儿，点心却挨也不敢去挨一下，马上便道谢，赶紧告辞出来，请马氏夫妇带他们去参观学校。

马夫妇请客人到他们家中去喝茶，虽然得了极不好的结果，但是后来请他们参观男女两校的结果却好极了。大家一致认为洋鬼子本人虽然可怕，他们办的学校却真好，他们请的先生，比吴老太太请的先生高明多了。两个孩子都注意学生的寝室和沐浴室，小明看了大大的失望，莲芬看了十分放心。参观男校的时候，是由大同陪着解说，参观女校时，马太太亲身领导。大同把吴老太太一行人送出了校门之后，他回头看见那位门房，居然破天荒的对他笑脸相迎。

不枉费马校长夫妇辛苦一场，下学期男女两校都各增加了一个缴全费的学生了。学校方面对大同十分慷慨，马上就给他一笔小小的津贴。这笔钱大同极力的省俭着花，正足够他剃头、洗衣服、买牙粉等等零用，再不必接受婶婶给他的零钱了。这要算是大同有生以来第一次赚钱，他一点也不觉得钱少，高兴极了，立刻写信到赣州府，告诉他叔叔，他居然算是得到了薪水，并且希望将来节省起来，积少成多，可以买一部价钱不贵的好古版书来孝敬叔叔。

下学期一到，小明和莲芬分别的搬入男女两校来做住堂生。他们照着学校开学的日子便来注册入校，这并不是他们怕来晚了要罚一两银子一天，实在是他们急于进学校，好过一种崭新的生活。女校的校舍虽然比较男校小多了，设备也差得远，规模也不如男校，女同学也少多了，可是莲芬高兴极了，认为学校生活，再好也没有。只是小明进来了之后，却碰见一桩十分不快意的事。他上课的头一天，才知道他要从第一年级——即是学校中最低的一班——读起，而且地理和历史两科的先生，不是别人，竟是大同。

天桥

凡是教会学校的功课表，排列得有一定的方式，也可以说是相当特别。在中国的学校，中文是孩子们的国文，照例应该特别注重的，但是教会学校却把中文当着一种附属语文，看得很轻，而把他们传教士本国的语文，当做最重要的语文。上午是最好读书的时候，所排的功课便是英文，或者是法文，看他们是英国或者法国教会派来的人而定，以及数学、世界历史、世界地理——这两种功课，也以他们本国的历史和地理为主，其他各国的，不过聊备一格而已——理化、博物等等。而且教这几种重要科目的教员，若不是他们本国人，也是薪水比较高、学问比较好的教师。下午才排国文、中国历史、中国地理、手工、体操等等不算重要的功课。这几科的教员，相当马虎，薪水也低，有的便是本校毕业的自助生，大同当然是特别的例外。

小明生平就没有认真念过书。到了学校，上午学些新东西，把他弄得苦透了，下午多半是风和日暖，刚才饱饱的吃了一大顿中饭，困顿疲倦，实在睁不开眼睛来听课，并不是他有意在大同教书的时候便去打瞌睡，他上国文课，以及任何先生在下午教的课，也是一样，略微不小心，便在书桌子上睡着了。

大同这孩子太不知趣，偏偏要一再警告小明，在课堂上听讲时要用心，不可偷懒打瞌睡，小明那里肯理他。屡次用好言来警告都无效，大同公然不客气的，摆出老师的架子，板着面孔当着全班同学责骂他。小明趾高气扬，那里肯服他，心想：我是一位真正的大少爷，花了钱缴全费，在这儿念书；你是一个打鱼人的野种臭小子，在这儿吃教，做一个自助生，教几堂不相干的功课，居然敢责骂我！真是岂有此理，混账之极！在上课的时候，地位悬殊，小明没有法子报复，忍气吞声，等着下了课，在运动场上，咱们再来见高下。平常自命为"选民"的学生，那里肯和这几个"无耻之流"的自助生混在一块儿。不过小明为了要报仇起见，不惜屈尊来找他们这班下流东西，以便挑衅。

在这个学校之中，虽没有明文规定，但是习惯上是如此：全费生和半费生有纠纷，不问是非曲直，半费生一定要挨词儿。半费生和自助生吵架，那就该自助生倒霉了。大同虽想极力避开小明，事实上难免发生冲突，偶一发生冲突，大同又不能不自卫，每次闹出事情来，总是王先生出面干涉，他认为大同是全校中的害群之马。

自此之后，学校中的生活，真使得大同灰心。幸好每逢星期天，他可以在学校里的小礼拜堂之中，和莲芬见一次面，谈几句话。还有每星期一次，莲芬的作文簿儿，总是由他评阅改正。按说莲芬并不信基督教，对于做礼拜并不感兴趣的。不过她每逢星期天，按时必到礼拜堂里来，并不是要向"天上的父亲"来祷告，却是要和世间坐在最后一排硬凳子上的自助生通通款曲。

除了星期日之外，星期六下午，校长住宅开的小茶会中，大同也有机会和莲芬见见面。马太太要她的女学生练习社交，每礼拜六在她家中开茶会做女主人。自助生全要来，并不是做客人吃茶点，而是要替这些娇生惯养的小姐们服务。莲芬不但善于招待宾客，她的图画成绩极好，马太太要她替他们画了许多工笔画，挂在他们的客厅中的墙上。莲芬在这儿可以和大同谈谈心，倒是很高兴，不过马校长一见着他们，便要提起莲芬的父亲吴士可，说他是一个莽汉，而马太太便要为吴士可辩护，说他是一个乐天派。马校长总不明白，为甚么吴士可一见绣得那么精细美丽的裙裤，便大笑不止，马太太却说吴士可真算是一位滑稽大家。

第七章

文章是自己的好；老婆是别人的好。

到了光绪二十三年（一八九七年），小明算是十七岁了，莲芬不久也快到十六岁了。吴老太太要想看见四世同堂，预备要他们早早成亲。有一天，她把她的女儿、儿子、媳妇，都叫到她屋子里去，把她自己的心愿告诉他们。

小明的妈妈，当年听见莲芬的怪八字，吓得不想要她做媳妇。但是自从她搬进城来，住在她娘家附近，在这几年之中，差不多每天都看见莲芬，于是越来越喜欢这个女孩子，对于当年想法，早已完全改变了。这也难怪她；莲芬这个孩子，实在讨人喜欢，你越和她亲近，就越觉得她的可爱。自从她长大了之后，她小时候那种倔强和淘气的脾气，变成了痛快伶俐的个性。她有她祖母的热忱和果决，而没有她的专横，她有她母亲的温柔与和蔼，而没有她的懦弱。现在马上就是十六岁，所谓二八年华，正是少女含苞待放的时代，她的相貌和她母亲一般，正合古典式美人的可爱，她的举止和她祖母一般，恰是大家端详的风范，再加上她自己独有的动人的朝气。

女子之美，不可以皮相，内心的美，和态度的高尚，比外貌重要多了。吴家前几年把翠珠嫁出去了之后，另外收买到了一个漂亮的丫鬟，叫做小虹。她比莲芬只不过大一两岁，从外表上乍一看，人家一定以为是照小姐的模子造出来的。有许多人从远处看着，若不是她们两人的衣服打扮不同，实在分不出谁是小姐，谁是丫鬟。她的脸，算得是杏脸桃腮；她的眼，简直是两汪秋水；她的眉，正如两条柳叶；她的口，却是樱桃小口；她的腰，好似杨柳当风；她的手臂，何殊两段玉藕；她的手指，恰是十枝春笋尖。但是她和她的小姐比较起来：

莲芬一举一动，一言一笑，都高贵文雅，一望而知出自大家；小虹却处处难脱小家态度，庸俗之气，出自内心。当初小明刚刚发身做了大人，被小虹这丫鬟的姿色吸引得神魂颠倒，正好小虹也是水性杨花，两个人便早结了不解之缘。但是小明到底是一位有眼光的鉴赏家，不久便知道他自己真正所需要的是小姐，而不是丫鬟，所以后来便不再和她幽会了，一心一意的专向她的小姐献殷勤。无奈莲芬不解风情，对小明的好意，完全置之不理。

李明在生时对他太太所说的话，他太太早已忘得干干净净了。她只记得莲芬的八字极古怪极硬，再说小明的八字也算古怪的，也很硬。她既然十分喜欢她的侄女，现在她母亲一提，当时她便满心欢喜，说是小明和莲芬，越早成亲越好。她还说纵然母亲今年不提这头亲事，她自己也打算对母亲提的。一来她想早早抱孙儿，二来她知道她的儿子想莲芬想得厉害。

吴士可听见他妹妹这一番话，高兴之至，"一家有女百家求"，他的女儿谁都喜欢，他还有甚么说的。殊不知他太太看见姑太太居然改变了当年的主张，认为这是违背前言，十分吃惊，不知所措的欲言又止了一阵之后，只好半吞半吐的对姑太太暗示道："现在用不着这么早就忙着谈办喜事，莲芬还小得很。不如等他们三个孩子再大一点儿，大家念书念得有了一个段落再谈好了。我记得姑太太从前和我们私下商量过，当年姑老爷和姑太太都另有打算……"

"你怎么提三个孩子？"吴老太太不等她媳妇说完便发了脾气，"还说甚么另有打算？我怎么不知道？谁也不准对我提那个野种！"

她女儿看情形不对，暗暗的对她嫂子使眼色，做手势，叫她千万别再提她另行打算的事。吴士可说道："当年妹妹告诉我妹丈的打算，我们不过是把它当做笑话而已，我们谁也没有认真把它当一回事儿。事隔多年，我们早已忘了，还提它做甚么？"

"可是，"他太太坚持着她的主张，"莲芬十足的年龄还不够十六岁，年纪太小，再等几年才好做亲……"

"好吧！好吧！"老太太听得不耐烦，她把手一摇，不让别人再讲话了，"再等一年，这也就够等的了！谁也不要再讲三讲四的白废话了！"

老太太认为她媳妇和普通一般的母亲一样。等到心爱的女儿大了，应该出嫁的时候来了，心里未免有点舍不得，这也是自然的道理，无足为怪。当下她便叫她女儿，把乾坤两造的八字，去找一位算命的先生排一排，选一个黄道吉日好成亲，说明最好在明年这个时候。

算命先生接过两个人的八字来一看，随手翻了一翻黄历之后，得对李太太说，明年一年之中，只有十二月二十四日这一天，好办这桩喜事。李太太一听大惊，她认为日子太远，希望早早抱孙子，假如像这样的话，后年才有添丁的可能，岂不是令大家失望！她请算命先生，仔细查一查，看看今年有甚么日子可以合巹吧。她实在不愿等到明年年底。

天桥

126

算命先生只得把男女两造的八字再看一看，又故意去查了许多书，最后还是说，今年也只有十二月二十四日，即是过小年的那一天，举行婚事，和男女两家，都无冲犯。他说那只怪这位小姐和这位少爷的八字太特别了，一年之中，除了这一天之外，无论那一天都不可用。

她回家去把吉期禀告了外老太太，外老太太说道：

"这个算命的耍花枪！腊月二十四是过小年的日子，灶神上天，百无禁忌，穷人家娶媳妇嫁女儿，舍不得花钱请算命的选好日子，便在过小年的日子办喜事，决不会有甚么冲犯。他们说'不管有钱没有钱，先娶个媳妇过年'，你上了那个算命的当呵！"

"妈妈，算命的查了很多书，一本黄历差不多让他翻烂了。他又把两个孩子的八字算了又算，最后才说只有腊月二十四过小年的这一天办喜事，对甚么人也没有冲犯。"她女儿对她解释。

"也好吧！日子倒比我算的还早，"老太太说道，"那我们就得快快预备呀。"

莲芬的母亲一听见拣定了腊月二十四日办喜事，急得要哭出来了。她没有法子，只好再对老太太说，孩子们年纪太小，再等几年罢。她并不是不想嫁女儿，只求稍微等莲芬大一点儿再出阁。老太太听了不高兴，沉着面孔对她媳妇道：

"你知不知道我今年快八十四岁了？真是我已经闻见黄泥土的香味儿了，我还有几年活？我不想抱外曾孙儿，至少我也想看见小明和莲芬成了亲，我才能闭眼呀！别再废话吧！"

她知道老太太难以理喻，只好私下对她女儿莲芬说，当年姑爹在世，早已把她秘密的许配了大同，而且暗中还换了庚帖。莲芬一听见这桩秘密消息，不知如何是好。她跑到她祖母跟前，哭个不停，撒蛮撒娇，说是她怎么也不能出嫁，宁可在家里做一辈子的老闺女。可是一个才十六岁的小女孩子，有甚么法子反抗长辈的命令呢？她受过严格的家教，无论如何也说不出口她愿意嫁大同，不愿意嫁小明。她祖母和大家，都认为这是小女孩的通常习惯，总是说不肯出嫁，要在娘家做一辈子的老闺女的。

吴老太太主办这一桩婚事，她是要两边都由她作主，大大的办一次脸面极了的喜事。她叫她女儿在附近买了一块空地，好造一幢新房子迎亲，将来在这幢宽敞的新房子里，生儿子，添孙子，五世其昌。游游荡荡惯了的吴士可，居然也被他母亲说得暂时不出门去，在家里多耽几个月，大家共襄盛举。总而言之，李吴两家，大家都热热闹闹，欢欢喜喜，筹办这件大喜事，只有莲芬和她母亲两个人除外。莲芬和她祖母闹过多少次，一点用也没有，最后她忽然不再闹了！大家都说：女孩子的脾气全是这样的，快做新娘子了，也就安下心不再麻烦了。

李家新盖的大厦上梁的吉日，贺客盈门，吴老太太既是嘉宾而仿佛又是主人，喜气洋洋，高兴得笑口常开，一点脾气也不发了。木匠师父刚刚把柏木正梁上好，一对喜鹊飞来站在新梁上叫着："鹊鹊！鹊鹊！"

小明母亲快活得跳起来，她跑过去对外老太太道：

"妈妈，您瞧！这多么巧呵！一对喜鹊飞在梁上报喜呢。您老人家明年一定要抱曾外孙的。这真是喜事重重的好兆头！"

"哎呀！糟了！兆头不好！"老太太一听大惊，"快把它赶走！快把它赶走！"

"妈妈真是老糊涂了！"她女儿道，"乌鸦的兆头才不好呢！这是一对喜鹊，双喜临门啦。"

"不对！你知道甚么呀？"吴老太太垂头丧气的说，"上梁不要喜鹊，就要乌鸦来，乌鸦叫起来是：'加！加！加！'喜鹊叫起来是：'拆，拆，拆！'你们听去。"

大家一听，果然两只喜鹊不停口的叫着："拆，拆，拆拆！"他们把鸟儿赶走，可是大家为之扫兴不少。

俗语说得好："世故洞明皆学问，人情练达即文章。"

照这样讲起来，小明的学问渊博之至，文章高妙绝伦。他和大同完全相反。大同埋着头读死书，读了一本又读第二本，对于人情世故，漠不关心，所以他做出来的文章，全是纸上的文章，得到的学问，都是不足以处世的学问。

小明早已长大成人，本来就洞明世故，练达人情。自从进了这个教会学校之后，和省城一班名门望族的子弟结识，更长了许多知识，增了不少经验。他们一班少爷公子，口袋里有的是钱，每天下午四点钟完了课之后，有的是时间，便在学校附近四周的秘密地方逍遥逍遥。这些秘密地方，都是有钱才会开门的。学校当局，只知道这些学生连星期六星期日都不回家，留在学校做礼拜，认为他们信奉上帝，热心宗教，殊不知他们因此便可在周末玩得痛快。他们的家长，以为他们留在学校里，虔心虔意的礼祷上帝，增进道德，都说他们的孩子真变好了，那里会想到他们三五成群的，去找附近小户人家不规矩的女孩子胡闹，他们大家美其名为"研究社会问题"。

他们这一班有钱的学生，四处寻花问柳，除了学校当局不知道之外，自门房起，以至园丁、厨子、洗衣服的，以及所有的校役，和学校一带的小店儿、小贩儿，都在他们这些肯花钱的人身上赚点钱，寻点外快。这种买卖，十分发达，不要甚么资本，处处有利润，而且他们这些小人，看见社会上人造的阶级，完全消灭了，有钱有地位的子弟，和贫贱不堪的女孩子，卿卿我我，亲亲热热，彼此之间，一点隔阂都没有，已经是痛快极了，再加上少爷们口袋里的钱，一天到晚川流不息的跑到他们这一班人口袋里去，真是不费事而生意兴隆，不费本而财源茂盛，天下还有比这更好的事？

小明之出世，恰巧是在他父亲做了一桩大大的慈善事迹之后。他现在大了，便变成了一个比他父亲更大的慈善家。假如他父亲还在世的话，看见他这样慷慨花钱的手面，也会活活的气死。学校附近一带的女孩子，没有一个不曾受过他许多恩典的，无怪他认为年轻的女孩子，差不多个个都喜欢他，只有莲芬一个人除外，他对莲芬，真是求之若渴，偏偏莲芬简直不让他有半点亲近的机会。在马太太的小茶会中，她对别人全都和蔼可亲，对别的男孩子也是有说有笑，惟有对着小明，总是冷若冰霜的。她回到家里的时候，小明到吴家去看她，她简直避之如蛇蝎。小明向外祖母告状，外祖母说，定了亲的孩子，既然大了，自然要避嫌疑，莲芬这是懂规矩呢。

大同自从听见吴李两家，正在赶着筹办莲芬和小明的婚事，他比从前更加沉默寡言。他有甚么方法去阻止呢？他是无能为力。他叔叔曾经对他谈过莲芬的事，他老人家对莲芬很冷淡，大同总想专心用功读书，好把莲芬忘了。

"书中有女颜如玉"，本来是一句鼓励人读书的话，没有想到大同每次读书之时，便在书中看见其颜如玉的莲芬，在字里行间出现，使得他越想读书越读不进脑海中去。大同无奈，只好在心不能专的时候，把书放下，写信给在赣州的叔叔，谈谈学校的事，乡下家中的情形。他也不能天天写信给叔叔，于是便和他叔叔那些朋友常常通信。

那时政府已经办了邮政，邮费便宜极了，寄多少信到很远的地方去，都比从前寄一封信到比较近的地方去还要便宜，而且送递也快多了。大同既然和他叔叔的爱国朋友常常通信，便知道大家都在从事维新变法运动，一大部分朋友都要到北京去。李提摩太也说他快要到北京去协助变法立宪。

大同看了许多关于政治和宪法的书，对于政府和政体都有研究，对于君主的利弊，他也有心得。他渐渐觉得他对国事和天下大势越关心，对莲芬的婚事越不忧虑。不过常常会在无意中碰见莲芬，莲芬含情脉脉的望着他，他便心中耿耿不安。莲芬可以规避小明的追求，而大同无法规避莲芬的企望。

莲芬和小明的婚期渐渐的逼近了，大同一见莲芬只有退避三舍。可是有一次在马太太礼拜六下午的小茶会中，莲芬执行女主人职务，倒茶给小明喝时，小明故意口若悬河的说许多歪话，恭维莲芬才貌双全，弄得莲芬窘极了气极了。马太太知道他们二人快要结婚，但是不知道他们二人在闹甚么意见，便对小明打趣的说笑，叫他和莲芬结婚之后，要记得马校长平素的教训，做一个模范丈夫，不可学一般有钱的异教徒的行为，有了这么好的正太太，还去娶许多姨太太。小明大笑，答道："那要甚么紧？古语道：'家花不如野花香。妻不如妾，妾不如偷情，偷情不如……'"

"胡说！"马太太听不下去的骂道，"小明，你这孩子真淘气！假如我是一个中国女人，我的老爷有多少姨太太，那我就要多少姨老爷！"

天
桥

130

"马师母，那也可以的！"小明越说越放肆起来了，"我决不反对。不过我们男人比女人强在这一点上。上帝造人的时候，我们男人是得天独厚。我可以知道那一个孩子是那一个母亲养的，莲芬就不能知道那一个孩子是那一个父亲生的。"

女孩子们羞得脸红，男孩子们好不容易的忍住不笑，莲芬气得眼泪直流，掩面向马太太告辞回家去。马太太骂小明粗鲁，叫他向莲芬赔礼，小明只笑个不停。马太太看看无法转圜，只好叫大同送莲芬回家，因为她只知道他们是亲戚，而不知其中的底蕴。马太太自己以为处置得当，殊不知小明站在窗户口，恨恨的望着大同和莲芬一道而去。

大同有苦说不出。他本来极力的避免和莲芬在一块儿，偏偏马太太要叫他送莲芬。他二人一路走出学校时，莲芬揩干了眼泪，用一种又含情又带责备的眼光，时时的望着大同。大同正在感到十分为难的时候，忽然听见后面有人跑着的脚步声，由远而近，回头看时，那人正是小明。

"嘿！你把——我的媳——妇带——上那儿——去呀！"小明赶到跟前，一面喘气，一面高声的怒骂。

大同不打算在街上和他闹，忍气吞声的答道："小明，不要胡说八道。你知道莲芬要回家，马师母要我……"

"好——好不要脸！"小明道，"那儿有——多少男人——为甚么——马师母偏偏挑上了你？"

"小明，得了吧！"大同把他的话打断，"我还有多少事要做呢，你来得正好，你一向不是老做成一个规规矩矩的样子吗？这一次就真正的规规矩矩吧，好好儿的送莲芬回家去。"

讲完了这几句话，大同转身预备回学校去，看也不敢看莲芬一眼。莲芬那里肯让他走，马上叫住他道："大同，不要走！你送我回家去！"

"莲芬，真对不起，我有事，得回去。"大同知道这是一个最重要的关头，他若不下决心，那便不可收拾了。他只好横着心回学校。

小明趁着这个机会，一步抢上前，把莲芬双手抱住，在她脸上吻了又吻。莲芬大叫道："大同！救命啦，救命啦！"

大同一看，这真糟了，这叫他怎么能忍心不问呢？就是他有铁石一般的心肠，亲眼看见一个弱女子受人欺侮，也不能袖手旁观，何况这个弱女子还是他心中暗暗爱恋之人呢？她在这种急难之中，只是那毫无心肝的人，才会不顾不问，但是大同并不是一个毫无心肝的人，他马上跑过去叱道：

"下流！快放手！"

"你滚开！"小明对着大同骂道，"我亲亲我的媳妇儿，关你屁事？打鱼的野种，快替我滚远点儿！"

莲芬这时候已经逃到了大同身后，对着小明骂道：

"你这个寡廉鲜耻的东西！谁是你的媳妇儿！你真是寡廉鲜耻的狗东西！"

"你要是想死，你就过来，下流东西！"大同把莲芬让着在前面走，他自己殿后保护着她。

小明一路跟着走，一路辱骂他们两人，但是不敢上前去。等到离吴家不太远的地方，大同看看莲芬可以安然的一个人回去了，便突然转身的一把将小明抓住，痛痛的打小明一顿。小明防备不及，被大同打得叫爷叫娘，等四处的人听见叫喊的声音，找来救他时，他已经是一身青肿，伤痕遍体，大同早已走得不见了。

莲芬受了这一场侮辱，把小明在马家的态度，和在路上的行为，摘要告诉她祖母。吴老太太听了并不怎样生气，只说莲芬不必把小明的笑话看得太认真。按说大家闺秀千万不可走路，本应当坐轿子进出，那就不会发生这种小孩子胡闹的事情。莲芬知道祖母不可理喻，惟有她母亲，能了解一切，可以安慰她，不过她母亲实在无能为力，也只有两母女抱头痛哭一顿而已。

自此之后，大同觉得他非保护莲芬不可。这女孩子个性极强，绝对不肯坐轿子，每星期日上午，做完了礼拜之后，便要走回家去，礼拜一清早上课之前，再走回校来。大同怕她再遭小明的侮辱，只得送去接来，真是无可奈何。但是莲芬反觉得小明闹了这一次乱子，她倒因此而每星期可以和大同谈两次心。

小明到底不失绅士的风度，他发现了莲芬怕他捉着她亲吻，以后再也不去强迫她，而且对于曾经毒打过他的大同，也不追究。大同从此睬也不睬他，他却不念旧恶，有一天特别找着大同谈话。

"大同，"他说道，"我听见你许多朋友说，你很想到北京去读书，那儿马上要开办一个大学堂。像你这么好的学问，耽在这个教会办的不三不四的东西里混下去，真是暴殄天才。难道你真想跟那只猴儿老王一样，在这儿混他妈的一辈子吗？这儿上下大小一切零碎事儿，全归他一个人包办，听说他还做了论文，马老头儿给了他一个'文学士'的头衔，现在又在做甚么狗屎的研究工作，要想马老头儿再给他'硕士'和'博士'的头衔呢！"

"小明老弟，天下的事，说起来容易，做起来难！"大同没有想到小明并不记他的恨，深为惊奇，老老实实的答道，"我怎么不想上北京去？可是又怎么去得了呢？你得知道，我在这儿混这两年，全靠我做自助生，否则连一个这样不三不四的学校都进不去。我那旦愿受教会的恩典？这是出于无奈呀！叔叔没有钱，我怎么忍心花他在赣州府辛辛苦苦赚来的一点点养老费呢？到北京去上大学的事，只算是一个梦想而已。"

"大同，要是只有经济这一个问题，那你就不用愁，我可以给你钱。"

"多谢老弟的盛意，我不能要你给我钱。"

"为甚么不能要呢？我们原来算是兄弟，爸爸留下来的钱，我分一点给你，谁敢说话？我先给你一百银子，够不够？”

“那是足足有余！不过我怎么好要你给我银子呢？”

“就算我暂时借给你用的得了，等你多会儿方便，多会儿再还给我，这不结了吗？以后你再要用钱，我再给你。”

“你暂时借给我？这倒可以的。”大同终归答应了。

小明做事，又大方又彻底；送佛一定要送到西天，第二天就把一百两银子交给大同，又告诉他本星期六晚上，他在学校附近的一家饭馆儿，定了一台酒席，替他饯行。

小明对他的朋友说，他替他的“结义哥哥”饯行，所请的不仅是他自己的朋友，连大同的好朋友都约了。小明酒量真好，极会做主人，先敬主客的酒，后又敬陪客的酒，一杯一杯的不知喝了多少，他毫无醉态，还是议论风生。陪客中有一个大同的好朋友，也是自助生，他替大同发愁，恐怕学校当局，不肯让大同到北京去升学。他说自助生都填了志愿书，要替学校服务四年，假如不服务就走了，学校方面，一定要追缴学费和膳宿费。小明的酒喝得不少，兴致极高，马上说道：

“这怕甚么？大同！你只管先去好了，一切由我承担！”

“老弟，我怎么可以连累你？我先去和马校长交涉，我这一向不是在学校服务吗？”大同说道。

“马老头儿不答应你的话，我替你赔偿学费！”小明拍着胸道。

“等我同马校长谈了以后再说吧。”大同不再提这桩事了。

第二天大同送了莲芬回家之后，莲芬暗暗的对着她母亲不停手揩眼泪。她母亲不知她女儿又受了甚么委屈，轻轻的问道：“小心肝，对妈讲，有甚么事儿哪？”

“哦——哦——妈妈！这个坏东西！他简直不是一个东西！”

“小明又在街上侮辱你哪？”

“没有！我不是说小明——是说大同——这个坏东西！”

她母亲微微的苦笑，很淡然的说道：

“小宝贝，别伤心。你要知道，天下的乌鸦，处处都是一般黑的。”

“妈，您又不知道！”她女儿又伤心的哭着。

"好心肝，对妈说，大同怎么欺负你？"

"妈，他没有！他这个坏东西，挨也怕挨着我！"

"傻孩子！你要他挨你吗？"

"我对他说——假如——假如——他不想法子同我逃走，我就会不得了的。小明这种人，我宁死也不嫁他。他听了一点也不在乎的样子，用旁的话来打岔儿。"

"你叫他又有甚么法子呢？他只好那样呀。"

"他只顾他自己，不顾别人。我知道他预备上北京去——他一个人去，把我扔下，让我去……去……哦，我一想到小明那个坏蛋，我就要死了！"

"那是因为他不知道你……"她妈妈讲了半句，忽然就不讲下去了。莲芬不明白，赶快问道：

"妈，您说他不知我甚么呀？"

"我呀？哦，我是说——说他不知道你爱他呀？"

"他那儿会不知道？我告诉他，不管他到天边海角，不管他多么穷，我都情愿跟着他去……"

"我的心肝，你真爱他爱到这个样子呀？"

"岂止这个样子？比这个样子多多少倍哦……他这个坏东西！"

"假如你们在一块儿，穷苦得要命，你一生享受过的东西，全都得不着，你同他在一起，也会快活吗？"

"自然呵！这还用说吗？"

莲芬要证明她肯为大同牺牲一切，告诉她母亲，她很久以来，都没有坐轿子，走进走出，省了轿钱，还省了一切的零用钱，都是为了大同。她妈妈听了，不免苦笑的说道：

"好孩子，可惜我一向不知道积钱，否则我可以给你们。"

"妈，我知道您没钱，我想我只好死了算了。那个坏东西！我告诉他我还是死了的干净，他简直不答我的词儿。"

"我的好孩子你用不着死！"她母亲沉思一下接着说道，"有时候想想，真觉得还是死了的干净，可是责任没有完，又死不得。"

"妈，您讲甚么哪？"

她妈妈听不见女儿的声音，继续的说道：

"孩子呀，你那儿知道呢？你祖母死心眼儿，非要你嫁小明不可。我对她讲过多次，求过她，我怎么可以——这怎么可以呢？腊月二十四，你们就要成亲？叫我怎么办呢？"

她心事重重的瞪住眼睛望着她女儿。

莲芬一听到腊月二十四的日子，才知道时间不多了，真把她吓呆了。她一向总以为她和母亲两个人总有机会把这头亲事退了，现在听听她母亲的口气，觉得她母亲虽和她一样，十分不赞成这桩婚姻，可是一点办法也没有，好像是说到了腊月二十四，只好和小明成亲算了。她一想，真是不寒而栗，望着她母亲摇摇头，半天说不出话来。她母亲看见女儿一听腊月二十四就要成亲，半天不说什么，只是望着她轻轻的摇摇头，认为这是她女儿对于这桩极不愿意的婚姻，表示无法再反抗了，只好勉强的默然接受；仔细一想，悲从中来，觉得好似万箭穿心，痛苦难言，泪如雨下，不觉失声的轻轻呜咽起来了。她越想越悲痛，哀泣个不停。她女儿看见母亲越哭越伤心，再也忍不住，便抱住母亲，痛哭不止。

那天晚上，她们母女两人，哭了一夜，商量了一夜，第二天早上，莲芬对她母亲道：

"妈，我想这样野蛮式的婚礼，最好还是完全取消的好。我们的校长马师母说，现代的婚姻，要由男女本人自主，不可以由家长包办。我可以去告诉马师母，说是我决不能和小明成亲，因为我绝不爱他，而且我一向就怕他，我想马师母一定肯帮忙，劝祖母把腊月二十四的婚礼取消的……"

"傻孩子，"她母亲道，"那有甚么用？你祖母怎肯听马师母的话。她是你的校长，只有你们女学生觉得谁都会听她的话呵。她若是上门来找你祖母劝她不要办这桩喜事，怕你祖母不把她臭骂一顿，说她三个鼻子多管闲事，叫人把她赶了出去呢？"

"那就没有别的法子，到了那一天，一定要办喜事吗？"

"没有别的法子，一定要办的。"她母亲答道，同时叹一口气。

大同一向把基督教当儿戏。他每逢星期日去做礼拜，并不是自己愿去，实在是非去不可。马校长本是一个牧师，他所讲的道，大同从来不用心听，他认为马校长在那儿胡说八道。他从前对于《圣经》也不认真读，只求记得里边的辞句和事实，考起来可以及格就算了。近来他才发现《圣经》中有许多好教训，和孔孟之道正相吻合。他如获至宝把这些东西看了又看，这才知道《圣经》一书，未可厚非。恰巧近来几个星期，莲芬不来做礼拜，因此他能专心听马校长所讲的道，又发现他说得头头是道，他听得津津有味。

那一天，马校长讲的是《新约圣经》里的《马太福音》第七章第十二节："所以无论如何，你们愿意人怎样待你们，你们也要怎样待人。"大同觉得这样的教训，和《论语》里边的"己所不欲，勿施于人"的意思是一样的。孔子的教训是消极的，耶稣的教训是积极的。马先生那天讲得特别动听，他大谈其做人的义务，做一个基督教徒的责任，不能只想到自己，处处要想到别人，别人有困难，我们要去帮助别人，不可以袖手旁观。

好像他知道那天大同特别在注意听他似的，他说我们假如不能设身处地，为别人着想，别人需要我们帮助，我们不愿自己冒一点险，吃一点亏，牺牲一点我们自己的利益，去帮助别人，那简直不能算是一个人了。

大同听了感动极了，他等大家散了之后，跑到马先生面前，请求和他谈谈。马先生并不是不愿让一个自助生耽误他的时间，恰巧那天他要和一位阔人吃中饭，所以他问大同可以不可以等下一次再谈，因为马太太在门口等着他，他不能让她站在那儿久等。

大同说他有事要忏悔，并且要马先生给他精神上的指导。这位牧师一听，差一点要骂出来了，但是忍着脾气，叫大同快快的简简单单说出来吧。偏偏大同要想和他从长讨论，觉得这不是三言两语可以讲得完的，一时不知从何说起，迟疑不决的在那儿斟酌着怎样说，把马先生急得半死。

"大卫，快一点，告诉我你有甚么事要忏悔的。"

"马先生，你刚才对我们说道……"

"不要管我刚才说甚么，快快告诉我，你犯了甚么罪，要忏悔……"

"马先生，我并没有犯甚么罪……"

"快快的讲吧。你刚才说你有事要忏悔，到底是甚么事？"

"我心里……我……我心里……我爱一位……小姐……"

"哦！在英国，我们叫这种事情作'牛仔恋爱'！小孩子的'牛仔恋爱'下次再谈吧？我要走了。"他转身出去，可是大同止住他说道：

"马先生，下次我也许不在这儿了，也许我不久就要走了！"

"不要胡闹！年纪轻轻的，不要胡闹！我现在非走不可。"他说完话，马上走出小礼堂。

大同追了出来道："马先生，请您等一等，您不知道……"

"玛琍，对不起，"马先生看见他太太一人站在那儿，赶快跑过来道歉，"我给这个孩子缠着不放。好吧，我们可以走了。"

"约翰，他有甚么事找你？"他太太问道。

"哦，小孩子的'牛仔恋爱'！"马先生随便的说道。

"呀！"马太太看见大同走过来，对他笑道，"大卫，真了不得，过一天，我要请你从头到尾的告诉我。"

"马师母，这不是闹着玩儿的。"大同对着他们两夫妇作最后的请命，"也许以后我就再不回来了，再不能见到你们二位的。我要马先生指教指教我。"

"傻孩子，过一夜，好好的睡一觉，明天早上思想就会清楚多了。"他转身要走，"玛琍，快走吧，我们不能晚到！"他先走了。

可是他太太心眼儿好多了，她和和气气的对大同说道："真了不起！我想知道你是和那个女孩子恋爱！大卫，今天晚上九点钟到我们家里来喝一杯咖啡，我们谈谈！"她约了大同，便赶着去追她丈夫。

那天晚上九点钟，大同按约到了马家。马太太带他到马先生书房中。马先生正在写信，他的老花眼镜儿戴得极低，看大同时，要拼命的低头才行。书案之左首摆了一张小茶几，马太太和大同都坐在茶几旁边。马太太便预备咖啡，同时又对大同道："大卫，现在请你把你的恋爱经过告诉我，我急于要听……"

"玛琍，请请你，好不好！"她丈夫沉着脸说，"大卫，你现在想清楚了没有？你知道你是在胡闹吧？"

"马先生，我一直不停的仔细想着这件事，这并不是胡闹……"

"还不是胡闹？大卫，你告诉我，你今年几岁？"

"过年便十八岁了。"

"大卫，你喝咖啡，要不要加牛奶？"马太太问。

"要加牛奶，劳您驾，马师母。"

"你说你和一个女孩子恋爱？"马先生问。

"是的，马先生，不过照中国算法，我叫名十九岁。"

"要不要加糖？"马太太又问。

"要加糖，劳您驾，马师母。"

"你又说你打算要走了——也是因了这个女孩子吗？"

"是的，马先生。不过这个女孩子……"

"大卫，你要一块糖呢，还是要两块？"马太太真周到。

"要三块，劳您驾，马师母。"

"假如是在夏天，我就会认为你被太阳晒昏了！可是现在正是严冬腊月，我真不知道你是搞什么东西！"

"马先生，这个女孩子要——"

"不准再提了！年纪轻轻的就胡闹，我不准你再胡闹了！"

"约翰！"马太太出面调停道，"请你不要这样认真，好让我有一个机会听听大卫心里所爱的这位小姐到底是谁呀！人家一句话还没有说完，你就不准人家说下去，那有这样的道理？你不让他说下去，也就是不让我听下去呀！我正想听他的情史，想得要命！"

"马师母，我们两人之间，并没有甚么情史。"大同解释道，"我所敬爱的这一位小姐，已经许配了别人，预备要成亲，可是她不喜欢这个人……"

"越来越有趣了！"马太太这一下子真认为这件事有趣极了，她对大同道，"大卫，我一定要请你仔仔细细的把详细情形告诉我。"

"越来越不成话！"马先生说道，"我想你总应该知道，你所做的事情是不对的，应当要快快改过自新！"

"马先生，我没有做甚么不对的事情……"

"甚么话？你居然说你没有做甚么不对的事情吗？"

"马先生，我是说了我并没有做甚么不对的事情。"大同硬着头皮的答道，"我所做的事情，并没有甚么不对，所以我也用不着改过自新。"

"你爱别人的妻子——别人的未婚妻，我想她一定是你朋友的未婚妻，对不对？"

"马先生，你说得不错！"

"你还不肯改过自新吗？"

"马先生，你不知道其中的缘故！马先生，这位小姐正在困难之中，痛苦极了。"

"管她痛苦不痛苦！这种女孩子，一见着男孩子就和他们胡闹。我最不喜欢！这简直不成话！"

"马先生，今天早上，你对我们讲道的时候，不是说了吗？我们要设身处地，替人家着想，要想到人家在困难之中的痛苦，需要我们的帮助……"

"但是像你那种专门和男孩子胡闹的女孩子，那就不用去管她。那种的女孩子，简直是社会上的耻辱！"

"当初我打不定主意，不知道应该怎么做才好。自从今天早上，听了你讲的道之后，我的主意就马上打定了，我的信念也坚强了，所以我当时便去找你……"

"听了你这一番话，我现在真后悔今天早上不应当讲那些话呢！我决没有想到我的话，会有这么不好的结果。"

"我听了你讲道之后，我觉得你一定能够了解我的困难地位。我找你一来是为了要求你指导指导，二来是我要告诉你：假如我在万不得已的环境之下，要忽然的离开这里，我将来不论迟早，总会替教会服务，或者是替学校服务两年，报答报答。我答应你这件事，我决不会忘记的。"

"年轻的小伙子，我要教训教训你，快快的清醒起来，再不要胡闹。你要是不听我的话，我们就要开除你，问你的保证人追缴你应当缴的学费和膳宿费。这真是活见鬼！"

"啊——哼！约翰呀！今天还是礼拜呢！"他太太说道。

"玛琍，对不住。"马先生忍住火气不骂了，"最初是李提摩太介绍你来的，他也要负责任。他真是一个糊涂东西！他是一个做牧师的人，对于这种不道德的事……"

"马先生，这并没有甚么不道德，何况李先生也不知道。我本想到北京去，参加维新运动的，近来……"

"维新运动就该死！"马先生忍不住气了，"李提摩太又要闹出乱子的。上一次闹出了乱子，吃了亏，还不知道要稳重一点！得了教训还要胡闹的人，真是一个傻子！做牧师的人，要知道自重。不可以参加邪教的政治活动。他应当专心专意的替上帝服务。"

"维新运动是为人类谋幸福，为社会求利益，也可以算是替上帝服务。"

"社会的利益！有人把李提摩太打一顿才是社会上的利益呢！"

"约翰！"马太太又想拦阻他，"你不可以——"

"玛琍，你不要管我吧！我自己知道甚么话说得，甚么话说不得。大卫，我没有许多时间和你胡缠，不过我要警告你：你不许在我的学校里乱闹。你要走，我不能拦阻你，可是你心里要记得，有人保你进来，他们要替你负责任的。我马上就会写信通知你那两位保证人，也要写信告诉李提摩太。这真是岂有此理，简直的不成话！"

"约翰，不要太认真了！这个孩子还小得很，我相信这一次一定还是他第一次和女孩子发生爱情呢。大卫，不要管马先生说甚么话，你把你的情史，详详细细告诉我吧！"

"玛琍！你要是再这样胡闹下去，那我只好叫你们出去。不要在我的书房里胡闹，我还有很多信要写呢！"

"马先生，对不住！"大同心中恨恨的说道，"是我错了，我不应该来的。马师母，谢谢你，马先生，再见。"

"大卫，改一天你再从头到尾的仔仔细细告诉我吧！"马太太起身送他，马先生却继续的写信，理也不理他，"这有一点像一本法国的爱情小说。当年我快要结婚的时候，我真希望要有一个什么人，一碰着了我，就一见倾心才好呢！可惜我偏偏没有这么一个机会！我们住的地方，是一个小小的村庄，只看见女人，简直看不到一个男人。我所看见唯一的男人，就是送信的邮差，他的年纪又大，又有了太太，还生了三个小孩子，等到我们到海边上去度蜜月的时候，我们住的旅馆里，有一个非常好的小茶房。我用力的鼓励他，我知道他年纪太小，不过我再也找不着别人哪！这个可怜的小东西，他看也不敢多看我一眼！大卫，可惜你不在那儿！那时候你在那儿就好了！大卫，再见，好好走！祝你下次的运气好一点！"

这时大同早已出了门，走得相当远了！

第八章

父母之命，媒妁之言。

婚丧庆吊，都是不可苟且的大典，不要说是在富豪之家，以及小康之家，即便是在一般的全靠自食其力的穷苦人家，也认为应当做出来给亲戚朋友、左邻右舍看看脸面。像这种人家，甚至于家无隔宿之粮，那有钱来办喜事，自然而然便要向有钱的亲戚去借一笔大大的款子来，好在那一天来开销。假如有钱的亲戚不肯借，他一定会受社会的指摘，大家都会对这个借款人表同情，决没有谁说他何苦要如此的奢侈一天呢?

吴家是南昌的富豪，吴老太太又是办红白喜丧事的干材。现在孙女儿要出嫁，自然要大动一番干戈。她自己虽然在家里足不出她的房门，但是她好比古之名将，运筹于帷幄之内，决胜于千里之外，把这一次吴家嫁女，李家娶媳妇，所有大大小小的事情，应有尽有，一切都由她一柱擎天的计划好了。一来因为李明早已死了，吴士可又绝无用，二来因为她女儿自小遇事全靠她，她的儿媳妇又没有一点经验，所以吴李两家的事，完全由她一人作主，她一个人兼男女两方四个家长的职位，独断独行。

这半年以来，她雇了十二个裁缝，在家里日夜做嫁衣。所有的绸缎颜色花样款式，都是老太太亲自选定的，皮、棉、夹、单、纱，一应俱全，满满的装满了一十六只朱漆大皮箱。此外还有八铺八盖、四簟四席、两床绸帐两床纱帐、八对冬夏的枕头。新房和堂前的家私，都是由上海运来，定做的红木嵌螺钿的家具。总而言之，李家新房之中，一切的东西，都焕然一新，只有那一张新房里的大床，是李家祖传下来，所谓"添子发孙"的老"子孙床"。

正日子三天之前，举行文定之礼。李家送到吴家，八金八玉，银器无数，五百斤花饼——每斤四个装成一盒——一百斤白糖、一百斤茶叶——这两样东西也是用小盒子装着，和饼一样，好让吴家分送给亲戚朋友的。还有鸡鸭鹅等各两笼。它们都要白毛的，背上好染成红色。又有一对猪一对羊，这是大牲口。

第二天，吴家把嫁妆运到李家的时候，除了金玉、首饰、铺盖、衣服、家私之外，还有全套的瓷器膳具以及厨房用具，一共是四十八抬盒，由九十六人抬着，一百多人上路。由吴家到李家，同在一条街上，斜对过相距才几十步路，但是吴老太太那肯放过这种好机会不做一做面子，他们绕一个大圈子，好让全南昌城里的人，都可以见识见识。

结婚的前一晚，新姑娘"辞堂"。这虽然是喜事，因为要把女儿嫁出去，普通人家总是舍不得，难免要哭哭啼啼。老太太请了两位有福气的阔太太，替莲芬"梳妆开脸"：把两条小辫子，改梳成髻头；头发边沿和脸上的汗毛，用长线卷拔干净。梳洗化妆完了，再用兰麝香熏一熏衣服等等，换上礼服，拜别吴家的祖先。

莲芬跪在中堂，向吴家历代祖先牌位告别的时候，泣不成声。好在有吹打鼓号不停的奏乐，所以她可尽情的哭着，不怕人听见。她叩辞了祖先的牌位，又拜辞祖母，再拜别父亲母亲。这时候她母亲也已哭成了一个"泪人"，把她女儿牵了起来，抱在怀里不放手哭个不停。这在普通人家，倒是常事。因为母女们都不知道明天嫁到婆家去，丈夫是个甚么样的人，婆家的亲长好不好对付。可是吴老太太认为她媳妇和孙女儿如此伤心的哭，未免做得太过了。

"辞堂"的仪式完了，大家好不容易，用力把莲芬由她妈妈怀里扯了出来，扶到那台正中设的开席上首坐下。那开席是一张四四方方的八仙棹，上首坐莲芬一人，左右各坐两位小姑娘，下首开着不坐人，所以全中堂里坐着的客人，向上首的开席上一望，都可以看见这位坐在首席上明日出嫁的新姑娘。莲芬坐在那儿，低着头沉思不语，两边那四位小姑娘，不停的敬酒敬菜，酒只是满杯的摆在面前，菜只是高高的堆在她碟子中，她是完全不饮不食。其余坐在别的棹上许多客人，也来敬酒，莲芬也是一样的敬谢不敏。这全是照普通习惯而为之。

席散了，客走了，夜静了，莲芬卸了装之后，吴老太太叫厨子预备了几味家常便菜，将饭菜送到莲芬屋子里来吃，她老人家亲身来问问莲芬累了一天，饿不饿，菜蔬合不合口？那知莲芬也是不饮不食，说是没有胃口，一点东西也吃不下，把她老人家气坏了，大骂莲芬一顿。她说大家闺秀，在大庭广众之中，万目睽睽之下，不举杯箸，那是对的。但是现在并无一个外人，在自己屋子里，对着自己一家亲人，再要不肯吃点东西，真是没有道理。她说男大当娶，女大当嫁，一个女人一生早晚总免不了有这么一次的，又何必过于这样紧张呢？

嫁女的人家，辞堂的这一天最忙的。到了第二天的婚期正日子，反而没有前一天忙。因为那时只是把新娘打发出门，送她到男家去而已。花轿一出门，马上就冷冷落落，一点事也没有，男家在那一天才忙得厉害。辞堂的这一天，吴老太太由早到晚，忙得人困马乏，一位八十四岁的老太太，精神虽然算是好，到了晚上，也难支持，何况第二天便是她外孙小明完婚的正日子，她又要到那边去再忙一天呢！她在李家，早已把她自己要用的屋子布置好了，预备由小明成婚之日起，她移师李宅，以便亲身指挥调度。

平常女家的人，不到男家来参预婚礼的。但是吴老太太却要以外祖母的资格，好过来处置一切，而且还要她儿子吴士可，忘却他岳父的身分，专以舅父的资格，也过来帮助她主持婚事。李明死后，他太太一向全靠外家，所以也只好由老太太摆布。这样的情形很特别，不过老太太说，拜天地祖宗的时候，她和她儿子两人临时回避一下，不在中堂参礼，那就无妨。

当天晚上，老太太骂了莲芬一顿之后，便早早回房休息，并叮嘱她儿子今天晚上不准到外边去胡闹。吴士可只得等他母亲睡了之后，再偷出去寻花问柳，第二天早上赶回来办女儿的喜事。

话分两头，吴家莲芬辞堂的日子，正是李家小明上花烛的吉期。这一向李家比吴家更忙，一来是因为新屋落成，由旧屋搬到新房子里来，处处不同，处处要加置添补；二来赶着办喜事，样样都要做得好看，才可以合外老太太的意思。吴家的嫁妆，前一天才能送来，临时大家手慌脚乱，真是忙得不亦乐乎。不过李家他们都忙得高兴，小明的母亲，眼看马上就做婆婆，明年便希望做祖母，更是越忙越快乐。

小明不免也要忙着预备做新郎，心里急得和热锅上的蚂蚁一般，手不停脚不住的不知如何是好。

上花烛是小登科，小明那天特别的沐浴，把旧衣服完全换了新衣服，剃头，用大红丝带做发辫的繸子，祭祀了天地祖先拜了母亲之后，也和莲芬一样，由四个男孩子，陪着他坐在上面一台开席的正位上吃酒。在女家，那是女孩子辞别祖先父母；在男家，却是男孩子对祖先长上，告而后娶的意思；所以两边的仪式，大同小异。不过小明坐下来吃东西，可和莲芬大大的不同，他是毫无拘束，一个人坐在首席，四大五常的足吃足喝一顿饱的。

迎娶的吉日到了，李家是客满画堂，灯烛辉煌，鼓乐喧天，绣花大红缎的喜轿早已放在中堂正中。吴家外老太太，早已另请了两位福好命好的阔太太来"照轿"。这两位太太，各人手中拿着一个点着了的红纸燃儿，彼此先见一个礼，然后同时用一模一样的动作把纸燃儿在这一乘喜轿上上下下，左左右右，前前后后，里里外外，仔仔细细的照一遍，使这一乘花轿任何一处，都不致藏匿一点邪气。由中堂把喜轿搬出大门，是四个人用一副短杠，不上肩只是提着；出了大门，换上一副长杠，是用八名轿夫抬着，而且要新郎骑着一匹马，一路鼓乐不停的到女家去迎接，这才叫做"亲迎"。

新郎同着花轿到了吴家，吴家要表示女家并不是急于把女儿嫁出门去，所以远远的一听见乐声，便把大门关了，让新郎在门外等着。鼓乐三吹三打之后，才放爆竹开门欢迎。新郎请在花厅中用茶，花轿又换上小杠提进中堂。这边的中堂，当然也是张灯结彩，可是除至亲至好之外，没有几个客人。这边也要照轿，然后又要等鼓乐三催三请之后，新姑娘穿齐了吉服，头上蒙着了一块大红绣花方巾，本来要父亲或大哥抱上轿，但是吴士可手无缚鸡之力，只好改请两位太太扶上轿，把轿门锁好，封好，由四名轿夫提出大门，换回大杠，由八人抬往李家去。来去的路程，本来只不过几十步，但两次都要兜一个小小的圈子，而且来去各走一条不同的路线。

花轿由新郎引进李宅，新郎一人自回洞房等候；花轿又换上小杠，提进中堂。当时正副赞礼生便就位司仪。新郎在洞房之中等着，一直等到赞礼生叫："一请新郎出洞房"，便由两个男孩子到洞房中请他出来。但是他们只是相对一揖，并不出来。这两个小孩子马上回礼堂去，再等到"二请新郎登画堂"，又是如法炮制。最后"三请新郎开宝轿"时，他才跟了这两个孩子登堂，打开轿上的锁，启封，开轿门。

新姑娘头上罩着的那块方头巾既大，四角又各缝着一个金钱，把头部完完全全遮盖着，所以谁也看不见她的面目。但是她自己也看不见走路，一举一动，完全由两位牵亲太太指挥。她们把她牵出轿来，扶住站在新郎左边，先拜天地，后拜祖先，都是三跪九叩首；最后夫妇交拜，只行一跪一拜礼；但两边都不肯先跪先拜，要两边的伴郎伴娘等勉强拉着对拜，拜完了还要打同心结。等到饮交杯盏的时候，非把头巾除去不能饮酒。小明心急如火的，走上前去把头巾一揭，睁眼一看，站在他面前的新娘不是莲芬小姐，而是丫鬟小虹！

中堂里人山人海，其中看热闹的居多，客人占少数，而客人中认识莲芬和小虹的又占少数中的少数。大家都等着此刻，要看看新姑娘的容貌。小虹生得很美，大家看了都称赞不绝口。赞礼生从来没有看见过她们，也不知道其中有移花接木的奥妙，仍照着程序司仪。

小明一看货色不对庄，本待要叫出口来，无奈当时的空气紧张，他急得四处望望，看他母亲在那里；他一时找不到，而那赞礼生又继续的照着程序往下唱礼；小明略略的迟疑了一下，随后便冷冷的笑一笑，照着赞礼生的词儿，一件一件无精打采的敷衍下去。宾客之中，也有少数的人认得出，也看得清新姑娘不是莲芬本人，而是丫鬟小虹；但他们更不便做声，看戏似的，看他们做下去。小明把礼行完了，用那条打同心结的绸带，把小虹牵进洞房。小虹在那儿休息，卸下大礼服，换上小礼服；照例新郎暂不进房，仍回中堂陪客；小明先跑到外祖母屋子里，便看见他母亲早已在那儿对外老太太不停口的哭着诉苦。

吴家外老太太盛怒之下，脸色一阵青一阵白；但是她老人家真是涵养有素，能够完完全全控制情感。她十分镇定的命令道：

"女儿，快不要哭，揩干眼泪，立刻回到中堂里去陪客人。只当没有出毛病一样，把小虹当做莲芬。假如客人中，有认识的问起你来，你就要做一副毫不要紧的样子说，莲芬有点小毛病，不能行礼，老太太的命令，叫小虹替小姐代行。改一日病好了再补行一次正式的婚礼，那时再会请他们来另喝一次喜酒。不管怎样，我们等顾住面子要紧，快去快去，千万不要有半点愁眉苦脸的神气，对着甚么人都要笑嘻嘻的样子。"

老太太把她女儿打发走了，又对着她外孙道：

"小明好孩子，你到底不愧是外婆的小宝贝！现在只好把小虹赏给你做姨太太。你也快快出去招呼客人，我得同你舅舅回家去看看，看看这到底是闹甚么鬼！"

她马上叫她儿子同她坐轿儿回家去看看。虽然相距才这一点点路，她半点不乱，也不能失老太太的身分，过一过街也是非坐轿儿不可。正待要出门，偏偏来了两位相当重要的客人——马克劳马校长，和他的太太。

吴老太太一见马校长夫妇来道喜，又气又急，要不是她知道这两个洋鬼子懂得中国话，她早已出声咒了他们几句。现在只好扮着笑脸相迎，把儿子留下招待番鬼外宾，自己一个人回家。

吴士可虽然觉得现在的情形有一点尴尬，但是他早准备好了招待他们两夫妇的；于是就请他们到一间特别为他们预备的屋子里去。刚刚一到门口，马先生立刻回头道：

"吴先生，对不起，不是这一间屋子吧？"

"马先生马师母请进，"吴士可道，"这一间屋子是我亲身布置预备欢迎二位的。"

"我怕不对！我刚才看见那儿有我们不应当看见的东西呢！"马先生又转身小声对他太太道，"玛琍，你看看那两把大高椅背上，摆着甚么东西！"他仍然把脸朝外不去看它，用手向背后指着。

"哦！"马太太也小吃一惊的喊着。

原来屋子里两把高椅背上，一把挂了一条西式花边女内裤，一把挂了一个同式的奶罩儿。

"马师母，这真是你们贵国最美丽的艺术品呀！"吴士可笑道。

马太太想笑也笑不出，觉得很难为情，马上跑过去道：

"倒是很美丽！我想一定是新姑娘的内衣，忘了拿去，我替她收起来吧！"

马先生昂着头，两眼一直望着青天不回过身来。

"马师母，这不是小女的，我特别向上海定来招待你们的！"吴士可道。

"特别定来招待我们？"马先生莫名其妙问道，"你是甚么意思呀？"

"我以为你们喜欢这一类的东西呀！"吴士可也有点莫名其妙了，"上次我们到你府上，你们摆着我们女人的裙子裤子招待我们，我这才特别托人到上海去办了更贵重的你们女人用的东西，专门招待你们。你们连望也不望一下，我真是不懂得你们的风俗。"

"原来你是要报复呀？"马先生道，"你不必侮辱我们，我们是来传教救世的！"

"我怎么是侮辱你们？难道你们摆女人的裤子裙子也是侮辱我们吗？"吴士可不得不辩明白。

"玛琍，我们走了吧，这个人真不讲道理。"马先生忍着脾气拉他太太走。

"约翰，不要急！我想他并不是存心的。我们到礼堂里去道一道喜，不必等着吃喜酒就先回去好了。"

"玛琍，我早警告过你，这个人存心不良，你总是说他天真；现在看得出他是专门胡闹的人，我们回去吧。"

"约翰，我要看莲芬穿了新姑娘礼服的样子再走！"马太太又转身对吴士可道，"莲芬呢？她在那里？我们去向她道喜。"

"去不得！去不得！"吴士可一听慌了，不期然而然的张开两只手，将身子阻住他们前进道，"她……在换衣服，马上就要拜客！不必看她吧！不必向她道喜！见了我就是一样的。"

马先生一看不对劲，马上不走了，一定要看看莲芬。

新姑娘一把衣服换好，马上就出洞房来和新郎一同拜亲长和客人。李明不在世，第一个受拜的是小明的妈妈，然后便是他婶婶李刚的太太。拜完了亲人，再拜戚属朋友，客人多的话，要拜半天。好在这两小夫妇，不是白拜白累一番。每拜一次，要得一次拜见的赏赐。阔人给十两二十两纹银，穷人给一百两百制钱。由一位亲戚记在礼簿上，一位亲戚站在旁边收红包儿。马先生在中国多年，对于江西，尤其是南昌一带的风俗人情，很知道其一二。他是苏格兰人，看钱看得很认真，认为到人家家中去吃结婚的喜酒，吃酒不吃酒不要紧，要是不受拜，不赏拜见钱，一定会有人讥笑他吝啬的。他一听见吴士可说莲芬马上要拜客，而不让他们去受拜，觉得这是最大的侮辱，马上挑战一般的问道："为甚么她要拜客，我们反不能看看她？难道我们不配让他们拜见吗？他们两人都是我们的学生呀！"

"当然可以！当然可以的！不过这是我们的坏风习，我们以为你二位不愿意……"

"我们愿意极了！"马先生立刻由口袋里把一个小红包儿拿出来给吴士可看看，"我们懂得你们的规矩，预备好了！"

吴士可无奈，只好带他们到中堂里去受拜。他们跟着吴士可进中堂时，站在下面，只看见新姑娘的背影，分别不出；等把亲长拜完了，头一对贵宾，便是马先生马太太。他们走到上首，转身坐下受拜，一看新姑娘，似莲芬又不似莲芬，当初还以为做新姑娘化妆化得太厉害了一点。小虹低着头，他们也不敢断定不是莲芬。那知小虹好奇，抬头望一望两位洋人，眼睛对眼睛，一打照面便看出不是莲芬了。马先生差一点跳了起来，问吴士可，怎么不是莲芬，吴士可答道：

"马先生，不要紧的。小女莲芬不太适意，所以让陪房小虹代行礼！"

"这是甚么话？"马先生觉得这真是荒谬绝伦，"做新姑娘成婚，也可以代替的吗？你简直胡说八道，欺骗我们。"

"马先生，不要紧的，我们把小虹做陪房姨太太！丫鬟代替小姐行礼是可以的！"

马先生认为是可忍也，孰不可忍也！

"玛琍，这里简直是一个疯人院；我们立刻走吧；以后再也不要参加异端邪教徒的婚礼了！"

他当初刚刚把小红包儿交到一位亲戚的手里，现在右手赶快将那小红包儿抢了回来，左手把他太太由高椅上扯了起来，一直向大门跑去。大家还在惊惶未定时，他们早已出门不见了。

吴士可看见他们走了并不以为稀奇，他知道外国人不能领会蓄妾制度的好处。不过他不知道要传教士参加纳妾的场合，未免所望过奢了。他更不明白为甚么外国人认为中国女人下体用的裙裤，便算是高等艺术品，而洋婆子美丽精细的内衣，却不可以拿出来见人。

再说吴老太太一人坐了轿儿回到她自己家中一看，她孙女莲芬固然是不在那儿，就连她的儿媳妇吴士可的太太也不见踪影。老太太把家人叫齐了一一询问，她们半吞半吐的说：她们总以为莲芬小姐是坐花轿出嫁去了，丫鬟小虹可能早晨到李家去了；至于太太，她们倒是知道得清清楚楚。花轿出了门之后，太太便叫轿夫打轿，她一个人独自出城去了。

吴太太听见这些情形：心里已有了眉目。她不慌不忙的说道，太太有事坐了轿儿出城去，大家不必大惊小怪。小姐和小虹的事，她也早有此打算，把小虹做小姐的陪房姨太太，好继续的侍候小姐。她口里虽然是说得如此冠冕堂皇，心里何尝不在着急。她在她儿媳妇和孙女屋子里仔仔细细的检查，知道她儿媳妇甚么东西也没有带走，孙女儿也只带了随身一点点必需的衣物。不久之后轿夫把空轿儿抬回来了，老太太马上传问他们送太太到甚么地方去了。

"回禀老太太，我们送了太太到抚州门外定慧庵去烧香。太太叫我们先回来，用不着在那儿等。"一个轿夫摸不着头脑似的答道。

老太太愕住了一下子，马上取出手绢儿揩揩眼泪，呜咽声说道：

"太太真是有孝心！我也老糊涂了，今天是老太爷的阴寿，大家忙着办小姐的喜事，就把老太爷的阴寿忘了。你们快去预备香烛纸马，我也要赶到定慧庵去，好去替老太爷做斋。"

老太太当下叫人把香烛纸马立刻办齐，命令把她自己的轿儿打进来，带了一个随身的丫鬟，赶出进贤门——进贤门的俗名是抚州门，因为那是到抚州去的大路。

古定慧庵，是明朝建筑的，在城南四五里外的一片高原上。庵外有一片竹林，庵里前院之中，有七棵三四百年的松树。凡是由进贤门出城的人，只要一离开了人烟稠密的附郊，便可远远看见一丛青绿的树木，走近前来，明代所建筑古雅的庵堂，更令人看见之后，极欲仔细瞻仰一番。四百年来，保持得极好，到如今虽然经过了许多变迁，这座庵堂，仍然古香古色，现代任何高楼大厦，那怕它盖造得精美，决比不上定慧庵的幽雅和庄严。

吴老太太坐在轿儿之中，一出了进贤门，便眼巴巴的望着这一片青绿的树丛。待他们走到了庵前，她那里有心鉴赏这种美丽的景致、幽雅的建筑，叫轿夫把她一直抬进庵中，穿过前院，在大殿前下轿。她随身丫鬟赶上前来搀住她出轿，马上来了两位知宾的小尼姑，跑过来行礼接待她。她一见这两位小尼姑，就告诉她们她是甚么人，把手一挥，叫她们赶快去请老当家的出来见她，她有要紧的事要和她们的师父面谈。两个小尼姑，一听见了这么大的来头，不敢违误，一面把她引到一间专门为住持见客的客厅中去坐下喝茶，一面飞禀老尼姑，请她立刻出来招待贵客大施主。

"阿弥陀佛，施主请坐。老身向施主请安。"当家的老师父，由一个小尼姑侍候着，款步走了出来。她真是鹤发童颜，岸然道貌，飘飘然走到吴老太太前，施一个礼。这两位年高德劭的女人，年龄相差既不远，而且身体高矮肥瘦，也大约相同，但是无论由那方面看过去，却绝不相同。一个是一派的富贵气概，不可一世的样儿，一个是虚怀若谷的态度，与世无争的神气。

"老师父，实在不敢当，何必这么客气？"吴老太太也觉得礼尚往来。既是你礼貌十分周到，我也对你十分客气好了。她敷衍了这两三句话之后马上单刀直入，开门见山的说道："老师父千万不要怪我鲁莽。底下人禀告我，我那位不懂事的儿媳妇，到了贵庵堂里来……"

"阿弥陀佛，施主说得不错，今天早上令媳……"老尼姑说到这儿，略略的迟疑了一下，很尴尬的样子望一望吴老太太，方才想再说下去的时候，吴老太太又抢着说起来了：

"老师父，这真对不起。我们家里一点点小事，弄得要惊动老师父。我那个不中用的儿子，脾气素来不太好，为了一些不值半文钱的事，和我那位不懂事的儿媳妇，闹了一点小意见。我那位儿媳妇，也过于孩子气，一赌气就跑到贵庵堂里来了。我只好请老师父把她叫出来，我也不会教训她，只把她领了回家去就是。老师父，真是对不起。按说他们两人年纪都不算小了，还是这样和小孩子似的胡闹，弄得要惊动老师父，真叫我过意不去。"

当家的老师父，听见了吴老太太这一派名正言顺的官腔，只得苦笑一笑，从她的大袖口之中，抽出一个大纸封套来，必恭必敬的，双手交给吴老太太说道：

"阿弥陀佛，施主说得有理。不过施主有所不知，令媳早已将三千烦恼丝剪断，遁入空门，承蒙不弃，拜老身为师，做了老身的徒弟。圣人曰：'身体发肤，受之父母，不可任意毁伤。'她把她剪下来的头发，托老身转交给施主。她的父母早年谢世，阿弥陀佛。所以只可以把她的头发交给施主，就请施主收下，带了回府。"

"那有这种事？那有……这种事？"吴老太太一看见头发，心里不免有点慌乱起来了，"她在那里？我……我要……一定要把她……把她带回家，两口儿吵吵架……"

"阿弥陀佛！施主也不必悲伤，令媳对老身讲得清清楚楚，她和令郎并没有争执……多少年以来，他们并没有交过言！这一次是她把她的女儿，下嫁了一位施主所不喜欢的人，所以她只好等到黄泉之下，阿弥陀佛，再向施主请罪。"

当家的老尼姑这几句话，说时声音虽小，吴老太太听了，真是比晴天霹雳还要响亮。这一位从来不失镇定、大半世总是保持着庄严态度的老太太，居然支持不住，觉得天崩地裂，日月无光，头昏眼花，摇摇摆摆的站不定。幸好她那随身丫鬟，看见老太太情形不好，赶上前来抱住她，否则她就要倒在地上了。

当家的老师父叫小尼姑把吴老太太抬到大花厅的红木炕床上躺着，马上打发人到附近请一位大夫来看看。等到大夫来了的时候，吴老太太早已苏醒了，便要轿夫打轿儿来抬她回家去。大夫并没有替她开方子，她自己也知道她的毛病不是药石可以治的，还是早早回家的好。她儿媳妇既然是落了发出家，入了空门之后，是不会还俗的。老尼姑认为她的新徒弟自己觉悟了，脱离了苦海，回头是岸，那能又把她送回烦恼的苦海中去呢？吴老太太来找她儿媳妇，她儿媳妇连知道也不知道。

俗语说得好："七十不留饭，八十不留茶。"

可见得一个人上了年纪，如风中残烛，命在旦夕，最好不要死在外面。吴老太太已经过了八十四岁的高龄，受了这么大的一场打击，知道性命难保，所以要轿夫赶快抬她回家，以免死在定慧庵里。她一辈子要怎么，便怎么，从来也没有遭过逆意的事。这一次可活活的把她气死了。她一十七年以来的心愿，要想看见小明娶莲芬为妻，结果被儿媳妇暗中破坏了！这固然伤了她的心。再又这么闹得满城风雨，把她的脸——她们吴家李家两家的脸，都丢尽了！这更要致她的死命。

他们把她抬回到家中，客人早看见势头不对，都匆匆的吃了几样菜便托词散了。她儿子、女儿和外孙看见她这种情形，忙问究竟。她随身丫鬟把原因禀告他们，他们只有暗中叫苦。老太太望着他们，勉强打起精神问道：

"那……打鱼的……野种……在这儿吗？"

他们告诉她，曾经到教会学校去找过大同，早已不知下落。又打发人到李家庄去打听，想必快有回信。当晚下乡去的人回来了，说是大同前几天曾到李家庄去辞行，现在早已离了南昌，不知到那儿去了。小明说不用问，他知道一切，追也没有用。他母亲揩揩眼泪说，到底还是依了小明的爸爸和莲芬的妈妈两个人的计划，大家都奈何他们不得了：因为一个已经去世了，一个又出家了。

吴老太太第二天还没有天亮便死了，两眼瞪着，大家怎么也没有方法使它闭上。

李家喜事之后，接着又是吴家的丧事，可惜吴老太太不能亲自主办自己的丧事，否则全南昌省城的人，都可以看一番极热闹极体面的大出丧。

吴士可这一下子嫁了女儿，丢了太太，死了母亲，还无缘无故的赔了一个小丫鬟，真是晦气透了。可是平素他被她们闹得十分头痛，这一下子，等于大解脱，现在真正一身无挂无碍，倒也觉得十分清静。不过南昌地方，人言可畏，他那有脸再出去见人？不如结束一切，搬到上海去长住；那边朋友多，可以消愁解闷。

小明也不能再到学校里去了，自从这一次办喜事和丧事之后，和舅舅很亲近。俗语说，"外甥多像舅"，他们真是志同道合；而且这次的遭遇又相同，彼此都"失意失妻"，于是便同舅舅到上海去住。

　　当初大同接到了小明给他的一百两银子，虽然小明劝他早早启程，因为冬天来了，天气冷得快，恐怕路上越来越不好走，可是大同心中仍在犹豫未定，不能下决心。马校长对他的指示，反把他指示得莫名其妙，马太太的话，他听了越想越寒心。他生平手中没有存过这么多的钱，一时觉得发了大财似的。他记起了老叔婆借了钱给李刚叔叔在牢里用，后来卖田押田时，她又不肯要李刚还她。李刚现在虽然在赚钱，可是当年亏空太大，仍有许多债没有还清，田没有赎回。大同一想，现在他正可以还叔太婆这笔小债。

　　他回到李家庄时，他婶婶见了他高兴之至，还以为他可以在家中过年。大同偷偷的在叔婆屋子里把三十两银子送给她。叔婆一见银子大惊，忙问这银子是怎么来的。大同把原委完全说出来，叔婆冷笑道：

　　"好！这钱原来你有份，现在小明却用来买你和莲芬脱身。当初莲芬也是你爸爸替你定下的！明嫂对我们大家不知道提过多少次，莲芬的八字太古怪，他们不敢把她配小明。明哥主意多端，吴家外婆在世，大家敷敷衍衍，不说明白，等她死了，再把你和莲芬圆房。那知道吴家外婆到今天还是身强力健的没有死，可是明哥早归天了！明嫂现在又改变了主意，反正她斗不过她妈妈。他们这两家的事，我是不要问，城里的富贵之家，都是一塌糊涂的。莲芬这个孩子，我也不喜欢，长得太漂亮了，红颜薄命，难说得很；我就不相信生过杨梅大疮的吴士可还能生孩子，莲芬一点也不像她爸爸！"

　　"谁都说她像她妈妈！"

　　"我没见过她妈妈，只听见明哥讲到她！想必她也不是好东西。大同，老叔婆劝你！长得太漂亮了的女人，千万别去理她，一挨着了你这一辈子全完了！"

　　"叔太婆，你放心；我虽然年纪轻，没有经验，可是我遇事谨慎稳重，决不会轻举妄动的，不过莲芬实在怕小明，他们两个人怎么能配得上？她真是痛苦万分，想人救救她。"

"她痛苦甚么？她简直是活见鬼！别去管她，先想想你吃了他们多少亏！明哥的家产，你应当有一半儿份的，现在全给他们两母子败得差不多了。莲芬本来是定了给你的，马上要嫁小明了，不过这个女孩子，倒是不要的好。可是我并不是怕她的八字恶呀！我的八字再好也没有，结果苦了一辈子，钱也没有钱，子孙也没有子孙；八字好不好，有甚么道理？我并不是相信八字，我看得出莲芬这个女孩子，将来比她婆婆还要厉害，她嫁了谁，就是谁倒霉！有谁要了她，就是谁遭灾！我看人决没有错的。你别说你谨慎稳重，千万不好惹她！"

大同并不和她争执，她说甚么，他应甚么。他自己觉得毫无担心之必要。不过叔婆拒绝接受那三十两银子，大同却不肯依。那怕叔婆再吵再闹，大同把银子放下就走，怎么也不肯收回去。

俗语说："只有船靠岸，那有岸靠船？"男人好比船，女人好比岸，大同下了决心不去惹莲芬，那里再会出毛病呢？殊不知莲芬不是平常的岸，她看见大同这只船不肯靠岸，她这片岸居然靠着船来了，大同想逃也逃不了。

莲芬和大同约好了私逃之后，大同到李家庄去和婶婶大猷等辞行，说是他要出门去读书。叔太婆一见便把他叫到她屋子里来，偷偷的问道：

"大同！你这个没有出息的孩子！那个坏丫头要你甚么时候一同逃走？"

大同面红耳赤，不置可否的问她说甚么。

"别在我面前装蒜！你叔叔同我讲过《列子》里，海上之人好沤鸟的故事，我今天一看见你，就觉得你和那个海上之人一样的怀了鬼胎。"

大同听见叔婆一提沤鸟，自己一想，不免失笑。《列子》里《黄帝篇》中说：

"海上之人有好沤鸟者，每旦之海上，从沤鸟游，沤鸟之至者，百住而不止。其父曰：'吾闻沤鸟皆从汝游，汝取来，吾玩之。'明日之海上，沤鸟舞而不下也。"

大同只解释道："我要不救她，她嫁了小明，这一辈子都糟了。叔太婆，还有你不知道的情形……"

"得了！得了！我不要听你许多废话，我早知道你没有用，只要人一牵，你就自己上钩。我做了一件丝绵袄给你，严冬腊月出门，也好挡挡寒。我亲手给你缝的，答应我，千万别随便给别人。"

"叔太婆给我的东西，我怎么也不能给别人。"

"丝绵穿久了要重新翻一翻。把它拆开，换上新皮纸，把丝绵重翻一次，又和新的一样暖和。莲芬总会动针线吧？别让别人拆，裁缝会偷丝绵的。"

"莲芬的针线好得很……"

"别夸了！我受不了！你们是起旱呢，还是坐船？一切定妥了吗？"

"还没定，我们打算先定一只船上九江……"

"日子不多了，廿四以前得走。我替你包一只船，廿三晚上在天桥等你们。"

"叔太婆真是好人，多谢多谢……"

"别废话，快走吧！惹得我发了脾气可了不得。"

腊月二十三晚上，大家都累得人困马乏，不到十一点钟，人人都进了黑甜乡，只剩下了莲芬和她妈两人，抱头饮泣话别。大同雇好了一辆小手车儿，在街口等莲芬，两人赶着由广润门出城，因为进贤门关得早，广润门虽然远一点，半夜十二点才关城门。小手车儿把莲芬推到李家庄外。大同去接了叔太婆上车，她和莲芬，一人坐一边，再推到天桥上船。

叔太婆早已把香烛预备好了，她一个人，又做媒人，又做赞礼，又兼代男女两家的家长主婚，在船舱中拜天地，饮交杯盏，打同心结成了亲，她老人家匆匆告辞说道：

"你们一路顺风，百年合好，多子多孙，同偕到老。我真不想对你们讲些好话，应当厉厉害害的臭骂你们一顿！我这么大的年纪，闹得我一夜不能睡！大同，早早写信来，也要写信给叔叔。我会对你婶婶解释。我真不敢见她，她准要骂我！"

二十四日李宅办喜事，新姑娘早已坐了船离南昌北上。

第九章

饭疏食饮水，
曲肱而枕之，
乐亦在其中矣。
不义而富且贵，
于我如浮云。

　　南方的气候，冬天远不如北方那么冷。在长江的内河中乘船，也别有情趣。大同和莲芬所包的船不算大，靠着岸往北走，虽顺水却总是逆风；但是走得慢也有走得慢的好处，路上多耽搁一些日子，可是沿途可以尽量欣赏风景。大江以南的花木，逢春较江北要早很多；两岸的梅花，有的已经开残了，有的正盛开，也有的含苞待放。草舍茅屋，三五成群的，依伏于高大的松柏之下，在一片冬景中，疏疏朗朗的留下几叶青绿，正是美丽的点缀。水稻的田亩，阡陌无际，望去不见人迹，也没有水车的踪影。有时可以看见几只黄牛水牛，优哉游哉的，信步走到河边来饮水，冷眼的望望过往匆匆的旅人，好像怪他们何必如此奔波劳碌似的。偶然可以看见一个牧童，甚至于也可以听见他用自制的短笛，吹他自编的小调儿，远远的照看他的牛群。两岸信目望去，真是一片升平世界的景象，人民都安居乐土。假如没有外患的威胁，到处仿佛是世外的桃源。

　　船行到了鄱阳湖中，真是"无风三尺浪"，幸好他们都不晕船。在那一片汪洋的大湖中，远远的望着天际，只见天接水，水接天，不知那是水，那是天。湖中来去的帆船，川流不息，大帆小帆，新帆旧帆，破帆补了又补，钉了又钉，白的黄的，褐的黑的，红的蓝的，各种深浅颜色全有。北行不久，远远的便看见庐山。那庐山的面目，是真的也好，不是真的也好，仿佛隐隐的带笑看着他们两人。四天之后，到了湖口；过了湖口，便看见赣河和长江的天然分水界。

由远远的望过去，前面的水上，划分了一条清清楚楚的界线；在南的赣河之水，青绿可爱，在北的长江之水，全带着黄沙白土之色，两处的水虽然遇而相合，彼此的颜色，各不相混，船行到分界之处，看得更加清楚，一青一黄，各守各的界限，绝不相犯，真是奇观！好似上天的大主宰，为两水立下了一条大公无私的管业界，因此两水永远照着上天的旨意，各守疆域。

大同和莲芬一到了九江，不敢停留，马上改搭一只航行于长江中的大船，向上海一方而去。碰着这几天的天气不好，船既少，旅客又多，大家忙着回家过年，他们两人在拥挤的大船上，很不舒服。回想在赣河中小船里的生活，相差不可以道里计。因此他们两人决心不去上海，改由运河坐小船北上。

他们到了镇江，便换了一只小船，由长江转入运河，向北走想到通州去。这一次一切都很顺利，天气还相当好；运河的河道，比赣河还要小多了，两岸的人家，常常可以近如比邻；坐在船头，简直鸡犬相闻，看看两岸的风光，倒也别有意味。运河的河道，因为常要走贡船，所以修得极好，一路都有水闸，的的确确是有风都不生浪。船家只是两夫妇，他们和大同莲芬就如一家人一般；有时船家要上岸去拉船走，船家娘子在船后掌舵，全船都由他们小两口占据着，和独家独院一样的清静。他们走到了山东的东平湖，天气渐渐变冷了，一过了黄河，水路就不好走了，冰雪交加，势难北上；在东昌停了一天，看看情形，只好舍舟登岸，由船家代找一家宿店，在店里结伴由旱路北进，那时已是光绪二十四年（一八九八）二月下旬了。

北方旅行，男人骑马骑驴儿，老年人和女人多数坐轿车，由骡子拉着，也叫骡车，不过也有女人骑马和骑小驴儿的。莲芬在学校跟马太太学过骑马，所以她坚执要和大同一样骑马，不肯乘轿车。他们雇好了两只马，在马上一路更好欣赏北方的乡野风光。

骑马起旱进京，走得比在运河里乘舟要快多了，但一路不免风霜之苦。每晚落店，也不如在船上舒服，但是他们只求早日到京，年轻人吃一点苦，毫不要紧。他们天一亮便上路，天黑了才宿店，赶了两天的路，便到了山东和直隶省的边境。这儿离北京不过五百多里，只要天气不变，大约再有四天便可到京。为了赶路程，错过了宿头；天已黑了，他们还没有到下一个小镇。忽然之间，他们听见了一阵很急的马铃声，由风中吹过来。他们这一群人之中，有几个常常旅行的客人，马上大惊的叫道："不好了，响马来了，快把你们的银子和首饰藏起来，响马来了！"

马铃声越来越响，渐渐的连马蹄声也听得见了。大家都下了马藏东西，大同便把他的钱全塞在他的夹袜子里面。莲芬把金首饰拿出来，看看有什么地方可藏。

大家还在慌张之中，一群强盗早已飞马到他们面前。他们都是彪形大汉，所谓"北方之强"的响马大盗，有的打着一个火把，每人都带了雪亮的钢刀。大家谁也不敢反抗，反抗有什么用，岂不是白白送命吗？一个个都眼巴巴的望着他们在他们的行李之中搜索值钱的东西。他们要的只是首饰钱钞贵重的东西，此外衣服行李，一概不要。搜完了行李，再到他们身上搜查。莲芬只好把头上手上带的金器全给他们，以免他们自己动手。这一群旅客，每人都损失得很多，而尤以大同两夫妇为最重。响马们看看所得的不算少了，便一声胡哨，立刻上马而去，眼一眨早不见他们的踪影。

等到他们听不见马铃儿的声音，大家这才敢重新收拾行李；彼此问一问损失了多少，从前遭过这种事情没有。大家都好像自认晦气算了，不十分在乎似的样子，没有一个人说要去报官的。大同问一位常常旅行的老客商，要不要向地方官报案，他说：那是一点用也没有的，响马出没于山东直隶两省的边境，地方官全有几分怕他们；你到山东地界去报官，他们要你去报直隶的衙门；你到直隶地界去报官，他们叫你去报山东的衙门。而且这两省的捕快，都是退休了的响马出身，彼此不是老朋友，便是师徒，有的竟是父子叔侄；除非你有天大的来历，他们决不会真去追究的。再说衙门是进不得的，一进衙门，你自己就难得脱身，开销又多又大，就是把损失的金银钱财追回来了，结果也常常是得不偿失的。

有几位更达观一点的老客商说：他们早防备到了这一着，他们所带的全是期票，马上可以通知钱庄报失注销的，随身只带一点点现款，这叫做"买命钱"，以防万一。有的强人，看见你身上一点油水都没有，难免要生气而伤害你。他们在河间府都有熟商号，明天可以从客店中请人去调点钱来。有的说他们把行李铺盖等物典卖，也可以够一程的食用。只有大同两夫妇，事前毫无准备，到现在真是不知如何是好。不但河间府没有熟人，这一路到京，那里也找不着半个熟人，可以借点钱给他们。至于行李铺盖，大同由学校出来，固然是不敢带什么东西；莲芬由家中偷出来，更是怕惊动大家，那里敢多带什么东西呢？

大同无可奈何的对着莲芬愁眉苦脸道："以后怎么办哪？以后怎么办哪？"

"带的钱全给他们搜去了吗？"莲芬很淡然的问道。

"可不是吗？"大同答道，"他们叫我自己把鞋子去了，袜子脱了……"

"这成什么样子？"莲芬道，"他们真没有规矩！我带来的首饰也全给了他们。他们对我稍微客气一点点，没有搜身；不过我非得一件一件取下来送给他们，他们才肯答应。算了吧，快上路吧。这都是身外之物，丢了算了。'财去人安乐'，人没有吃亏，就是不幸中的万幸！大同，你扶我上马吧。"

大同垂头丧气的扶了莲芬上马，自言自语道："怎么办呢？今儿晚上住店的钱也没有了！"

"卖一两件衣服，也过得今夜一夜呵！"莲芬比较达观多了。

"明天怎么办呢？我们的钱，全给他们抢光了！全光了！"

"大同，我们那儿有钱？他们抢去的是小明的钱。好在你留下了三十两银子给叔太婆，要不然也是送给了响马。按说这也公道。小明给你钱，是要你不去管我，好让我嫁他。你得了人钱财，要与人消灾，你不照人的意思行事，这笔钱来得不正当，应当让人抢了，去得反光明磊落。这算是强盗抢骗子的钱，活该！"

"别开玩笑了！"大同道，"首饰也全没有了呀！"

"别提那些首饰了！一提叫我心痛！"莲芬道，"其中有的是我妈给我的，我真舍不得把它丢了！不过其余的根本我们就不应该带来。既是'不义之财'，自然'见者有份'，李宅下聘娶媳妇儿的首饰，全应该给小明的新媳妇儿小虹，我们拿了来就不对。这叫做强盗遇着了响马，一个劫一个。不过大家既然都是强盗，同行就应该同财，彼此要缓急相通。我本来打算同他们商量商量，我们有急需，先要借一只金手镯儿用一用……"

"别做梦了！"大同急得要命的说道，"他们那儿会肯！"

"不肯也得肯！我是借定了！"莲芬微笑道。

"借定了？"大同有点莫名其妙的问道，"你是什么意思？"

"我的意思是说，明向他们去借，他们一定不肯答应的。我既然是借定了，那只有在他们还没有到之前，把一只金镯子藏起来；不巧没拿稳，掉在一大堆马粪里边去了。大同劳驾你在这一堆马粪里去找出来吧。真对不起，要把你的手弄脏了！今儿个晚上，我可不能让你的手挨着我。"

她在马上望着大同笑，大同高兴之至。他在那一堆马粪之中，果然找出了一只金镯儿。这一下子，到京一路的用度，有了着落了。不过只是一只小金镯儿，值得多少钱呢？到了北京之后的开销，又怎么办呢？但是他们找着了这件小宝贝，就如发现了金矿似的，快乐万分，再没有想到将来在北京恐怕要挨饿的事。

当天晚上，赶到了一个小镇市，在那儿换金器，简直是破天荒的奇闻。好不容易由客店的主人介绍了一个收买首饰的主儿。他把金镯子在考石上磨了又磨，好像他很难相信它是真金的似的。最后他仍说成色不算好，款式又不合时，所出的价钱很低。大同无奈，再也找不出第二个买主，又不能等到河间府去再卖给大金银店中。他看看这也足够一路的用度，只得忍痛把它卖了。

五天之后，他们到了北京。那时是二月尾的一个晴朗的下午。在仲春的夕阳中，远远的望见城里的楼台亭阁，光芒灿烂，真是一片黄金世界。天气虽然极冷，倒是干燥得很。无怪人家叫北京为"灰城"：小胡同之中，地下的灰土至少也有三四寸深。京都不愧为首善之区，宫殿巍峨，街衢广阔，人烟稠密，市面繁盛，远非小小的江西的首府首县南昌城可比。大同和莲芬两个人，就如乡下人初进城一样，只觉得琳琅满目，美不胜收，连自己正到了穷途末路的事，都完完全全忘记了。

当初他们骑着马，慢慢的向着北京城南城的永定门的城门楼儿走过来的时候，心中忐忑不定，十分紧张，简直和唐三藏去取经，功成行满，居然到了西天极乐世界似的。不过这个极乐世界，也有不少的后街陋巷，他们这小两口儿，在北京所住的一家小客店，正在一条相当偏僻的陋巷之中。

再说他们两个人，当初一进永定门，伸长着颈脖子，四处张望城内的景色，又回头再去看看永定门高大的城门楼子的时候，不觉前面忽然来了一群专替旅馆客店接客的人，围着他们的马，十分紧张，吵着叫着，要带他们去住客店。大家都拼命大声的同时叫唤着，使得大同和莲芬不知道他们说些甚么。而且每人手上都拿一张招帖，对着大同脸上乱摇乱晃。把他弄得更是莫名其妙。大同随手接了一个人手中的招帖来看看，其余的人马同时鸦雀无声，垂头丧气，如鸟兽散去，只剩下这一个人，站在他们面前，笑脸相迎。

这个接客的人对大同说，他那招帖上几家旅馆客店，都是北京最好的旅馆，少爷少奶奶去住下，一定会称心满意的。大同看一看那张招帖，看见那上面说得那么好，高贵舒服，方便洒洒，便不敢去问津。他不知不觉的面红耳赤的问问那个人，有甚么特别便宜的客栈，只要清静不嘈杂就成了。那人笑一笑，说是少爷既要马儿好，又要马儿不吃草，恐怕不容易，不过他可以带他们找一两个开在偏僻一点的小胡同的小客栈试试看。当下他便把大同两夫妇带到一家开在前门外、骡马市大街菜市口儿限近、一条小胡同里的同善客店。那儿交通也不算不方便，房子也不算太旧，屋子也不是太小，人客也不顶嘈杂，最要紧的一件是价钱也不算太高，他们剩下的钱，侥这一晚上的吃住是足足有余。大同马上就住下了，把富余的钱全赏给这个接客的人。

这一连两个月以来，大同和莲芬两个人，一路坐船骑马，不是在水上，便是在路上，饱受风霜雨雪之苦。这才是头一天住一家正式的客店，有一间正式的屋子，睡得一张正式的床——虽然是土炕，总算是正式的床铺。他们住的这间屋子，并不宽敞，也没有甚么布置，不过炕前摆了一张小条桌，两把椅子；一会儿把他们的饭开了出来，他们两夫妻相对坐在屋子里吃饭，倒也觉得十分舒服，十分满意，菜饭也十分可口；开饭的茶房，也兼管收拾屋子、打水、跑腿等等，饭后看看他们今天晚上不打算出去的样子，便问他们要不要买点煤球儿生一个火。他说晚上北风吹得紧，白天有太阳，晚上更冷得厉害，屋子里比外边并不更暖和。大同真想替莲芬生一个火，但是那有余钱去买煤球儿呢？只好横着心肠说不冷，不必生火。

这天晚上，他们休息得特别早。一来因为一路车马劳顿，疲倦不堪。二来天气又极冷，睡在棉被里，总要比在外面坐着暖和一点点。他们以为上床一着枕，便可入睡的，那知翻来覆去，再也睡不着。客店的棉被又硬又薄，一点也不暖和，把莲芬的大皮袄盖上去，也好不了多少。再加上大同的丝绵袄，就好像没有加甚么似的。他们两夫妻睡在棉被中，虽然紧紧的你挤着我，我挤着你，还是冷得发抖，抖个不停。全身上下，慢慢的发硬发冷，再睡一会儿，一双脚好似渐渐的变成了别人的脚似的，自己下半截已经没有脚了。

既然是再睡不着，他们索性起来，穿上衣服。大同叫茶房提一壶热水来，客店里边日夜都有热水的。他们把脚浸在热水中，这才慢慢的使得脚恢复了知觉。但是不要多大功夫，热水便变成了温水，温水马上就变成了凉水。他们又不便常常叫茶房送热水来浸脚，所以他们初到北京的第一夜，劳劳攘攘，坐坐睡睡，冷得一夜不安。

大同心中盘算了一夜，第二天早上，两个人差不多是牛衣对泣，黯然无言。开完了早饭之后，大同告诉莲芬，他要出去找些通信了很久而没有见面的朋友。他的目力不好，晚上昏暗的灯光下看书太多，成了很深度的近视，找路极不方便，加上天生他最不会找路，他一早出去，到晚才找着路回来了。他一进门，便感觉得这间小屋子和从前大不相同，里边比外面暖和多了，因为屋子中间放了一个煤球火炉儿。莲芬穿一件新棉袄，坐在火炉儿旁边，站起身来对他说："大同，看样子你辛苦了一天，快坐在火炉儿旁边歇歇吧。别老瞪着眼睛望着我呀！难道你不认识我吗？你吃了东西没有？"

"我没吃！"大同道，"那倒不要紧……"

"那可把你饿坏了！"莲芬道，"我去替你叫点东西吃吃。"

她一直的不敢多望着大同，所以并没有看见大同满脸的愁容。她为了要躲避大同的视线，立刻跑到房门口，叫茶房快快拿晚饭来给她丈夫吃。她对茶房说话的口音，颇有一点京腔。大同惊讶之至，问她道：

"你怎么到北京才一天，说起话来就有点京腔了？难道你练习了一整天的吗？"

"差不多半天没有停口！"莲芬答道，"我得上街买点儿东西呀，你瞧？"

"上街买东西？"

"对了！你没有看见我买的这件新棉袄吗？"

"你那儿来的钱去买新棉袄呢？"

"说来话长呢！"莲芬坐下来慢慢的说，"中午以前，客店的账房先生来问我，今天还要不要这间屋子？他说，照店规十二点以前要是不搬出去，就要算两天的房钱。我们当时只付了一天的房饭钱，所以我们要是不打算搬走，就得再付他一点儿钱。他又说我们没有行李；假如有行李，欠几天的房饭钱也不要紧。我一想，我们往那儿搬呢？所以非去弄点儿钱不可。我记得我们来的时候，看见胡同口儿有一家典当铺，我只好到那儿去把大皮袄当了。那高柜上的朝奉，沉着脸望着我，我同他讲话，我讲十句，他最多答两句。我从来也没有见过那么不和气的买卖人。我以为他不会多给我钱，可是他给了我二十两银子，我真是喜出望外。我有点冷，问他那儿可以买棉衣，他只说两个字：'天桥'！大同，你听听，北京也有天桥呀！"

"对了！我真没想到北京也有天桥！"大同答道。

"可是这儿的天桥，和我们乡下梅家渡的天桥大不相同。桥也不像桥，就算是有桥，也找不着水！到处尽是旧货摊子，买零吃的，变戏法儿的，唱戏的，耍杂耍儿的。可是那儿的人全和气极了，七那位当店里的朝奉正好相反，一见了我走近他们，他们真话多，劝我买这个买那个，我还没有讲完三句话，他们就把这件大袍袄卖了给我，帮助我穿在身上，替我把纽扣儿扣上了。我说袖子管太长了，他们也不让我脱下来，一个人拿一把大剪刀，一下子把两边的袖子去了三四寸，两个人拿着针线，就站在我两边立刻替我缝好了！你瞧，虽然不怎么合身，倒是挺舒服、挺暖和的。北方的女人，比我们高大一点，难得买得着现成的合我的身。我们既然发了一笔小财，我马上就叫茶房去买了一百斤煤球儿，生了这个煤球儿炉子。我差不多一天没停口说话，应该学着了一点点京腔。"

大同望着她说不出话来。

"别老瞪着眼望着我不做声！大同，你生我的气吗？我们非得把甚么东西变一点钱不成！既是你没有大皮袄，那我也不高兴穿它了！"

"我生你的气？我怎么会生你的气，莲芬，在天桥做买卖的人，对你那么周到，怎么对我这么不客气？"

"大同，你也上那儿去一趟吗？"

"可不也去了一趟？也是当店里那个朝奉叫我去的！"

"也是当店里那个朝奉？大同，你有甚么东西可当？"

"除了这件丝绵袄之外，还有甚么？我脱下来给他，他瞧也不肯瞧一眼，就摇摇手不肯要。我问他上那儿有店子可以收买这种衣服，他开口只说了两个字：'天桥。'"

"原来你是去卖衣服去了呀？不过你不是答应了你那位太叔太婆，决不把这件衣服给别人的吗？"

"那是没有法子，只好把它卖卖看！现在既是没有人要，只好留下穿。我觉得这件衣服真不错，可是天桥那一些旧衣服店里的人，没有一个人在这件衣服上找不出几件毛病的。他们真会说话，不过他们说的不是好话，全是找毛病的话。他们挖苦我这件衣服，已经岂有此理，有的人还要挖苦缝这件衣服的人，那就是挖苦叔太婆，叫我怎么不生气？我差一点儿和那些人吵起架来了。我对他们说，不买我的衣服就算了，用不着说我的衣服要不得。我一家一家问，后来我居然找着一个摆地摊儿的肯买，他大大方方的肯出八吊钱……"

"八吊钱？"莲芬道，"价钱不错呀？我这件棉袄才三两银子，只合两吊钱……"

"我知道你也会那么想的。我把衣服交给他，你猜他到底给了我多少钱？"

"八吊呀！"莲芬道，"难道他出了八吊钱又不认账吗？"

"他给我八百钱！我以为他弄错了，后来他说满钱八吊，就是八百，我只好不卖了。"

"呀！我记得我妈说过，北京人'说大话，用小钱'。这就对了。"

"说大话，用小钱？我们以后也得照这样才行。"大同仔细想想这两句话，觉得其中颇有奥妙的哲学。

他从早到晚跑了一天，不但在当店里和天桥卖旧衣服的小店儿和地摊儿上碰了钉子，就连他去找的这一班通信很久、爱国爱民、热心维新的朋友们，对他都不能帮半点忙。一来他自己不好意思开口，说他自己怎样能干，怎样热心，怎样努力，二来就算他自己肯冒昧开口推荐自己，他们也无能为力。维新的运动，尚在空口讲白话的时期，虽然有许多年轻的知识分子极力提倡，当权的大臣们都守旧，十九反对维新变法。大同这些朋友们，都希望李提摩太早早到北京来。因为他曾经和几位朝中的权贵谈过这件事，而且前工部尚书、刑部尚书、大学士、毓庆宫行走翁同龢，他是光绪最亲信的老师，也是前弘德殿行走（即同治的老师），也极其器重和尊敬李提摩太。所以只希望他早早来，或可左右乾坤。在这个英国传教士没有进京之前，大家一点办法都没有，只可以空口讲白话。

大同进北京大学的希望，在他的钱财被劫的时候，早已经烟消云散了。现在到了北京，见了这些主张维新变法的朋友之后，又知道想在一个和维新运动有关的机构之中，找一个小小的事儿做做，也是不可能的事，现在他也只好等着他这位英国本家叔叔李提摩太早点进京来；住在同善客店里干等着，虽然是小心谨慎的守着"说大话，用小钱"的原则，纹银和制钱，也是有出无进，有少无多，而且还是出得相当的快。

莲芬极能省吃俭用，她马上提议他们每顿饭只吃一菜一汤，全要最便宜的东西。像这样的吃法，已经是省得不能再省了。后来他们还怕马上就要坐吃山空，便索性不在同善客店里吃饭，到外边去买几个烧饼，或是一斤烤白薯，也可以充饥度日，而且花不了几文钱一顿。

不过吃烧饼和烤白薯过日子，总不便公开的吃给客店中的茶房看见，也不便在街上一路走着一路吃。他们只好在开饭之前出门去，说是到朋友的家中去吃饭，便在街上走走逛逛，逛了一点多钟，约莫是吃完一顿饭的时候，这才买几个烧饼，或者是买一斤烤白薯，回到客店中来再吃。买饼买薯，不但要偷偷摸摸的赶快买了，把纸严严固固的包扎好了，叫人家万万猜不到那是一包吃的东西。拿回屋子之后，还要关着房门，赶快不出声狼吞虎咽似的吃下去。这时候去叫茶房拿开水沏茶，又怕茶房起疑心，所以他们总是喝点冷冰冰的残茶，或者是没有了残茶，只得拼命的干咽下肚去，等一两个钟头之后，再叫茶房来添水沏茶。

每天按时出外两次，大同马上就找到了许多旧书摊儿，他们轮流的去逛书摊儿。在吃饭的时候，两人站在一个摊儿前找书看，看了一本又一本，等到看完了吃一顿饭的时候再走。

他们在同善客店，一住就快两个月，早已搬在一间最小最便宜的屋子里，过极省俭的日子，苦熬苦等，等李提摩太进京来，再作道理。莲芬看见同住店的人，有的自己洗衣服，她马上也尤而效之，自己洗小件衣物，如袜子、手绢儿之类。后来洗会了，便两人一切换洗的衣服，都由她一人自己洗。大同最初是半个月就要剃头，后来快一个月了，还没有去剃。茶叶也省了，不喝茶只喝白开水。他们逛书摊子的时候，无论看见什么有用的便宜书，从此以后也绝对不买一本。

他们苦熬苦等，等到四月二十二日（一八九八年六月十一日），果然光绪皇帝，下诏维新变法，他这道定国是的诏书曰：

数年以来，中外臣工，讲求时务，多主变法自强。迩来诏书数下，如开特科，汰冗兵，改武科制度，立大小学堂，皆经再三审定，筹之至熟，甫议施行。惟是风气尚未大开，论说莫衷一是，或托于老成忧国。以为旧章必应墨守，新法必当摈除，众喙哓哓，空言无补。试问今日时局如此，国势如此，若仍以不练之兵，有限之饷，士无实学，工无良师，强弱相形，贫富悬绝，岂真能制挺以挞坚甲利兵乎？朕维国是不定，则号令不行，极其流弊，必至门户纷争，互相水火，徒蹈宋明积习，于国政毫无补益，即以中国大经大法而论，五帝三王不相沿袭，譬之冬裘夏葛，势不两存。用特明白宣示，嗣后中外大小诸臣，自王公以及士庶，各宜努力向上，发愤为雄，以圣贤礼义之学，植为根本，又须博采西学之切于时务者，实力讲求，以救空疏迂谬之弊，专心致志，精益求精，毋徒袭其皮毛，毋竞腾其口说，务期化无用为有用，以成通经济变之才。京师大学为各行省之倡，尤应首先举办，着军机大臣，总理各国事务王大臣会同妥速议奏，所有翰林院编检，各部院司员，大门侍卫，候补候选道府州县以下各官，大员子弟，八旗世职，各省武职后裔，其愿入学堂者，均准入学肄习，以期人才辈出，共济时艰。不得敷衍因循，徇私援引，致负朝廷谆谆告诫之至意，特此通谕知之！

　　这一道定国是上谕一颁布之后，一班维新派的人士，便四出活动。大同特别高兴，因为他又知道李提摩太已秘密进京，和这些维新派的人士见面交换意见。同时京师城内，到处传布谣言，说是这一次变法，不是小变，而是大变；朝廷之内，先有很大的变动。光绪皇帝，他自己也发愤为雄，不再受慈禧太后的摆布，做一个傀儡皇帝。他自己要选择一个新首相，而且这个首相，是一个破几千年成规的非常人物，或者是日本大政治家伊藤博文，或者是英国传教士李提摩太，或者是广东一个布衣狂士康有为。

　　大家听见这种谣传，都不十分相信。中国开国数千年，史无前例请日本贵族，或是英国牧师，或布衣狂士为相国的，这简直是荒谬绝伦的事。不过守旧之臣，早已认为维新变法即是荒谬绝伦的事，若真要变祖宗之陈法，甚么荒谬绝伦的事也可发生的。李提摩太和伊藤博文都到了北京，这不能不叫人疑惧惶惑。大同一听见他那位英国本家叔叔进了京，住在六国饭店，他马上就去看他。

　　莲芬对于李提摩太，真是久闻大名，如雷贯耳。她也急于要大同和这一位通信多年、从未谋面的洋叔叔见面谈谈。她把大同这一件大丝绵袄刷一刷，揩揩干净，又借熨斗把它烫一烫，顺便也把大同的小手绢儿都烫平，折好一块放在他口袋之中，千叮嘱万叮嘱的要他不可用废纸，一定要用手绢儿揩鼻涕。

那天的天气很好，他们高高兴兴出来走走，找一家小饭馆吃一顿价钱不贵的正当饭，算是庆祝庆祝维新成功，也算替洋叔叔接风洗尘，不过只是他们两夫妇自己吃，只有主人，没有客人，就算是请了客人，想必客人应酬太忙，因此心领敬谢了。他们两夫妇吃完了饭，莲芬回同善客店等好消息，大同早一点去找李提摩太。莲芬怕他找不着地方，所以宁可要他早动身，多问几次路，多兜几个圈子也不要紧。

六国饭店是北京最名贵的旅馆，设在东交民巷的东头，和各国的公使馆很接近。大同听人说过，这是头等要人住的地方，比之同善客店有天壤之别，但是从来未去过，今天正好去见识见识。他进了正阳门，一直由东交民巷向东走，那儿果然是宽敞清静，幽雅高尚，走到水关那儿向南转，前面不甚远，可以看见内城的城墙，左首一幢洋楼，便是六国饭店。这一带有树木，有水道，不像一家旅馆的地段，而好似私人的园地之一端。虽然一头不通，但交通也还算方便，西边通前门，东边离哈德门也不远。

大同在六国饭店门口望了一阵，因为看不见和中国大客店似的大招牌，所以迟疑不决走上几级石阶进去问问。进门一看，更和普通的旅馆一点都不像，既没有大批的行李堆在门口，也没有大批的茶房站在那儿招待客人。他走到冷清清的柜面前去，问一问这儿是不是六国饭店，李提摩太先生是不是住在这儿。

当着大同一个人静悄悄的坐在一把大沙发椅子上等李提摩太出来的时候，他不免幻想着，这位名震全国的维新教士，一定和南昌教会学校的校长马克劳先生大不相同。他决不是一个小心眼儿的传教牧师，戴着白圆领儿，穿着牧师的制服，一举一动，一言一笑，都是专注在一桩事上："我的目的是来救中国人，以免他们为邪教异端所惑。"

在大同的想象之中，李提摩太虽不和天神一样，也和耶稣基督相仿佛：慈祥，和蔼，热忱，真实，决不会和马克劳先生那样厉害，刻薄，严肃，虚伪。在他的著作之中，大同早已认识了此人，李提摩太并不是受了基督教的某一个小支派的命令，来替这一个小支派广招信徒的。他是来替中国，不仅替中国，并且替一切的人类服务的。他要启发当今的光绪皇帝，辅助贤明的大臣，使得维新派的领袖们，可以发挥他们的事业，使得中国一般的老百姓，可以享受真正的幸福。大同和莲芬，他们自己并无苛求，只愿生活安定，不受穷苦的压迫，吃饭时不必跑到外面去兜圈子，莲芬不必洗这许多衣服，大同可以按时去剃头，这就是生平愿足。若是在书店里看见了便宜的善本书，可以买来孝敬刚叔叔，那简直是锦上添花了。

大同尚在幻想的时候，不知不觉李提摩太已经走到他面前了。他抬头一望，便看见一个高高大大、白发白须的英国人，对着他站着微微笑，伸出一只很大的手掌来和他握。这个人果然是威风凛凛，相貌堂堂，大同自然而然的觉得他看见的是一个真正的伟大的人物。他心中的幻想居然实现了！这一位洋人，一看便知道是一个通权达变之士，和那种心地狭窄的传教士大不相同，他的眼睛，闪烁有光芒，看人时，慈祥而和蔼，令人既钦敬而又亲爱。他并不穿着大同所养成了奇憎之习的圆领牧师制服，而是普通人穿的西服，说话的声音，清楚而亲切，大同听了，感觉得他和刚叔叔说话一样无别。

"我现在果然见着我的侄儿了，我很高兴！"李提摩太说道，"天上的父亲赐恩，我希望你一切顺利。"

他紧紧的握着大同的手，使大同感觉到他诚恳而热心。他心中无限的高兴，简直听不见这人对他说的是甚么，只觉得他的声音十分亲切，使他自己也不知道说甚么。大家坐下寒暄了几句，大同把话归到本题，说是在京的青年有志之士，大家都盼望李提摩太早早到京，主持维新大计。他继续的说道："天下兴亡，匹夫有责，我不过是国民一份子，愿意竭力尽心，为国家为人民尽义务。现在中国到了生死存亡的关头，假如再不破除陈法，改良维新的话，马上就难以立国了。偌大的一个国家，那能专靠过去的光荣，在这个日新月异进步不停的世界上生存呢？我们一定要随着潮流，与时代并进。一班守旧腐化的官僚，早已把国家弄得不成了体统，多年以来，走上了灭亡的途径。政府当局，不想启迪民智，琢育人才，反而照旧的实行愚民政策，保存科举制度，要全国的知识分子，在十年二十年寒窗之下，读一些陈腐无用、只可应考的旧书，从中提拔几个人出来，点缀点缀升平。这种政治，这种制度，怎可以不大加改革呢？"

"我的好侄儿子！你说得一点不错。我刚刚上了一个奏折，提出了几件马上应该做的事，翁同龢老相国看了，十分赞成。第一件，设立一个教育部，倡行新的学堂制度，在全国各省各地，创办现代化的小学堂，中学堂，专门学堂。"

"这好极了！我曾身历其境，也认为这是当前最重要的新政。"大同听了高兴之至。

"你说得不错！第二件，设立开明的出版机关，除用有见识有学问的中国人主持编辑之外，还要请些有经验的外国新闻界老手，协助出版事业，使得广泛的民众，可以普通的得到新知识。"

"有理！有理！"大同连连称是。

"像你这样有学问的青年，很可以在这种机关之中，发展你的长处，我们所需要的，正是你这种人才。"

大同快乐得说不出话来。

"第三件，立刻多建铁路，多设工厂，多开各种金属矿。"

"对了！对了！开富源，利交通。工业为富强之本！"

"第四件，改良币制，整理财政，要使得国库收支相抵。国家财政稳定了之后，第五件，训练新法的海陆军，巩固国防。"

"高明！高明之至！"大同听了，认为这个英国人，简直是中国的唯一救星！他和那个心地狭小的马克劳先生绝对不同，那个人一天到晚只知道不停口的说他来救中国这许多邪教徒的灵魂。

"第六件，设立新内阁，内阁由八位大臣组成，四位大臣是汉人或满人，四位大臣要请洋人，因为他们能明了世界的进步。"

"四位汉人满人，四位洋人呀？"大同小声的问。

"第七件，在这个新内阁之上，册立两位洋顾问，辅助皇帝行使新政。"

"还要两位洋顾问吗？"大同更怀疑。

"把这七件事做到了，便可以实行四大新政！刷新教育，改良经济，内外安堵，宗教重生！"

"宗教重生？"大同问道，"由西洋的传教士来改我们的宗教观念吗？"

李提摩太说得出了神，简直听不见大同的话，他一个人滔滔不绝的一直说下去：

"我们的大主宰，天上的父亲，对于无论东方的，或者是西方的国家，都是一视同仁，不分高下。凡是顺上帝者，一定昌盛，逆上帝者，那就是自取灭亡，这是万古不移的天经地义。"

从这句话之后，李提摩太还继续的说了一些甚么，大同早已听不见了。从第一件到第五件，他都认为是字字玑珠，万分赞同。一提到第六件，内阁的阁员，一半要用外国人，他便觉得中国的国情和人情，洋人能完完全全了解吗？他们既不能完完全全了解，怎么可以把统治权的一半，交给外国人呢？再提到第七件时，要在这八人所组的内阁之上，再加两个外国人做顾问，辅助皇帝施政，那简直把中国变成一个受外国人统治的附庸国家了。最后又谈到中国在宗教上的复活重生，大同马上便觉得两眼发黑，两耳雷鸣，李提摩太慈祥的印象，立刻消逝了。他现在所看见的人，并不是他多年以来，心目中所想象的那位他刚叔叔所崇拜的老朋友，那位中国的国家和人民都可信赖的好朋友，而在这一刹那之间，早已变成了一个心地狭小极了的传教牧师，还天生他有一种自尊感，站在他面前对他宣传宗教，并且认为倘若中国不赶快请外国人来执政，管理一切，那中国一定就要灭亡的。

大同认为这简直不成话！他实在越听越听不下去了，正是所谓充耳不闻。这只怪当初他对这位传教士所抱的希望太高，想象中早已造了一座高大的空中楼阁，现在一见面交谈之后，这一座空中楼阁全垮了，这不能不令他伤心之至。他坐在那儿一言不出，怔住了一会儿，后来不知不觉的冒冒失失告别，全然没有注意李提摩太对他的忽然告辞有甚么反应。

当初莲芬和大同分了手，回到同善客店来，心中十分不安，甚么事也没有心去做。她坐一阵，立一阵，走一阵，把几本旧书翻一翻，也看不进去。从前她心中不安，想念家乡的时候，读几首诗词，便不知不觉的好了。可是今天一再读诗念词，心中总是放不下大同，不知道他和这位英国人见面的情形如何。她在屋子里，一听见外面的脚步声，便跑出来看看，看来的人是不是大同。偏偏那天客店中走进走出的人多，莲芬三番五次的听见脚步声走过来，跑出门去一看，总不见大同，使她心中更着急。她极希望她丈夫早早回来，告诉她有好消息，从此以后，他们不必再空坐在客店中苦等苦熬，白白的耽误光阴了。

等了半天，终久等得大同回来了。莲芬善于察言观色，她老远看见大同走来的神气，心中早已猜想到了，这一次的结果，大失所望，所以他才会如此的无精打采。她心中虽然也是万分失望，但是勉强的露出笑容来问大同道："英国本家叔叔怎么样？我恐怕他还不如刚叔叔吧？"

大同心灰意懒，连头都不愿抬起来，不过一听见莲芬清脆悦耳的声音，举目看看她，看见她满脸同情的笑容，因此心神为之一振，而且立刻觉得空气温暖多了，他到了自己的家中了。

"闻名不如见面，见面胜似闻名！"大同也微笑了，"不过早知今日，倒不如不见面的好。"

"甚么事情使你这样灰心？"莲芬问道，"李提摩太又是一位马克劳一样的传教士吗？"

"不但是一个大传教士，"大同道，"而且根本就瞧不起中国，瞧不起中国人。他对我个人，虽然十分关心，但是他对中国，抱了这种态度，我真受不了。现在中国民穷财困，只是因为政府当轴，不得其人，上下腐化，舞弊营私。这并不是因为我们中国堂堂几万万同胞，其中没有能当国的人才。假如我们中国非要请外国人来管理统治不行，岂不是把我们当做一个没有文化的野蛮国家吗？一个这种眼光、这种见解的人，那怕他对我再好，我也不愿意和他来往的，不如我们早早分手的好。我宁可饿死，也不能同这种人在一块儿做事。"

莲芬听见大同这一篇牢骚，真要和他共洒同情之泪，但是她却勉强带笑容去安慰她丈夫，自己暗暗的忍泣吞声，不敢外露。她知道他们这一向出项虽少，但入息全无，怎好长久支持下去呢？照规矩只要李提摩太能替大同荐一个小差事，无论是那方面的，都应该立刻答应去做，不过听了大同一番滔滔议论之后，她却十分尊重大同的人格，认为不和这种人合作是对的，因此十分赞成大同的决心。不过这么一来，他们非得另外设法不可。那天晚上，莲芬看看所余的银子不多了，马上叫大同，早点去预付房钱。照例总是这样的：人越穷，越要顾面子，装做很有钱的样子。他们一向都是早几天预付房钱，而且付钱的时候，做出一副极其大方满不在乎的样子，满脸都堆着笑容。这一次大同心事重重，沉着脸去付房租，一时忘记了对着账房先生笑一笑。账房先生平素看惯了大同付房钱时的笑脸，今天看见了他的愁眉苦面，不禁一愣，夺口而出的问道："李先生，您好吗？"

"哎……哎……我好，我很好；账房先生，您也好吗？"

大同如梦中惊醒了似的，赶快拼命的做出一副勉强的笑容出来。他生平最不会假应酬，从前付房钱时的笑容，已是无可奈何，今天匆匆忙忙的假笑，简直比哭丧的脸色还要难看多了。那位账房先生本来在那儿打着算盘结账，看见大同这种情形，便请他坐下谈谈。他一只手把算盘推在一旁，一只手摸摸他的胡须说：

"李先生，我老早就想请您谈谈，您老忙得很。我替老东家管账，后来就管这庄客店，已经是三十多年了。南来北往的客人，何止几千。一年四季，春夏秋冬，老老少少，好好歹歹，甚么人我没有碰见过？我管这庄客店，一要对得老东家住，二要对得客人住，三十几年以来，从没有人讲过我半句不是。店里的客人，就是我的客人一样。我看人看得多，我敢斗胆说一句，李先生和您那位少奶奶，都是大户人家出来的，现在遇见了甚么意外，手头上一定是紧得很。李先生，我没有说错吧？"

大同一听见账房先生说他手头上一定是紧得很，当时不免面红耳赤，窘得不得了，不便否认，也不敢承认。那位老先生马上接着说：

"李先生，千万别见怪，我是好意问您。二位在我们店里住了两个来月，从来没有晚交过我们一天的房钱。按说老客人，大家都住熟了，房钱有多少呢？早交几天，晚交几天，有甚么要紧呢？李先生怕人家猜想您缺钱，所以总是老早就把房钱预付下了。这是大户人家出来的人，我们一看就知道。我们千里相逢，这是有缘呀。我在北京生长的，一切情形都熟悉，有甚么我可以效劳的地方，李先生只要吩咐一句，我没有不尽力的道理，出门的人，离家老远的，钱不就手，省一文是一文。这儿的房钱虽然不大，可是日子长，日积月累的也就可观了。二位都是有面子的人，怎么不搬到贵同乡的会馆里去住呢？那儿的房子又好又大又不收房钱，是专门预备同乡去住的。"

"怎么啦？还有不要钱的房子吗？"大同几乎不相信。

"李先生还不知道吗？住在会馆里，不但不要房钱，茶水一切，也有会馆里的长班侍候，他们是看会馆的，只要四时三节赏点儿小费就是。再说会馆里同乡多，彼此有个照应。有权有势的同乡，也常常到会馆里去看同乡，容易得他们引援介绍，找一个小事儿做做，也比闲着好多了。"

"我们没有去找同乡，所以也不知道有会馆可住。"大同道，"这种会馆是谁办的呢？开销那儿来呢？"

"每一省，每一府，每一县，总有许多发达了的贵人。他们自己得了势，发了财，捐出钱来盖会馆，再置一点产业做修理会馆和用长班的开销。有的公产多，每年还要做点慈善事业，周济周济同乡呢。凡是进京来会考的学子，大半都住在会馆里；其余来谋差事的，做买卖的，找朋友的，寻亲戚的，在京不只住个三天两天啦，也都是住会馆呀。有的举子，今年没考上，明年又有科场，就在会馆里住下去，住了三年五载的也有。李先生，您不如搬到会馆里去住，李先生是江西那儿的人呀？"

"我是南昌人。"大同答道。

"那更好！江西会馆，南昌郡馆，南昌县馆，三处都可住。银子您别给我，先留着使，要是会馆里找不着屋子再回来。我要是贪图您房钱，我就不告诉您这些事儿了。"

大同十分感谢这位账房先生，便把在路上遇着响马的事告诉他，又问他这三个会馆的地址，当下就打算第二天一早便搬到江西会馆去住。他高高兴兴跑回屋子里来，告诉莲芬他们可以搬到江西会馆去住，不用出房钱的好消息，莲芬也高兴之至。

　　"莲芬，我们快点儿把行李收拾收拾，明天早上一早好搬去。"大同道。

　　"大少爷，我们那儿有行李收拾呀？"莲芬笑道。

　　大同四面望一望，差不多甚么东西都不是自己的，没钱也有没钱的好处，搬家真方便。

天
桥

第十章

苦尽甘来，否极泰来。

通都大邑之中，出类拔萃的看门的大爷，终生守着两个字的金科玉律："势利"。据说北京的江西会馆所请的这位看门的大爷，又是全城之中门房这一行里面的状元，再好也没有了。像他这种经验丰富看门的大爷，用不着瞧大同第二眼，老早就知道这个穷小子，只配做当差的。再说当差的既然是这么一副德行，他的主儿也就不太高明了。我们这位看门的大爷，平素对着头等的达官贵人，满脸堆着笑容，谦卑和气极了；对于二等阔人，他的态度就要差很多；若是见了无官无职的一般普普通通的人，他也有他那种普普通通、若即若离的态度，对待他们。今天大同来找他，他由眼角里略微的瞄了一瞄，他那副神气，决非笔墨所可以描写其万一的。

他一听见大同居然想在江西会馆找屋子住，喉咙里禁不住发出一串又干又低的哈哈来，叫人听了，还不知道他是在笑呢，还是有人在他身后敲着一个破木鱼呢！他颇不耐烦的简简单单告诉大同，江西会馆自落成开办以来，从没有住过不曾中过举的，或者是七品以下的小京官儿。他看见大同还要想和他争论，他忙着补充道，现下会馆住满了，一时没有空房，叫他上自己的府馆或者县馆试试。

莲芬来迟了一步，只听见那个人后面几句话。大同越想越气，怒冲冲的要和那看门的理论，一要看看是不是真住满了，二要见见管会馆的办事人。莲芬拉拉他的袖子管儿，叫他不必生气找麻烦，不如早点走了，好上南昌郡馆去。

他们沿着顺治门大街一路找去，坐东向西的一个大门，上面就看见一块横匾，匾上四个大字："南昌郡馆"。他们两人赶快进去问问门上的人，有没有空屋子。门上这个人，态度也很冷淡，不过比江西会馆那个人好多了。他把大同莲芬二人上下打量了一番，也是说现在所有的屋子都住满了，而且管会馆的胡先生不在家，要住会馆，先得见见胡先生和他商量。不过这个人倒也坦白，他说就是见着了胡先生，也不会有空房子给他们住，南昌府一府，在京的人不少，有的等了很久，还没有搬进来。他问他们是那一县，不如到县馆里去看看。大同说他们是南昌县。那人说，南昌县馆在前门外长巷下头条，还在正阳门大街之东，离这儿相当远，快雇一部车儿去。他们一听，真没有法子，那儿还能雇车儿，只好一路问着找着，走了半天，才找着了南昌县馆。

　　南昌县馆的长班姓侯，大家管他叫老侯，他人挺和气，同着他女人侯妈，他儿子"小猴儿"，三个人管理南昌县馆一切的事情。老侯管事，管账，兼做大爷、二爷、收发、园丁、大司务、厨子、打扫、看门、看更；侯妈管家兼做老妈子，买菜，收拾屋子——小猴儿打杂、送信、跑腿等等。老侯虽然是北京人，生长在宛平县，从来也没有离过北京城附近，并不知道江西在那儿，却把自己当做南昌人一样，还学着了三两句南昌话，逢着南昌人，就和见了自己一家人一样，异常亲热。一看见大同和莲芬进门，就请他们在客厅里坐着喝茶，问他们到京多久。听说来了两个多月，不禁叹道："少奶奶，您怎么不早点儿来？年头年尾，我们这儿总有很多空屋子的！"

　　"现在没有空屋子吗？"莲芬惊问。

　　"少奶奶，打四月起，全住满了。"

　　"哦！"莲芬和大同两个人都叹气，面面相觑，不知如何是好。

　　"那儿南屋，不是前两天空出来了吗？"侯妈把眼角瞄一瞄老侯，低着头说。

　　"甚么南屋呀！"老侯一副莫名其妙的样子问道。

　　"里院那儿的南屋呵！"他的女人说。

　　老侯听了，把眼角瞄一瞄大同和莲芬，对他女人道：

　　"对了，我还忘了里院那儿的两间南屋呢！小猴儿妈，你先去看看，收拾好了没有？"

"老早收拾好了！昨儿个晌午，我还又去扫了地呢。少奶奶，您请跟我来吧。跟我去瞧瞧，瞧瞧合适不合适。"

"那还会不合适？"大同也起了身。

"李先生打算甚么时候搬来呢？"老侯问道。

"只要有空屋子，马上就住下！"大同真着急。

"行李在那儿呢？"老侯问道，"我叫小猴儿去替您搬！"

"用不着！"莲芬赶快说，"我们除了带来这两包儿东西，甚么也没有。我们……我们在路上碰着了强盗……"

"天子脚下，还有强盗？这真岂有此理——"

"不是在北京！"大同声明，"我们在山东直隶交界的地方，碰着了响马，把我们的钱全抢光了……"

"我们的行李也全丢了！"莲芬总要顾面子。

"少奶奶，真了不得！"老侯说道，"还好没伤人！"

"他们只要钱，倒不伤人……"大同老老实实的说。

"他们只要钱要行李，倒不伤人。"莲芬赶快补充。

"少奶奶没有吓坏吗？"侯妈问道。

"可不是吗？真把我吓坏了！"莲芬答道。

说话之间，他们进了里院儿，来到南屋，侯妈把门推开，探头探脑的领了他们进去看屋子。

南昌县馆的里院儿，本来是一个小花园儿，北屋是温室，虽然现在并没有多少热带温带的花木，那儿不能住。南屋原来是预备堆放花园的用具的，现在改为一明一暗，可以住人。外屋里面摆了一张方桌子，四个凳子，算是饭厅客厅；里屋里面有一张铺板床，一张条桌，两把椅子，算是卧室。下面是土地，没有地板，相当潮湿，墙上和顶隔上糊的纸，满了水渍，有的破了掉下了。糊窗户的纸，早脆了，裂了，变成了半黄褐色了。那几件木器，也破旧不堪，又粗又难看。可是大同和莲芬看了，好像发现了新大陆似的，高兴到了极点。侯妈又指给他们看，外边廊檐下还有两个旧炉子，一口旧水缸，告诉他们外边可以做厨房，自己烧饭吃；假如自己不烧饭，也可以吃他们的伙食，吃一顿算一顿，不吃不算钱。莲芬说她自己正要学烧饭。她心中盘算，她虽然从来没有烧过饭，烧饭总不至于太难学。万一烧不成，不能吃，再去买烧饼买烤白薯，也不要紧。

当下他们就算住下了，有了一个家了。莲芬马上开一张单子，把一切的必须要添置的东西列下。她没有想到生活必需品也有这么多，开列了之后，又再三审查删减，删减了之后，剩下了这几件，少了便不能生存的。"铺盖，碗盏，锅，筷子，柴，米，油，盐，菜等"。大同和莲芬马上出去买这些东西。回来之后，老侯和侯妈看看，还是不够用，又借了一点给他们，还教莲芬怎么做菜煮饭。自从他们听见大同和莲芬路上遭了响马抢劫之后，对他两夫妇十分同情，处处总尽力帮助。

莲芬初学煮饭烧菜，看事容易做事难，这不光是理论可以实用的，事事都要亲身的经验。先说煮几碗白米饭，那怕你照着侯妈的吩咐，多少米，多少水，煮多久，说起来简简单单，煮起来大有出入。火大火小，又难控制，淘好了米，生火生了半天才把火生起，那时米里的水又少了许多，不知还是加的好呢，还是让它少一点。煮出来的白米饭，底下总是烧得焦焦的，中间糊成一团，上面是半生的。不说煮饭，就是煮粥也煮不好，底下老是烧焦，面上的水老是冒出来把火浸灭了，又要重新生火。大同说，"天下无如吃饭难"，莲芬说，"天下无如烧饭难"。

做菜又比烧饭更难。莲芬在家中，从来没有下过厨房。平常闻见厨房做菜的味儿，还要远远的避开。偶然走厨房门口过，听见蔬菜下锅，被煎热了的油炸出来的响声，都会吓得一跳的。现在她自己非得站在锅前边，把油煎热了，把菜倾倒下去，不但声音可怕，那一股热气上冲，常常弄得她眼泪直流，咽喉呛住，半天说不出话来。煮饭做汤，打开锅盖看着熟了未熟，常常也被水蒸气冲得睁不开眼睛。烧饭做菜，真不是一件容易的事，学了很久，练习了很久，这才略略的有一点进步。

南昌县馆里，一共住了十几个同乡，大半彼此都有往有来，和一大家人差不多。大同和莲芬，偶然听见同住的人讲话，全是南昌的口音，十分兴奋，仿佛回到了家里似的。因为自从他们离家以来，到现在四个多月，从来没有听过一句南昌话。馆里住的同乡，听见里院南屋有人搬了进来，好像颇为惊奇似的。当初大家都没有谁来访问他们，后来来一个和大同的年龄差不多的学生，蹑手蹑足，探头探脑的，来和他们打招呼。这位青年姓丁，名穌笙，见人时羞羞涩涩，不怎么会讲话，见了大同更是怕羞，有话多半是对莲芬讲。他虽然是南昌人，也对莲芬讲南昌话，但是他父亲从前在广东做海安县的正堂，他是在海安任上生的，小时候读书，也请广东先生教的。他生长在广东，这一次到北京来，想等北京大学开办之后，他好进北京大学堂念书。

丁穌笙学问好，为人也和蔼可亲，大同很喜欢他，只不过他不敢和大同多交谈，见了莲芬，比较可以多谈几句。当初不知道这个男孩子，为甚么见了男人就怕羞，见了女人反胆大一点。后来才知道他从小在家里，所有的女人，母亲、祖母、姑妈、姨妈、奶妈、老妈子、丫鬟，都是南昌人，讲南昌话；而他父亲在广东做知县多年，说一口的广东话。他的老师，他父亲的朋友，衙门办事的，当差的，全是广东人，讲广东话。所以他从小就认为南昌话是专对女人用的，男人之间，只可以讲广东话。这种习惯养成了，牢不可破。南昌馆住的同乡，都是男人，都不会讲广东话，他很少同他们往来。现在见了莲芬，他可以讲南昌话了。他告诉莲芬，他父母都去了世，孤苦零丁的没有甚么亲人，把莲芬当做自己一家人一样。

莲芬觉得大家对于他们住的这两间南屋，态度有点蹊跷。她知道丁穌笙为人诚笃，便问他大家为甚么有点怕这两间屋子。

"不知道。"丁穌笙道，"不能说。叫我别讲。"

"那你就知道的！"莲芬说，"快告诉我吧。"

"告诉不得。"穌笙说，"吓坏你们的。"

"吓坏我们？"莲芬问道，"这儿有鬼吗？"

"没鬼！"丁穌笙道，"才死了几天。"

"谁才死了几天呀？"

"住这南屋的老头儿。"

"我们怕不了这么多！"莲芬下了决心不怕就不怕。

"他是生甚么病死的呀？"大同问道，"你知道吗？是不是肺病？"

"没有病！老死了，八十几呢！住了四十多年，想找差事，穷死了！甚么人也没有！"

"可怜的老先生！"大同听了放心道，"就是他要回来找我们，我们也欢迎他来做伴。"

"可怜的老先生！"丁稣笙道，"我别同他一样才好！"

另外还有一位同乡，大同常在大门口碰见他，一天忙着走进走出，神气十足，总是说有很多应酬忙不过来。丁稣笙说这个人在一个无事的小衙门里，混了一个挂名的小差事，喜欢装腔作势，大家替他起了一个外号儿，叫做"大官儿"。他也知道人家替他起了这个外号儿，正合他的意思，他乐得过一过官瘾。

另外又有一位老头儿，有一天特别到里院来看大同，沉着脸对大同说了一大套。他说道："贤侄！你要听老叔台的好言相劝，早早儿打算回家去。北京不是黄金铺地的世界。那一所房子也不是金子盖、银子修的。你要想到北京来发财呀？打错主意！我当初来的时候，老远看见黄琉璃瓦，真以为是黄金盖的呢！我在北京耽了多少年，金子的影儿也没见过。北京不是好耽的地方，你令尊是谁？我要写信给他，劝他叫你早早回去！"

"连我自己都不知道我父亲是谁呢！"大同毫不客气的回答他，"老叔台用不着费心，劝我全是废话。"

那老头儿怒冲冲的走了。后来丁稣笙告诉他们，这个老头儿脾气古怪，见了年轻的人，就要以老叔台的身分教训人，开口便称人做"贤侄"。丁稣笙初来的时候，他也来教训了一大顿，大家都管他叫做"老叔台"。

同住的对大同夫妇都很好。有的是境遇不好的举人，在京候试，也有想找差事的。有一位姓程的举人，和李家是远亲，他非常喜欢大同，大家都是主张维新变法的爱国志士，谈话最相投。他认识一位江西翰林文廷式，也是维新派的人物。文廷式本是强学会的发起人，光绪皇帝的珍妃瑾妃，自幼就跟他读书。他是翰林院编修，虽然因为批评李鸿章，得罪慈禧太后，早已革职赋闲，可是光绪皇帝很器重他。他是有名的才子，诗词骈文，尤所专长，程举人要介绍大同去认识文廷式，大同喜出望外。那一天，连芬听见大同明天就要去见文太史，认为这是很重要的事，她对大同说道：

"现在天气忽然热起来了，你这件大丝绵袄太厚，你穿了常出汗。人家都穿夹袍儿。你一个人穿一件大棉袍儿，不像个样儿。明天你去拜访文太史，从来没有见过面，穿大棉袄不好看，我去替你买一件夹袍儿来吧……"

"用不着！我穿惯了丝绵袄，不要换了。现在那有闲钱买衣服？"

"不买也行。就把这件大棉袄里边儿的丝绵抽出来，把它改成夹袍儿也可以。横直我也打算把我这件大棉袄里边儿的棉花抽出来呢！今儿个晚上你就早点儿上床，好让我来替你把这件衣服改一改。"

"用不着！用不着！"大同道，"我喜欢穿暖和一点儿！为了要见人去改衣服，我才不干呢。"

第二天大同去看了文廷式太史，跑回南昌县馆来，莲芬一见，便知道有好消息。大同还没有进厅来，便大声喊道："文太史真是一位了不起的人物。他认为我们中国前途有望。"

"那好极了！"莲芬应道。

"他说维新变法之后，不消半年，中国便可以变成一个新国家，马上就可以富强起来。"大同兴奋极了，一面揩去脑门儿上的大汗珠儿，一面说道，"我们要新陆军，我们也要新海军，我们还要新……"

"我们还要一件新夹袍儿，省得你老穿着大丝绵袄，一天到晚直出汗！"莲芬笑道，"他可以不可以替你找一个小事儿做做？"

"可不是么！大家都在京赋闲，一时没有事情可做。文太史赋闲了两年，穷得很，不过他说：'诗穷而后工！'他现在没有事儿做就做诗，要我也做了一首，我只好勉勉强强的凑一凑。"

"好！"莲芬最喜欢看大同的诗，听了很高兴的说，"你多久没做诗，今天做了，快念我听听。题目是甚么？"

"我们都在那儿穷极无聊，饮酒赏花，便以穷为题，以花为韵，我做了一首七言绝句。"

"好！好！快念我听。"莲芬急于要听。

大同念道：

"柴米油盐酱醋茶，般般都在别人家；

万事由天愁不得，闲锄明月种梅花。"

"风雅极了！"莲芬道，"今儿晚上月亮出了的时候，我们可以在里院儿种种花。"

"文太史知道我读了英文，通新学，不知道我也念了点旧书。现在看见我也能凑几句诗词！直赞我才通中外，要荐我到直隶按察使袁世凯在北京的私寓里做文牍。他说袁世凯在小站练新兵，是中国新陆军的头儿，热心爱国，拥护维新，赞成变法，马上要升侍郎，好让他不受直隶总督荣禄的指挥。他正想找一个中英文兼通，新旧学兼长的人，替他管文书；一向所用的人，文笔好的人不懂英文，英文好的人不通中文；懂新学的人没有旧学，学问好的人不知新学是甚么东西。他要我明天去见袁按察使，他写了一封信交给我，嗳！嗳！这封信那儿去了？"

他在袋里掏信，再也掏不着，急得脑门上又冒汗珠，他左手捏着一团纸揩汗，右手到处掏口袋找那封信。

"大同，你又把手绢儿丢了呀？你拿甚么东西揩汗呀？"

"嗳！就是那封信呀！"大同高兴的找着了。

"糟了！"莲芬道，"全湿了脏了！"

"不要紧！"大同道，"皱了一点儿，脏了一点儿，还看得清。"

"岂止皱一点儿？皱得不成样子！"莲芬笑道，"快成一个纸球儿了！"

"劳驾你把它烫一烫平就成了，"大同央着她说道，"字还可以看得清楚，稍微模糊一点儿就是。"

"真是的！"莲芬抱怨道，"假如昨儿个让我替你把大丝绵袄儿改了，你今儿个就不会出这么许多汗，也就不会把信弄成这个样儿！你再不把大棉袄脱下来让我改，我就不烫这封信了！"

"好！你赢了！"大同不能再抵抗了，"衣服由你改。今儿个晚上吃完了晚饭之后，我就脱下来给你。可是我一个人锄月种花，就没有你的份儿了。你得快快替我改衣服呀！"

当天晚上，莲芬向侯妈借了剪刀、尺、针、线等等，在灯下拆开大同的大棉袄，把丝绵拿出来，改成一件夹袍子。她在所衬的皮纸之中，发现了三张十二纹银一张的官银号的银票儿，马上把大同叫来："大同，快来看！我们发了一笔小财了！叔太婆把你给她的那三十两银子，藏在这件衣服里还你！她老人家真有心！"

"真有这种事！"大同高兴得跳了起来。

"也皱得厉害！我得把它和这封信一道儿烫烫平！"

这三十两银子，真是雪中送炭，救了他们的急。

好事成双，他们意外得了三十两银子，第二天去见袁世凯，又正巧碰见袁世凯在北京，一见了文廷式的介绍信，大开中门请他进去。袁世凯穿一套破旧了的西式军装到中门来迎接他，请他一同穿过三个院子走进中堂，再转入机要小花厅内坐下请喝茶。大同记得刚叔叔对他说过：一个人若是"下身长，走忙忙"，假如是"上身长，坐中堂"。袁世凯和大同一道儿走的时候，他比大同矮多了，但是在小花厅里边分宾主坐下时，他并不比大同低；而且他头大两肩宽，显得比大同还要更加魁伟的样子。再加上他相貌端严，语言持重，令人一见，肃然起敬。在大同的眼光中看来，此人大有拿破仑的风度。袁公馆中大家都称他做臬台大人，因为他原为臬台，实职比空衔按察使好听。

他对大同很客气但又是很诚意的说，他本不过是一介武夫，蒙文太史见爱，介绍博学之士见访，不胜荣幸感愧之至。大同听了这种当面恭维的话，面红耳赤，十分不安，不知如何回答。他们的地位如此悬殊，而且又是初会，更叫大同不知如何是好。幸亏他知道袁也赞成维新变法，便转开话题，把他和李提摩太见面的情形，和李所提出的七件提案告诉袁。他说他对李提摩太大失所望，不仅是因为他所提的七条当中，把洋人捧得特别高，中国差不多要完全让洋人来统治，还要把宗教拖进政治来，更使他不满。他继续说："我们是要追着时代前进，实行维新变法；李提摩太却要拉着我们向后退，退到欧洲中古时代去，要使得政治离不了宗教，宗教可以影响政治……"

"李先生也不赞成以宗教来影响政治呀？"袁世凯问道。

"私人信奉宗教，信天主教也好，基督教也好，信回教也好，信佛教、道教也好，我并不反对。有的人能信奉一种宗教，也许对他更好一点，使他少做一点坏事，多做一点好事。但是要使中国在宗教上改革复生，那却是自找麻烦。从前他们欧洲各国为了宗教，发生战争和屠杀，怎么还不知道警惕呢？"

"像李提摩太这种人，好好的驾驭他，是可以利用的。假如你让他畅所欲为，那就危险了。所以我们目前最需要的是新军队。我们若是有了装配完善的新军队，要甚么就可以有甚么。李先生，你说对不对？文太史说得不错，李先生的学问，的的确确算得是通中外，贯古今，真是一位不可多得的人才。我很想常常领教领教，不晓得李先生肯不肯屈尊替我办理文牍，凡是我一切的文件，都请李先生掌管，以便多多指教指教。"

袁世凯和大同谈话不久，便觉得这个青年真有才干。他在高丽，在山东，在直隶各处做官多年，经验阅历甚广，到处网罗人才，充实他的幕府。今天由文廷式介绍来的大同，新旧学兼通，中英文都好，谈吐也不错，人又诚实，他那肯放过？所以马上把他礼贤下士的一套功夫拿了出来，对大同既谦恭，又器重，立刻请他做文牍，使得大同受宠若惊，不知如何作答。他本想一口答应，反觉得答应得太快不好；要想不答应，暂时推辞一下，反怕错过机会，一去不可复得。当他还在不能决定如何回答的时候，袁世凯似乎知道他打不定主意似的，马上又表示他真是诚心诚意要请大同，补说道："李先生遇事审慎周详，真是少年老成。如今的青年，多半轻诺寡信，难得碰见像李先生这样重然诺的人。我袁世凯蒙文太史介绍了李先生来指教我真是三生有幸。李先生不妨请回府去考虑三天，但是我却盼望李先生早早赏脸，暂时屈就这个小位置，日后机会多，还要大大的借重李先生的鸿才。"

"不敢当，"大同答道，"这都是文太史过奖，臬台厚爱……"

"这真是文太史厚爱我呢！"袁世凯道，"所以他才把李先生介绍给我，我真是万幸，我要多多感谢文太史，我还要转请他老先生促驾，早早赏光才好。"

袁世凯又是恭敬极了的送大同到中门口。

大同由袁公馆一路走回南昌县馆，又累又饿。不过他知道莲芬近日烹饪进步，回家一定可以饱吃一顿好饭。不料回到家中，灶是冷的，锅是空的，莲芬连影子都不见了。

大同走得口干舌苦，饥肠雷鸣，两腿困乏，看见莲芬不但没有做好饭等他，而且人迹都不见，觉得有点莫名其妙，便跑去问侯妈，知道不知道莲芬上那儿去了。侯妈说，少奶奶请丁龢笙先生，带她上东安市场买东西去了，早上出门，没有说甚么时候回家。

这几个月以来，莲芬除了那一次去当大皮袄之外，从来没有一个人不告而别的出去过，大同心中闷闷不乐，饿着肚子等她。等人时觉得时间特别长，一分钟和一点钟似的，越等越饿，越饿越觉得长久。他其实没有真的等多久，不过觉得等了大半天似的，才等得莲芬同丁龢笙回来。当初侯妈是说她上东安市场买东西去了，现在买了大半天的东西回来，却看不见他们带了甚么东西，不但没有大包裹，连小包儿也不见。大同好不高兴的对莲芬道："时间不早了，我饿得很呢！你吃了饭，我却没吃一点东西呢！"

"我也没吃东西呀！"莲芬应道，"买东西真耽误时间，多走了几家店子，一早晨不知不觉的就过去了……"

"别再提买东西的事吧！"大同说道，"劳驾快点儿烧饭吧。我生火，你去洗米。"

他一赌气，就要去到廊檐下生火。莲芬叫住他道："先别出去，让我把我买的东西给你瞧瞧。"

"放在桌上吧，"大同还是想不理她走出去，"我回头来瞧。"

"你先试试，"莲芬道，"要是不合适的话，那店里的掌柜答应换一副。他说这一副应该够近视了！"

大同听见莲芬替他买了近视的眼镜儿，半晌说不出话来。他把眼镜儿试一试，觉得一切的东西都清楚极了，大放光彩。他望一望莲芬，更觉得她容光焕发，可爱极了。大同瞪着眼睛望住莲芬，一动也不动。

"大同你怎么？"莲芬惊问道，"合适不合适？你从前在……在……

你从前在晚上看多了小字儿，把眼睛看坏了，老想要一副眼镜儿，老是没有闲钱，昨儿个得了这三十两银子，真是意外之财。一来是叔太婆体贴你，二来是咱们的好运气，幸亏你把这件大丝绵袄到处当，到处卖，全没有人要，最后还是归了我们自己。再说你看书写字，少不了一副眼镜儿的！"

"莲芬！"大同深深的叹一口气道，"眼镜儿真好！不过我以为你不管我，那知道你处处总是为我着想！我怕你出去买许多东西乱花钱，我正在生你的气呢！"

"你生气！肚子饿坏了最容易生气！你饿坏了！"

"真饿坏了！袁臬台请我做文牍，偏不请我吃中饭！这个人真不讲交情！"

莲芬听了高兴之至，二人马上做饭吃。

第二天文廷式到南昌县馆里来，专诚回看大同，并且告诉大同，袁世凯请他代促驾，务必要他早早屈尊俯就文牍之职。大同早已决定了接受这个差事，何需文廷式促驾。当下文廷式就请他定下月初一去就职，大同对文廷式表示他十分感谢他推荐之意，立刻答应下月初一到袁府去开始工作。文廷式又请了莲芬在空闲的时候，到他家中去见文太太，便告辞出来，顺便看看程举人，然后回府。文廷式虽然是赋闲在家，无官无钱，无权无势，但是他的身望甚高，文名很大，谁都称他是江西才子。他亲身来回拜大同，使得全县馆的人都惊奇羡慕，后来又知道袁臬台请大同入他的幕府，更为惊叹不止。唯有那位老叔台不以为然，又来教训大同一顿。他说道："贤侄啦，你要听听老叔台的好言相劝。袁臬台是一个绝无信义的势利人，现在附着了荣禄的骥尾，一时风云际会，早晚没有好结果的。他又是一个酒色之徒，白白的读了孔孟之书，听说最近又讨了一个著名的上海窑姐儿做姨太太，真不成话。他们说有一个上海来的年轻小伙子，花了八千银子，买了个窑姐儿送他，想求一官半职，那知道袁世凯这个老奸巨滑，姨太太是收了，那小子至今还是落空，坐在这儿喝西北风，候差不知道要候到那一天呢！贤侄！你要听老叔台的话，这种人是不可以惹的！早点儿回家去吧，千万不可以在这种卑污恶浊的社会里混，这种社会里，到处是……”

“这种社会里，到处是面目可憎语言无味的老头儿，三个鼻子多管人闲事，人家不睬他，他还不走，真讨厌。老叔台，你请便吧！改一天再见。”

老叔台这一次可气坏了，再也不理大同了！

袁世凯接到了文廷式的消息之后，马上写了一封客客气气的信，敦聘大同主持文牍，每月敬送白银二十两，非敢言礼，聊助薪水之资而已。

月底那天，那位“大官儿”下了一个请帖，要请大同当晚在东升楼吃饭。大同辞谢了，可是傍晚那位“大官儿”又亲身来促驾。

“李先生，久仰文采风流，早想来拜候。今晚假座东城东升楼，略备山珍海味，并约了几位同寅，都是当今的权贵，务请拨冗赏光。我和袁桌台虽然无交情，但是他上司荣禄总督和我至好。文太史也知道我，我却没有见过他。从前他在总理衙门就一个小差事的时候，他的上司常常和我在一块儿玩。李先生，我们这也算是间接有关系……”

“对不住，今天晚上不能奉陪，另外有一位大官人请了我。”

“哦！”那人一惊，“是那一位大官人？”

“内务府总管，早约了我！”大同笑一笑道，“恕我不能奉陪。”

“大官儿”听见是内务府总管请酒，马上说道：“哦！内务府请客，那一定是大宴会，高朋满座；李先生不去，总管也不会怪的。还是请李先生赏光到我这边吧。”

“真对不住，”大同道，“今儿个晚上，内务府总管没有请外客，只约了我一个人吃便饭谈谈，我还答应了早一点儿到的。”

“大官儿”听了半信半疑，只得告退。

那天晚上内务府总管请大同吃便饭，只预备了一味菜，便是红烧肉。他和“大官儿”谈话的时候，内务府总管，正在那儿自己加香料烧那一味菜。大同既然是答应了早一点儿到，送走了那位“大官儿”之后，马上就跑到总管身边去帮助她做红烧肉，总管早已听见大同对“大官儿”的话，看见他跑来了，忍不住笑道：“大同，你不去吃‘大官儿’的酒不要紧，何必要封我的官儿呢？”

"莲芬，"大同答道，"他的'大官儿'不过是一个假名儿，你的内务府总管倒是实权实职，不过等到今天我才封你罢了！"

女子的天性，对于缝纫烹调，都容易学容易精。莲芬是一个极聪明的孩子，在南昌家里做大小姐的时候，虽然没有进过厨房的门，但是有侯妈的指导，自己的经验，现在也可以烧几样简简单单很可口的菜了。她烧的菜，有她的特色，与众不同，但是极受大同的赏识。她每次下厨，大同一定要想极力帮忙。要想极力帮忙，和真正极力帮忙，略有不同。"要想"云者，心有余而力不足也。

莲芬烧菜煮饭，忙得个不亦乐乎！大同怎能坐视？他常常是追随左右，亦步亦趋；莲芬叫他不必跟着她，先把汤拿去，或者把饭桶早放好。大同便必恭必敬的，双手捧着一大碗汤，斯斯文文的迈着四方的步儿，走进外间，转入内间，看看不对，再又退回外间，再看看不知放在那儿是好，又走到廊檐下，看见莲芬正忙着，又怕打搅她的工作，又转身穿过外间，进入内间，看看不对，再转身到外间来，又走进厨房里去看看情形。莲芬看见他双手捧着一大碗汤，鞠躬如也的，由外走进，由里走出，进进出出，穆穆雍雍的悠然自得，走个不停，不免要问他道："大同，你还是想帮忙我做菜烧饭呢，还是练习练习好到大成殿里去祀孔呢？"

大同虽然喜欢吃红烧肉，但是他们一向省吃俭用的过日子。多久都不吃一顿肉。这一次要庆祝大同明天到袁府去做事，莲芬顺便显一显身手。她买了一个肘子，照着侯妈的指示，配好了料酒，清酱油，红酱油，预备了桂皮、茴香、大料、姜、葱等等，先把肉放在沙锅儿里用大火紧一紧，再加佐料，用小火炖一个很长的时候，要闻见香味儿之后才算熟。又叮嘱她不可常常开锅盖，每多开一次，多走了香味儿。这一次炖得极好，炖了许久，渐渐的闻见香味儿出来了。

红烧肉的香味儿一阵一阵的透出来，莲芬得意扬扬的对大同道：

"好了，一切都对了，我们不必站在厨房里等。侯妈说，炖久一点，肉皮才会烂，吃肘子就要吃皮。我们去摆桌子吧。"

他们走进外屋，大同道："莲芬，你的本事真不错，在这儿都可以闻见香味呢！"

"将来我们回到家里去，我一定要烧一台整席面给我妈吃，她决没有想到我居然学会了做菜的本领。"

他们一谈到将来，便不免觉得前途大可乐观了。大同道："将来袁枭台和一班开明的权要都拥护维新变法，民富国强，大家都安居乐业，高枕无忧，我们也就可以在北京长住下来，把刚叔叔婶婶他们一家儿全接了来同住，免得他再在赣州萧百万家里做事。"

"他老人家都快七十岁吧？"莲芬道，"早应该在家里享福了。"

"虽不到七十，也六十六岁了！他老人家一生只爱好书，赣州府那种偏僻的小地方，那儿有好书呢？他老是想南昌，但是他要是到了北京，更高兴了。琉璃厂一条街上的书店儿，就够他几年的摩挲了。在江西的藏家之中，他算是有名的，不过文太史的善本更多。袁枭台虽不讲究版本，但是他的藏书丰富极了。"

他们一谈到家里的人，真是没完没了。饭桌早已摆好了，大家坐着清谈。后来莲芬说："刚叔叔的学问道德，我是景仰的，不过他太不修边幅，穿着破了补而又补的衣服，却偏偏要收藏精装善本古书。书是读的东西，又不是装饰品，何必要那么好的精装善本呢？普通版子的书，不是一样可以读吗？"

"各人有各人的好尚！"大同替刚叔叔辩护道，"比方说，普通的女人，不是一样可以做太太？但是我自从多少年以前，心里就打定了主意，非要是一位和你一样聪明，一样伶俐，一样好，一样漂亮的女人，我宁可这一辈子不娶亲。当时完全是梦想，不过现在居然遂了我的心愿，我的太太，不但和你一样聪明，伶俐，好，漂亮，而且简直就是你本人！"

"你说甚么？"莲芬的声音好像生气似的，"你把我比做书，把我当做你的货物财产，爱要就要，不爱就可以卖的吗？"

"不是，不是！"大同慌了，"我以为书是最高尚的东西，代表人类的学问智识，人为万物之灵，书又是人类中之灵，最可宝贵的东西……嗳，不是东西……嗳，我又说错了。我不该把你比书！你不是常常说我是一条蛀书虫吗？那你就说我是虫得了！虫是一点灵都没有的东西！"

"好！"莲芬忍住笑，"我是书，你是蛀书虫，那你就专门吃我呀！"

"呀！不是！不是！"大同更慌了，"我不是……不是……"

"喂？别吵啦！"丁龢笙跑来叫道，"直冒烟！烧焦了！冲鼻子！"

"糟！"莲芬大惊道，"红烧肉完了！"

大同和莲芬赶快跟着丁龢笙跑到廊檐下一看，不但肘子烧焦了，连砂锅也烧得没有用了。莲芬怨道："下次烧菜，你再不可以打搅我！读书做文章不可以打搅，烧菜做饭也不可以打搅的！"

"不要紧，不要紧！"大同虽然大失所望，也只好赔不是，"对不住，我一提到书，甚么都忘了！饭早已做得了，鸡蛋是现成的。咱们炒两碗蛋炒饭吃算了。反正我喜欢吃蛋炒饭的。"

"别吃蛋炒饭了！"丁龢笙说道，"同我上小馆儿去。前门外悦来居，涮羊肉好极了！价钱也不贵！"

"我请客！该罚我请客！"大同道。

"我请定了！"丁龢笙道。

"怎么好要你请我们呢？"莲芬一听见吃涮羊肉，就预备出门。

"北京大学堂开办了！"丁龢笙高高兴兴的道，"孙家鼐先生做校长。刚才报了名，算没有白等。该请客！"

大同不能进北京大学堂，心中未免怏怏然，甚为羡慕丁龢笙，可是袁世凯请他掌管文牍，使得全南昌县馆的人都羡慕到了极点。初一那天早上，大同到袁公馆去，门上早在那儿等着他，一会儿袁世凯穿了长袍马褂出来见他。上一次他穿了破旧的西式军服，显得威风凛凛，这一次穿袍褂，另有一番温文儒雅的风度。他向大同长揖，请他到内堂后的一间布置得极其精美的小书房里去。那里椅几书案等家私全是红木嵌银丝的。书案上的文房四宝，每一件都考究极了。砚池是一方广东老坑紫端砚，笔筒是福建雕漆大笔斗，水盂是乾隆粉彩圆水盂；其余笔、墨、纸镇等件，无一不精，大半都是内府里的东西，万寿时太后和皇帝赏赐给他的，现在全给大同用。书案的右边摆了四对精雅的红木嵌银丝小书箱，左边摆了一个古玩架儿，也是红木嵌银丝的，上面摆了几件雅致的古玩。

袁世凯简简单单的对他说了几句恭维他的客气话，便对他拱一拱手告辞，说是要出去拜客，无论有甚么事情，请直接吩咐当差的做去。

袁世凯走了之后，大同把这间书房仔仔细细察看，知道这是专门替他预备的，并不是袁世凯自己用的，也不是他们两人共用的。花厅、中堂和其他各处的对联字画，都是题了"慰廷"——袁世凯的字——的上款，惟有这一间书房中墙上所挂的字画，全是没有上款的。书箱的书，也有《康熙字典》、《文心雕龙》、《诗韵集成》、《史记》和《通鉴》等，这也是专门为大同预备的普通参考书。

大同还没有坐定，听差的送上早点来了。用了早点，送过手巾把儿，听差的这才把一小叠函件，送到大同书案上，大同一看，上面有一个袁世凯留的条儿，写了四个字："请裁答慰"。

大同把这一小叠儿信札逐一察看。多半是普通的应酬大八行，此外，还有几首诗，请袁爷斧政赐和，一道讣文，一个寿席的帖子，另外两封英文信。

大同觉得这倒容易对付。大八行仍回八行，两页则回两页，绝句依韵和绝句，律诗和律诗；再拟一副挽联，一副寿联。那两封英文信，一封是山东济南府一位传教士请袁世凯赞助他所办的医院的，一封是保定府一位青年会的美国干事，想请袁世凯到保定时去参观他办的儿童游戏场的。他拿起笔来，一一如法炮制，大半个早晨，把这些事全办完了，便一点事也没有，自己随便翻翻《史记》看看。一会儿听差的又送茶点来了，他看见信已写好了，挽联寿联的稿子也打好了，便告诉大同，桌台大人吩咐，函件等他过了目再誊正，对联也等明天再写，今天大概再没有信了，李师爷可以自便了。大同想等袁世凯拜了客回来再看看还有别的任务没有，等到吃午饭时，听差的来说桌台大人不回来吃饭，立刻开了一桌两荤两素一个汤的午饭给大同一个人吃。

吃完了午饭，大同还坐那儿看书，听差的送了茶来，又对他提，桌台大人吩咐今天没有事了李师爷可以早点自便。大同这才渐渐明白，他一个人坐在那儿看书不打紧，却把那个听差的害苦了。他不走，听差的便要也耽在那儿侍候他；他一走，听差的也就没有事了。

大同马上把各项稿件交给那个听差的，叫他等臬台大人回来了，请臬台大人过一过目，要改正的请臬台大人改正，他明天早晨一早来誊写。

交待完毕，大同打道回县馆，觉得一身轻松，担任这个文牍之职，真是清闲舒服，他从来也没有想到，世界上有这么容易做的职务了。他把一切详情告诉莲芬，莲芬说，像这样好的差事，出钱买也买不到的。大同一听，马上说道："莲芬，你近来真慷慨，想必是银子太多了。我早已看见了……看见了一样好东西，老早想买回来，总是没有钱，今天你就给我三两银子吧……"

"你难得花钱，"莲芬道，"我就给你三两银子。不过你千万不可以买甚么东西给我呀！"

"当然！当然！"大同接了银子就出去了。

他跑到琉璃厂一家书店子里，买了一部套版的《白香山诗选》回来，莲芬问他买这部书做甚么，他说："刚叔叔想了多少年，总没有谋着，他见了一定高兴的。"

第十一章

画虎画皮难画骨，知人知面不知心。

人类有一种变态的好胜心。文人往往喜欢谈兵法；假如你说他笔下生花，他觉得这并不怎么稀奇；你若是说他运筹帷幄，决胜千里，他一定高兴之至。名将们也是一样的，假如你称赞他精通兵法，他并不会怎样得意；假若他做了一首"坐罢火车又火船"的打油诗，你恭维他是能文工诗的儒将，他反得意极了。

袁世凯可以算是当代一个最能干的军人。满清政府，破例起用他这个汉人，在天津附近小站练新兵，他既不是满人，不属八旗，年纪还不到四十岁，便受清廷这样重的寄托，当然是十分自负的。所以人家再称誉他为军事人才，他听了认为这等于废话。他是河南项城书香世家，家里的进士翰林不少，只有他一人屡试不第，是捐输出身，所以常有怀才不遇之感，总觉得他虽饱读经史，可惜世无知者。假如有人说他武可济世，文更经天，他才会觉得这人是他知己呢。

如果他是一个目不识丁的武夫，那只要随便用一个略识之无的秀才，替他代笔，他一定会觉得满意的。可惜他出自书香门第，曾攻经史，对于这一班酸秀才之文稿诗稿，看了皱眉，那肯让他们签他的名盖他的私章，说是他自己的手笔。他早已染成了眼高手低的习惯，看别人的文章，总是摇头，可是自己笔下又做不出来。

近年以来，大家谈新学，处处看见新名词儿，一班通权达变之士，大谈其维新变法，富国强种之道。袁世凯三十几岁，便受重命于异域，与王子公卿分庭抗礼，正是一位崭新的人物，所以很早就赞成维新变法，然后才让他训练最新装备德国式的定武军，嗣后做他的文牍的人更难找了。不但要诗文清雅，得他的赏识，而且要懂得新学，明了洋务（当时洋务亦称时务，因为一向大家都有仇洋的心理）。像这样的人，简直不容易找到。一般守旧的士大夫，视洋务为不齿之学。名士许珏曾问大学士阎敬铭曰："正士谁善外交？"阎敬铭答曰："焉有正士，而屑为此者乎？"

试问在这种环境之中，袁世凯要想找一位旧学好而精通时务的人，做他的文牍，简直等于缘木而求鱼。找了多年，总不合适，结果文廷式太史轻描淡写的介绍了这一位小后生李大同来拜见，二人一谈，正是"踏破铁鞋无觅处，寻来全不费功夫"。他两人，一个是"要补锅"，一个是"锅要补"，再合适不过了。

大同的古文词，得李刚传授，不求应试，特别清新，和一班专门揣摩八股的酸秀才大不相同，雄厚而豪放，正合袁世凯的胸怀。他认为他假如没有这许多杂事缠绕，可以静下心来写作，他自己所写出来的文章，正和这一模一样，既有根底，又有胆量，所以诗文另成风格。再加上大同能看英文信，而且可以用英文回英文信，更使他高兴之至。大家天天讲，"以蛮制蛮，以夷制夷"，本来是一般腐儒庸臣的空论，现在蛮夷以蛮夷文来信，大同可以替他以蛮夷文回蛮夷的信，这才是"以蛮制蛮，以夷制夷"的第一声呢！当年大唐天子，有天才诗人李太白草吓蛮书，他今天也有李大同替他草吓蛮书，他不禁觉得自己可以和唐明皇古今比美了。从此之后，他所有一切来往的文件，全交给大同代拆代行，他自己只管管几件极其机要的私信。

大同自从到袁公馆办理文牍以来，这才知道袁世凯有许多公馆，在北京这家公馆，不过是他的"行营"似的，他的大本营在天津，那儿有他的正公馆，在河南项城原籍，自然还有老家。他本人在天津的时候不少，在小站的时候更多，只因北京是天子脚下，贵官云集的地方，所以他一定要这"行营"，做他的驻京办事处。在京一切文字来往，便全由大同负责，他处的对联寿文，也移京交大同办理。此外还有许多人送纸送扇面，请袁世凯留墨宝，赐法书的，这也由大同代庖，签上袁世凯的名字，再盖上袁世凯的图章。

袁世凯在法华寺的行营，不但是他的驻京办事处，也是他开辟的世外桃源，藏娇的金屋。他的正太太原配夫人在项城原籍，在天津另外有几位新太太，在北京最近又纳了一位九太太。这位新宠九太太，才貌双全，真是难得的内助：管理家务，井井有条，招待宾客，尤其擅长。袁世凯在京的一班权贵朋友，没有一个不羡慕袁世凯的艳福。袁世凯不在北京的时候，她能体贴她丈夫的意思，对一切的朋友，应酬周到。她知道袁世凯用着了大同，如获至宝，所以也特别优待大同。早晚茶点，时新鲜果，不停的送到书房中来，而且常常亲身督率下人，收拾书房。因为大同对零星小事，十分疏忽，总是把书房弄得乱七八糟的。九太太督率他们收拾布置，不但使得书房每日明窗净几，室无纤尘，而且还要用尽心血，使得无论甚么人一望，便知道这间书房，一定有一位十分雅致的女人，每日把它点缀点缀，弄得这间书房，与众不同。

九太太对于文房四宝也特别注意。大字笔一经用过，便把它洗濯干净，小字笔用过了几天之后，便换新的。砚池中不留宿墨，每天必洗一次。书案上的笔斗、笔架、墨床、砚池等，过三五天便另换一套，而且也是一样考究精雅的古物。它们放在书案上的地位也每次变动，务求布置得美观悦目，配合得当。几上案上每天必有不同的鲜花，插在古雅的瓷瓶之中，使得这间书房清新雅致。

可惜大同一来是近视眼，略微远一点点的东西，完全看不清楚；二来对于小节十分糊涂，漫不经心，一点也不能欣赏九太太对室内的美术布置。他不但从来没有注意瓶中所插的鲜花，而且总是说他书案上的东西太多了，有的可以不必摆在那儿。每逢九太太把笔斗、砚池、笔架、水盂等物，换动了地方的时候，他一定会对听差的说，笔斗笔架还是放在手右方便，容易取笔放笔，砚池水盂仍以放在左手为宜，取水磨墨都是用左手的，这几件东西，放得地位不对，使他感觉十分不方便。文房四宝，都是实用的东西，所以才摆在眼前听用，并不是桌上的装饰品，只求美观，不管人用时方便不方便。

有一天，他发现连他的书案，都搬了地方。他们把书案移到一边去了，空出的地方，放了一个红木大花架儿，花架儿上放了一个很大很大的雨过天青色的瓷缸，瓷缸中伸出几枝嫩绿的莲叶，莲叶之间，有两朵粉红色的千瓣莲花。他坐在书案前，一阵一阵的莲花幽香，随风传到他鼻孔里来。他不免走过去欣赏欣赏，看看莲花，看看瓷缸，看看缸中的水，觉得颜色很调和，香气很清雅；因物忆名，因名忆人，大同不知不觉的望着水中出神，仿佛在水中看见莲芬的面孔，对着他微微的笑。

大同望着水中莲芬的幻影出神，脑海中一连串的思想，一一引起他甜蜜的回忆。他回忆起了前不多久，她偷偷的出去，替他买了一副近视眼镜儿，他当初还生她的气，然后戴上眼镜，觉得她特别温柔体贴，越看越可爱。他又回想起他们在同善客店过极苦的生活时，她见着他时总是笑容满面，人不堪其忧，莲芬不改其乐的。他又回想到她告诉他马粪堆中有一只金手镯，她坐在马上对他嫣然一笑的神气。他又回想到他们小时候在李家庄见面，一见如故，她总是对他先笑，而且总是对他那么温存。他虽然极喜欢她，他总不敢太和她亲近，每次总是她对他先说话。尤其使他常常回想的，便是那一次他们并坐在水塘边看水中的游鱼，互相咬手臂，这是他们小时二人相亲相偎的第一次，也是他生平第一次闻见她一股香味儿。他心中不停的跳着，吓得面红耳赤，呼吸紧张起来了。

每逢他回想到这一次甜蜜的遭遇的时候，大同总是觉得身不自主，飘飘欲仙，心中紧张得跳个不停，仿佛闻见一种幽雅的香味儿似的。他今天站在瓷缸之前，闻见花香，望着莲花出神，回想到莲芬叫他替她揩去脸上的血渍时，心中紧张极了，心跳个不停，那莲花的香味儿越来越浓似的。最后他才觉得他所闻见的并不是清淡的花香，而是一种袭人欲醉香水味儿。他并且觉得他身后有人似的！他吓得回头一望，果然看见一位艳丽夺目的女人，站在他后面，对他微笑。

他对于九太太，真是久仰大名，如雷贯耳。但是虽然近在咫尺，他们从未谋面，今天一见，使大同惊为天人。她长得亭亭玉立，面庞端正，浓眉大目，颇像北方人，但皮肤细嫩皎白，显然是南方人。据相法上说，北人南相主大富，南人北相主大贵，九太太这是大贵之相，无怪她一进袁府之门，便差不多特宠专房了。她穿一身淡青薄纱衣裙，越显得身体苗条。看来还不到二十岁，不过她出自风尘中，善于修饰，想来决不止二十。

她看见大同一副吃惊的样子，知道他有一点窘，便微笑的让坐，并轻言细语的对大同道：

"李先生，恕我冒失，我特别来问问李先生，喜欢不喜欢这一缸莲花？久仰李先生是一位高雅的名士，一定会赏识清雅的花木，我特别预备了这缸莲花，摆在李先生书案旁边，帮助李先生的文思和诗兴。李先生替我们大人做的诗文，我一一拜读过了，真是字字玑珠，不同凡响。我小时候曾受过庭训，稍识之无，诗词歌赋，略知门径，只恨未得名师指教，毫无成就，不知李先生在公余之暇，肯不肯收我这个不成材的徒弟。"

九太太这一番文绉绉的客气话，把大同说得瞠目无言。当初他只知道袁世凯这位新姨太太十分漂亮，十分能干，还不知道她连诗词歌赋，无有不通，他那敢收这位姨太太做学生徒弟？只是他不善辞令，推却了半天，仍然是说得不中肯。九太太一下也不放松，还是要请他教她做诗，请他改她的诗词。最后大同只好勉强答应道："好吧！既是九太太这样不耻下问，那就请九太太把诗稿给我看看吧！也许九太太的诗词比我好多了，用不着要我指教呢！"

"李先生真赏脸，"九太太道，"那就算收了我这个小徒弟了。回头我就叫小丫鬟把拙稿送给李先生来斧正。"

"好极了！"大同道，"可是我得等把这儿的公事办完了，再带回家去慢慢的拜读。"

"李先生要是办完了公事在这儿看，我就叫他们替李先生预备晚饭。"

"用不着，我家里有事，要早点儿回去。"

"随李先生的便，不过千万别给第二个人瞧，以免见笑。"

那天下午，九太太叫丫鬟把厚厚的一册诗稿，送给大同看。那诗稿是写在宣纸上，天青云花缎面，包淡青绫角，宝蓝双丝线订的精装本，而且香气四喷，老远便可闻见。开卷一看，字迹秀丽，颇有李北海的风味。大同公毕回家，一路走着，一路看着。他天天由南昌县馆到法华寺袁宅去，路也走得相当熟了。开卷第一首诗，是前五年咏怀，自叹怀才不遇，流落异乡，希望异日得志，普救世人。写得大气磅礴，老练极了。大同认为九太太真是女中丈夫，巾帼英雄，使他佩服极了。像这样的好诗，不是读了很多书，而且富有天才，受了委屈，决写不出来的！大同读得津津有味。

大同一首一首的读下去，越读越有味，其中好诗真不少，而且风格各自不同，体裁也各自不同。也有极艳丽的排律，也有极狂放的古风，七绝虽多一点，但是每一首有每一首不同的情调。用字练句，都有不同的作风。九太太真是一位多才多艺的大诗人，有的学杜子美，有的学李太白，有的又不师盛唐晚唐，完全取法乎宋，颇有黄山谷的派头。咏怀的诗虽多一点，咏物的诗也不少，纪游的也前后都有。看起来，九太太胸怀大志，只恨流落平康，但望终有腾达之日，五六年来，游戏人间，不过逢场作戏而已。

可是各种不同风格的好诗虽然是多，大同爱得手不释卷，但是间或就会看见一首很差很俗的俚句，不像读了多少书的人所写的。最后两首伤别，表示彼此虽然极其相爱，但为了前途而忍痛割爱，真是太不成话，俚俗不堪，想必是醉后的游戏之笔。实在不应该眷在这集诗稿上。他看了这两首极糟的伤别，再看看前面那些不算好的，便认为九太太虽才气纵横，做诗集其大成，兼纳百家，但是大诗人往往不自知其优劣。不过大文学家多半不是批评家，尤其不能判别自己作品的好坏。不过他仔细看看，其中不登大雅之堂的诗，前前后后都有不少，虽然不和最后那两首伤别那样作呕，但是三五首好诗之后，总参插一两首俗得很的应酬诗，正如俗语说："一脚高，一脚低，一脚泥，一脚水。"

大同一路走着一路看诗，也是如此：一脚高，一脚低，一脚泥，一脚水。他眼睛又近视，两手捧着一册诗，专心的读着，信脚走去，当转弯的地方不转，不当转的地方转弯，转来转去，转到天黑了，他还在街上乱转一气。后来发现越转越不对路了，这才一路问着，小小心心的回到南昌县馆，到家时，莲芬急得站在大门外衕衕口等着他。

"大同！"莲芬等得发急，一看见他便说道，"今天怎么回家这样晚？我怕你出了甚么事呢！你怎么忘了文太史约了我们上他家里去见见美国来的容闳先生两夫妇，他们等着我们吃晚饭呢。"

"莲芬，真对不住！"大同道，"我一路看九太太的诗稿，走错了路，因此晚了。"

"又走错了路吗？这么晚，那只好先吃点东西吧。我不见你回来，不能让人家等着，叫小猴儿送信，说你有事抽不开身，得吃了晚饭再去，让他们四位先吃，别等我们。"

"容闳先生是华侨，我们去得太晚，回头说我们没有礼貌，我们马上就去，回家再吃东西不要紧的。"

"可是我已经叫小猴儿去请他们先吃，说你在袁公馆吃了饭，我自己也吃了东西，千万不可以再吃他们的。我们去得这么晚，让人等了半天，再又赶了去吃人家吃残了的，叫人笑话。"莲芬做人十分周到。

"你说得有道理，我一定听你的话。"大同自知理屈。

他们走到文家时，果然文氏夫妇和容氏夫妇正坐在桌上吃饭，都快吃完了。文氏夫妇，坚持要大同两夫妇也坐下一同谈谈，尝一尝文太太亲自烹调的口味。他们两人，照原定的计划，一口咬定早已吃过东西，甚么都再也吃不下了，不过主人的盛意难却，只好坐下欣赏一下文太太烹饪的艺术。莲芬挑清淡的东西，略略一尝，称赞一番，放下筷子，再也不吃了。大同糊糊涂涂大吃，吃个不停。底下人送上白米饭来，莲芬谢绝，大同接着，三下两下就把一碗饭吃完了。底下人又送上第二碗，他又接着再吃，把莲芬急得不得了，知道人家一定看得出他是没有吃一点东西，饿着肚子来的。莲芬看见大同还要吃第三碗饭的样子，拼命的对他做眼色。大同近视眼，一点也看不见，继续的狼吞虎咽。莲芬无奈，只好用脚轻轻的踢他小腿，大同觉得有人踢他，赶快把腿缩起来，拼命的吃饭。莲芬真急了，只得用力的再踢他一脚。大同一看，知道是莲芬踢他，摸摸小腿，茫然的问道："莲芬，你为甚么踢我的小腿？我缩回了，你还要踢！"

大家好不容易忍住了笑，容太太是美国人，最会交际，怕大同莲芬觉得窘，便打岔道：

"李先生，你很欣赏文太太所做的菜，请你告诉我们外国人，今天桌上这许多菜，你认为那一样做得最好？"

大同看着满桌吃残了的珍馐美味，天气很热，甚么都不怎么好吃，他用筷子挟起一片凉拌黄瓜道："今天的菜之中，以凉拌黄瓜为最好。"

“什么道理呢？”容太太不相信的问道。

“颜色好呀！”大同回道，马上又再吃一片。

容太太听见大同说，文太太所做的菜，只是黄瓜的颜色好，认为他这个人十分天真，不禁赞道：“李先生，现在世界上，像你这样——这样真实的人，我还没有碰见过第二个呢。”

容闳是美国籍的殷实华侨，热心爱国，赞助维新，曾慷慨捐助款项，提倡新事业。当下三个人大谈其维新变法的运动。三位太太，退到文太太屋子里去，莲芬一再向文太太道歉，说她丈夫糊糊涂涂，见笑大方，要大家见谅。文太太说：男人的志向大，事业大，自然不拘小节，要莲芬不必介意；文太史也是一样的，有时候，买了书不记得付账。容太太特别喜欢大同夫妇，她说大同心地纯洁，为人真诚；她说莲芬是一位最贤淑的标准东方佳人。她要莲芬把她当做老大姐，无论有甚么事，她都会为他们两夫妻尽力的，要他们常常去找她。她到中国之后，学会了打麻将，现在要去赴麻将局的约会，所以谈了一阵，便同她丈夫先走了。大同忽然想起莲芬还没有吃甚么东西，也多谢文氏夫妇的盛意，使他们认识了容闳，马上和文氏夫妇告辞，同莲芬回去吃东西。他自己再也吃不下一点东西了。他说他这一顿吃得真好，吃得真饱，而且容闳夫妇两个人都真好。

第二天大同回家又是很晚的，而且以后一连多少天，每天必晚。莲芬渐渐的觉得情形有一点不对，他们是少年夫妻，居然有点同床异梦的神气。她留心观察大同，觉得和以前大不相同了，常常对着她沉思不语，有时一个人自言自笑，说九太太那一首诗真好，那一首太不成话了。

有一天，大同的样子特别忧虑，莲芬便问他为了甚么如此愁闷。

“没有事！没有事！”大同勉强笑一笑答道，“我是想着，一个人是不是有两重人格？莲芬，你不是有知人之明的吗？一个人可以不可以一方面慷慨激昂，一方面鬼鬼祟祟呢？”

“你无缘无故的问这个干什么？”莲芬道，“你是想着什么人？”

“我不是一定想着什么人，”大同很不安的回答道，“比方说吧，我就知道一位诗人，一方面高雅超群，一方面庸俗不堪……”

"你知道的不是一位诗人，是一位女诗人！对不对？大同，别一天到晚心里老想着九太太，尤其是当着我的面，心里想着她！"

"说老实话，我一见着你，心里就想着她！我没看见她之前，总以为除了你之外，再没有好看的女人了……"

"这是甚么话！大同，九太太是你主人的姨太太，你就不应当想她！"

"莲芬，你难道吃她的醋吗？"大同惊问道。

"难道还不应该吗？"

除了莲芬之外，还有一个人，也吃大同和九太太的醋。有一天下午，这个人来拜访袁世凯，大同正在那儿拟稿，听差的跑来对他说，桌台大人在客厅里被困，请李师爷快快去"解围"，这也是大同职务之中他所常做的事。袁世凯是当时的红人儿，总有许多不相干的老朋友，跑来找他。他做人周到，不肯挡驾，一律接见。但是他马上叫大同来请他出去，说是有公事等着办，使得客人不便再坐下去，这就叫"解围"。

大同马上从桌上选了一两桩文件，放在一个公事夹之中，赶快跑到客厅中去解围。他到了客厅门口，一看袁世凯和那个客人，正在很亲很熟的样子说说笑笑，而那个客人的样子，很像小明。大同一惊，走近来仔细一看，不是小明是谁呢？可是小明看见大同走进来，一点也没有惊奇的样子，十分镇定的对他点点头而微笑。袁世凯马上看出了这情形，先问大同道："李先生，你也认识我的朋友李晓铭先生吗？"

"认识的，是——认识的——我们——我们原来——是——"

"我们原来是同乡，我们都是江西人！"小明赶快说道。

"你们江西的文风盛得很！"袁世凯道，"陶渊明，王安石，欧阳修，文人真不少，可是武人却不多。我部下的张勋，是你们江西人，可是他的兵，全是湖南、四川人，没有几个江西人。"

他望一望大同，问道："李先生，有甚么事呀？"

"天津衙门里来了两桩紧急的公事，等着要桌台大人过目。"大同把公事夹呈上去。

"真没法子！"袁世凯对小明做一个无可奈何的手势，把公文接过来道，"要想同好朋友谈谈心都没有时间！晓铭兄，见谅见谅，我不能奉陪了。不过你不必马上就走，你同李先生两个人可以谈谈你们江西的事情。"

他拱一拱手便走了，大同觉得松了一口气，问小明道：

"弟弟是甚么时候到北京来的？我不知道弟弟也来了。"

"我可知道你是甚么时候离开南昌到北京来的！"小明的态度，和袁世凯在这儿的时候大不同了，说话的声音之中，也带了讥刺的意思，"而且我也知道在那儿有金屋藏娇……"

"弟弟何必说这种话？我把详细的情形全禀告了刚叔叔，请他老人家转禀各位尊长，而且舅母早知道……"

"舅母有了你这么好一个女婿，在你们私奔的那天，便到定慧庵做尼姑去了！第二天外婆便给你们气死了。"

"舅母出家，其中还有别的缘故，"大同愕然了一会儿再说道，"大家都怕外婆受不住这种风波呢。"

"好，你有先见之明呢！"小明讥讽道，"吴家有了你这个好姑爷，现在是家破人亡了！"

"弟弟别再提这些事了吧。"大同有多少话想和小明谈谈，但是千头万绪，无从说起，他只好大概的说一说，"我们吴李两家的家事，我们也管不了。男子汉大丈夫，在外边处世，要以事业为重。老弟比我聪明多了，前途远大，可惜一直是娇生惯养，没有受过我所受的困苦艰难，颠沛流连……"

小明气得冒火，讥讽道："困苦艰难？颠沛流连？得了吧！你们两个人正在这儿甜甜蜜蜜、卿卿我我呢！"

"弟弟别胡说八道……"

"谁胡说八道？我把你当了一个正人君子，那知道你简直不是一个东西！在南昌把我的太太拐骗了，到了北京还不安分，又想勾引主人的姨太太……"

"你越讲越不像话了！"

"还装甚么假正经呢？谁不知道九太太和小师爷打得一片火

热……”

“你这是甚么话？九太太和我，只是文字之交，我们除了谈谈诗之外，甚么也没提过一句……”

“谈谈诗？别提她妈的诗吧！你把她宰了她也不会做半首诗！你知道她那些诗是谁做的？”

“全是她自己做的呀！我看过一百多首呢！”

“那都是和她相好的嫖客做的！南来北往的嫖客，听见她的诗名，在她那儿住了一夜，她就要人替她做一首诗，她把它誊上去。有的是很有名的诗人做的呢！陈三立，郑孝胥，都做了几首，她连谁好谁不好也不知道，最后她还逼着我凑了两首呢！现在该轮着你了……”

“哈哈！这倒对了！最后那两首《伤别》，正是弟弟的大手笔！”大同不禁失笑，“我一时真糊涂，连弟弟的大手笔都没有看出来！现在弟弟这么一说，我全明白了！”

“劳驾别再叫我做‘弟弟’，好不好？你自己知道，我不是你的弟弟，你也没有把我当弟弟，我怎么好高攀呢？你是一帆风顺，恋爱成功，事业兴隆……”

“我有甚么事业？现在是寄人篱下，为人作嫁，你和臬台是好朋友，并谈并坐，我只可以站在一旁侍候。”

“我在他头上花了一万多两银子，他答应了我给我一个小差事，现在还没有影儿！而你一个钱也不用花，早已做了他最机要的文牍，而且他的新宠，同你如胶似漆……”

“没有的话！”

“还辩甚么？从前她老爷上了天津，她还要念念旧，见见老友；现在有了你，我就没瞧见过她了！”

“你再要胡说，我可要办公事，不能奉陪了。”

“好一个道德框子！好不要脸的东西！咱们再见吧，师爷大人！你放心，我不会对臬台说穿你的！我并不是替你顾面子，我为的是顾我自己的面子！你知道我不好意思说穿这件事，你就利用我的弱点，保持你的臭道德框子！”

大同此时早已走出了客厅，没有听见他后边的话。

那天晚上，大同回到家中，心中百感交加，望着莲芬，含情脉脉，黯然不语。莲芬问他道："大同，你近来的态度，叫人替你担心！到底有甚么事儿？"

"没有甚么事儿，不关重要。"

"不关重要？那就有事儿了！告诉我吧！说出来了，比藏在心里反而舒服一点。"

"我现在才知道，一个诗人，决写不出两种不同样的诗……"

"你又提那个女人呀？"

"你别生气，让我解释解释。我现在才知道，女人没有才貌双全的，美人无才，才女不美。九太太简直不会做诗……"

"你别解释吧！你越解释越糟。千万别对我夸那个女人。"

"我不是夸她，这桩事与你有关！"

"与我有关？"

"对啦！你知道九太太诗稿之中，那两首糟透了的诗谁做的？"

"我不要知道！用不着告诉我！"

"那是小明做的！"

"小明吗？"

"我现在才知道，小明是她的老相好，是她从前许多嫖客之中的一个。她简直不会做诗，她给我看的那许多诗，全是和她相好过的嫖客替她做的！那最后两首最糟的伤别诗，就是小明做的。"

"她告诉你小明现在在那儿呢？"

"她没有告诉我，不过小明在这儿！"

"在这儿吗？"

"他今天下午，来拜会袁枭台！"

莲芬半天说不出话来，后来才慢慢的说道：

"我现在明白了，我们的老叔台说的话没有错，那个想求一官半职，买了这个窑姐送他，上海来的小伙子不是别人，就是小明！我看现在你只好辞职不干吧！"

"那又何必呢？我凭甚么要怕他？"

“并不是怕他！你犯不上同这种人混在一块儿。他一定和袁世凯很亲热的！”

“他是很对袁世凯亲热。他说他在袁世凯头上，花了一万多两银子。不过到如今只买得一个对谈对笑而已，袁世凯对他并不怎么好！”

“你问了他家里的情形怎样吗？他常接到家信吗？”

大同低头沉默了片刻才慢慢的说道：“我们动身的第二天，外婆就去世了……”

莲芬听见外婆死了，大惊失色，忙着追问道：“还有妈……妈……妈呢？”

“妈妈当天就到定慧庵做了尼姑。”

“妈呀！可怜的妈呀！”莲芬哭出来了。

她两个最亲的人，祖母和母亲，一死一生的消息传来，使她魂飞天外，哭不成声。她祖母十分爱她，今天她知道从此不能再见，自然悲痛极了，可是她听见母亲虽然没有死，但是出家做了尼姑，她觉得更为伤心。入了空门，便是与世界、与家庭完全脱离了关系，虽生着与死了有甚么分别呢？她自己觉得虽然她的父母实际上都没有死，她已经成了孤儿。

大同勉强安慰莲芬道：“从前我们写信回家给母亲，永远没有回信，你总是怕母亲死了。现在知道她老人家并没有死，虽然出了家，总比你心中怀疑的好多了。你应当放心一点才对。也许出家是最好的办法。你要知道，我们一同出走，她老人家怎么好见人，怎好在家里受人的指摘？这样倒是大解脱。外婆已是八十四岁了，七十古稀，她算是有福有寿，你何必伤心啼哭？也许将来我们还可以回家见到你母亲的。”

但是莲芬悲痛不堪，决非大同几句话可以劝得她放开心怀的。最后她仔细想想，再对大同道：“大同，为了我母亲，你也应该不要和袁世凯和小明在一块儿再混下去……”

“这一层你可以放心，我自己知道情形。袁世凯并不把小明放在眼里，决不会听他的话……”

“他们这一班人之中，还夹上了那个九太太……”莲芬道。

"你不用担心她……"大同道。

"小明曾经和她相好，说不定现在暗中还有来往……"莲芬道。

"没有来往了！"大同道，"她一点也不把小明放在她心上，否则她老早已经要袁世凯给他一个好差事了。"

"不管你怎么说，"莲芬道，"我总觉得你不应该和他们在一块儿混。"

"你可以放心，不必过虑。"大同道。

嗣后大同的行为，仍然十分神秘，差不多每天晚上总是很晚回家，弄得莲芬越来越担心。她从前并不觉得一人在家寂寞，现在却觉得一天无事可做，寂寞极了，便常常去看文太太和容太太。容太太是美国人，莲芬曾在教会学校学了英文，所以她们两个人谈谈外国的事，特别谈得来，可惜容太太天天要打麻将，不能多谈。文太太家事极忙，文先生和容先生近来很少在家，十次有九次见不到，而且也和大同一样，行动相当神秘，早出晚归，他们的太太，也不知道他们忙些甚么。

八月初一那天（一八九八年九月十六日），袁世凯奉命请训，头一天晚上就到海甸住，四鼓入颐和园，在毓兰堂召见，光绪当面嘉奖他，要他暂在京候旨。当天发表把他的直隶按察使开缺，以侍郎候补，专办练兵事务，有事可以随时具奏。所以他初二早上，又要赶了去谢恩。皇上对他说："人人都说你练新兵练得好，现在以侍郎候补，好让你不受直隶总督管。你和荣禄，以后各办各的事，谁也不管谁。"

直隶总督荣禄，是慈禧太后的心腹，十分守旧，反对维新。袁世凯现在不归直隶总督管，便可竭力为维新事业做事，无所顾忌了。这几天大同也因之而忙得早晚无暇。初三晚半夜后，大同还没有回家，莲芬急得不得了，丁穌笙自告奋勇，到法华寺袁公馆去看看。到时大门紧闭，四无人迹，忽然侧门开了，一个人偷偷的出来，近前一看，正是大同。丁穌笙问他为甚么这样晚才出来，莲芬在家里着急。大同一言不发，和丁穌笙一同回家。莲芬问他有甚么特别事故，他也不回答。

一连几天都是如此，袁世凯常常要赶到颐和园见驾，大同忙得不见人影。初六那天中午，老侯进来告诉莲芬，有一位李先生有急事来见她。那时这位李先生已经进了里院，莲芬一看，吓了一跳。来的不是别人，正是小明。

"哦！"莲芬觉得站不住，坐在椅上望着小明进来。

小明走进门来，站在门内，对莲芬点一点头，假笑道："莲芬，对不住，我来得太冒昧，请你原谅吧！不过我也是不得已才来的！我不得不来告诉你。大同给禁卫军抓去了，送到刑部的大牢里关起来了！"

"吓？"莲芬一听，肝胆欲裂。她明明知道这决不是假话，但是仍然说道："你乱讲的吧？我不相信！他犯了甚么法？是不是你闹了甚么鬼？"

"与我毫无关系！"小明面上现出得意之色，"他是给禁卫军抓的，听说是犯了谋反叛逆之罪。你是一个有远见的女子，为甚么不叫他早点儿逃走？耽在袁宅等人来抓！"

"你乱讲！他没有谋反！"莲芬昏昏沉沉的辩道。她心慌意乱，不知如何是好。

"你用不着对我说这一套！我又不是办他的案子的官。假如他没有谋反，那末他一定出了别的毛病呵！是不是他和九太太的事情，让臬台大人知道了？臬台大人前两天又升了官，随便的说一句话，说他谋反，刑部敢说不对吗？"

"胡说！"

"他真是不知死活！有了你，就不应该再去和九太太勾搭……"

"别胡说了！"

"并不是我胡说，"小明道，"大同这种人，真是简直见不得女人。九太太本来是同我由上海来的，我是下了决心非你不娶，她才嫁了臬台大人……"

"别再提我们的事了。"莲芬道。

"怎么不提呢？"小明道，"难道你还不知道我从小就喜欢你中意你，早已打定了主意，非你不娶的吗？"

"叫你不要再提了！"莲芬忍不住骂道，"你还胡说八道干甚么？这都是我们的……我们的——这一切全是你爸爸不好，弄出这许多麻烦来！"

她差一点儿把内情完全说出来，但是忽然尽力自己制住了。她心里想着她母亲，脑海中觉得她母亲身穿宽大灰色的佛袍，手中拿着一串念珠，泪汪汪的望着她，叫她千千万万不可以把内情说出来。她呆呆的望着院内的花木，一点甚么也看不见，心中一阵一阵的酸痛，小声音道："妈呀！妈呀！我可怜的妈呀！"

"我住在香炉营头条五号，"小明说道，"你假如有事要我帮帮小忙，随时请来找我……"

他算是白讲，她一个字儿也听不进去，两只眼睛还是瞪着望着外面，一动也不动，一言也不发。小明看看再耽在这儿也没有用，只得鞠躬告辞。

小明走后，她渐渐都镇静下来，想想怎么营救大同。她马上到法华寺袁公馆去找袁世凯。袁世凯公馆中宁静无事，绝不像刚才有大批的禁卫军来捉过谋反叛逆的犯人。门上告诉莲芬，袁大人早回天津去了。莲芬半信半疑，说袁大人不在，就请见九太太。

九太太听见是大同的太太来了，马上出来看她。她出来得这么快，并不是关心大同的事，而是想看看大同的太太是一个甚么样儿的女人。她对于莲芬的相貌、谈吐、举动、服装等等，十分注意。她心中觉得奇怪，莲芬的衣服非常简朴，而且不施一点脂粉，但是看起来秀丽极了，自己打扮得妖艳万分，仍然觉得比她不上。

莲芬和她谈大同的事，问她的缘由，请她转求袁大人营救，一点用也没有。最后她冷冰冰的对莲芬道："李少奶奶，李先生是在我们公馆里做事，不消少奶奶求我们，我们也会尽力帮助他的。袁大人有急事到天津去了，我不过是一个妇道人家，有甚么力量呢？李先生犯了谋反叛逆的大罪，袁大人就是在京，也不能挽救呀！禁卫军奉了上谕，到我们公馆里拿人，我们谁还敢反抗上谕呢？李先生在我们这儿很久，他从来不大理我们；他胸中的城府很深，我们谁也不敢同他亲近。少奶奶，对不住，我们真是爱莫能助。"

莲芬听见九太太这一番冷言冷语，知道她绝不会帮忙的。袁世凯是不是真上天津去了，都难说得很，她只好赶快到文廷式那儿去。一路上她心乱如麻，不知道九太太的话靠得住，还是靠不住？大同被捕，真是谋反叛逆吗？也许小明说的是真的，袁世凯吃醋，诬害了大同，自己躲着不见她，所以九太太出来，把事情推得干干净净。

不过事到如今，她也顾不得一切了。她一心一意，只求营救大同出狱。她跑到文家，一问才知道文家早已逃了！她一听之下，真如天崩地裂，日月无光，身子都有点摇摇晃晃，站不住似的。她现在只有一个地方可去求救——容闳夫妇家中。假如容闳夫妇也找不着，她认为她便要登金銮殿，向皇帝喊冤了。

幸好容太太没有出去打麻将，一见她来了，双手把她抱在怀中安慰她。这位老大姐，和慈母一般的对待她，使她感激得眼泪直流，禁不住的伏在她怀中不停的呜咽。容太太轻言细语对她道：

"莲芬好妹妹，你也不必太伤心，自己的身体要紧。我们一得着消息，就在设法营救他们。我丈夫既然是美国籍，早已到美国使馆去找公使去了。美国公使是客卿的地位，至少可从旁说几句公道话。可惜人到了刑部大牢里，用钱是没有甚么效果的，否则我们多花点钱倒不在乎。近来我手气不好，打麻将场场输，就当我多输一点儿钱，以后少打就是，最要紧的是设法子救他们这些人的命要紧！"

"救他们这些人的命吗？"莲芬听了大惊道。

"可不是吗？维新运动几个重要的人，全给慈禧太后派禁卫军抓了去，要办他们谋反叛逆的罪，假如我丈夫没有入美国籍，一定也会让他们抓去的！"

"原来大同是为了这个抓去的呀！"莲芬问道，"我当初还不知道为了甚么呢！不过维新运动怎可以算是谋反叛逆呢？大家都是想救国呀！"

"慈禧太后要倒行逆施，我们有甚么办法呢？她知道维新变法之后，就不能由她倒行逆施、胡作胡为了，所以就把几个重要的维新人物全抓了去，先下手为强呀！"

"大同一个字也没有对我提过！"莲芬自言自语道。

"没有提过吗？我还以为他每件事都和你商量呢？"

"小事呀！大事从来不和我商量的。"莲芬答道。

容闳由美国使馆回来说，不但维新派的人全抓起了，连光绪皇帝也抓了，关在南海的瀛台。同时李提摩太也去找了英国公使，偏偏英国公使又到北戴河避暑去了。但是外国公使，不能干涉中国的内政，除非太后真把皇帝杀了，他们也只能下旗归国，真是爱莫能助。

那时候举国上下，除了太后和一班守旧的庸臣之外，大家都赞成维新变法。光绪皇帝急于变法，可惜他对付不了他的姨妈慈禧太后。咸丰，同治，可能都是她谋杀的。同治，光绪，都是她立的傀儡皇帝，她要怎么便怎么！假如变了法，立定了宪法，国事不能由她一人乱来，大家便有一重保障。全国上下，上自皇帝，下至庶民，便不能由她一人随意处置了。所以皇帝极力施行新政，太后在极力反对。

光绪本来是一个懦弱无能的幼主，一向由姨妈大权独揽。大婚后众议要太后归政，实权仍然操在太后手里，这一次被许多维新的爱国志士拥护，大施新政，创设了许多当时切迫需要的时务机构，同时也裁撤了许多有名无实的衙门。例如在京的詹事府、通政司、光禄寺、鸿胪寺、太常寺、太仆寺、大理寺等，外省的湖北、广东、云南三省的巡抚和东河总督，以及清闲无事的粮道、盐道，不负地方责任的佐、贰等职。这一着虽然对于国库，是一笔大大的节省，可是对于光绪皇帝自己，也对于维新变法运动，成了一个致命伤。这许多被裁汰的衙门长官，大都是游手好闲的皇亲国戚的满人，他们于是一齐联合起来，向太后献殷勤，同心协力攻击光绪和维新运动，以图报复。

光绪二十四年八月初六（一八九八年九月二十一日），皇帝照例在黎明时到太后的宫门请安，听说太后早已进了城。光绪知道事情不妙，也赶回城来见驾，问太后为什么这么早回城。一个太监说道："皇上自己还不知道吗？"这个小太监简直瞧不起皇上。

"要不是有人禀告老佛爷，我们的命全完了。"另外一个小太监说道。

"别多嘴！你再多嘴，脑袋都难保了！"第三个小太监说。

听了这几句话之后，光绪吓得面无人色，站在那儿直发抖。他急得一点主意没有，想来想去，仍是不知如何是好。他虽然是两足踏着实地，但是他觉得他自己不由主的飞腾在半空中，飞到了屋顶，又会掉下来，但是仍吊在半空中，后来又飞上去了，又掉下来；飞飞掉掉，人如在云中雾中似的。忽然听见一个人小小的声音说："老佛爷来了！"

这轻轻的声音一句话，比晴天的霹雳还更惊人。光绪一听，魂魄全丢了，再也飞不上去了。他昏昏沉沉的站在那儿，只看见一对小小的三角眼，闪闪有光的瞪望着他。这一对小小的三角眼，好似一对钢刀，犀利万分，早已把他的身体和灵魂，一同插在地下，他一动也不能动了。

慈禧太后，在北方女人之中，不见得高大，算得是北人南相。随随便便的看去，样子并不应该吓坏人。她四肢五官，都很齐整合度；现在已是六十几岁，看起来仍不见老，当年的风韵，一定很好。她的衣服十分讲究，脂粉也施得特别精细，头发梳得尤其光亮，而且全染得漆黑，看不见半丝白发。不过这一位打扮得精精致致已老的徐娘，虽然风韵犹存，可是令人近前来一见，男的也要吓得倒退三步，女的简直是踽踽不安。

她说话的声音很尖很娇，可是听了觉得不好受。

"皇上！我在你寝宫里，"她很随便的对他说，"看见一部《曾文正公全集》。这是一部好书，可惜你没有仔细读。来呀！把书给我！"她对一个宫女望一望，那宫女把一本书交给她，她继续说道："你把这一页给皇上看看。"她又对光绪说，"你把这一副挽联念一念。"

光绪双手接了书。这虽然是宫女给他的，但是太后的命令，等于间接由太后手中交来，也非双手接书不可。他看一看那一副挽联，是曾国藩挽他的奶妈的，是一副十六言的长联，共三十二个字，如下：

一饭尚铭恩，况保抱提携，只欠怀胎十月；
千金难报德，论人情物理，亦当泣血三年。

光绪看过了，站在那儿一言不发。

"我看了真伤心！"太后道，"做皇太后，还不如人家一个奶妈呢！三十年来，我对你，何只保、抱、提、携？养你、教你？替你娶皇后、选妃嫔，把金銮殿让你坐！你怎么样铭恩呀？怎么样报德呀？

要袁世凯的定武军包围颐和园，把我弄掉呀？"

光绪站在那儿一言不发。

"你个傻孩子！今天没有了我，明天那儿还会有你呢？"

光绪站在那儿一言不发。

"你说话呀？你怎么不言语呀？"

光绪站在那儿一言不发。

"关门养虎，虎大伤人！真瞧你不出，我一向以为你是一只小羔羊，决不会吃人的，那知道你大了比老虎还要厉害！我一条老命，差一点儿送在你手里！"她把她一只细嫩的小手一举，对小太监们叫道，"来！"

他们早已预备好了，四个小太监走上前来，两个分抓着光绪的左右手，一边一个人帮着助威。

光绪站在那儿一动不动，一言不发。

"去！"太后又把手轻轻的、文文雅雅的向外一挥。光绪被小太监们押走了，一言不发。

慈禧太后把光绪皇帝关到了瀛台，叫禁卫军把几个维新的领袖抓来了，关在刑部的大牢里，再把北京各城门关闭，大索维新派所组织的保国会的会员。但是康有为文廷式早逃了，梁启超没有逃出，藏在日本使馆。慈禧太后大怒，马上行文各省，通缉康有为梁启超等人。

后来莲芬把事情弄明白了：大同被捕，与九太太毫无关系。他早已参加保国会，和康有为、梁启超等人，日夜商讨维新变法的事。袁世凯原本和他们是一气的，后来看见荣禄和慈禧太后的关系密切，他虽身受光绪皇帝的殊恩，但知道光绪不是慈禧的对手，将来的斗争，太后一定胜利，皇帝一定失败。他便在表面上和光绪敷衍，暗中却和荣禄通消息，要荣禄奏明太后，把所有的维新变法派的人，一网打尽，大同便做了一个牺牲者。小明一来不知其中底细，二来乐得挑拨挑拨，便说大同和九太太有私，袁世凯吃醋，把大同诬告了。

莲芬四处奔走，毫无结果，只得回到南昌县馆来，慢慢设法营救。她并不认识多少人，平常又很少出去，叫她有什么办法呢？不过她并不灰心，充满了大无畏的精神，逢人便拜托他，请他转向有权力的人说情，或者打听消息。南昌会馆之中，早已风动。程举人因为和文廷式及维新派的人往来，早已畏罪潜逃。丁龢笙在各处打听了一天，晚上回来告诉莲芬，说是全京城满布谣言，各自不同，不知那种是真的，那种是假的。他听见说，刑部大牢里关了许多维新变法的领袖，慈禧太后说他们想用洋丸毒死光绪皇帝，大逆不道，都要屠九族弃市。

莲芬听了丁龢笙的话，吓得面无人色，泪如雨下。丁龢笙一看自知失言，马上再用好话来安慰莲芬，但毫无用处。他只得说他再出去打听，顺便去找找北京大学的校长孙家鼐，请他托权要的朋友帮忙，因为他知道孙家鼐很同情他们的。

"大官儿"的衙门，前不久被皇帝行维新政策，下诏裁撤了。现在他出去打听了，说是马上可以恢复，高兴之至，跑来向莲芬说：

"李大嫂，谋事在人，成事在天。李先生参加维新变法，成则为王，败则为寇，这是他自己把自己的性命作为孤注一掷，叫别人还有什么话说呢？他是一个通权达变之士，风头不对的时候，他就应远走高飞，为什么还耽在这里等人家来抓他呢？袁世凯这个人就聪明，他头一天就逃到天津去了。平常的事，我朋友多，大家官官相护，我一定可以帮忙，不过这是叛逆大罪，皇帝也不能为力了。李大嫂，我劝你节哀顺变，看开一点算了。我劝你也早点走吧！"

老叔台居然大破其钞。买了几种水果点心，交给莲芬，自己坐下来对她大谈一顿："不是老叔台喜欢管人家闲事，你们二位早听了老叔台的话，那就何至有今天呢？古语说得好：'不听老叔言，吃苦在眼前。'老叔台上一次劝你们早早回家，你们不听，后来又劝你们千万不可以和袁世凯这种亡命之徒同流合污，你们又不听，结果弄得性命难保。老叔台买了一点点水果点心，你探监的时候，顺便带给你丈夫去吃。好让他一面吃，一面仔细想想老叔台一番苦口良言。"

丁龢笙后来垂头丧气的回家，对莲芬道："找不到孙家鼐先生！一定逃走了！大学堂封了门，书也读不成了！我也完了！不如我去替大同坐监呢！"

莲芬对于各人的好意，表示十分感激，但是大家都一筹莫展，无非是说说空话而已。只有老侯那一家，他们倒是切切实实的帮忙。小侯替莲芬跑腿送信，老侯时时照应送茶送水，侯妈看见莲芬不吃东西，她想尽方法做菜、做饭、做面、做点心给莲芬吃。无奈莲芬不思茶饭，时时流眼泪。晚上更难堪，侯妈搬到她屋子里来做伴。

像这样的一连七八天下去，也不见正式的官方告示，只是四方八面传出种种惊人的谣言。莲芬每天早上都到刑部大牢里去打听，可以不可以探问探问，那怕只见她丈夫一面，也是好的，可是一概不准见面探问。莲芳虽然极力镇定，但是心急如焚，坐立不安，饮食无味，睡不安枕。容闳夫妇天天来看她，见她形容憔悴，精神颓丧，也替她难过。容闳托人找到刑部尚书侍郎，要想探探监也不行。莲芬一天一天的等着，真是度日如年。

八月十三那天，天昏地暗，后来下了一阵大雨，天才开了。有一个人来说，维新变法的乱党儿全押在天桥正法，一共是六个人，有一个南方人年纪很轻，说话带湖南江西的口音，临刑前慷慨激昂的对监斩官说："你杀我们是没用的！杀了一个，我们以后还要增加一百个继起的人！"

这个年轻的人，毫无惧色，引颈受刑，从容就义，看的人男人喝彩，女人揩眼泪。

莲芬听见这个人的话，记得北京的天桥，是一个并没有水的地方，她也记得从前有一位算命的瞎子，说过大同是天上金龙转世，将来死在应该有水而其实没有水的地方。现在算命瞎子的话灵验了，那一个说话有湖南江西一带口音的青年，不是大同，还有谁呢？她如万箭穿心，马上要昏倒，大声哭道："大同，大同，你死得好苦呀！"

她果然昏倒在地，糊糊涂涂的看见大同一身沾满了泥和血，站在她面前。

第十二章

十目所视，十手所指。

众擎易举，众志成城。

现在世上的人，只肯在锦上添花，决不肯于雪中送炭。慈禧太后出来，把光绪皇帝囚于南海内的瀛台，大捕维新领袖，变法运动立时寿终正寝了。这一班在逃和被捕的维新人士，再想请权要帮助，谁也不肯理他们。容闳两夫妇同着莲芬，日夜设法，早晚商量，四出奔走，八方碰壁。他们知道，现在除了发生奇迹以外，是绝对救不了大同的！他们也知道，现在是科学昌明的时代，绝对没有奇迹发生。

可是这七八天之内，发生了几件很特别的事情，差不多可以算是奇迹。比方说，第一件：维新变法运动最受重托的人，光绪还升他以侍郎候补的袁世凯，不但没有和他的同志们被捕，反而优哉游哉的在天津受东家的筵，赴西家的席。第二件：他平素在天津小站时，公忙得很，偶尔偷闲到北京来休息休息，这一次他在北京几天，天天公忙得很，早晚奔波，而在初五早请训之后，溜到天津去休息。第三件：他在天津休息了一星期之后，回到北京来，听见大同受了谋反叛逆之冤，被押入狱，他马上出去找朋友，后来便有人秘密的保了大同，把他释放回家。

谁也不知道甚么人秘密保出大同，只有九太太心中明白。她是一位能以眉语、能以目听的女子，知道了事情，放在心中，并不告诉别人。那天袁世凯回京来，她告诉他禁卫军捉拿大同的事，他不过是点点头叹息而已，并没有说甚么。她又告诉他，大同的妻子莲芬来托她转求他设法的事，他后来说道："这个女的真是不知天高地厚。甚么事也要试试。犯了维新变法，谋反叛逆之罪，也想要我去讲面子呀？"

"她真是不知天高地厚，"九太太说道，"她连李先生干些甚么事才犯法都不知道。他根本没有对她提过，还是我告诉她一点点。"

"原来是一个无知无识的乡下黄脸婆子！"袁笑道。

"大人猜得正相反！"九太太也笑了，"她生得又漂亮，又聪明，谈吐又文雅，学问又不错，我不知道为甚么李先生把她当傻子！"

"唔！"袁世凯惊讶的自言自语道，"这个年头儿，能把聪明漂亮的太太当傻子的人真难得。那不是把太太当傻子，他是公私分得清楚！"

九太太再和袁世凯讲甚么，他也听不见了。他沉思了一阵，便叫打轿儿出门拜客。九太太心中暗想，也许她在无意之中，救了大同一命。后来果然听见刑部大牢中的几个维新变法的死囚犯，有一个姓李的，被一位大官秘密的保出来了，她知道这是谁保的。

刑部大牢里，这几天之内，前后由禁卫军送了七个谋反的死囚进去，杨深秀、杨锐、刘光第，康广仁、谭嗣同、林旭、李大同。这七个人，除了山东道御史杨深秀是一位四十九岁的老翰林之外，其余这六个人都年轻，大同最小，其次林旭也只二十三四岁，是福建才子，十九岁便中了举，刘光第二十五岁早成进士。当时御史黄桂鋆，为了怕这几个年轻的亡命之徒，在公庭对簿时，牵涉光绪皇帝，奏请早日处决，谓罪状已明，不须审讯。八月十三那天，便把这七名要犯验明正身，送往天桥去问斩。临时又奉了密令，李大同具悔过书释放，其余六人立刻正法。

在天桥行刑时，大家看见这几个维新的青年领袖，尤其是林旭，看起来还不过二十岁。遭此大难，不胜悲惜。谭嗣同是湖南人，他父亲曾做湖北巡抚，他自幼周游全国，说话时一口的南腔北调，临刑前大叫他视死如归，杀他一人，百人千人将起而继其后，他那样慷慨激昂的样子，使人喝彩，引人挥泪。

大同出了刑部大牢，一人赶回家去，看见莲芬昏倒在地，便站在她面前，慢慢等她苏醒过来。莲芬当初听见有人说有一个被杀的青年，说话有湖南江西的口音，认为一定是大同，悲恸而昏倒，醒来看见大同一身污浊，站在她面前，两眼昏花，以为他一身是血迹，这定然是大同的鬼魂出现！那知这并不是甚么鬼魂，而是大同本人释放出狱，真叫她喜出望外，高兴得不得了！全南昌会馆的人，大家都来道喜，要设宴庆贺大同脱险。

正在大家都高兴得乱纷纷的时候，法华寺袁公馆的当家的，押送到一台鱼翅官燕全席，说袁大人听见李师爷出了狱，他本来是要亲自在公馆里替李师爷把盏，二来庆祝，一来压惊，无奈刚刚回京不久，应酬太多，分不开身，只得移樽就教，还要请李师爷见谅。

大同当时火气大极了，要不是莲芬止住他，他简直要把这一台酒席退了不受。莲芬替大同收了酒席，代他写了谢帖，又打赏了来人，便劝大同反请同住县馆的同乡，大家一道吃。大同怒气填胸，说是大家一同维新变法，有的人把命都送了，有的人正在逃亡，他那有胃口吃酒席，那有心情款待同乡朋友。

莲芬不和大同争执，依着他的意思，只留下两三味送饭的菜，其余的全席，叫老侯夫妇请了全馆的同乡他们大家吃。大同和她自己两夫妇告罪不去奉陪，躲在自己屋子里吃便饭，以便两人谈谈这一向分别了的情形。大同这七八天，没有吃着一顿好饭，她又不曾预备，有了袁公馆送来的东西，正好他们两人关着门享受享受。

大同当初虽然说维新的同志们，有的受了极刑，有的尚在逃亡之中，他简直吃不下袁世凯送来的东西，但是后来和莲芬谈这一向的遭遇，一来谈得起劲，二来也饿得厉害，所以越吃越吃得痛快。他说大家都认为维新变法，非要武力做后盾不可，因为光绪不过是一个有名无实的皇帝，大权仍然操在慈禧太后之手。顽固守旧的庸臣，反对变法，包围太后，所以他们非靠袁世凯的新军不可。连日他和康有为、梁启超、林旭、谭嗣同等密商，后来也约了袁世凯一同筹划。

袁世凯的原职是直隶省臬台，在小站练兵，署直隶按察使，虽是直隶总督荣禄的部下，光绪这次特别提拔他，调他入京，以侍郎候补，免得他受荣禄的节制。他一向从事维新，办学堂，练新兵，大家都器重他。八月初五早上，光绪当面对他谈防备荣禄反对变法的事，袁世凯仍然做得诚恳万分，说是他一定要鞠躬尽瘁，虽赴汤蹈火，在所不辞。那知道他马上赶回天津，报告荣禄禀告慈禧，慈禧立刻由颐和园赶进城来，把光绪关在瀛台，捉拿党人，今天杀了六个首领，其余的维新人士，个个自危，中国的前途，不堪设想了！

莲芬听了大同这一番话，不免自怨道："这只怪得我！不是为了我，你一定不会到北京来的。你一向都是主张追随孙文先生，以图革命的，并不想来找康有为、梁启超，参加维新变法运动。我记得你总是说，维新变法，不足以救中国。"

"不过有了袁世凯的兵力做后盾，维新变法是不会受阻碍、遭人反对的。中国的政治，若是能够百事维新，废除陈法，也会有大进步！但是谁料到袁世凯会卖主卖友呢？"

"我就早知道袁世凯不是一个好人，当面对你甜言蜜语，背后一定会使你吃苦受刑。他是一个官场中专耍花枪的大滑头，一切全得先替他自己的利益着想。他一定要先问问他自己，'我帮助维新变法，对我自己有甚么利与害？我出卖他们，对我自己，有什么利与害？'回答是明显的。帮助维新，成功则升官，失败则杀头。出卖皇帝和朋友，他一定升官，决不杀头。不过是皇帝和朋友吃点亏而已……"

"他的人格呢？"

"他这种滑头政客，根本不知道甚么是人格，曹操的信条是：'宁使我负天下人，毋使天下人负我！'你们早应当想到这一点！"

"我们大家只想到怎么救国！"大同道。

"并不是我在事后觉得我有先见之明，"莲芬道，"不过你当初应该把这些事情告诉我，不应该把我完完全全蒙住。有的事情，当局者迷，局外人冷眼旁观，反而可以看得清楚一点儿。"

"你既然比我更能了解袁世凯，"大同说，"那末我就问问你，他为甚么要把我保出来呢？"

"现在还说不定，"莲芬道，"不过他赶着马上就送一台酒席来庆贺你出狱，给你压惊，显然是要你明白，这是他保出来的。不用提，他是对你有所企图，他这样的对你施恩施德，你得当心，你得小心防备他！"

"我们同道的人，"大同道，"有的脑袋都没有了，他还以为对我施一点点小恩小惠，便可以买动我，那他就太糊涂了！"

"你以为他对你施一点点小恩小惠，就止于此吗？"莲芬道，"那你也太糊涂了！"

大同一个人大吃大喝，莲芬反而差不多是水米不沾牙。她说她一想到这些遭难的人，她简直没有了胃口。她一想到他们这些人的家属，寡妇孤儿们，她不免要掉眼泪。

那天晚上，丁龢笙在外边跑了一天回来，一听见大同出狱了，高兴得不得了，跑过来欢迎他。

"大同！回来了呀？真没有想到！"丁龢笙叫道，"差一点点不能见面了！"

"我也没有想到呀！"大同道，"差一点没有脑袋了！"

"倒不是那个！"丁龢笙道，"明天就走了，再晚一两天出来，我就不在北京了！"

"我再晚一两天出来，我就不会在这个世界上了！"大同笑道，"你明天上那儿去呢？怎么这样匆忙呀？是不是也要抓你呀？"

"那倒不知道！反正管不了。不如走了好！没有了大学堂，耽在这儿干甚么？到了天桥看行刑，惨极了，很多学生要开会，禁卫军来解散了。明儿到香港去。不念书了，革命去！"

"你一个人去呀，还是有许多人同去呀？"大同问道。

"千千万万的人都去！"丁龢笙道，"不是同去，各人去各人的。东边也有人去，西边也有人去。大家都要打倒满清。大家都要复兴中国。我们死了，还有我们的儿子，儿子死了，还有孙子，不成功不回北京。"

"不回北京，"莲芬说道，"你回到那儿去呢？"

"回海安县去，"丁龢笙道，"那儿有一个小岛，真是天堂。没有人敢去。都说有鬼。小时候偷到那儿去过。住了好几天，吃水果吃生鱼。住在山洞里，过的是神仙的生活。后来家里人找了回去，打得半死。"

"你还想念那个岛呀？"莲芬问。

"当然。挨打都值得。再见吧，我要检行李了。"

丁龢笙谈到海安县那个没有人敢去的小岛的时候，眉飞色舞，心往神驰。大同听他讲时，也觉得津津有味。莲芬看见大同半天不出声，一个人在那儿出神，便笑问他说："大同，你也喜欢那个神仙岛，也想上那儿去过神仙的生活，对不对？"

"对是对！"大同答道，"不过我要等把满清政府推翻了才去。"

"没有推翻呢？你上那儿去？"莲芬问道。

"再接再厉，非把它推翻了不止呀！"大同答道。

容闳先生听见大同出了狱，马上也来看他。他见了大同高兴之至，不过看见莲芬略带病容，十分关心。他说他太太还在打麻将，一时不能脱身，由他代表致意。他希望莲芬好好保养身体。

大同知道容闳为他们到处奔走营救，大家都十分感激他；又问他其余那些人，有甚么消息。

"目前的情形非常之不好！"容闳道，"除了今天那六位遭难的烈士之外，又抓起了许多人，有的要送到边境上去充军，有的在京坐监，有的在家圈禁，一律革职，永不叙用。康有为先生到上海的时候，上海道派人上船抓他，要不是英国领事馆先替他换船转香港，早已被捕就地正法了。梁启超先生由日本公使馆设法，逃出了京，现在到日本去了。文廷式先生逃到那儿去了，我们现在还不知道。还有一部分人，躲在天津的租界里边暂时不敢出来，等待有机会再逃走。也有的人已经逃到上海租界里去了。只有你一个人，虽然侥幸放了出来，性命还是在虎口之中。我一来是看看你，二来是劝你，乘着这个机会马上逃走。"

"逃上那儿去呢？"大同问道。

"逃到日本，"容闳道，"去找梁启超先生；或者是逃到香港，去找康有为先生……"

"要是我逃到了香港，"大同道，"我就不想再去找康有为先生了。那儿另外有一个机关……"

"我知道！"容闳道，"孙文先生的兴中会！对不对？"

大同不置可否。但是他不置可否，便是默认了。

"两年之前，我在纽约见过孙先生；他的口才好极了，我从来也没有听过比他演说得更好的人。有的人笑他，骂他做'孙大炮'，说他吹牛吹得太大。不过我相信他的话，他不是吹牛的人。他告诉我，维新变法，是救不了中国的。我要是听了他的话，就不会到北京来了。我到香港的时候，他还在伦敦。那时候内人在香港不服水土，病了进医院，出院之后就到北京来，我要见见维新的朋友，现在孙先生恐怕在日本……"

"孙文先生不在香港，甚么人代替他主持兴中会呢？"大同问道。

"有一位姓杨的，名叫杨衢云，福建人，算是兴中会的会长。"容闳答道，"会址设在香港，外表算是一个买卖，叫做乾亨行，在士丹顿街。凡是革命的青年，要想去加入兴中会，没有不受欢迎的。英国当局，也有点知道他们。不过他们没有破坏当地的治安，照英国的法律，是不会干涉他们的。你要想加入兴中会，那是再容易没有了。你对杨衢云说是我的朋友，他一定会尽力帮助你的。你还是早早动身吧。"

"谈何容易！"大同大大的叹一口气。

"假如只是费用的问题，"容闳很痛快的说道，"那你就不用愁了。我还没有破产，这一点点钱是不会费事的……"

"我怎么好负累朋友呢！"大同道，"我拿了你的钱，就不知道甚么时候才可以还给你。还有一层，内人身体不大好的样子……"

"我并没有甚么，"莲芬赶快接着说，"马上就会好的。"

"那你更要用点钱养病，"容闳道，他立刻把钱包拿出来，数数有多少银票儿，半开玩笑的说道，"我看看我带了多少钱。可惜我可以借钱给你，但是你的太太不能够借点病给我的太太！上半年我太太身体不舒服，在医院住了几个星期，省了我三千多银子。医药费才花了七百多，她有两个月不打麻将，不上街买首饰衣服，一个月少用两千几。"

容闳留下了五百两银子给他们，大同坚持不肯收，当初莲芬也推辞了一番，后来看看推辞也无用，勉强的收下了。容闳高高兴兴的祝他们一路顺风，便告辞回家。

"大同，现在你可以动身了。"容闳走了之后，莲芬表示决心的说道，"我当初就知道假如你有钱的话，一定要和丁龢笙结伴同上香港去的。现在容先生成全了你。"

"可是你这种样子，怎么可以旅行呢？"

"我暂时不能去！"莲芬道，"不过'男子志在四方'，助夫旺子的女人，是决不妨碍她丈夫的行动。不要说只是暂时和丈夫分别一下，就是要分别十年八载，我也愿意为了你的前途忍耐忍耐。我看满清政府，再支持不了多少年。也许我们不久便可以在海安县海外那个神仙岛上，去过神仙的生活呢。"

"我要是到香港参加兴中会去革命，那我就不能养活你了。这一点点钱用得多久呢？"

"你不要替我担心！"莲芬道，"我自有办法。"

大同吃了一惊，忙问道："你有甚么办法呢？"

"天下的事，往往有巧得稽滑的！"莲芬笑道，"你不肯告诉我，暗中要想把慈禧太后弄掉去；我也不敢告诉你，暗中要想在慈禧太后身上，找一笔钱来养养家。你总知道，慈禧太后也附庸风雅，自己偶尔也画几笔工笔画。近来她从南方请了一位缪太太来，专门替她画工笔画。颐和园里的窗户，和所有的纱灯，一律要另换新的工笔画。前门外廊房头条所有的纱灯店子里，那些画工笔画的人，每人都送一两张画进园去，让缪太太看看，那几个人的画可以合用。那知缪太太眼光极高，全北京画工笔画的人，差不多她都看不上眼，只挑了两三个人，说是这已经是从宽挑选，勉强可用。只是她对我的画，特别喜欢，说是只要是我画的，有多少她就要多少，慈禧太后出多少钱一张，我们谁也不知道，不过经过了几重经手的人，我可以得到一两三钱七分银子一张。我一天画两张不算太难。真要赶的话，三张四张也可以赶得起来的。第一批他们要五千张，以后常常要换新画，四季也要按四季的花卉点景，所以我这一笔买卖是够我花够我用，足足有余了。可是希望你们兴中会的人，别马上就把她弄掉了。"

"你甚么时候把画送进园去的？"大同惊问道，"我怎么一点儿也不知道呢？"

"当然你不知道！"莲芬道，"我是谁也没有告诉的。对经手的廊房头条的纱灯店子里，也用了假姓名。何况你这一向公忙得很，回了家还要忙着看九太太的诗。"

"你知道九太太不会做诗……"大同辩道。

"可是你掩人的耳目也掩得过了火。"莲芬道,"我一天到黑只听见你谈九太太的诗,没听见过你谈维新变法。"

"现在维新变法,和九太太的诗,一样的成了双绝!"大同忍不住笑道,"还是你稳当,替宫廷画窗户画纱灯,至少还可以画几年。"

"这叫做'东方不亮西方亮'!总有一头不落空。"莲芬也笑了,"我乘着这个机会多积点钱,将来好同你到海安南边的岛上去过神仙生活。"

"到那岛上去住,就用不着甚么钱了!"大同道。

虽然古今的贤妻,总是要劝丈夫,不可恋家,远走高飞,到外边去创世界,但是生离死别,不免是人间最伤心的事。丈夫总想着妻子,为了她宁可晚一点点启程,而妻子为了顾全丈夫的事业,反而要他早早首途就道。

大同和莲芬今日的情形,比普通一般夫妇为了事业而要分别,又不相同。他们在这种风声鹤唳的环境之下,一刻千金。早一天走,早一天好。

"我先去找一个大夫来看看你。"大同不得已的说道,"你身体好了,我才放心出门。让丁龢笙先走,我随后再去。"

"一天也不可迟!"莲芬毅然决然的说道,"你同他明天一道走。我其实没有一点病,只不过有一点点疲倦和偶然想吐而已。我想这是近来睡眠不安、饮食不调的缘故,一点也不要紧;你出来了我也心安了,马上就会完全恢复的。请你替我想一想:假如你是因为我的事耽误了启程,在北京再出了乱子,叫我这一生怎么过下去?"

"那也得等我替你找着一个人做伴……"大同道。

"我要人做伴干甚么?"莲芬问道。

"你胆小,你害怕鬼,而且这间屋子又死过人……"大同道。

"没有的话!"莲芬辩道,"我不害怕鬼!"

"你不用骗我!"大同道,"里屋没有点灯,你从来也不敢一个人进来……"

"就算当初有一点儿胆小,现在也不害怕了!"莲芬道。

"当初你只一点儿胆小呀?"大同笑道。

"看起来你糊糊涂涂。"莲芬道,"原来你细心极了呀!"

　　"两夫妻一天到晚在一块儿,总会知道一点儿。"大同道,"那天丁龢笙来说,这屋子里前几天死了一个人,你吓了一大跳。我虽然是近视眼,看不清楚你脸上的表情,你那种惊惶的态度,谁也会觉得的。你又故意说你不怕鬼;真不怕鬼的人就不用说那句话!"

　　"那是不得已呀!"莲芬道,"就是明明知道鬼住在这儿,我们也没有别的地方可以去呀!"

　　"我心里知道。"大同道,"可是我无话可说。莲芬,你真可怜!我关在牢里的时候,我老是想着你一个人怎么敢不点灯在这间屋子里睡觉……"

　　"可是我现在再也不害怕了!"莲芬道,"后来这几天,我请侯妈回去,不必来同我做伴。"

　　"这是怎么的呢?"大同问道。

　　"我……我……我也不知道。"莲芬道,"也许我现在大了,就不害怕了。这几天晚上,全院儿只有我一个人在家,不点灯就这么黑着,我一点儿也不害怕。你假如不相信的话,你马上出去,我把灯吹灭了,一个人在黑里耽着,你看我害怕不害怕!"

　　"好吧!"大同道,"我现在就到丁龢笙那儿去,告诉他我明天同他一道儿走,你一个人耽着试试看……"

　　"你快去告诉他吧!"莲芬道,"有伴出门方便多了。我马上就把灯吹灭了给你看看。"

　　大同一出屋子的门,莲芬就把灯吹灭了。大同在窗外听听,果然莲芬没有一点害怕的表示。他去告诉丁龢笙他明天也要上去香港之后,回来时莲芬仍然没有点灯,一人在暗中坐着,并不害怕。

　　八月间出门,颇为方便,不必多带衣服行李。大同本来也没有多少衣服,现在要到香港去,那儿的天气,一年四季,都不十分冷,用不着和南方人到北方去一样,准备充分的厚冬衣。莲芬要他略微多带一点东西,但是大同坚持不肯,只带了一个小小的包儿。至于旅费,他们俩小夫妇几乎为了这事争执起来了。大同认为他决用不了两百两银子,而莲芬偏偏要他把那五百两整数带了去。她说她近来积蓄了一点钱，差不多有了一百两银子，而且她替颐和园画纱灯窗户，月月有钱存下来，这一百两银子不过是以备不时之需而已。再说"宁穷家，莫穷路"，在京里，万一要用钱，还可张罗张罗——在路上，在香港，要用点钱，那就没有法儿了。可是大同那儿肯呢？他说他不知道何年何月才会寄钱回家，家中总要多留点。最后她一定勉强他带三百两银子去。她说这算是公道的分法，差不多每人分一半，不过她仍觉得她留得太多了一点。

新秋日长夜短，光绪二十四年八月十三日的那一夜，更是觉得特别的短，眼睛一眨，全夜便过去了！他们两人，还没有谈几句话，也没有睡多久的觉，东方便渐渐的现了鱼白色。莲芬虽然觉得胃中不好受，有一点点想要吐，但仍勉强赶着起身，烧好一顿大大的早饭，把丁龢笙也请了来一同吃。三人之中，只是丁龢笙一个人足吃足喝一顿。

那天正是秋云不雨亦阴：西风萧萧，黄叶遍地，处处都现出一种凄凉的景象。高耸的前门城楼儿，平日总是超然的以冷眼而观天下人，今天也仿佛愁眉苦脸的望着大同和莲芬替他们惜别。他们由前门外转进东车站，无心观看四周的景色。

三等车拥挤不堪。客人老早就来占位子。丁龢笙在北京住了很久，这一次拔根而去，再不回来，便把所有的东西都带了来，行李多得难以对付。大同帮着他，把这许多东西，一件一件的由窗户中送进车厢，然后再进去替他设法安置，东边碰着人，西边碍着路，大家怒目望着他们两个人。车厢中挤满了人，火车停在车站之内，一点风也没有，大家汗流浃背，臭气熏天。阴云渐渐的退了，天气晴爽，日光越来越热，他们两个人，夹在车厢中之人丛里，动也不敢动。虽然热得要命，十分的想在开车之前，出来站在月台上和莲芬在一块儿，一来风凉一点，二来也可话一话别，但是恐怕一出来，再也挤不进去了。

大同在车厢内，挤于人丛之中，四面一望，只看见男男女女，老老少少，大大小小，差不多有一百来人，全是比较穷苦的工人农民等。早班车坐三等的人特别多，坐头等二等的人尚未起床，他们多半是坐晚车的。

这是大同生平第一次坐火车。火车头上的汽笛，一再高声的大鸣，使得他心乱如麻。他心中有千头万绪，要想对莲芬谈谈，在这种环境之下，简直没有一点机会略微开一开口。他偷偷的望一望莲芬，又怕莲芬看见他望着她，赶快的避免和她对望。莲芬一直站在月台上，望着他，心中狂跳着；觉得马上就要分别了，不知何时再能见面；只希望火车不要马上就开，多停留一分钟也是好的。她心中也有千千万万的事情要对他说，但是她觉得现在还是不说的好。

车站上一个打小旗儿的人，把一面绿旗儿举起来摇着，同时高声的吹一声长哨儿，火车头上的汽笛又大鸣着。这时莲芬差一点儿支持不住，眼泪很难忍住。她看见月台上的人，大家都向车上人招手说"再见再见，一路福星"，她却觉得口干舌苦，咽喉中哽哽然，好像有一块硬东西在那儿似的，想吞也吞不下去。她又想要吐，眼睛发花，鼻子内作酸痛。她忍不住说道：

"大同，我告诉你……你……我要……"

说到这里，火车头上的汽笛又大鸣起来了，她再说也是枉然。同时火车便开了。

"莲芬！你要甚么？"大同高声叫问道。

"我……没有甚么事，我要你常常写信。"

"自然会常常写的！"

莲芬追着火车，火车越走越快，她越走越慢，渐渐的追不上了。火车和一条长大的黑龙似的，不停的吼，吐着火，把她心爱的丈夫带走了。

在一阵短短的时间之内，火车在烟雾之中渐渐不见了，莲芬脸上全是泪痕。

袁世凯看见大同当天晚上并没有到袁公馆来谢他，心中有点奇怪，不过认为大同一定因为疲劳过度，休息了一晚，第二天一定会来的。第二天早晨，他知道大同马上就会到，便叮嘱门房：他专诚在家等候李先生；李先生一到，立刻通知他。

他等了许久，果然到了一位李先生。可是这位李先生不是他心中急于想见的人，而是另外一位他一向不愿见的李先生。小明听见传闻大同出狱的消息，不敢相信，特别到袁公馆来探问明白。袁世凯知道小明一定为大同的事来找他，便先开口道："晓铭兄，你来得正好，你知道贵同乡李大同出了狱吗？"

小明一听袁世凯的话，知道这一定是真的，便叹道，"袁大人真是宽宏大量！可是袁大人也就太宽大了一点！"

"哦？"袁世凯问道，"我倒要领教领教。"

"纵虎归山，一去不返！"小明道，"袁大人以君子之心，度小人之腹；猛虎回山之后，恐怕不容易再就范了！"

袁世凯看见大同昨晚没有来，早已有点失望，今早仍然没有来，心中未免狐疑。经小明如此一挑拨，更觉得自己所做的事，是否妥当，颇有问题。小明看见袁世凯果然被他说得心意不定，十分得意，马上补充道："李大同之为人，我略知一二。也许我看错了，他还在北京没有走。袁大人不妨派人去请他——多派两三个人，以免他不肯来，请他在离京之前，一定要先来见见袁大人。"

"用不着多派人。"袁世凯道，"一个就够了。他要是还在北京，他一定会来的。他若是走了，多派人有甚么用？"

袁世凯到底是做大事业的人，胸襟开展极了。他派的人回来说大同早已走了，只留下他太太莲芬一人在京，他自认他的眼光，不如小明，甘拜下风。同时他也绝不生大同的气，说大同忘恩负义，他反而要帮助莲芬。他立刻传了小明来，叫账房交一千两银子给小明，他对小明说道："大同兄曾经和我谈过多次，想摆脱政治的漩涡，努力求学。他现在决心退隐，闭户读书，留下他太太一人在京，环境恐怕不宽裕。我和大同兄是忘年之交，不能坐视，请你劳步一趟，把这一点点小意思，津贴他的膏火。还要请你代我转达一声，以后要她有空请常到舍间来，九太太好常常领教领教。她无论有甚么事情要我效劳，我没有不尽力的。"

"袁大人真是义重恩深，我一定去见见莲芬——一定去见见这位李太太。"小明答道。他对这事很满意。

"晓铭兄！"袁世凯道，"你和大同是同乡，也是旧交，所以我只好烦你代劳，婉辞转达我一点点微意。还要请你声明一声，假如我早已拜见过大同嫂的话，那我早就应该亲身来了。"

"袁大人做事，又大方，又妥当，又有分寸！"小明把高帽子，一顶一顶的送给袁世凯。

小明到南昌县馆一问，老侯和侯妈异口同声说，莲芬不知道搬到那儿去了。小明绝不相信，老侯两夫妇对天发誓说，他们真不知道莲芬是甚么时候走的。小明无奈，只得回袁公馆复命。

小明向袁世凯报告，他看南昌县馆长班老侯两夫妇的情形，准知道就是他们替莲芬安排躲避耳目的，而且他猜想莲芬还藏在县馆里没有走，就算是出了县馆的大门，走也不远，飞也不高，一下就可以找得着的。他说他早已把他带去的底下人，留在县馆门口守着，另外又派了两个人去，以便换班轮流把守。假如有甚么消息，他们马上会送信来。

"晓铭兄！"袁世凯道，"不用太费心，还是叫你的底下人回家吧。今天劳神不少，我很感激；不过这一桩事，无关重要，一再费你的心，未免有点大材小用，令我抱歉之至。可是你做事精朗，周到，敏捷，稳当，使我高兴极了。你真是一个难得的人才，今日偏劳了你，我不能叫你白跑一天。"

小明一听，心中马上在那儿转圈儿。袁世凯说不能让他白跑一天，是不是就把预备送给莲芬的那一千两银子赏给他，作为酬劳呢？假如是这样，那就糟了。他在袁世凯身上，花了一万多，现在得回一千两，还不到十分之一，这笔买卖做得太不合算。他不得不马上把他的期望说明白。

"袁大人真是过奖了！"小明道，"我替袁大人效劳，那是我有面子，决不敢望报酬。要是我计较这些，我就不来侍候袁大人，我早去做买卖去了。袁大人到现在总可以看出来了：我李晓铭对袁大人忠心耿耿，尽心竭力，只求袁大人赏我一个小差事，我李晓铭决不是那种忘恩负义之徒！"

袁世凯略略的考虑了一下子，随后便好声好气的笑道："你一向对我尽心竭力，我早就知道。我不是对你说过吗？你做事稳当周到，难得极了。只可惜我手下一时没有好差事给你，不知目前你肯不肯屈尊做我的副官，等将来有了好机会再想别的方法呢？"

小明马上站起来，对袁世凯行一个新式的军礼，高声说道："副官李晓铭谢袁大人的恩！"

"我马上叫天津衙门里，把你的正式委任状送来。"袁世凯看见小明这种巴结的样子，也很满意，"你就算今日到了差，暂时跟着我在北京当差吧。"

"跟着袁大人当差，真是想不到的荣幸。"小明极会恭维人的，"袁大人是顶天立地的人物，将来在历史上，是有不可磨灭的地位的。"

"江西真出人才！"袁世凯戴了小明送他的高帽子，非常高兴，"我刚刚丢了一个江西的干材，今天又得着了一个江西干材，再巧没有了！"

大同逃出北京，反成全了小明，使他做了袁世凯那儿的副官，这真是大家所梦想不到的奇事。在大同未入狱之前，他曾一再对袁世凯推荐过小明，但是都没有一点效力。结果还是他这一走，比推荐更好多了。

大同在京津路上，挤在人丛之中，动也不便多动，无精打采的望着同车的人，心中空空洞洞，觉得前途渺渺茫茫。时时想着莲芬，偶尔也想着小明。他那儿知道小明因他出走，反而博得了袁世凯的信任，他还追念着，若是在他被捕前，替小明在袁世凯部下，找着了一个好职位，以后小明决不会再去找莲芬麻烦了。

大同和丁酥笙到了天津，也不敢停留，马上去买船票。票局子的人告诉他们，外面挂了牌儿，今晚有两只轮船开往上海：一只是华商招商局的盛京号，一只是英商怡和公司的福和号。招商局的盛京号略大一点，船票反略略便宜一点。他们一听，马上预备要搭盛京号，便问问船票的价钱。

所有的船票分为五等。头等叫做"大餐间"，大英鬼子和花旗鬼子总是坐大餐间的，考究极了，吃的是番菜大餐。二等叫做官舱，两个人一间官房，来往官宦一定坐官舱，伙食也非常之好。三等叫做房舱，四个人一间客房，另外还有一间大家公用的客厅。伙食每日三餐，每餐四荤四素，南北的客商，有女眷出门的多半坐房舱。四等是大统舱，所有的四等乘客都在这一间大舱之中，上铺，下铺，中铺，边铺，票价都是一样，若要好一点的边铺，铺上有窗户，只要多出一点茶钱给茶房就行了。第五等便是蓬舱，没有铺位，你自己随便在没有人走路的地方开铺。统舱蓬舱每日有两顿粗米白饭吃，你要自己预备菜蔬。

大同和丁龢笙都要省钱，不怕吃苦。但是初次乘船，认为蓬舱太乱太危险，统舱也不算贵，当下就向票局子写票的人说，他们就买两张盛京号的统舱票到上海。

那写票的人，一面挑一小羹匙的水到砚池中去研墨，一面对他们两人说道，看他们的样子，一定是初出门，没有走过江湖的客人，大概不知道在盛京号的船上，是不许吃洋烟，不许打麻将的。若是坐福和号，一切随客便，毫无拘束。他说完了把墨也研好了，可是仍不提起笔来写票，一手摸摸胡须，笑问他们两人，是不是不吃洋烟的。洋烟云者，鸦片烟之谓也。

旁边一个人讥笑道，"老头儿明明是想多赚点回扣，要想客人买怡和公司的船票。老奸巨滑，不说怡和公司的回扣大，招商局的回扣小，偏要说许多废话。"

大同听了，觉得其中另有文章，便问那写票人道：

"请问你，怎么福和船上可以抽大烟打麻将，盛京船上，却不可以呢？"

那船票的老头儿答道："盛京号是招商局的船，中国船，要受军警检查。福和是怡和公司的船。大英照会，不受检查，船上随便你抽烟打牌。"

"中国人坐了英国船，"大同问道，"中国的军警也管不了吗？"

"大英照会的船，"那人道，"中国军警怎么管得了？"

"你开口'大英'，闭口'大英'，"丁龢笙怒道，"你是中国人吗？"

"自然是的！"那人道，"你为甚么生气呀？"

"他想改坐怡和公司的船，"大同道，"怕你不肯。"

"大同，你说甚么？"丁龢笙问道。

"我要今天晚上开往上海的福和号两张统舱票。"大同道。

"你要我不要！"丁龢笙道，"你要就写一张吧。我不坐小国的小船。"

"别理他！"大同道，"我是抽大烟的，他也喜欢打麻将！"

"大同！"丁稣笙道，"你怎么哪？"

"我这位朋友爱国极了！"大同对那人道，"他宁可坐监牢，不肯坐外国人的船！军警在中国船上抓人吗？"

"可不么？"那人道，"这几天抓了许多人，说是甚么维新变法的嫌疑犯！"

"维新变法是干甚么呀？"大同故意问那人。

"也是人家想救国呀！"那人道，"维新是改良，变法也不算是犯法呀！全是那只老东西，把国家弄得一塌糊涂，还不如让革命党来把她宰了呢！"

"好！"大同惊问道，"你不怕军警把你抓了去？"

"我在大英地界上，"那人道，"爱说甚么说甚么！"

丁稣笙在旁边，听了大同和写票人这一番话，哑口无言，再也不敢和他们争执了。他觉得那写票的人，也是一位爱国的志士。但是他不懂得，为甚么一提到英国就要说是"大英"呢？

他们买了票之后，马上赶到塘沽去上船。他们在福和号船上，远远看见盛京号停在招商局的码头，那儿码头边，布满了军警。他们心中十分感激票局子里那位写票的人，要不是他警告他们，他们一定要吃苦的。

英商怡和公司的船上，真是自由自在，胡天胡地，无论你干甚么，也没有人来管你。统舱的铺位，另外还要出钱给茶房买。你不先讲好价钱，他不让你开铺，而且左左右右都有人抽大烟。他们当初认为火车上的空气不好，那知道轮船上统舱中的空气还要更坏十倍！有一个年轻的茶房，看他们两人的情形，对他们说，只要略微多赏他一点茶钱，不必换票，可以让他们在房舱里客厅中的炕床上，日卷夜铺，伙食也可以同房舱客人一道吃。房舱里的客人抽大烟时，都是关着门在客房里，决不会在客厅中抽。他们一听，这真是好办法，马上要那个茶房把他们的东西搬到房舱里去。

于是他们居然升了一等，可以不受鸦片烟的熏陶，本来很好，那知虽然避免鸦片烟，却避免不了麻将牌。船才开行，房舱里的客人，全是做买卖的，马上在客厅之中，他们的大炕面前，开了三桌麻将，劈劈拍拍不停的大打其麻将。第二天便是中秋佳节，这三桌牌便有两桌打通宵。大同和丁穌笙一夜不得好睡，梦中常常被他们和了满贯的人大声叫醒。

照应他们的这个青年茶房，侍候得非常之周到。看见他们晚上睡得不好，便弄了两把睡椅，放在买办门口附近，让他们在那儿躺躺。全船通宵达旦，吵闹不堪，这个茶房，告诉他们，要想比较安静一点休息休息，只有早上天亮之后，开午饭之前，那时最吵闹的人都睡了，早起的人不太吵闹，但是一到开中饭的时候，全船又热闹极了，和乡间迎神赛会的场合不相上下。到了那时，上上下下，前前后后，挤满了人，走着立着，坐着躺着，说着笑着，吵着闹着，打着骂着，有的喝酒，有的唱戏，有的打牌，叫你没有半点安宁。那茶房带他们到船顶上放救生船的甲板上去，那儿最后面留了一小块地方，给中国旅客走走，可以透一口气。中国旅客，到甲板上来的人极少，他们倚着船边的栏杆，望望天上的行云，望望海中的波浪，倒也觉得别有清趣。

八月十五中秋节的那一天，大家欢欢喜喜，热热闹闹，大吃大喝，大玩大笑，庆贺中秋佳节。只有大同和丁穌笙两个人，孤孤单单，愁愁闷闷，不和大家在一块儿凑热闹，平平淡淡的过了一天。他们在船上特别小心，不乱和生人讲话，讲话时也处处提防，不敢谈政治；可是大家不谈话则已，一谈话必定谈到最近在北京所发生的大变。他们极力装做一种旁观的态度，听取别人对这一次事变的意见。他们听听，发现谈到政治的人，没有一个不大骂慈禧太后，以及一班当权的满清大官的。大家对于光绪的意见则不一致：有的说他英明有为，可惜被他姨母压制得没有机会发展；有的骂他懦弱无能，一点出息也没有。看起来大家在英国船上，畅所欲言，毫无顾忌。

他们说话虽然小心谨慎，可是在不知不觉之中，那个青年茶房，早知道了他们是因为维新变法失败，逃往南方去。那个茶房告诉他们，他自己早已参加了革命党，常常同他们在甲板上无人处谈天，表示天津上海以及长江一带的口岸，所有秘密的社团，全都加盟了兴中会，誓死要消灭满清，恢复大汉。他们这许多秘密的组织，如哥老会，兄弟会，青江会，红江会，本来是彼此之间毫无联络的。不过近年以来，大家对于政府处理大事，极不满意，义愤填胸，因此共同结合起来，以求救国救民。有孙文先生领导，在全世界联络活动，宣传筹划，所以都抛去了私仇，同心协力，从事革命。他知道他们两人要经过上海换船到香港，人地生疏，介绍他们到法租界一家小客栈住。

大同和丁龢笙，在福和号轮船上整整过了三夜三天，第四天晚间，轮船到了上海。远远的由船上望过去，十里洋场，一片灯火灿烂，五花十色，真和人间的仙境一般，煞是好看。但是等到他们走近了码头，只见黄浦江中，塞满了的大船小船，千千万万破破烂烂的小渔船儿和渡船，杂在几只干干净净漂漂亮亮的大洋船和游艇之间，越显得疮痍满目。等到可以看清楚岸上的行人时，更不成话。码头上成群结队的小工，赤着背，穿着几难蔽体的短裤衩，或是只系着一块半块围裙，扛着、抬着、挑着沉重的东西，头也不能抬起，东奔西跑，和蚂蚁一般，忙个不停，在汽车、货车、马车、人力车之间，横冲直撞，纷纷乱乱，一塌糊涂。

船一靠着码头之后，挑夫和接水的人，蜂拥上船，争先恐后，到处乱冲。四面只听见一片的叫骂声，招呼声，笑谈声，全船鼎沸。地狱不知道是甚么样儿，看看这只船初靠岸时的情形，一定和地狱相仿佛。茶房们事先将所有官舱和房舱的门全锁好了。外边的人推门打门，挤门踢门，吵闹不停；里边的人，理也不理，若无其事。大同丁龢笙与其他的客人，在房舱的客厅里，由窗户口望着外面，等了半点钟之久，客人一个一个的走了，外面才渐渐安静，闲杂之人也渐渐散了。那青年茶房才找了一个人来，替他们两人挑了行李上岸去。

他们在码头上，看见这些扛货的脚夫们，仍是成群结队的在那儿搬运货物。惨淡的灯光之下，只看见一片赤着背穿着破裤的骨瘦如柴的饿鬼，背上负着重大的包儿，脚下踉跄，口中哼着，一步一步的奔着。走出码头不过数十步，便是灯烛辉煌的广大柏油马路。在这豪华的街市上，车如流水马如龙，另是一番富贵的气象。马路上的红男绿女，大家都欢天喜地的，绝不知人间尚有艰难困苦似的。大同方才看见穷苦的工人运货，马上就看见纸醉金迷的城市夜景，心中特别感觉到痛苦。

他们经过了许多宽大阔绰的街道之后，渐渐的走到不甚雅观的地区了。由外滩直下，到了十六铺一带，那儿四面全闻见鱼腥臭味儿，再转进一条小弄堂，便到了他们要住下的泰来店。这一带的街道，全是湿的，据说一年四季，不问晴雨，都是湿的，而且鱼腥味儿，永远不绝。他们住的是所谓"头等官房第一号"，既脏又热，好在他们只住一晚，也不去计较。房间虽坏，店主及账房茶房等却十分殷勤；他们都知道大同是"过港"的朋友——"过港"二字，大家都知道它的意义——谁都对他们谈谈慈禧太后之误国殃民，要大家有钱的出钱，没有钱的出力，早早把这个老贼去掉，救民于水火。他们住在外国人的租界之中，大骂政府，毫无顾忌，同时也大骂洋鬼子。现在虽托庇洋人的租界，可以畅所欲言，他们大家仍然希望早日收回租界，把东洋鬼子西洋鬼子全赶回去。

他们吃完了晚饭之后，丁穌笙提议出去走走，看看上海的夜生活，据说上海的夜生活，是世界各地所没有的。大同自己也说不出道理来，一到上海，心中就对这个地方有极强烈的反感。他急于定船往香港去，越早越好；所以他叫穌笙一个人去逛逛，他对于上海的一切，都毫无兴趣。于是丁穌笙一个人出去逛马路，大同便去定船。真碰得凑巧，第二天便有一只船开往香港，大同马上就买了两张三等舱的船票。

三等船票并不算太贵，大同算一算账，留下在泰来店的"头等官房"两个人的住吃及将来在船上的一切开销，他还剩下二百多两银子，他知道他一到香港，加入了兴中会，以后一切用度，可由兴中会负担，所以他可以把这剩下的二百两银子寄给莲芬去，他赶回泰来店，写信给莲芬，又写一封给赣州府的刚叔叔，报告一切。

他写完了这两封长信之后，半夜都已经不觉的过去了，可是丁穌笙玩得乐不思蜀，到现在仍未回店来。大同渐渐的替丁穌笙担心，不知道是不是他出了甚么岔儿呢？上海是极坏的地方，真使大同挂念不已。他等到三点多钟，仍不见丁稣笙的踪影。他急得不得了，只得告诉茶房，通知店主。店主也着急，马上去找人查问，去了很久，仍无回音。大同看见一个外国巡捕头儿，他用英文告诉那西人丁稣笙失踪的事。那人是法国人，讲英文不太清楚，马上通知法国巡捕房，派了大批的中国巡捕，向大同仔仔细细的盘问，好像希望大同可以告诉他们，在甚么地方便能把丁稣笙找着似的。

　　店主回来看见店里全是巡捕，急得叫苦连天，说他这一下要破产了。巡捕们一个个都打算在店中安居乐业似的，再也不走了，问他要茶要烟，要菜要饭，还告诉他们，队长要喝法国酒的。他们大打电话，问东家问西家巡捕派出所，认为在店中找人，比出去更省事更有效；可是电话中大谈别的私事。

　　如此的闹了一夜，第二天快晌午了，丁稣笙坐了一辆马车回来；一进门来，先向大同借了一大笔钱给那驾马车的人。巡捕知道这人便是丁稣笙，一定要带他到巡捕房里去销案。店主说去不得，和大同商量，说是送点钱给大家，便可免去。大同只好托店主代为打点，结果说好说歹，每人送了些银子，队长自然要多得许多，才把他们送走了。后来大同问丁稣笙到底怎么一回事，丁稣笙只摇头，不肯说出他吃了什么亏。可是这样一闹，开销真大，把他们的银子全闹光了，到香港就真没有一点钱了。

第十三章

射人先射马，擒贼先擒王。

英国的政府，以及香港的当局，绝没有包庇中国革命分子的计划。自从中英两国签了《南京条约》之后，中国便把香港割让给英国，英国的本意，是把它辟为一个繁荣的万国商埠，大英帝国在远东的军事基地。历年来，成千成万的人，争先恐后的到这岛上来发财，在这一个小小的岛中，先在沿北岸开设市面。全岛的面积，不过几十方英里，只因为岛中是几座一千多英尺高的高山头，所以只有在山下，可以渐渐的一层一层辟街道。这些街道，当初是一层比一层高。虽然在沿海的街道里，人烟稠密到了极点，但是在没有开辟的山中，简直就荒凉得没有人迹。

英国到海外来殖民的一班先进，都有一种最伟大的特性：有我无人！只因他们有了这一种可贵的特性，更建立了伟大的大英帝国。他们的英国人，说英国话，穿英国衣服，吃英国菜，奉行英国法律，尊重英国习惯，其他的人要和他们一样才行。你们要是能说英国话，懂得英国法律习惯，他们就认为你好；若不然，就不理你。在他们眼中，世界上分为两种人：一种是英国人以及和英人的思想相同的人，其他一种都是不足道哉的人！

那时候的中国，真使他们头痛。很大的一个国家，虽然有四万万人民，在他们看起来，除了几个买办、录事、西崽、阿妈、厨子之外，都是无足道哉、不懂一点英文及英国风俗习惯的野蛮土人。这也是人情之常，他们宁可和一个勉强可以用半调儿的洋泾浜的英文讲几句话的西崽谈谈话，而不屑和他们认为是当地土著名士交往。中国的哲学是异端邪说，中国的政治是野蛮的土人胡闹。要是有人去研究这一类的东西，那简直是自贬人格，有辱大英帝国的声威。

最近在北京遇难的那六位爱国烈士，在他们看起来，有的觉得莫名其妙，有的觉得荒乎其唐。那时驻华的英国公使，正在北戴河避暑，被他的馆员催了回京来。他告诉人说，在他还没有回京之前，他还从来都不曾听过康有为这个人的名字。所有到香港来的人，都是为了繁荣这个小小商埠来的；他们的宗旨，和陶朱公的一样，只求生意兴隆通四海，但愿财源茂盛达三江。新年元旦，在别的地方，读书人见面说"恭喜高中"，乡下农民说"恭喜丰收"，工人说"恭喜一年三百六十工"，做官的人说"恭喜高升"，在香港，人人都说"恭喜发财"。试想这些"恭喜发财"的朋友们，谁去管甚么兴中会？只因中国政府行文通缉孙文和康有为等，他们才不许兴中会和保国会的人在这儿公开活动。

香港的警察，高级长官虽然全是英国人，小头目和部下，全是中国人。他们这许多中国人之中，当然有一部分知道乾亨行和兴中会有关系。但是他们都是没有受多少教育的人，事前决不能料到将来会造成辛亥的革命。他们只知道这些人都是秘密帮会的党徒，在这儿招兵买马，将来带他们到别的地方去捣乱。要他们去对他们的英国上司详细报告一切，他们的知识不够，他们的英文也不能达意。他们看见这些亡命之徒在他们的范围之内，尚能奉公守法，并不破坏香港的治安，便开一只眼，闭一只眼，让他们活动算了。

其实兴中会这个秘密革命机关，在香港不但没有破坏当地的治安，而且还替它把许多无业流氓不良分子，变成了奉公守法的良善居民。当年各处游手好闲的希图侥幸的哥儿们，听说香港是发洋财的商埠，便破釜沉舟到香港来，希望不劳而获，一本万利。那知道来了之后，一看香港并不是黄金铺地的世界，发财的人，都是勤奋苦干，碰着万一的机会，才日积月累，利上生利，锦上添花，而变成富翁。这些人不能吃苦，到了不得已而非做工不可的时候，东边不要，西边碰壁，工厂见了头痛，警察见了愁眉。后来一个个都只有一条路走：加入兴中会。当局不知道他们加入了革命的团体，只知道他们一进了乾亨行之后，谢天谢地，他们再也不在别的地方找麻烦了。

大同在到香港之前，问丁龢笙道："我们一个钱也没有了，一到香港，非得马上就去找那个秘密的革命机关不可呀！你认识那里边的甚么人吗？"

"一个人也不认识呀！"丁龢笙答道，"没有问清楚，听说容易极了。"

"你知道那个地方吗？"大同问。

"甚么地方？"丁龢笙反问。

"说的是兴中会呀！"大同道。

"哦，原来是叫兴中会呀！"丁龢笙道，"忘了问清楚。"

"虽然是兴中会，"大同解释道，"不过挂的招牌是乾亨行，在士丹顿路，我最不会找路，全靠你了。你又会讲广东话。"

"容易找的。"丁龢笙道。

"当心一点，别问到靠不住的人。"大同道，"可惜我不会讲广东话。"

"放心好了！一切有我。"丁龢笙道。

他们也不敢请脚夫。两人把丁龢笙所带的行李，设法分带着。胸前背后挂着东西，两臂又夹又挂，两手再提着东西。二人出了码头，经过干诺道，走上皇后大道。大同所拿的东西多一点，大一点，不能快走，在后面看见丁龢笙自信为识途老马，一马当先，看见一个警察，认为这是最靠得住的人，他便走向这个警察去问路。大同急着拼命的赶上前去拦阻他，可惜太晚了。

"老友，唔该你，"丁龢笙广东话说道，"士丹顿路乾亨行在边处？"

"士丹顿路呀？"那警察的广东话，还远不如丁龢笙的好，"乜嘢乾亨行？"

"就系兴中会呵！"丁龢笙坦然补充道。

"你讲乜嘢？"那警察一手抓住丁龢笙拉着就走。

这时大同虽然赶到，听见丁龢笙告诉警察他们要找兴中会，急得要命，拦也拦不住，丁龢笙早被那个高大的警察拉往云咸街那边去了。大同再追进云咸街去，只见那警察打着山东口音的广东话道："你哩个傻崽！点解你问我兴中会呢？我唔带你去差馆，我就要炒鱿鱼……"

大同知道那个人一定是北方人，便上前说道："老乡，马虎点儿，他年轻，才到香港，说错了话，老乡包涵一点儿。"

那人听见大同对他讲北京话，四面看看没有别人，这才放了心，笑一笑道："你们刚打北京来呀！好在没有旁人听见，好吧，别多讲了，快走吧。别再提兴中会，乾亨行是乾亨行，专做买卖的。见着没有事儿专门在马路上溜跶溜跶的懒骨头一问，他就会带你去的，快走吧。"

那警察一说完，头也不回的走了。他们找乾亨行真是容易，到处看见衣衫褴褛的人，在街上游游荡荡，无事可做。只要向这种人一提乾亨行，马上发出会心的微笑，把他们带到士丹顿街乾亨行去，还替他们分着提一部分的行李。大同随着他们一路走，一路心中不免好笑。当初莲芬还说，路上有丁酥笙照应，她放心多了，那知处处反要全靠他这个糊糊涂涂的人照应丁酥笙。在天津买船票时，在上海等船时，到了香港问路时，都是差一点儿便出了大毛病。后来他又想着：加入兴中会，当初以为丁酥笙有办法，现在不知道要经过甚么样的严格的考验，有些什么艰难的手续，是不是和容闳说的那么容易，凭他提一提容闳的名字就可以加入呢？如果如此容易，那岂不是相当危险吗？万一满清政府派侦探来加入，他岂不可以进会做间谍吗？

他们一步一步往高处走，走到了士丹顿街的乾亨行门口。原来是士丹顿街，不是士丹顿路，大同记错了。大同一望，小小的门面，简直令他难以相信这便是负了重大使命的秘密机关总部。走进门去了一看，更是不成样儿！门内到处是人，站着坐着，也有躺着的，破破烂烂，一群乞丐似的，听见有生人来了，大家都两眼瞪大着望住大同和丁酥笙，尤其是望着他们的行李。

"快上楼去见杨先生。"好几个人都嚷着。

"这许多行李，都是给杨先生的吗？"有个人问道，"要不是给杨先生的，何必带上楼去？"

丁酥笙被这个人一提，有点迟疑犹豫的样子；这人似乎明白他的意思，马上坦然的说道："你放心，全交给我，由我负责好了。谁都认识我，我就是裴参谋长。"

丁酥笙听见这人是参谋长，马上放了心，把行李全堆在门口。参谋长也帮着他堆行李，这位参谋长真不分阶级，身先士卒。

丁酥笙再三多谢裴参谋长，然后和大同上楼去找杨先生。楼上那间大屋子之中，空空洞洞，四面只有几张帆布床。那时虽然是下午，床上以及地板上，都睡了许多人。他们再进去，里边一间小一点儿的屋子里，有两张条桌儿，四面坐了五六人。杨衢云起身招呼他们，说一口福建音的客家官话。他真是十分热忱，十分和蔼，一举一动，一言一笑，都是做领袖的样子。他在这些人之中，显然是鹤立鸡群。他听见大同和丁龢笙要想加入兴中会，重重的拍拍他们的肩背，表示热烈的欢迎。入会的手续极简单，只要填一填入会表，表上要填的是：姓名、籍贯、年龄、住址、父母、教育、特长、履历。最后这两项：特长和履历，他们两人都觉得无善可述，空了没有填。此外他们因为刚下船，尚无住址，所以住址一项，也只好空白。

　　杨衢云看一看他们填好了的入会表，马上在上面签一个字，交给一位姓龚的，叫他发两张会员证，又问大同和丁龢笙道："两位新同志，都没有住址，是不是要找一个住的地方呢？"

　　大同听见杨衢云第一句问他的话，便是要不要找地方住，他当然高兴之至，正中下怀，不过他也觉得有点奇怪。加盟革命，有多少重大的话应该谈谈，现在甚么都不提，而只谈到住所！他心中虽然狐疑不定，口中马上说他们正想找一个地方住住。

　　"最近我们挤得很，不过我们总要想想方法。史同志！"他转身对一位胖胖的笑容满面的青年人说道，"这两位新同志，都是很有学问的人，就在你那儿挤吧！"

　　"我那儿不是有了陶将军和老朱吗？"姓史的说。

　　"再加两个人也不要紧的。"杨衢云道，"你喜欢斯文的人呀！"

　　"活见鬼！好吧，我倒霉就是！"他笑着对大同和龢笙说，"两位有学问的新同志，要是没有地方躺，得站着睡觉，可别怨我呀！我说，你们二位合着有一床毯子吗？"

　　"我带了一床！"大同答道。

　　"带了好几床！"丁龢笙很得意的说道。

　　"那好极了！"杨衢云也高兴了。

　　"借一床给我！"杨先生后面一个人高声叫道。

　　"我也要借一两床！"另外一位同志道。

　　"放在那儿？我也得借一床用！"龚先生把两张一八九八年阳历十

月份的会员证，盖好了印交给他们，顺便同着他们下楼去拿毯子，那两个借毯子的同志也一同跟着走。

下楼一看，甚么东西也没有了！参谋长也不见了。大同问大家东西那儿去了，大家大笑，说是可以到最近的典当店里去找。龚先生也笑起来了，那两个想借毯子的同志也笑个不停。他们三人都说倒霉之至，可惜知道得太晚，来迟了一步。

"非去找参谋长不可！"丁龢笙叫道。他的全部财产一齐不见了，伤心之至。

"找他呀！"龚先生笑道，"他没把钱全花光，你连他的影儿也瞧不见的。"他们三个人只好上楼去。

史同志下来了，笑着问他们两人道："二位傻瓜同志肚子饿不饿？"

"那儿有东西吃吗？"大同问道。

"处处都有，可得花钱！"史同志说道，"带你们的饭票儿去给财神爷爷瞧瞧，就可以出粮。"

他带他们到后边一间小屋子去见司库的梁同志，梁同志看看他们的会员证是新的，十月份快完了，还没有轧过一个窟窿，马上在每一张会证上轧三个洞，给了他们每人三个现银两毛一个的毫洋，这便是三天的伙食费。

"发了财的同志！"史同志笑道，"快乘着财神爷爷还没离开金库之前，去把宝贝换现钱去！"

六个双毫子，合算是一块二毛毫洋，也值得一块大洋的现钱啦！为甚么要把这"宝贝"去换现钱呢？他们不知道其中的奥妙。史同志说，毫洋有的是假的，有的是私版，所以不如赶早去到附近一家小金银找换店儿去兑为铜元。假如毫洋有毛病，他们可以马上拿回来向梁司库换。还有一层，小银毫子放在口袋里容易掉了，掉了两毫，就是一天没饭吃。换了一堆重重的铜元，决掉不了。

史同志带他们去换了许多铜元，口袋里重得不得了。史同志马上又带他们到一家小饭馆儿去吃东西，并代替大同和丁龢笙请了一位客人作陪。那客人姓史名坚如，就是他自己。

大同看看这种情形，心中十分纳闷。推倒满清政府，实行民族革命，这是何等重大、何等神圣的任务，怎么不用任何人介绍，便可随时加入这个秘密团体？杨衢云并没有问他们半句话，谁也不查问查问他们。假如他们都是满清政府派来的间谍呢？那岂不糟了！不要说是间谍，只要是无意革命，专来每天骗两毛钱的流氓，也不应该让他入会呀！这样看起来，兴中会虽在各处负盛名，其实不过是一群乌合之众，恐难成事。

他在履历上，并没有填他加入维新变法的运动，一来因为他知道革命的人，都不赞成维新变法，二来因为他不愿填上丁龢笙所不能填的东西。他心中本来打算，若是有人查问他们，他就把容闳的话对他们说。那知道不消他提容闳的名字儿，早已将入会的手续办好了，这真令他莫名其妙！他们三个人在一块儿吃东西的时候，他不免对史坚如略略表示表示一点他心中的疑虑，这位乐天派的史坚如听了大笑。

"好一位深谋远虑的同志！"史坚如对大同笑道，"请放一百二十四个心！谁是间谍，谁不是间谍，我们还不知道吗？问话，看介绍信，那有屁用？说话和放屁有甚么分别？信纸和擦屁股的纸有甚么不同？空话是靠不住的，谁要是靠人的话，他妈的脑袋都保不住！专长？经验？那有甚么用？一切都等着看你的行动！有人写上一大套专长，经验，履历，其实半个子儿都不值！有的小伙子，傻头傻脑，甚么也没有学过，反真能干！这一班东西，跟我们耽了一会儿，我们自然知道谁有用谁没用。以貌取人是不行的！以言取人更不行！"

"一切要看一个人的行动！"丁龢笙自告奋勇，"愿意马上就有行动！"

"慢来慢来！好一个心急的同志！你没有经过一点儿训练就讲行动吗？你能放伯朗宁吗？二十尺之内都能命中吗？你从前是干过甚么的？不是我爱管他妈的闲事，你见过没见过手枪？"

"没有见过！本来要进北京大学堂念书的！"

"好一位有学问的同志，不过看起来你不像一位大学生，反像一个不三不四的茶房！我也不像甚么了不起的人，像一个要饭的，我知道。不过当年我在上海，有的是钱，全让我做金子做得他妈的一干二净，一晚上全光了！我到香港来，并不是我过不了穷日子，是不愿意见我那一班阔亲戚阔朋友。他们一见了我就拉长脸先哭穷。当初一见面都是欢天喜地的，现在又何苦来呢？怕我开口向他们借钱。"

吃完了饭之后，史坚如又带他们到跑马地附近一条小小的街道中，三层楼上一间小屋子里去睡觉。二楼和地下都堆了食品货物，各种怪气味冲天。他们的屋子之中，并没有床铺，大家都得在楼板上睡。他们两人既然没有毯子，大同只好和史坚如共用；丁龢笙等陶将军回来时再商量。

陶将军一到，真是闻名不如见面，见面胜似闻名！陶将军不过二十岁，瘦小枯干，的的确确是手无缚鸡之力。他是四川人，说一口的四川官话，说起话来，不清不楚，反而一开口便滔滔不绝。他和丁龢笙共一床毯子，一躺下便谈起他的家世来了。他说道："我爸爸生了我们十兄弟，我老末，最小。我爸爸又高又大，体力过人，骑马射箭，刀枪剑戟，十八般武艺，般般精通。他要他十个儿子也学武，将来一个个都可以承继他的衣钵。我那九个哥哥，个个都和爸爸一样高大强壮，只有我一个人不同……"

"你得天独厚呀！"史坚如道。

"说也奇怪，"陶将军继续的说道，"当初我妈妈怀我的时候，过了十一个月，还没有生出来，大家都说一定要生大将军，叫我爸爸高兴得不得了。那知道生出我来，比我爸爸的拳头还小一点儿。当年爸爸一生下来，却大极了，足足七斤十二两，他还是没有足月生的，刚刚够七个月，当时谁都说怕养不大呢……"

"后来到底养大了没有呢？"丁龢笙居然要替古人担忧。

"好一位想得周到的同志！"史坚如道，"少废话吧！"

"我爸爸教我们十兄弟骑马射箭，刀枪剑戟，十八般武艺，般般都练个不停，我个儿小，没有力气，我妈妈要我学文不学武，所以我爸爸和我妈妈两个人，一天到黑为了我吵闹，结果我妈妈很早就死了。我那九个哥哥也不争气，练了多少年的武艺，没有一个考上武秀才。把我爸爸活活的气死了！"

"只有你一个人考上了呀？"丁龢笙问道。

"好一个爱管人闲事的同志！"史坚如道，"少张嘴吧！"

"我爸爸死了之后，家产很多，大家争业，打了多年的官司，结果田地房产全卖光了，现钱也没有，还不够打官司的钱！"

"那你也没打赢呵！"丁稣笙道，"你也没有了钱哦！"

"好一个聪明的同志！"史坚如说道，"他有钱也不会上香港来呵！"

"我还小，我根本就没有打官司。我哥哥嫂嫂都欺侮我——因为当年我爸爸妈妈特别喜欢我——笑我武艺不好，骂我做'大将军'。谁见了我，也要在我脑袋上敲两下……"

"岂有此理！"丁稣笙道，"那你也要回手打他们呀！"

"我的脑袋特别大，他们不停的在我脑袋上敲敲打打，打得我的头发全掉光了……"

"好一位漂亮的同志！"史坚如道，"你不说你是癞痢头呀！"

"我哥哥嫂嫂把我当佣人，我专门跑腿；东家住一个月，西家住一个月，都不愿养我。去年年底我大哥叫我到城里去收两百银子，不到家就天黑了，碰见一只大狼狗，追着我叫。我最怕狗，一路摔，一路逃回去，把银票子也丢了。你瞧，我空着手，没带一件武器呀。"

"好可怜的同志！"史坚如道，"那只狗却带了各种的武器呀！"

"他们把我打得半死，不再收留我了，谁也不要我，我只好在外边田地里过夜。快天亮了，那只大狼狗摇头摆尾、和和气气的跑到我身边来，再也不欺负我了。它口里衔着那二百银子的官票送还我，我也就不怕它，把银票子拿了来，一人逃到香港！"

"到了香港之后，见人就把这件事谈一次！我听了五十次了！"史坚如道。

半夜之后，老朱才回来。他看见屋子里又多了两个人，骂了几句街之后，谁也不理，就去睡他的大头觉。

大同看看这样的情形，非常的失望。每天起来，没有一点儿事情可做，只是到"金库"中去，把他那张"饭票儿"给"财神爷"瞧一瞧，轧上一个小窟窿，"出饷"两毛小洋。他们有好几百"同志"，一天到晚在街上逛。他们只认这个姓史的和那个陶将军，这两位先进，常常对他们谈谈他们自己的过去。惟有老朱，据说是一位诗人，很少同他们谈话。那人的脾气很大，偶然一开口，便少不了骂街。他们的行李，也是一去永无踪，过了两个星期，他们碰见了裴参谋长。这家伙一点也不怕甚么，见面若无其事。问他那些行李怎样了，他说，一个革命的人，对于身外之物，不应该去问，东西早变了钱，钱是花的东西，只要花得痛快，就不必问了。

大同认为这情形不妙，丁龢笙虽然把他当做老大哥，遇事必问问他，可是慢慢的跟着这一班游手好闲的亡命之徒胡混，和他在一块儿的时候越来越少，和那些人胡混的时候越来越多。丁龢笙一向过惯了拘拘谨谨的生活，现在碰见许多古灵精怪的人物，过一种无拘无束的自由生活，觉得特别新鲜，特别有趣，所以一天到黑，同那些人在街上游游荡荡。那些人都会讲广东话，丁龢笙觉得和他们特别相投。大同看这情形，丁龢笙年轻，意志不坚强，见异思迁，近墨者黑，渐渐的忘了来香港的政治目标，专门和这些浑人谈女人，以及一切不道德的事情，叫他心中十分着急。

大同自己的生活也乏味。每天只有跑到各报馆门口去，看他们每天出版的报纸，好知道世界的大势、中国的现状以及今日的社会情形。香港也有一份英文日报，一份英文晚报。他每天把它当英文课本一般的仔细读，有的可以和中文报印证，增长了他的英文知识不少。他过的这种生活，实在不便告诉莲芬，所以每逢他提起笔来写信给她的时候，总是草草几句就完了，只因为可以谈的事实在太少，不可以谈的事真是太多了。他写信给刚叔叔时，反可以多谈一点。

他觉得最奇怪的，便是他们大家从来不提革命，不谈政治。他偶一提，史坚如大笑，老朱骂街不顾而去，陶将军说何必废话呢？丁龢笙也不发生兴趣，他说大家都是革命的同志，有志不在乎口头上说，将来下决心推翻满清政府，现在空谈有甚么用？这样令得大同更是不安。

一眨眼就是三四个月，到了年底。有一天大同在"金库"里"出粮"的时候，杨衢云忽然问他愿不愿去练习打靶。

"那好极了！"大同高兴之至。心中暗想，这是有行动了。

"老朱是教练之一，共合着也不过几十个人，我想你和你的同伴丁龢笙同志，也许高兴参加。"杨衢云道。

"我马上就去通知他。"大同道。

"不是通知他！"杨衢云道，"你要先问问他，他想参加不想参加？假如他不高兴去，那就用不着要他去。"

丁龢笙一听这消息，自然也高兴之至。他们只觉得没有史坚如和陶将军同去，乃是美中不足。

每人发一张香港的简图，在两个半山之间，有一个小小的十字记号，注明"刘园"两个字。他们规定了腊月二十三那一天，在刘园集合。山势相当陡，山路极难爬，按图而索，也不容易。大同生平最不会找路，那知丁龢笙比他更不如。他们两人一早动身，爬了整整半天，居然找到了刘园。那是人家避暑的别墅，建筑得既精致，而且古雅幽静，就着原来的山势，造成自然的庭园，地方广大极了。每间屋子里都有红木家私，却全堆在一角，看起来空空洞洞，不像有人住的样子。他们到了，也没有人问他们是谁，也没有人来招待他们。大家陆陆续续的来，三个两个，各不相干。大厅中开饭，各人也彼此不打招呼，吃起东西来，狼吞虎咽，一会儿就吃完。最后一共到了六七十个人，都是一班穿得破破烂烂、在街上游荡的朋友。

下午并没有甚么节目，晚饭之后，老朱带着他们一小组，一共才六个人到花园的一角去练习打靶。每个人发一支最新式的伯朗宁手枪，老朱先同他们讲一讲手枪的构造和原理。那时天早黑了。腊月二十三晚上，照大家的习惯，是祭灶和辞神的晚上，家家户户都烧香放鞭炮，乒乒乓乓，放个不停。他们在别人放鞭炮的时候，便开始练习瞄准打靶。他们继续着练，教师时时指导。一共分了十个小组，六十个学生，十个教练员，七十个人，一直练到晚上别人不再放炮为止。练完回屋子里，便睡在把家私移开了的地板上。

从腊月二十三晚上起，一直到正月十五元宵晚上，大家过新年，时时要放鞭炮大炮。他们也都认真练习。过了三个星期之后，大家都能瞄准命中，全变成好枪手了。大同和这些人在一起混了二十几天，比较更认识一些同志了。有的人虽然穿得褴褛不堪，其实是出自大家、很有学问的青年。他对老朱，也有了更进一步的认识。不但知道他是一位百发百中的神枪手，精通其他的新武器，有一次大同也得到一个机会看见他做的诗。

当初大同只是听见大家说，老朱是一个诗人。他们虽然同在一间屋子里睡，可是和没有碰过头交过谈一样。每天晚上大同回家睡觉的时候，老朱还没有回来。第二天大同起身要去金库里出粮的时候，老朱还高卧未醒，所以无从领教他的诗才。这一次在刘园中相处二十几天，大同才知道老朱时时哼哼唧唧，常常在他衣袋中，掏出一堆破烂小纸片儿，在那上面随手乱涂两句。他喜欢抽烟，有时候便把口袋中的小纸片儿燃香烟。有一天，大同在地上捡着一张小纸片儿，早已烧掉了一半，其余的一半上面，只看得出两句诗：

翘首问天天自高，
鸡鸣风雨续离骚；

大同非常喜欢这两句诗，认为它清雅极了，正足以表达老朱的人格和个性，急于要知道那烧掉了的下两句。吃完了晚饭之后，大同把它拿出来，交还给老朱，问他下两句是甚么。老朱接过来，一声不响，把它在灯上接着火燃他的香烟，大同要想抢回来也来不及了。再问他时，他小声音骂着街跑开了。

练完了打靶，他们又各回原防，过他们的老生活。大同从此之后，才知道这个秘密的组织，并不是乌合之众，胡来胡闹的。从前他看不起的一班人，衣冠不整，和叫化子一般，他现在对他们也肃然起敬了。他知道其中几个百发百中的神枪手，一回来之后，又变成游手好闲的街头散人了，再也不提半句练枪打靶的事。一天到晚，还是和从前一样，胡吃胡喝，笑笑闹闹，打打骂骂，嘴里常常是不干不净。

又有一天，杨衢云问大同和丁酥笙，愿意不愿意到广州一个小小的化学实验室去，在那儿做做化学实验。他们答应去了之后，在广州英租界沙面一条街上的一家小药房后面的地牢中，有一间设备相当完美的制药室。一位爱尔兰籍的药剂师，预备了很多材料器具，还有黑板粉笔，对他们这些人讲演教授各种炸药和炸弹的制造方法。这个人是用一口爱尔兰音的英文讲，由一位大同常常见面但没有交过谈的同志翻译。后来他们听见大同也能用英文和那位爱尔兰人谈话，他们也请大同翻译给他们听。大同当初既没有料想到他那位常见的同志，有这么好的英文程度；那位当翻译的同志，也对大同的英文程度，十分惊奇倾倒；以后彼此都另眼相看。

讲述的时间不多，大家都不准做笔记。讲完了便实验制造。一连几个星期，没早没晚，不分昼夜，他们做做拆拆，练习制造拆散各种各样的炸弹。大大小小，他们做了许多炸弹；那爱尔兰人大为满意，说他们可以毕业了，便让他们把这些炸弹，带到广州北门外，一座开石矿的山上去试验，看看有没有谁做的炸弹没有做好，不会爆炸。

他们这一组人学成了之后，便回香港去休息。因为大同能讲英文，他们把他留在广州，也做翻译。以后大同和那位同志二人轮流服务，一个回香港去玩儿，一个留在广州帮助爱尔兰人。

大同这才知道：这一个革命的团体，表面上看起来，好像是毫无组织，甚么事也不做似的，就是会员们也是如此的想法；其实暗中有各种重要的秘密活动，不让人知道。各处都有训练的中心，不具形式的叫会员去接受种种训练，由专门人才训练他们打靶、造炸弹、骑马、游水，划船、爬墙、跳滨、撑竿跳高、跳远、长途赛跑等等基本工作。这是因为他们在光绪二十一年（一八九五年）谋夺广州，失败了，牺牲了许多同志的生命。吃了这次苦，得了经验和教训，才知道每个党员要是没有基本的训练之前，让他去担任危险的革命工作，将来会白白的送了性命的。从此之后，会团的组织，也大大的改变了。从前那种按部就班——发传单，出通告，写报告——每做一件事都有凭有据的留下痕迹的方法，完全取消，改为一切由当事人负责口头通知处理。这样的做了多少年，越做越精，精益求精，所以现在由表面上看起来，大家好似没有一点儿事做，在这儿过优哉游哉的闲暇日子，其实有用的党员，都分批在各地受严格的训练。

所有负责的老党员，对大家都有那一种十分随便的气氛，也是由于多年的训练而得来的。各人都奉行铁一般的纪律，而彼此相处，好像绝对没有一点纪律似的。奉行纸上的条文还比较容易，遵照不具明文规定的党纲更难。所以他们对表面一切小事，好像是马马虎虎，糊糊涂涂，对于一切关于党的秘密活动，小心认真极了。当初大同认为一个团体，大家都散散漫漫，无所谓犯规，并无处罚，怎能有纪律？

后来才知道得了一张饭票儿，每天在金库里出饷的人，并不算是真正的会员，不过是外围分子，留在这儿受察看而已。非要经过一个长久的时期，组织上认为你真有用，而且可靠，这才让你去受训练。受了训练之后，你真能耐劳吃苦，这才要你加入革命。其实有许多会员，跟着大家胡混了一阵，甚么也不知道，早已被遣散了。

杨衢云之为人，后来大同也看出来了，表面上虽然是嘻嘻哈哈、和和气气的一个马虎极了的人，其实精明强干，博闻强记，有经天济世之才。而且每见人一面，便能记得这个人的姓名相貌，终生不忘。秘书龚先生，博学能文，擅长书画，并能鉴别笔迹。会里的经费，每天会员要来出粮，其他各训练机关也要开销，都是由世界各地的爱国同胞捐助的。纽约、芝加哥、旧金山、巴黎、伦敦、利物浦、柏林、汉堡、印度、暹罗、缅甸、星洲、槟城、吉隆坡、马尼拉、南洋一带，以及天津、上海国内各地，都经常有人收款汇来。杨先生认识本地一家银号，往来上大大的可以通融，所以财政情形，相当宽裕。

我们中国人热心有余，团结不足。幸好有孙文先生在海外各地，对热心爱国的同胞，极力宣传，这才得到世界各地华侨经济上的帮助。鼓励革命的捐款，源源而来，香港的兴中会，因此才能够吸收中国来的革命青年，共谋大事。到了光绪二十六年的春天（一九〇〇年），长江、珠江、闽江流域各省的秘密社团的领袖，统统到了香港，加盟兴中会，公推孙文先生为总会长。这样一来，声势浩大，使得香港当局知道了，所以五月间孙先生打算回国来起义，船一到香港，还没有登岸，马上就被香港当局所监视，不得登陆，只好把事情交给在香港的同志们去办。那时候，慈禧太后大权独揽，胡作胡为。因为她知道西洋各国都拥护光绪，所以恨极了洋鬼子，听了刚毅和端郡王载漪等守旧之臣的话，起用义和团，一同打着扶清灭洋的旗帜，向世界各国宣战，开始围攻北京东交民巷的外国使馆。

清廷这种无理的野蛮幼稚举动，真是自取灭亡。八月间，八国联军由天津打进了北京，慈禧太后只好挟着光绪皇帝逃往西安去。那时湖南湖北一带，由革命党唐才常、沈荩等，建设自立军，图在皖鄂各地起义。当初鄂督张之洞，虚与委蛇，后来更出其不意，派兵搜捕自立军的机关，先把唐才常等人捉到杀了，使各地举义的人失了联络，牺牲了许多同志，两湖各地的革命因此失败。

孙先生既不能入港，便转命杨衢云等人，在广东起义，他自己到日本去接洽，好把军火自日本陆续运来接济。杨衢云带了许多同志，到惠州去先发难，由一位姓郑的同志——郑士良指挥，老朱、丁鹣笙、陶将军都加入在惠州举事。

在广州方面，两广总督德寿，受了鄂督张之洞的启示，防范甚严，只好由史坚如和大同等一小部分人，设法混进城去，准备等到惠州革命军兵临城下之时，举起义旗，登高一呼，以为响应。

到了闰八月，惠州方面，郑士良率领众人，先占领新安大鹏，把惠州平海一带沿海的地方都拿到手中，等日本运军械的船来接济。杨衢云回到香港做联络。不料惠州革命成功之后，日本忽然换了内阁，对华方针大变，下令禁止运军火出口，孙文先生四出奔走，也没有效果。

总督德寿，看见惠州起了革命，在广州特别戒严，派兵四出搜查。史坚如和大同困在城中，得不到一点接济，连消息也传不进来，只听见惠州方面郑士良处处得手，但不见革命军向广州前进。大家集议，与其坐而待毙，不如和清兵决一死战。看看他们的军火，只有自己制造的几十个小炸弹，真是无济于事。

史坚如主张大家带炸弹去把东门的城门炸毁，好让惠州郑士良带的革命军，容易打进城来。大同认为不妥，他对大家道："各位同志：我们去把城门炸了，万一惠州的同志一时到不了，他们可以加工把城门修好把城墙补好的。古语说：射人先射马，擒贼先擒王。我们若是把广州当地的贼王炸死，他们群龙无首，一定就乱了，比炸城墙更好多了。广州的军警，很多都不是满人，若是我们把总督德寿炸死，北京另派总督来，一时决到不了。我们一起事，军警一定有许多会到我们一边来，加入革命的。我们不必去炸城门，大家都带了炸弹，到总督衙门里去炸德寿吧。"

"我预备了两个炸弹，一个专门孝敬总督大人，另外一个，有谁敢拦阻我，不让我进衙门，我就先给他这一个！"史坚如很坚定的说。

"咱们别先进衙门了。"大同道，"你要是想一直往衙门里直冲进去，那就别想看见总督了。我们一路炸，一路跑，最多可以跑过衙门里第二第三大堂，炸弹就全用完了，人也全死完了。咱们先到总督衙门的后墙，只要一个炸弹，把后墙炸毁一截儿，就可以进总督的上房，上房里全是女眷在那儿，找总督大人，就和瓮中捉鳖一样容易了。可是我们的炸弹不可见人乱扔，一定要留上一个给总督大人。"

"好极了！"史坚如道，"我准留好一个给他。咱们甚么时候动手呢？"

"越早越好，"大同道，"今天晚上天黑了就可以动手。我们惠州的同志，既然一时不能来，一定是在等机会；伪如他们听见我们把两广总督干掉了，他们一定可以一鼓作气，大大的进展。"

"既然是如此，"史坚如道，"今晚我们早早动手，只等天一黑……"

"不行！"大同道，"太早了怕总督大人还没有回上房呢！十点钟起就戒严，我们等到九点三刻，大家分散到各处去，不可全聚在一块儿惹人注意怀疑。然后三三两两的由各方面分途向总督后墙进发，正十点一到，便炸后墙。我们先把路线分一分。你们谁对于广州市的街道最熟？"

他们谁也不十分熟，有的人简直毫无印象。大家各尽所知，共同拟出了一张简简单单的广州城街道图，分了很多不同的路径，全通到总督后墙去。

他们大家把这张地图仔仔细细的默着，个人认定各人的路线，议定在九点三刻左右起程，十点以前一定都在总督后墙会齐。当天吃完了晚饭之后，他们大家零零落落分头出来，先在街上四面游荡，每人都带了一个或两个炸弹，用报纸或牛皮纸包好。大同有自知之明，自己最不会找路，便选了一条最短最容易走的路到总督衙门去。他这条路，只要八九分钟便可走到衙门，但是他怕走错，在十五分钟之前便出发，一路仔仔细细按图而行。那知当初纸上的街道太简单，你走到街上，看看左右都多了许多小路，不知道那一条在地图上没有画出来，那一条画出来了。越走越不对，所有的路，都和他的地图完完全全不相符，他真是无可奈何，只好照着他猜想的方向走，左转右转，越转越不知道走到甚么地方去了。

他正在左右乱转，不知何所适从的时候，忽然听见远处的爆炸声，再过一会，也可以听见枪声。他知道事情不妙，拼命的向着那发生爆炸声和枪声的方向跑去。说也奇怪，枪声一时好似由左边来的，一时又好似由右边来的，使得他乱跑一阵。后来街上的人也乱跑一阵，各自跑回家，只有他一个人还在那儿跑。跑得昏头昏脑时，突然对面来了一个巡警。他一见巡警，只好转回头跑。那知那巡警一下便追上了他，把他手中拿的牛皮纸包抢了过去，对他忠告道：

"快回家去！你要是快走，就没有事儿！再不回去，就没有命了！巡缉队出来清街了，见人就放枪，快逃吧！我会把这个炸弹掷到水池子里去。你快逃！"

大同看见这个巡警真照顾他，不免问道："总督给他们炸死了没有？"

"没有！他不在衙门里！"

"我们的人全给他们打死了吗？"

"没有，全在巡缉队出来之前，给我们劝回去了——只有一个人，一直往衙门的上房里冲进去。我们不把他抓起来，那就太不成话了！"

大同知道这一定是史坚如，心里急得很，反责问道：

"你们怎么不反过来帮我们呢？把巡缉队缴械，岂不就成了吗？"

"我们多少人？他们多少人哪？假如惠州的兵来了，那就容易多了！谁也不会打，他们不加入，就会先逃了！可惜老不来！别再讲了，快逃吧！"

"再见！再见！"大同道。

"再见——别再见了，快逃吧！"那巡警真急了。

大同回去之后，看见大家差不多全回来了，只不见史坚如。这一位英勇的同志，奋不顾身，巡警拉也拉他不走，一定要跑进上房去找德寿，结果被捕，壮烈的牺牲了性命。这一次在广州举义，又是失败，只炸毁了半截儿总督衙门的后墙，死伤了几个厨子和底下人，简直是一无成就。

局势平静了之后，他们都逃回香港来，才知道惠州起义，当初虽成功，因为日本内阁改组，他们得不到军火的接济，转战一个多月，也只好四散逃走。回到香港时，自然少了许多同志。

　　大同参加了这一次革命，知道革命是要牺牲性命的，可是史坚如之被捕就刑，使得他悲痛极了。丁鯸笙和陶将军先后都来了，大同见了他们，共庆再生，恍如隔世。只是不见老朱，大同见人便问，有人说他中了枪死了，使大同十分痛心。后来又有人告诉他说，老朱并没有死，只是受了伤，现在乡间养伤，伤好了就可回港。两个星期之后，老朱果然平安回来了，只是额上留了伤痕。

　　老朱回港之后，杨衢云宴请这一次参加惠州及广州革命的弟兄，公祭史坚如和其他牺牲了的同志。郑士良和许多在惠州方面作战的战友，一致称赞老朱的战绩，要老朱讲几句话。老朱站起来很沉痛的说道：

　　"假如我们有军火接济，假如我们有好宣传，我们可以在广州庆功，不会藏在香港祭烈士了！"

　　老朱说完了这几句话之后，再也不开口了。广州方面的战友，公推大同说几句话，大同道：

第十三章

255

　　"我们这一次，除了坚如同志，壮烈牺牲了之外，大家都逃得了性命，并不是我们能逃，全是靠着当地巡警的同情我们。实力雄厚一点，可以抵得住绿营，巡警会加入革命的。假如我们的宣传工作做得好，绿营的兄弟们，也会和巡警一样，不肯下手攻击我们的。现在许多人都不知道我们是救国救民的革命同志，而以为我们是一班无法无天的强盗和土匪！"

　　杨衢云一听，也不禁叹道："李大同同志说得对，当初我得不着军火的接济，想游说看守广东火药库的兄弟们，要他们响应革命。那知道他们听也没有听见过甚么兴中会，有的人说惠州被义和团的人占据了，有的人说我们是长毛的后身，又想恢复太平天国呢！"

　　"我们在上海香港等地，有租界的方便，固然可以设立正式的宣传机关，"大同道，"但是我们也要建设一个活动的宣传小机构。我们在那儿作战，就可以在那儿做宣传工作，使得一般平民，都知道我们的宗旨。军队若要移动，这一个活动的小机构，也可以跟着军队移动。还有一层，我们的基本训练，仍然有不够和不切实的地方。比方说，我们都学会了做炸弹；可是我们所用的原料，全靠由外国运来的东西。假如我们能够完完全全用本地土产原料做炸弹，那我们在广州城里，就可以造许多炸弹，把总督衙门全炸毁了。我们藏在广州一个多月，甚么也不能做。"

"经验是由失败而得来的。"杨衢云叹道。

"起事地点的详明地图，"大同道，"我们在事先也要准备好。当初大家总以为广州的街道，谁都认识，等到临时才知道困难呢！"

失败之后，他们仔仔细细检讨失败的因素，改良他们的基本训练。照着大同的提议，大家加学印刷装订，用最简单的工具，在最短的时间印刷出版文件。至于制造炸弹，他们也照大同的提议，不再全靠西洋的方法、外国的材料来做。不但原料全用容易买到的土产，即是外形，也不照规定的正当形状，还要就地取材，花瓶、花缸、粗茶壶、小瓦罐、小酒壶等等，一切家中常见的东西，都可以在里边放了炸药，变成炸弹。

此外他们又开始搜集各省各大城市的地图。最先他们把地图搜集到了，然后再在所有的同志们之中，找着几位在这一个城中生长的，要他们纠正错误补充新街道和小地方，使得这张地图十分的完备可靠。到了起事之时，事前也要先派这几位熟悉该处的同志们，仔仔细细去察看对照，看看和他们所准备的地图相符不相符，那怕是稍微不同，也要一一改正。

岁月如流，光阴过得真快。他们不断的派同志们到各处去起事，可惜都是失败。同志们被牺牲的每次都大有人在。不但在华中华南一带，因为举义而损失了许多同志，即杨衢云同志，在香港主持兴中会，两广总督德寿，知道屡次革命，都是他在那儿指导，便悬重赏购买他的头颅。古语说得好，"重赏之下，必有勇夫"，果然就有那见利忘义之徒，知道无论何人，都容易和杨衢云接近，便乘他不备，把他谋杀了去领赏。杨衢云同志被暗杀之后，香港的兴中会虽然受了一个最重大的打击，可是同志们再接再厉，不因此而气馁。

光绪二十七年（一九○一年），八国联军驻在北京，慈禧太后带着光绪避居西安，由李鸿章和洋人议和。洋人提出极苛刻的条件，后来总算以赔款、惩办祸首、道歉、扩充使馆地界等等条件成议，没有割大块的土地。自这次《辛丑条约》之后，大家更觉得国家被慈禧太后和她的亲信弄得差一点灭亡，于是参加革命的爱国青年，越来越多。香港的兴中会，训练筹备，不遗余力。

大同曾参加一次广州的起事，故在光绪二十八年，又奉命和谢缵泰同志到广州去谋举义。负责任的人，除了大同和谢同志二人都曾在那次炸总督衙门参战之外，还有一位李纪堂同志，他曾参加上次的惠州革命，而且他也很有钱，倾家荡产来革命，此外还有一位洪全福同志，花县人，是洪秀全之从侄，很能号召广东的青年。

这一次在广州起义，有了大同和谢缵泰两人先到广州驾轻就熟去布置筹备，又有李纪堂充足的经济补助，再加上洪全福和他所领导的革命青年们合作，大家认为成功的希望极大。不料参加的人太复杂，事机不密，处处都碰着有准备的抵抗，结果又是大大的失败，牺牲了许多同志，幸好大同等人，逃得了性命。

大同回到香港之后，兴中会派他到上海去，在革命的言论机关《苏报》做编辑。他的英文很好，可以翻译英美有革命性的文章，在《苏报》上发表。那知到了光绪二十九年（一九〇三年），清廷发觉了《苏报》乃是革命党的喉舌，因之把它封了，大同又只得逃回香港。再过两年，大同觉得兴中会渐渐的有消沉的气象，便和几位老同志把兴中会改组为同盟会，加入新血，重新努力革命。

光绪三十四年（一九〇八年），慈禧病笃，忽然光绪在她临终前一天无疾而终。慈禧临危传旨，立三岁的溥仪为帝，改元宣统。慈禧太后死后，摄政王鉴于袁世凯当年出卖光绪，现在失了慈禧的靠山，下诏说他患足病，命他回籍退休。袁世凯也只好回到河南乡门洹上村去闭门思过。

这十年中，大同奔走革命，死里逃生，只能在百忙中偷空和莲芬通最简单的信，希望事业有成功，再图团聚。莲芬替宫廷画窗户宫灯，生活虽然很优裕，不过夫妻长期分离，真是茹苦含辛过日子。人家只知道战士们血洒沙场，英烈可敬，殊不知战士的妻子，忍痛度日，英烈不减于男子。

第十四章

不自由，毋宁死！
得自由，不识此！

有的人出自寒门，却要去惊天动地，翻江倒海，最后还要杀人如麻，为的是想做皇帝。却也有生于帝王之家，早已定为储贰，偏偏要弃天下如敝屣，只图摆脱宫廷的羁勒，去享平民的自由。醇亲王载沣的小儿子溥仪，还不到四岁，被立为满清第十代皇帝。在他登位的时候，哭着闹着，怎么也不肯上殿去做皇帝受朝贺。他爸爸摄政，只得把他勉强抱在怀中，用好言好语哄着他，叫他别哭别闹道："好孩子，别闹了。马上就会完的！"

后人说他这句话说得太不吉利，所以宣统才三年就完了。这当然是说笑话，因为一个皇帝登位的时候，不知道有多少人对他说多少吉祥话。假如他做帝皇吉利不吉利，全靠当时人家对他所说的话，那他有了这多吉祥话，怎么不发生很大的效果呢？

兴中会改为同盟会之后，人才济济，声势浩大。到了宣统三年（一九一一岁次辛亥），大同和一班同志，在武昌汉口两地筹划革命，那真是到了瓜熟蒂落的时候。就事实讲，同盟会虽然比从前各党各秘密会团人多，但是他们到底只是一班热心爱国之士，冒死革命，东一处，西一处的在暗中活动，处处都要小心，防备给官方知道。至于他们的敌人，乃是大大的一个满清帝国政府，拥了全国二十几行省的兵力财力，可以随时随地、调兵遣将来捉拿你们。他们爱怎样做，便怎样做，一切行动，都可以公开，毫无忌惮，不必隐瞒，不受任何牵制的。再说他们是根深蒂固统治了二百六十多年的一个伟大的政权，你们是近十几年才秘密集合的小团体。你们是以小敌大，以寡敌众；除非发生奇迹，那是万万没有成功的希望。

可是那个时期，不但全国的老百姓，对于清朝的政府，十分怨恨，便是大部分的小官吏，和一部分的正直大官员，只要不是满人，都认为豺狼当道，小人横行，国家不成了国家，政府不成了政府，国亡家破，指日可待。到了这时，便可以说奇迹快出现了，宾主的地位变了。全国几万万的民众，都不愿效忠朝廷，反而要同情革命，政府的一举一动，也反而不敢公开，怕人知道，报告革命党。革命党为众望所归，满清政府只能代表少数人的利益，这时革命势力，乃是以众敌寡，以大敌小了。这样的转变，岂不可称为奇迹？

大同屡次所参加的革命，每次都是失败。这并不是他们这些同志不肯拼命，只因一来他们筹备不足，缺少经验，二来时机尚未到。不过他们每次失败之后，再接再厉，马上又换一个地方，换一个方式，又卷土重来了。前前后后在这许多年之中，起事二十七次之多，有时杀得血流成河，尸积如山。同志们奋不顾身，前仆后继，视死如归，留下了多少可泣可歌的战绩。

大同参加革命以来，常常受伤，右腿中留了一小片炮弹，幸未丧命，丁龢笙也不肯后人一步，他也失去了左手上两个指头。同志们后来替大同起了个外号儿，叫他做"理想家"。可是他自己绝不承认，他说他虽富于理想，但事事皆能实行。只因了他一再提议，他们果然建设了一个规模相当完备的流动印刷出版机构，专负宣传之责。这一个印刷出版机构里，收罗了许多专门人才，随着起义的总司令部走，在甚么地方起义，他们便在甚么地方，大大的制造及分发宣传品。这许多年以来，全是由大同主持这个机构，他的宣传方法，适足以证明他不愧为一位"理想家"。

他主张"一事一物，务求精美"。不但大量的传单，要印刷得整洁雅观，便是标语和告示，那怕只有一百二百张的东西，也要制版印刷，使得它美丽悦目。他认为潦潦草草的东西，大家决不会把它重视的。假如用了又庄严又流利的文字，印刷得大方好看，无论谁见了，一定要肃然起敬，认为这一定是有威权的方面出来的东西，发生的效果就会大多了。他说太平天国之所以失败，便是因为他们的文告，全写得俚俗不堪，大家看了，都觉得发出这种东西的人，不配统治天下。

假如大同的宣传机构，可以公开活动，那就不会有多少困难，只是多费一点点钱、多费一点点人力而已矣。可是他们所有的宣传品，都要偷偷摸摸的在暗中秘密的印制，而且要很快的印好分好，然后又要把一切的版赶快藏了毁了。这真是使一班当事人忙坏了苦坏了，可是大同的原则如此，谁也不能叫他苟且一点点，所以大家众口同声的骂他做"理想家"！

这一次在武昌起义，由一位经验丰富、众望所归的宿将孙武老同志负总责。他在汉口俄租界宝善里，找了一所大房子做他的筹备指挥处。那儿也存放了相当多的军火。他十分器重大同，遵从了大同的话，所有的炸弹，都做得不像炸弹，而像普通大家日常要用的东西，所以可以不必藏着包扎着，而可以公开的运输。

大同到汉口来的时候，带了许多人和许多东西一同来。他认为孙武同志这所在俄租界宝善里的房子，不够他摆布。而且到处都是变形的炸弹，他有时糊糊涂涂，忘了它们不是用具，任意拿动，恐怕闹出毛病来。所以他在英租界一家英国纸商隔壁，找着了一所大房子。在那儿可以不必存纸，要甚么，只要到隔壁去取，比较方便多了。

这一次的革命，他们是大举出动，全力以赴，到汉口来的人极多，不消说丁龢笙也来了。他本来是跟着大同在一块儿的，但是他一到了汉口英租界，发现在英租界做事的人，开口"大英地界"，闭口"大英地界"，不提到英国则已，一提到英国，便是"大英"，弄得许多同盟会的会员，常常也和本地人一样说，"大英"这个，"大英"那个，把丁龢笙气得半死。他说他自从离开北京以来，到处碰见甘心做英国奴隶的中国人，在天津，在上海，在香港，许多人把小小的英伦三岛，叫做"大英"。现在到汉口来，又是满耳只听见"大英"长，"大英"短，他真受不了，只好到设在俄租界宝善里的总部去帮忙。

老朱和陶将军来得最早。老朱既是一位百发百中的神枪手，很早便在驻扎于武汉三镇的新军之中，陆军第八镇第十五协第二十九标做了管带。陶将军则在第三十标里做一个小小什长，管十几个火头军。当初清廷想全国都摹仿袁世凯在小站所练的新兵，分驻各省，以便把老的绿营渐渐减少渐渐取消。那知未经严格训练的新军，也是乌合之众，尤其是统帅仍是用老人，名虽曰新军，其实换汤不换药，仍是一班无用之徒。

陆军第八镇的统制是张彪，此人懦弱无能。那一镇中，只有两协步兵：第十五、第十六协。这儿又有了一个混成协，步马炮工辎都有；协统是黎元洪，外号"泥菩萨"，因为黎泥二字的音差不多，可见得黎元洪也是一个一点用都没有的东西。同盟会的会员，除了老朱、陶将军之外，还有许多人都奉命加入新军，以便宣传革命，鼓励新军加入同盟会，陶将军负责在新军中招收会员。

孙武当初和大同等商议，想在八月十五中秋节晚上起事，但是各种手续尚未完全齐备，尤其是宣传方面的，大同主张展期十天。那知道湖广总督瑞澂，听见各方面的谣传，革命党人要在武汉起事，而且运动新军响应革命，吓得惊慌万状，马上把第十六协的人完全调向四川边境去，说是到四川去保护铁路。因为那时大家都反对邮传大臣盛宣怀，借了英法德美四国的外债一千万金镑，要把人民集资赎回来的川、粤、汉铁路，收归国有，人民群起反对。

瑞澂把大部分的新军，调赴四川边境之后，认为大部分的危险分子虽然去了，本地仍有许多不法之徒，意图作乱，所以也要戒严。又把长江舰队调来，日夜巡防长江江面，真是战战兢兢，如临深渊，如履薄冰。孙武看见第十六协的新兵开到四川的边境去了，只好命令在第十五协的同志们，努力招募党员。陶将军的级位虽低，做的不过是一个火头军的什长，但是他手下几个弟兄，做得许多味儿最好的食品，他利用分送食品，出入各营，招募党员，最为得力。就是因为他的级位低，所以谁也不怕他，对他随便说真话，他常常对别人诉苦，别人也常常对他诉苦。他虽不善说话，倒是大家都信任不会说话的人。而且他那副样子，真是一个被压迫者的典型，一个标准的焦头烂额的小可怜虫。他那种苦笑，和那种提不高的嗓子，叫人一看见便同情他，一听见便可怜他。

大同对于展期起事，认为再好不过了。他现在有了充分的时间预备印刷品，便大大的努力，把这一次要分散的传单和要贴出去的标语，印刷得比从前格外精美，也预备得特别充足。他又草了一篇《自由宣言》，用极简洁的古文体做的，既庄重，又容易明白，历述满清入关以来的暴政，唤起汉族自主之精神。痛论鸦片战争、中日战争、义和团之乱，丧地辱国，皆在上之统治者倒行逆施，而使在下之被压迫民众受其苦。吊民伐罪，救大众于水火，此其时矣。

　　他自己也觉得这一篇《自由宣言》做得好，便亲自誊写，大量的用洁白的道林纸印刷出来。同志们传观，也不免说真是又大方、又美观、又雅致。这一次既然和一家英国纸商为邻，实在是从来没有过的好机会，而且时间又不和历来那么逼迫，所以他又把历年所做屡次参加革命的纪实诗，用一种手工造纸，套版精印在一张纸上，而折成十六开的小手册儿，题名《自由之歌》。这几十首革命纪实诗，大半是追悼为民族革命而牺牲了的同志，做得十分沉痛，十分热烈，差不多都是一字一泪。他早就想把它们印出来，总没有机会，这一次却巧极了，一切的条件都有了。起义既然展了期，他在中秋之前，比较清闲一点，至少也不和往年一样，刚刚偷偷的赶到起事点，就要手忙脚乱的动手。现在他小小心心的把这几十首诗润色了一下，排印出来，仔仔细细校刊两次，然后印好，折成十六开的小手册儿，分送朋友，算是送他们的中秋节礼。武汉三镇之中，他知道有许多文人雅士。他找了几位当地的兄弟们，问得了他们的姓名住址，他便不具名的，由邮政局中，每人寄奉一份，敬请斧正。

　　过了中秋节之后，八月十八那天，孙武等人，在宝善里的总部里，从早上七点钟起，不停手一直做到下午三点钟还没有休息。那天的天气闷热，大家都累得汗流浃背。孙武体力强健过人，和许多革命的领袖们一样，遇事身先士卒，处处以身作则。他不停手，谁也得了他的鼓励，以他做榜样，努力不停的工作下去。孙武有事要找丁酥笙来问一问，便叫进他的屋子里来。那时他正在和另外一位同志谈话，便请丁酥笙坐下等他一等。丁酥笙忙了一天，累得要命、渴得要命，四面望一望，看看屋子里有没有茶水可以喝一口。茶水虽然没有，他看见靠近窗户一张方桌儿上，有四个小小的西瓜，放在一个筐子里。他不看则已，一看简直口角流涎。他立刻走到那张方桌儿前面去。他从早便伏案工作，两腿曲了许久，走起路来，不免有点不舒服，摇摇不定的样子；到了方桌儿前，左手扶住桌儿，右手便伸过去拿西瓜，同时问孙武道：

"先吃一个西瓜？你也要一个吗？"

"哦！千万别动！"孙武一看，吓得面无人色，跳了起来，要想跑过去拦阻他。

可惜早已来不及了，丁龢笙一只战战兢兢的手，已经在筐子里拿出了一个西瓜。可是这个小西瓜真沉，一不小心，便掉在桌上，由上望外滚，马上要掉下地了。

"快抓住！快！哦，不行！大家快躺下吧！"孙武大声的叫着，自己也以身作则，马上躺在地板上。

那时抓住是来不及了！丁龢笙也是命不该绝，听见孙武大叫的声音，简直不知道出了甚么毛病，早已吓得两腿发软，自然而然的倒在地上。马上就听见砰然一声，那个西瓜形的小炸弹，在他旁边爆发了。一个炸弹爆发了之后，跟着又是接二连三的，四个小炸弹一一全爆发了。

说也奇怪，丁龢笙身边，一连爆发了四个小炸弹，倒是没有死，只是受了很多伤，流了很多血而已。那位和孙武谈话的同志，躺得太晚，当场便炸死了。孙武虽比丁龢笙离爆发的炸弹远多了，反而受了重伤。大家来救他时，他昏迷不省人事，伤势一直是非常之严重。大家马上把他们抬到附近一位俄国朋友家中去，找医生来救护。正在同志们抢救重要文件的时候，俄租界的巡捕来了，随便的拘捕了两位同志，一位姓秦，一位姓龚，到巡捕房里去。湖广总督衙门，马上也请求俄租界当局，带他们来，一同搜查革命分子。

他们既然知道这是一个革命的机关，马上就把里边所有的东西仔仔细细检查起来。军械火药和银钱等等，丢了还小事，同盟会的新党员党籍名册，也被他们拿去了。其他秘密机关的地址，也被他们知道了。湖广总督衙门，马上照会英国租界当局，会同英国巡捕，按着所发现的地址去抓人。他们先到了小朝街，捉到了许多人，其中有女党员龙韵兰同志，还有一位陆军宪兵队的什长彭楚藩同志，使他们大惊，因为谁也没想到居然还会有弱女子，以及宪兵队的什长，加入革命。他们又在楚雄楼桥北一所洋房子里，破获印刷告示等物，在这个机关里，他们也抓着了五位同志。

大同的宣传总部，马上便被军警四面包围了。因为他们知道这是一个重要的机关，所以特别多派了许多军队和巡警来，把它四方八面围困得水泄不通。只因他们调集许多人马来，便使得大同和他的部下有了准备。军警破门而入的时候，里边早已空空如也，所有的人员和重要的文件，连踪影都不见了。当初大同闻得风声不好，早已下命令把一切重要东西带走了，他只可惜他费尽心血所印好了的许多《自由宣言》，和他的革命纪实诗《自由之歌》，都不便带走，临去时望着这些精美的印刷品，不禁黯然兴叹。

军警们没有抓到革命乱党的重要分子李大同，而且在他所主持的宣传部中，一个人也捉不到，大家非常生气，非常失望。他们便仔仔细细搜查一番，甚么重要的文件也没有了，只见一堆一堆的印刷品，他们把这些东西乱撕，乱踢，乱扔，屋里屋外，遍地皆是。自从大批军警来了之后，附近邻居，和这一带过往的行人，大家都围着这幢洋房子看热闹。当然其中也有同盟会派来的侦探，特别到这儿来刺探消息的。后来大同得了报告，知道了他费尽心血所印刷出来的东西，全在地上街头，任人践踏，使他伤心之至。可是那一班不赞成大同过于注重印刷的人，暗中窃笑，偷偷的说这一次"理想家"的理想失败了。

当天晚上，军警在汉口各租界大索党人的时候，武昌的总督衙门之内，无意中发现了一大箱西瓜。有人想去偷一个吃，那知道拿起一个来看看，才晓得这并不是西瓜，而是炸弹。这个想偷西瓜吃的人，吓得一身冷汗，马上跑去报告督署内的卫队长。卫队长一听，也吓得半死，立刻令人把炸弹移开，禀明瑞澂。瑞澂吩咐重赏想偷西瓜吃的人，责成卫队长查明是谁运炸弹进衙门来的。后来查出是本署的教练队军士运来的——马上便把两位教练的同志开了刀。不过全衙门的人自此之后，大家都人人自危。

当天晚上半夜之后，同盟会负责的同志们，一齐会集在那位俄国朋友家里，看看孙武伤势严重，时时在昏迷状态中，大家都面面相觑，不知如何是好。现在不但总机关部炸毁了，其他各处的秘密机关，也全被当局破获了。同志们被捕的，前后共有七十三人之多。尚未举事，就有了如此大的损失，使得大家气馁。

孙武既然不能发号施令，大同为众望所归，同志们都问他现在是不是又要改期起事，看起来九月初五是万万来不及的了。大同略略的斟酌了一下，便对大家说道："各位同志：我们大家现在都陷在非常恶劣的地位，这个不用我提，大家都知道的。可是我们目前，还有一件比这个切身的问题更严重万万倍的事，摆在我们前面：我们大家的安全，大家的性命，都是小事；革命的前途，那才是大事。我们七十几位同志被捕，其中已经有几位被残杀了，这当然是可痛心的事。我们损失了同志，损失了军械火药，损失了许多最好的宣传品，这都是极可惜的事……"

当大同一提到损失了许多最好的宣传品时，有一两位同志，好不容易的才忍住他的笑声。大同继续说道："可是最重要最重要的，还是我们的党员党籍名册！新军第八镇里边，加入了我们同盟会的同志们的姓名籍贯履历，马上就会送进总督衙门里去，说不定在一天之内，瑞澂就会看见那些簿据。他一看见，焉有不派人照着姓名抓人的道理？"

"第十六标开到四川去了，"有一位同志说，"一时抓他们不着……"

"第十五标里的同志，虽然没有第十六标里的那么多，可是也不少，"另外一位同志说，"他们大部分都驻扎在武汉三镇。只要瑞澂下令拿人，一个也逃不了！"

"陶将军昨天还送了一大批新同志的姓名来呢，"那位管登记的同志说道，"他说近来加入同盟会的人越来越多，今天他还会再送名单来！真倒霉，他还在那儿拼命的招募党员，殊不知我们甚么全都完了！"

"只要我们一息尚存，"大同厉声说道，"谁也不能说我们甚么全都完了！现在我们是大难临头，与其坐而待毙，不如冒死杀进总督衙门，打死瑞澂，把我们的党员党籍册子和一切的重要文件，或者是毁了，或者是抢回来，不达到目的不止！我要各位负责通知各位部下的同志们，今天晚上九点钟，就要攻打总督衙门！一定要把他打死，否则杀到我们最后一个人，流最后一滴血为止！"

"可是我们的军械子弹全没有了呀？"一位同志道。

"个人随身的伯朗宁，"大同道，"也可以对付一下。子弹和小型军械，还有一些没有让他们抄了去的！"

"总督衙门里的军械子弹，"另外一位同志道，"可比我们充足多了！"

"不怕他们多！"大同道，"我们是攻，他们是守。他要四面布防，不知道我们从那一面进攻。还有一层，我们是为我们自己的自由、我们子孙的幸福、我们民族的前途而战，一个可以当十个，当一百个；他们是替满人做牛马，为了目前一份粮而战，十个当不了一个，一百个也当不了一个。"

大家听了大同这一番慷慨激昂的话，就和打了一针强心针似的，精神为之大大的振作了起来。不过有一位特别小心的同志说道，"当初我们预备了大箱的白布臂带，好做我们同志的记号，现在全让军警搜去了。没有一点记号，我们怎么去认谁是同志呢？"

"我们不能因为少了臂带就不革命！"大同道，"难道我们可以对同志们说，现在没有臂带，大家不必革命，散了去各自逃生吧！到了现在这种生死存亡的关头，只有设法弥补弥补。没有正式的白臂带，咱们就用一块白手绢儿，绑在胳臂上，也是一样可以革命的。假如我们遇到一点儿小小的困难就退缩，以后谁还瞧得起我们呢？大家纵然恨满人，也就不会信任我们了。我们岂不要遭人民的唾骂，被将来写历史的人所责备吗？"

大同义正辞严，使得大家心悦诚服。

"现在请各位同志算一算，"大同道，"每人可以策动多少人，看看我们还有多少手枪和子弹；同时拟定进攻的步骤。"

伯朗宁是每人都有一支，子弹也够当天用的。人数能在几小时之内召齐的，不过才有一百多个而已，其他的都在第十五协、第十六协里。第十六协已经开走了，一时不能去通知他们，要等他们派人来传消息。第十五协尚有一大部分的人驻扎在武汉三镇，只要陶将军今天不被他们抓起来，可以由他传令给大家一同响应。第十五协里到底有多少人，还要等陶将军今天的报告才知道。看近来这几天的情形，人数一定很多的。这些军队中的弟兄们，其中有一部分可以不回营的。只要有方法通知他们，他们可以和总机关的同志们一齐发难，攻击总督衙门，人越多越好。老同志的枪法都是经过训练的，有的还有作战的经验。新军中的新同志，不消说也有他们的训练，比普普通通的新党员总要强多了。

大家看看孙武伤势严重，一时决不能指挥，便公推大同为临时代理总指挥，计划今晚的战略。

大同对大家说：他年纪轻，经验不够，本来不敢担任这样重要的任务；可是时间太急了，假如大家都要推让一番，今天晚上就没有机会起义了。好在这一次举事，一切的问题都简单到极点，否则他也怕他不能胜任。

他坦白的对大家说：他们这一次攻击总督衙门，一定要达到目的才行。只要大家抱了决心，牺牲少数，挽救大众，顾全革命，不贪生怕死，那是一定可以达到目的的。这一次的目的，并不是要长久占据衙门，仅是打进衙门，杀死瑞澂，烧掉一切的文件簿册而已。所以他们虽然牺牲了自己的性命，便是救了其他所有党员的生命。保存了革命的实力，将来后人还可以卷土重来，替他们报仇，继续他们的革命事业，完成他们救国救民的任务。

事实摆在大家面前：作战的计划，不得不简单。一、他们不必预备撤退的后路，这一次是有进无退。二、他们不必筹划接济的来源，根本没有了接济。他们只望把衙门暂时占了，从衙门中，从卫队手里，取得军火的接济。假如十五协中的同志们，能够马上响应，那当然千好万好，他们可以占据武汉、调回第十六协的新兵，便奠定了革命的基础。假如第十五协不能有所举动，他们自己至少也可以把总督衙门完完全全烧毁了去，大家同归于尽，便把十五协十六协的同志完全保存了。这样，在他们自己看来，目的已达，虽死犹生，这次的举动，可以算是成功的。

大同把起事的讯号，出发的地点，进攻的路线，和大家商量定妥了之后，便一同歃血为盟，献身革命，誓同生死。大家散会之后，他还念念不忘他那些印刷得十分精美的《自由宣言》和《自由之歌》，一人自言自语的道："可惜这一次极好的宣传品全糟蹋了，否则很可以博得大众的同情。"

他一人再也睡不着了，便写一封信给莲芬，他不忍说这是他给她的最后一封信，只含含糊糊的说，他今生今世，固然是爱她不苟渝，即是来生来世，也是一样永远爱她的。又说这个世界上，无论有多大的暴力，决不能略减他对她的爱情之万一。写到这里，他再也没有法子写下去了，只好不写甚么，把这一封短短的信，寄到北京南昌县馆侯妈转交。他想写一封长信给赣州府刚叔叔，提起笔来，也写不下去，便只写了四个字："自由万岁"，等天亮了用电报传到赣州去。

看看天快要亮了，大同一个人坐在那儿回溯他短短的生平。他自认碌碌三十年，实在是毫无建树，很平凡的过了这一辈子。他本来胸怀大志，可惜一无成就。他生性疾恶如仇，路见不平，拔刀相助。自从他跟了刚叔叔读书以来，极力听他老人家的教训，在涵养上痛下功夫，读书养气，以图为国家为人民做大事业，不要因小故而致奋不顾身；可是遭遇不好，一直在极恶劣的环境之中奋斗，处处不能如意；最不幸的便是参加那一次短命的维新运动，百日变法，差一点点送了性命；虎口余生，逃到香港去加入兴中会，不惜牺牲性命，从事革命，救国救民。

革命事业，当然是九死一生。每当他到了生死的关头，他总能沉静镇定，记得孟子舍生取义、孔子杀身成仁的教训。虽然他觉得对不起莲芬，年轻的夫妇，患难的结合，从来没有度过美满宽裕的家庭生活。他实在是连累了她，耽误了她的青春，恐怕没有甚么希望，可以同她到海安县南海中那个神仙岛上去过神仙似的生活。但是他认为他所做的事，是今日迫不可待的急务。百万、千万、万万的同胞，都在那儿企足等候他们救之于水火。假如他不继续革命，一时苟生，以图偷安，将来就算到了神仙岛上，也决不会过神仙似的生活，反而会日夜不安，心中有无限的愧悔遗恨的。

天亮了之后，他索性不睡了，吃了一点早饭，便跑到附近另外一位朋友家中去看看丁龢笙。

丁酥笙虽然没有受甚么重伤，可是流了很多的血，面上几无人色，亏弱得不得了。医生仔细检查过了，说他不要紧，只是没有甚么方法治他，因为那时还没有输血的办法，给了他一点安神药吃，要他多多的、好好的静养一个长久的时间，多多的吃营养的食物和补品。他一看见大同，高兴万分，马上问大同，现在外面的情形如何。

大同把坏的方面各事从略，只告诉他大家定了今天晚上攻打总督衙门，一定要把总督打死，把衙门烧了。

丁酥笙听见这个消息，兴奋极了，马上坐了起来，恳求大同道："觉得好多了！甚么时候动手？在那里集合？一定要让我参加！"

"躺下吧。"大同把他扶了躺下去，安慰他道，"我们人够了，不用你参加。你流血太多，听医生的话，好好的静养吧。"

他心中有许多话要想对丁酥笙说，但是看看这种情形，一句也不好说，只得站在那儿默默的望着他一阵，等他睡了，然后悄悄的走开。

军警搜查了大同的宣传部而无所得之后，大家都走了，只留下了一位弟兄，在那儿看守。可是看热闹的人很多，现在既是没了甚么事，只这一个小巡警坐在那儿打瞌虫，大家都进来瞧瞧。房子里空空如也，遍地都是印刷品。有学问的人，捡起了一张《自由宣言》看看，不禁大大的赞美这东西写作俱佳。就是不认识字的人，拿起来看看，也觉得印刷的精美悦目。看得懂的人，大大被大同的文章感动了；不懂得的人，便想知道那上面说些甚么，为什么人家看了又看，点点头，摇摇头，看起来很有道理的样子，不免要问问他们看得懂的人，请他们讲给他听。

大同的革命纪实诗《自由之歌》，自然也有识者看见了。诗客文人，一个传十个，十个传一百个，大家都赞不绝口。得着了一份的人，珍藏展玩，视如秘宝。见过但是没有得着的人，追问来源，也想弄到一份。只听见而没有看过的人，更想要找一份来看一看。于是一时风动，收藏家、诗人、教员、学生等等，还有一些兴致浓厚的人，特别跑到英租界大同的宣传部来，找那位看守房子的巡警，问他要一册。

《自由宣言》印刷十分多，大家谁要的话，就在地上找一份干净的去。《自由之歌》当初地上也有不少；后来要找的人陆续不绝，那巡警一看，存货不多，自然就要居奇了。谁来问他，特别想弄一册《自由之歌》，除非先给他一点赏钱，他便摇摇头笑道："现在不容易找了。听说旧书摊儿上，偶尔有的话，也卖得很贵呢。"

　　有的人真的到处去向旧书商探问，于是就有一位旧书商，知道可以从中取利，来和这位巡警做买卖。这位巡警也真会做生意，他先藏起一半，只拿出一半来，约两百多册，要旧书商二十两银子。旧书商要还价他便不卖，只好照价付钱。这种谋不到的东西，马上市价大增，那个旧书商把四倍五倍的价钱，批发到好几家别的旧书商去，马上又来问巡警，看看还找得出一点吗？巡警早已预备了这一步，便问旧书商要四十两银子，把所有存货给他；其实他自己仍然留下了十几二十册，将来好把它当宝贝卖，卖不出也算了。

　　后来这位巡警，知道外边有人出一两甚至二两银子买一册《自由之歌》，这才悔当初卖得太便宜了。他自己留下的十几二十册，反没有甚么人来问。就有人来问，也决不肯出一两银子。最后武昌汉口到处都有《自由之歌》出卖，而且卖得很便宜，使他更不懂其中的奥妙。

　　当时那巡警看见《自由之歌》前后卖得了四十两纹银，便想在《自由宣言》上，也弄他一点钱来花花。因为无论有甚么人来看看，总要拿一份《自由宣言》去。现在这儿存了千千万万份《自由宣言》，他自己又不便公开去兜卖，便马上不让人拿了，而找了一个卖报的小孩儿来，要这孩子代卖，只要一枚铜元——即制钱十文——一份，交账时二八分账，小孩儿每份赚制钱两文的手续费。

　　这桩买卖一开市，可了不得，大有"山阴道上，应接不暇"的样子。这孩子一人对付不来，马上去找了许多小朋友来分销，他赚他们一成，他自己不零卖，专做总批发。这都是当天一天之内发生的事。到了第二天，生意忙得更加不得了，这位做总批发的小孩儿，也全靠妈妈姐姐来帮忙，把一札一札的《自由宣言》，偷偷的运出来分发给他的零售小主顾。

　　为甚么生意好到如此呢？其中有一个原因。俄租界的秘密革命总机关爆炸案，和因此而破获的其他各秘密机关案，都是各报当晚和第二天的封面头条新闻。大家都提到那一张印刷得十分精美、字迹写得极好的《自由宣言》。外国报直说是"自由宣言"，中国报有的说是"叛逆的某某宣言"，有的说是"XX宣言"，有这两个XX，更加耐人寻味，觉得奥妙无穷。外国报纸上不管许多，随随便便引用了两三句警句，中国的报纸那敢如此，只敢说写作虽佳，内容却胆大包天，叛逆昭彰，不忍卒读。各报都注重这份《自由宣言》，而只有一两家提到《自由之歌》的。这只可说是《自由之歌》和阳春白雪一样，曲高和寡。各报的外勤记者，能赏识好诗的实在不多。

　　《自由宣言》有了各报的义务广告，大为宣传，当然生意兴隆，门庭若市。一日之间，不胫而走，汉口各处每人都要买一份看看。当时闹得满城风雨。警务当局，把这件事禀告总督，总督命令他们找一份给他看看。他一看宣言，满纸叛逆昭彰，使他勃然大怒，马上下令禁止发售和传播。中国政府的命令，租界当然是不理的。反因中国当局禁止，租界上更是大家谁都要看看这张被禁的东西。等到中国当局，照会英租界，襄同禁止的时候，早已卖得差不多了。剩下没有卖完的，等到英租界也禁止了的时候，又搬在俄国租界去卖。最后各租界都得到了中国的照会，一同禁止时，大同的名作《自由宣言》，早已是完全卖光了。那时武昌方面，已经有图利的奸商，把它照样翻印出来，同时也把《自由之歌》翻版，秘密出售。这些东西马上成了《金瓶梅》、《杏花天》一样的禁书，利市十倍。只因价钱不算太贵，武汉三镇的人民，差不多人手一篇，连总督衙门的上房里，也有人偷偷的买去看看。

　　大同当时印行他所做的《自由之歌》和《自由宣言》的时候，不过是因为纸张的供给，来得方便，印刷的时间，比较充裕，既然有了这么好的机会，一时兴致特别好，便加工把它们印得精美悦目。后来不幸被军警破获了他的机关，他还大大的在那儿可惜他白白的费了许多心血印行这些东西，真是做梦也料想不到他认为完完全全糟蹋了的东西，居然风行一时，有人收藏，有人翻印；在武汉三镇，差不多没有谁不曾看过，很多人都大大的为他的宣言所感动了。

湖广总督瑞澂，看见了大同的《自由宣言》，也被它感动得厉害！不但他马上下令禁止图利之徒，贩卖这种大逆不道的宣传品，而且把陆军第八镇的统制张彪叫了来，对他大发雷霆之怒，把乱党的党员册子给他，责成他把这些革命乱党，一齐抓了来，审问明白，立即斩首示众，以儆效尤！

张彪挨了一顿臭骂，气得哑口无言，把同盟会的党籍册子带回营去仔细查看，吓得面如土色，大汗直流！不但他部下陆军第八镇的弟兄们，有许许多多都是新党员，连一部分军官，甚至阶级高到管带排长的，也是革命党，有的还是老党员，介绍了许多他自己的部下做新党员，目下第十五协里便有许多党员。最糟的是十六协，当初只听见人传说那一协之中，有许多乱党，现在一看，才知道要是把那里边的乱党全抓起来的话，就没有那么大的监牢，可以关得下这许多人，而且第十六协就不能成军了。要是把他们交军法处去——审问的话，怕不要忙死军法官。除非一大批一大批的审问，三两个月也审他们不完的。若是照着总督的命令，一个个问斩，叫他一时到那儿去找这许多刽子手来行刑呀？

可怜的张彪，他本来就懦弱无能，偏偏又碰见这种性命交关的事，急得他就和热锅上的蚂蚁似的，在屋子里两头乱走，真是一筹莫展，不知如何是好。后来还是他幕府中一位老练的军师教他，说是既然总督有命令，要你把革命党一齐抓了，斩首示众，以儆效尤，你不妨随便抓几个办了，也是以儆效尤，就算了了差。

张彪一听，觉得此话有理，但是看看同盟会的名册，简直是人海茫茫，不知道谁该死谁不该死。人急计生，他把那位属于第八镇的混成协的协统黎元洪"泥菩萨"叫了来，要他看看同盟会的党员党籍簿，在那里边挑几个人，抓来斩首示众。

"泥菩萨"黎元洪看看党员名册，吓得魂不附体，这才知道他四面八方都给革命党包围了，怎敢杀他们半个人。再说他虽是一个军人，一向和善为本，慈悲为怀，贪生畏死，怕苦喜甘；本想效法张彪，把责任再往下推，叫他下面一两位标统来，让他们去办了销差；后来觉得还是不妥，不如随便把两三个原来犯了死罪的囚犯，改换罪名，绑去斩首示众，了却这一桩公案，省得另外杀生。当时十五协里的弟兄们，听见总督对于革命党，要严拿严办，人人自危，正谋早早起事，以免被杀；后来看看"泥菩萨"马上只把三个早已定了死罪的囚犯，标明为乱党徒，说他们是犯了谋反叛逆之罪的革命党徒，斩首示众，更觉得莫名其妙。

陶将军这几天工作特别忙碌，正在大招特招新党员的时候，忽然听见总督得到了党员名册，交张统制严办，张统制又要黎协统马上拿人问斩，吓得简直无地自容，恨不得当时地下开一条口儿，好让他即刻钻了进去。他也和张彪一样，仿佛成了热锅上的蚂蚁，在火头营里四围乱走，一筹莫展，不知如何是好。后来有人告诉他，黎协统只斩了三个早已定了死刑的囚犯，算他们是同盟会的党员，使得他昏头昏脑，不知道是要哭，还是要笑。

八月十九那天下午（一九一一年十月十日，以后便成了"双十节国庆日"），在汉口的同盟会的同志们，一共有一百多人，齐集在俄租界一位俄国朋友的大花园里，来听总指挥最后的吩咐。大同看看孙武是一时不能起来主持大事的，便留下两位懂得看护的同志，专门招呼孙武和丁酥笙，等他们稍微好一点，便护送他们到上海去就医养伤，因为上海还有一部分同志，也在那儿筹备起义。

"弟兄们！"大同对大家道，"我们今天晚上有机会替我们所爱的国家，替我们所属的民族，做一件重要的任务。只要大家下了决心，这一件任务一定会成功的，一定会成为惊天动地的一页历史！老同志们大家都是过来人，曾经有这种经验。不过今天晚上，和从前任何一次完全绝对不同。从前好歹总有后退的余地，今天晚上却是韩信的背水阵，我们要在绝地求生，因为我们这一次早已没有后退的机会了。我们马上就要渡长江到武昌举义，这好比当年荆轲渡易水，大家要有他那种壮士一去不复还的精神。我们若是占住了总督衙门，十五协和混成协的弟兄们马上就会来响应我们的，十六协的弟兄们，虽然远在四川边境，将来也会回来会师武汉的。那时候我们的革命便成功了！我们若是畏缩不前，不敢打进衙门去，新军中的弟兄们一齐会给他们杀了，我们便成了革命的大罪人，要被千古所唾骂的！弟兄们，有进无退，同生同死！"

　　大家渡江的时候，不便一齐同走，三三五五的分做许多组乘渡船过去。因为大同对他们说了一番沉痛的话，使他们十分感动，有许多同他一样曾经出生入死过的老同志们，看见长江中东流的水，心中便下了"风萧萧兮易水寒，壮士一去兮不复还"的决心，一定要取义成仁，挽救将要被捕难免就刑的同志，以及水深火热中的同胞。

　　大同和三位同志，一同渡江，先到黄鹤楼上那家酒馆儿里，找了一张桌儿，四人坐下吃点东西。素常来往这儿顾客极多，今天却稀稀朗朗，一共还没有几个主顾。大同正想问那位茶房，为什么今天晚上人这么少，抬头一看，四面墙壁上，贴满了"勿谈国事"的招帖。时局紧张，大家不肯出来，即是出来，也很早要回去，这是显而易见的事实，不必要问人便明白的。可是一个茶房过来招呼他们的时候，大同故意问道："伙计！谁叫你们四面贴这许多条儿呀？"

　　"先生！这是我们掌柜的要我们贴的。先生，您不知道，有的客人，还没有喝两三杯淡水酒，话匣子就开了，不停口的胡说一气。先生，有的话原本是好话，他也说得没错儿，可是，先生，他不该在我们这儿对大伙儿说呀！我们这儿经常有便衣队来来去去……"他说到这儿，四面瞧瞧，怕他没注意的时间，又来了便衣队。他看见没有来，便继续说道："先生，他们常在我们这儿抓人，您说我们这个小馆儿，以后还有人敢来吗？我们这一碗饭，早晚要给他们砸了的。"

　　"伙计！"大同问他道，"你凭良心讲，应该抓他们这些人呢，还是不应该抓他们？"

　　"这个年头儿，咱们做老百姓的就该倒霉！"那茶房气愤填胸的说道，"我也想说几句的，不过我一直就不敢哼半声。"

　　"这你不是对我说了吗？"大同笑道。

　　"先生，您是好人！对您说要什么紧？"

　　"也许我就是便衣队呢？"

　　"先生说笑话！您那会是？我们一瞧就认识这一班东西……"这茶房一提到便衣队，便怒容满面，咬牙切齿。

　　"那就巧极了！"大同仍和他开玩笑似的说道，"伙计，劳驾你替我们把把风。我们今儿个晚上要去把总督衙门烧了，把总督宰了，事先千万别让旁人知道。伙计，你既然是一瞧就认识便衣队，劳驾你一瞧见他们来了，就先告诉我们。"

"哈哈！哈哈！"那茶房也大笑起来了，"先生真会说笑话！"

"伙计，别笑，"大同道，"你瞧，有人替我们把火油也送来了呢。"

那时候正巧有两个人，带了一只木箱子，里面装了两个方洋铁皮的盒子，匆匆的走了进来。大同指着他们说，这便是他们替他带来的火油，那两位进来的客人同着伙计一道儿大笑起来了。他们两个人坐在管账的旁边一张桌儿上叫了些茶点东西吃。那茶房忙着伺候大家，也就没有再说笑谈话了。

平常客人在这儿一面欣赏长江的风景，一面喝酒喝茶，有的坐到半夜还不肯去。不过现在晚上十点钟就戒严，以防革命党人暴动，没有当晚口号的人，九点钟左右就赶回家去，免得在外面出了毛病不得到家。可是今天晚上，有几桌茶客，和大同他们一样，坐在那儿足吃足喝，简直不像想走的样子，可把那位管账的先生急坏了。他住得离黄鹤楼相当远，希望早早结账好回家去，便叫那个茶房来催催他们。那茶房便嘻皮笑脸的走到大同他们面前来，一再替那位账房先生道歉。他说账房先生多耽一会儿不吃紧，回到家里去，账房先生娘子可不答应，一定会要他跪在床面前跪到半夜的。所以他请各位积积阴德，马上把账付清了，让账房先生回去，也算是做了一桩好事。他自己是一个单身汉子，没有什么女人敢管他，留在这儿陪各位先生不要紧。大家一听这茶房的话也笑了，都把账付清。账房先生千感谢万感谢大家，结了账锁好账房的门先回家。

那天晚上是中秋之后第三日，月亮像一位含羞带愧的处子一般，千呼万唤也迟迟不肯露面，万里长江，反映着数点微光，由黄鹤楼头望过去，只见一片漆黑。大同一声命令，在座的人一齐动手，把两箱火油打开，向墙上壁上四面泼着，只留一条下楼的路。那茶房一见，大惊失色，高声叫道："各位先生干甚么哪？"

"火烧黄鹤楼！"大同道，"这是我们兄弟们起义革命的讯号！"

“是不是真去烧那王八蛋总督的衙门哪？”这茶房问。

“那还用提？”

“好的！我也去！”那茶房听了，兴高采烈的高声叫着，“今儿早上我看了那张《自由宣言》，恨不得马上就加入你们的中国同盟会，一道儿去把这一班乌龟王八蛋的东西宰了，替我们四万万人民出一口气！只可惜你们的《自由宣言》上面，没有告诉我们到什么地方、怎么加入同盟会。”

“伙计，你怎么看见了我的《自由宣言》呀？”大同问道。他一时忘了他是革命的一份子，而只觉得他是一个得意的作家了。

“谁没有看见啦？成千成万的在租界上卖！”

“真有人买呀？哈哈！”大同觉得这才是大丈夫得意之秋。

这个茶房兴奋极了，帮大家放火烧黄鹤楼。木楼一着火，烧得浓烟上升，他们马上退到楼口，看看这火是真烧着了，便在左右手臂上，各绑一条白手绢儿，掏出手枪来，预备下楼。大同对那茶房道：“同志，跟我们来，也把手绢儿绑上。暂时我没有富余的手枪给你，回头再想法子找别的东西。你先替我分带一些子弹。要是我中了枪，你就接了我的手枪，跟着大家一道儿打。”

那人手上已经拿着一根通煤炉的大铁条。他举起来给大同看一看说道：“先生，我有了这个，可以对付一下。”他也把手绢儿绑上。

大同下面有十三个人，再加上这个茶房和他自己，一共是十五个人。大同看看他这一小组的人都齐了，就大声叫道：“同志们，前进！”

那个茶房如疯如狂一般的也叫道：“前进！杀哦！杀哦！”

他和一阵旋风似的，首先冲下楼去，大家也同时高声叫着，一同跑下楼去。

“要想出头的，都在胳臂上，绑上白手绢儿，跟我们一齐杀过去！”那茶房的嗓子真好，胆子真大。

当初从黄鹤楼下出发的时候，才不过是他们十几个人，不料马上就有许多人也跟着他们跑，和着他们叫。一路上免不了碰见巡警，这才知道巡警的枪，都是没有子弹的。他们老远一见大队的革命党来了，吓得回头就逃。那知不逃便罢，一逃便有人迎头把他拦住，后面的人赶上去，把他的枪赤手空拳的抢了过来，还要把他的制帽和制服的上身扔了，胳臂上也绑上白手绢儿，押着他一道儿跟着大家一齐跑。

越来人越多，叫的声音越大。当初只碰见零零落落的巡警，一个个都被他们抓了过来，后来局子里派了一队一队的巡警来，大家更是和风卷残云似的，把他们整队的围了过来。这一班巡警也真是无用，平时对于手无寸铁的工人推小车儿的这一班劳动大众，便耀武扬威，作威作福；到今天一看势头不对，远远的便两腿发软，不是求饶，便是逃走。大家那肯放过他们，把他们的武器全抢过来，押着他们一同跑。大家一路俘虏到许多巡警，势力更大了。群众的心理是如此的：他们看见他们能克服穿着制服带着武器的巡警，他们便觉得他们自己的力量大极了，甚么人也不怕了。

除了巡警之外，武昌城内还有教练队和总督的卫队，城外还有新军，都可平乱，怎么不调来对付呢？新军里边革命党太多，他们不敢调进城来。他们又驻扎得太远，远水安能救近火？至于教练队呢，昨天发觉他们运了一箱炸弹到总督衙门里来，还斩了两个人，当然更是靠他们不住。瑞澂得了起事的报告，早已吓得心惊胆寒，命令教练队不准擅离本位半步，还要派他自己的卫队四面监守他们，以防他们响应。督署地面很大，前后左右，不知乱党从那方来攻，便命卫队分四方布防，严阵以待，不可轻敌。

戒严时期，晚上尚有荷枪实弹的巡缉队。他们先看见黄鹤楼上起了火，便知道今晚情形不妙。后来马上又看见八九处同时起火，晓得革命党是大举起事，顿时觉得自己人力单薄，寡不敌众。又看见总督再也不派教练队和卫队出来弹压助阵，早已心无斗志了。他们一看见大队的革命党来了，便向天放几枪了了责任，然后弃械回头逃命。群众一路战无不胜，攻无不克，先抢到巡警的空枪，后来又抢到巡缉队的步枪子弹，分给善能射击的人，声势浩大，一直向督署进攻。

党人当初分为九处举火，九路一齐向督署进发。起事时一共才一百多人，一路上各处增加，由一百多人变成一千多人，由一千多人变成一万多人。他们都如疯如狂，如醉如痴，降服了巡警队，打败了巡缉队，得了许多枪械子弹，等到迫近总督衙门时，简直和山崩海啸一般，成千成万的群众蜂拥而前，奋不顾身，有的举枪待发，有的简直揭竿持棒，绝无畏缩，还有的竟是磨拳擦掌，好像自己觉得是天神一样，所向无敌，有进无退。

当初党人分为九队，本来以为要分九处进攻，各路一定全会受到相当的抵抗。那八路不过是牵制防守的兵力，只要大同带的主力军，冲进衙门去放火的。那知各路都毫无阻碍，顺利而进，大家不知不觉便会师衙前，挤得人山人海，不知道增加了多少人力和军械。

群众到了东西辕门口的时候，那两处放哨的卫队，人力单薄，一开枪便被群众打死了。大家顺势涌入辕门，一直向督署正门冲过去。有的人知道里边一定有准备，要想停一停也停不住了。大家和海潮一样，后浪推前浪，滚滚而前，只能上前，那能退后！

总督衙门的卫队长，早已传了不可轻敌的命令给部下，人人都有戒心。等到众人到了衙门口，队长一声号令，前面的守军同时开枪，射击敌人。一排子弹放完，前面倒了许多人。不过倒的是倒了，死的也是死了，后面的人还是不断的往前涌，好像是绝不怕死似的。并不是前面的人不怕死，这乃是后边的人太多，不知死活，一直往面前挤，前面的人想停也不能停，想退也无可退。卫队一见势头不好，赶快退进署内，紧闭大门，由墙头屋顶放枪来射攻门的人。大众虽然受了重大的死伤，显然又是打了一个胜仗，更是勇气百倍，极力攻门。党人的枪法好的，便藏身暗处，对着墙头屋顶露面的卫队瞄准，他们枪无虚发，卫队一个一个被他们打死。

可是卫队虽然怕死贪生，他们却占了地利，大家都躲在衙门之内，把门关得牢牢固固，无论你们怎么打，一时再也打它不开。同时他们由里边乱放枪，白费子弹也不在乎。最糟的是大同他们的炸弹，一个也没有了，而署内反有些手榴弹，由墙内乱扔出来；外边人多，一不小心，便死伤许多人。这样支持下去，时间愈延长，愈对守者有利，攻者不利。大同他们的手枪子弹本来有限，而总督衙门一直攻不破，他们的防御工作做得相当坚固，实在叫他们这些和赤手空拳差不多的人，一点办法也没有。当初以为一到衙门，便可放火，那知石墙铁门，只烧毁了几根木柱子和屋檐，一会儿便熄了，衙门仍然无恙。攻打的人，除了一百多党员之外，都是乌合之众。看看东西两辕之内，尸如山积，有的人便失了锐气，渐渐的要散了。当初是一鼓作气，现在是再而衰、三而竭了。子弹一用尽，大家也就无能为力了。没有想到这一次大家杀得轰轰烈烈，如火如荼，到最后功亏一篑，又要失败了。而且许多生命，又是白白牺牲了！真叫人痛心疾首！

到了最后，大同的子弹用完了，看看空手枪，拿着也没有用，便随手把它扔了，在一位死了的同志手中，拿起一把大刀来，预备爬过墙去，总可以杀死一两个敌人。他那时脑子十分清楚，方寸并没有乱。他知道大势已去，徒呼奈何，只可惜当初风卷残云似的，把敌人打得落花流水，结果也是无济于事！也许他做的《自由宣言》真有用，所以才发生了他所想象不到的效力，千千万万的人，只等他登高一呼，都跟着他来冲锋陷阵，勇往直前。他现在是没有希望了，只盼他日后人替他们复仇，再接再厉的起来革命。

第十五章

鹬蚌相争，渔人得利。

《国策》上说："蚌方出曝，而鹬啄其肉。蚌合而箝其喙。鹬曰：'今日不雨，明日不雨，即有死蚌。'蚌曰：'今日不出，明日不出，即有死鹬。'两者不肯相舍，渔人得而并擒之。"

同盟会的同志们，前仆后继，一个个牺牲性命，决定了要杀得不剩一个人，不留一滴血，猛力攻督署。督署里的卫队，也伤亡过半，闭门不敢出来应战，两者对峙，各不相下。正在那时，忽然听见雷鸣似的。再听时，原来不是雷鸣，而是城外的炮声。炮弹接二连三的向督署射来，使得这些攻督署的人欢呼若狂。这原来是混成协的炮兵，坐享渔人之利，这时加入革命，大炮一鸣，先声夺人，谁都觉得混成协是当晚的英雄、胜利的掌握者了。党人死得没有几个了，也鼓着余勇，把云梯弄来了，大叫署内的卫队快快开门投降，否则攻了进去，玉石俱焚，一条性命也不留了。

当初里面的人，坚持不降，反而乱放散枪，抵抗到底。外面马上架好云梯，准备爬墙进去。那时月亮已出，第一位胆大的英雄，早已爬到云梯顶上，正要跨过墙去。明朗的月色之中，大同远远一看，此人好似丁龢笙的轮廓。那时署内乱枪齐发，早有一个子弹打中了此人，只见他把左手一举，清清楚楚，那只手上缺少了两个手指头，此人不是丁龢笙是谁？大同赶快跑上前去，恰好丁龢笙负伤由云梯上掉了下来，大同把他扶住，抱在怀中，叫人帮着把他抬在墙脚下躺着，对他叫道："龢笙！龢笙！我不要你来，为甚么你偏偏要来！"

"非……非来……不……不行！"丁龢笙上气不接下气的说。

正在这个时候，忽然在若断若续的枪声中，和远远的隆隆炮声中，大同听见门口大家欢呼的声音。他知道发生了大事，他要亲自去处理，便只好把丁龢笙交待给一位同志，自己赶过去看看。他马上就看见一方面有人在爬上云梯越过墙去，一方面总督衙门的大门竟已开了，大家蜂拥而进，欢声雷动。衙门里的枪声现在已停止了，显然卫队都投降了。但是群众仍大声的呼着：

"把满人杀了！把满人杀了！"

大同带领几个残余的同志到衙门里去搜索，才知道瑞澂早已逃走了，他的家眷都不在衙门里。卫队里没有死的人，都投降求饶。大同看得自己实在没有了人，马上叫投降的卫兵，胳臂上系起白手绢儿来加入革命。

大同认为总督衙门的卫兵既然是投降了，不应当再继续无谓的屠杀，立时便发下命令：只要投诚的人，宣誓从此以后效忠革命，都可以让他们改过自新，决不再追究他们既往的错误，以鼓励其他的人早早投降。他在总督衙门之中，忙着改编卫队，搜查文件案卷，真是忙得不亦乐乎；后来又要分派革命的领袖，带着改编好了的队伍，全都·在胳臂上绑着白手绢儿，算是新革命军，赶着出去帮同消防队救火，改编巡警，维持地方的治安，禁止抢劫杀伤，释放被囚的政治犯，接收火药局及其他政治机关。

城外的新军，当初是工程兵和炮兵首先发难。他们看见黄鹤楼头起了大火，早已猜想是革命党起了义；随后又看见城内八九个火头，烧得半边天全是红的，知道这一次果然大革命爆发了，再不加入，马上便要被当局派去扑灭乱党，那便是替满人来残杀自己的同胞了。工程第八营左队队长熊炳坤，胆量最大，他马上把他的队长肩章，摘了下来，左右两胳臂上，各绑一块白手绢儿，叫他的弟兄们也如法炮制，自称民军，去叫第二十九标和第三十标的步队，一同反正。因为他们也全是汉人，应该帮助革命军，去攻打旗兵。

按第二十九标第三十标，都是步兵，属于第十五协。第八镇一共分为两协，第十五协和第十六协。第十六协也全是步兵，都早已调往川边，由督办大臣满人端方带着，名为保铁路之用。那时的军队，虽算是新军，仍不称师、旅、团，而称镇、协、标等。镇约等于师，协约等于旅，标约等于团。军官不曰师长、旅长、团长、营长，而曰统制、协统、标统、管带。第十五协和第十六协全是步队，只有黎元洪带的混成协，和后日的混成旅一样，其中步马炮工辎都有一点，和独立师相仿，具体而微，各种兵都有，可以独立作战。

第二十九标和第三十标中，也有不少的弟兄，最近加入了同盟会，正在战战兢兢，不知何时会发作，现在看见城内既然起了革命，又有炮兵和工程兵起来响应，大家也一不做，二不休，乱杀长官，自行改组为民军，和炮兵及工程兵联合，同到楚望台来攻打旗兵。旗兵一听见革命，早已丧了胆，看见新军来攻打他们，简直没有抵抗的力量，革命的民军，打死了几十个旗兵之后，马上就占领了楚望台；旗兵营就此瓦解。

所谓的"民军"，何尝不是一时乌合之众呢？这些新军，绝不能和袁世凯在小站所练的定武军新军可比，这一次起义，也是出于迫不得已，背城借一，向楚望台进攻。他们都是从来没有经过战事的新兵，那知楚望台的旗兵，更比他们无用，一听见枪声便寒了胆。民军刚刚才出兵，第一仗便旗开得胜，声势增加百倍，马上便把炮队营的野战炮，分在楚望台、蛇山、凤凰山三处，远远的对准总督衙门架起来，开炮帮助革命党人攻打督署。

他们觉得他们这一方面的敌人已经被他们肃清了，新建立的民军，不能一日无主将。军队中的人，过惯了他们那种生活，岂可群龙无首，没有人在上面发命令叫他们遵守呢？于是集议找一个能孚众望的人来担任司令。他们知道孙武受了重伤，一时不能出来主持大事，但是他们并不知道其他的领袖，可以统带他们。下级将士们，大家都晓得天底下只有一个大好人，这个好人便是混成协的协统黎元洪菩萨。现在的总司令既然可以由他们自己选择，他们还肯去选第二个人？

现在是由专制时代，一变而马上便成了民主时代，很多人齐声叫着要黎元洪做他们的主将，谁敢反对？于是大家一致主张去把这一位"泥菩萨"抱出来，做他们的傀儡领袖。他们许多小头目，带了大批的人马，荷枪实弹，赶到混成协部的协统营中去请他做民军大都督。

那知他们到了他营中，这位众望所归的领袖人物，早已闻风先逃了，他们连他的踪影也找不到。

大家不见"泥菩萨"，真是乘兴而来，败兴而返，便抓住他两个亲信马弁，用绑票的方式，把他们捆着，押同一道去寻找"泥菩萨"，声言不找着他们的主将，决不饶他们两人的性命。黎元洪这两个亲信马弁，为了要顾全自己的性命，马上便告诉大家，协统老爷新近有了藏娇的金屋，前不久讨了一位姓危的姨太太，这一向都是这位新姨太太恃宠专房，只要一到危姨太太那儿去找协统老爷，决没有找不到的道理。

所谓的"民军劝驾代表团"，其实是一个搜索队，来到了黎元洪的小公馆，马上把前后门看住，乒乒乓乓擂着大门，高声叫着要找黎协统。可怜的"泥菩萨"，听见许多军队人马来找他，吓得魂不附体，死死的不肯开门。他自问良心，生平不曾做过亏心事，虽然掌握小小的军权，但是总不愿杀人。最近张彪要他大杀党人，他也抱了慈悲为主、仁爱为怀的素志，救了许多人的性命，今天怎么会遭这种凶事？

大家看看里边决不肯开门的样儿，只得破门而入，大肆搜索。危姨太一口咬定黎协统老爷并没有在这儿，劝他们到别的姨太太小公馆里去看看，他们那里肯信！不过搜来搜去，每一处都看了，还是找不到这位"泥菩萨"的影子。大家无奈，只得自认倒霉，正要想走的时候，忽然听见危姨太床底下，鼾声大作，一声接一声，越来越大，越听越清楚。大家不禁失笑，马上拿灯一照，只看见床底下躺着一个胖大极了的女人，在那儿睡得甚甜，鼾声如雷。他们更觉得好笑，赶快把这位胖女人拉了出来；果然不错，这人正是找了大半夜没有找着的黎协统老爷，涂满了脂粉，要想扮成女人，可惜满脸发青色的胡须根儿，清清楚楚，看了令人捧腹。

他一见刀枪林立，吓得大叫饶命。大家好不容易板着面孔，忍住笑声，说上一大套冠冕堂皇的话，以大义相责，请他勉为其难，出山就任革命民军大都督之职——大有斯人不出，其如苍生何的意思。他一听这话，更是吓得面如土色。他自念一生循规蹈矩，奉公守法，克尽厥责，未敢苟越雷池一步。今天这一班无法无天的亡命之徒，自己把脑袋挂在裤带儿上，杀人放火，谋反叛逆，不足为奇，还要来把他拉出来，干这种成则为王、败则为寇的勾当，真把他气坏了，吓坏了。他再看看这些土匪似的人，一个个凶神恶煞，将来都不像会善终的样儿，真是难以和他们理喻。责备他们又不敢，哀求他们也无益，实实在在不知如何是好，叫他上天无路，入地无门。正在他迟疑不决、无可奈何的时候，他自己的部下，知道他一生庸庸碌碌，遇事无可无不可，现在强迫他造反，给他一个霸王硬上弓，他也没有法儿的。于是一声呼唤，大家一同涌上前来，把他抬了起来，高声叫道："黎大都督答应了！黎大都督万岁！"

一倡百和，里里外外这些弟兄们，大家全大叫着："黎大都督答应了！黎大都督万岁！"

黎元洪忽然被他的部下，把他抬了起来，狂呼狂叫，吓得他更是魂不附体，大叫危姨太救命。到底还是危姨太有临大难而不苟免的精神，她敢挺身而出，大声喝住众人，叫他们把协统老爷放下来，好让协统老爷洗脸更衣，才好坐下来和大家谈话。现在这种样子，穿着女人的衣服，满脸涂着胭脂水粉，大家把他抬在肩上，乱叫乱闹，成何体统？

弟兄们被这位危姨太一顿教训，个个都觉得自己和一个淘气的小学生一样，一时忘了形正在胡闹，叫大人看见了，丢了面子，再也不敢乱来，马上各归原位，让黎元洪由危姨太牵了进屋子里去，洗脸换衣服。大家在外面等的时候，危姨太又叫女佣送烟送茶，请大家坐下。这样一来，弟兄们你推我，我推你，推了半天，才推出了二位弟兄，算是大家的代言人，坐下喝茶，等黎元洪再出来和他们谈判。他们都是行伍出身的人，一朝忽然要他们坐下来谈话，大家都十分不安，战战兢兢，如临大敌。

等了一阵，危姨太领了这位一百二十分不愿意出来的黎老爷出来。他已经换了庄严极了的协统制服，弟兄们一见，一齐自然而然的全体肃然立正行军礼。这样一来，黎元洪的胆子就壮多了，他请那两位代言人坐下，同时拖住危姨太，不要她走开，也坐下一同谈话。那两位弟兄，重申前请，要黎元洪出山任民军大元帅总司令。黎元洪一再推辞，怎么也不肯答应。两方相持不下，最后还全靠危姨太从中调停。她看看当晚的情形，知道所谓革命军民军，差不多全是混成协的弟兄，和十五协的一部分人，并不是甚么三头六臂的革命党人。她提出折衷办法，由协统老爷，把他自己的部下改组，加上第八镇里的弟兄，成为鄂军，他做鄂军大都督，只管湖北的军队。至于上海来的那些亡命之徒的革命军革命党，他一概不负责，由他们自己去胡闹。

于是大家便请黎大都督到咨议局去，把咨议局改为临时军政府，马上宣布黎元洪为鄂军大都督，负维持地方公安的责任。

这是武汉起义的时候，当晚所发生的真实情形。但是根据黎元洪自己写信给他的老师萨镇冰，谈到那天晚上大家请他出山的事，虽然文饰得斐然成章，看了也令人觉得他可怜亦复可笑。他说：

洪当武昌变起之时，所部各军，均已出防，空营独守，束手无策。党军驱逐瑞督出城后，即率队来洪营，合围搜索，洪换便衣避匿室后，当被索执，责以大义。其时枪炮环列，万一不从，立即身首异处，洪只得权为应允。

看着黎元洪这封写给他老师萨镇冰的信上所说的话，就可以知道他虽然做了民军里的大都督，他对于满人，仍然是十分尊敬，称瑞澂曰"瑞督"，而对于民军。却称之为"党军"，不免把他们看成乱党！

黎元洪坐享其成的做了大都督，他部下的小军官也因水涨船高，一个个连升三级的做了大军官，只是那一班发难的同盟会员，攻打督署，大半部都已牺牲了性命，所剩下没有死伤的很少，都正忙在各处指挥弹压投诚的部队，维持治安。他们听见黎元洪一下便做了鄂军都督，哗然反对。大家认为只有大同一个人应该做革命军的总司令。但是大同马上叫他们千万不可有异议，大家要一致顾全大局，他自己决不争此一席。大家那肯听他的话。他为了避免争执，立刻和大家不告而别。从此之后，黎元洪便做了武汉起义所设立的军政两机关的唯一领袖。自古庸人多厚福。后来他接二连三的做中华民国的副总统，最后居然做起大总统来了。若不是北洋军阀要取而代之，使人来逼宫，他还要一直做下去。那一次也是危姨太临危不乱，藏着国玺不放，救了他的性命。这都是后语，暂且不表。

　　烧烧杀杀、纷纷攘攘的过了一夜，和平的曙光，渐渐的又来到大地上，微笑的普照着人间。无人收埋的尸体，全部运到鹦鹉洲上，做了一个广大的烈士公墓，为这许多因革命而捐躯的人长眠之地。革命政府成立了之后，士农工商，各安其业，好像是没有发生甚么变乱似的。世界各地的外国报纸，大家都纷纷记载中国武昌起了一个不流血的革命，一夜之间，推翻了原来的政府，湖广总督瑞澂、拥有数万雄兵的统制张彪、藩台连甲等，所有一班满清的大员，全部弃城离职远逃了。

　　他们这些报纸上的记载，也算是相当的对。甚至于许多外国人，住在汉口的，当天晚上听见了枪炮之声，第二天到武昌去看看，看见街道早已扫干净了，洗干净了；总督衙门外，平平静静，没有一点儿事似的，那儿会知道当时堆积如山的尸体，早运走了呢？现在四处起的火早已熄了！大家照常做事，商店照常营业，他们自然觉得外国报纸上所说的不流血的大革命，是极其正确的报导。

　　不过武昌汉口的外国人之中，只有一小部分，知道这一次所谓"不流血的大革命"，实实在在是流了多少血而换来的。他们是不用言语而用工作到中国来传教的人。外国教会办的医院里，医生和护士们，这一次忙得不亦乐乎。而且他们总是自己只顾工作，让别人去宣传的。这些有仁心仁术之士，不知道二十世纪，是一个黄钟毁弃、瓦釜雷鸣的时代，一张嘴和卖狗皮膏药的人一般的吹牛者，处处闻名，而这些救世的工作者，默默无闻，只有得救的人心中，知道他们伟大的精神。

　　武昌的万国红十字会医院，里边的医生和护士，包含着各国的人士，其中以英国和美国人为最多。他们自从十月十日半夜起，大家手不停脚不住的抢着救护受伤的战士和老百姓；见着要治的就马上动手，决不把病人放在一边，告诉他的家属，先要付多少医药费，才肯动手，先缴了多少住院费，才肯收留他们住院。武汉三镇上上下下，许多人正在寻找的大同，也偷偷的溜到这儿来了。他虽然受了几处小伤，却早已消毒，包扎好了；他来的目的，并不是要找医生护士替他看伤，却是继续他尚无结果的寻访工作。他从总督衙门附近开始，一路见着有医生、诊所、医院的地方，他就进去看看，有没有丁龢笙的下落。

他一走到万国红十字会医院，便去找护士长，问问她这儿最近收到了一个肩头中了枪弹的青年没有？这青年的左手上，缺少了两个手指的。护士长把登记簿仔仔细细查看一番，说道："果然有的！请你同我去看吧。不过我恐怕他危险极了，流血过多。"

在一间大饭厅改成的大病房里，许许多多受伤的病人之中，丁龢笙躺在一张临时用两块松木铺板搭成的病床上；远远看过去，和一个僵尸一样，脸上毫无人色，

"龢笙！龢笙！"大同一见便忍不住叫着。

"请你放小一点儿声音！"护士长警告他道，"让他多休息休息吧！"

她把值班的护士叫过来，大同赶快问她这个病人的情形，那值班的护士答道："他一直便神志不清，胡言乱语，现在不太会说话了，恐怕活不久了！"

大同一听见这句话，心中十分难过；看看他的样子，更加伤心：眼睛已经不能打开了，两脸下陷，皮肤都干枯了。他的呼吸，也若断若续的，微弱极了。他的嘴唇微微的动着，好像是要说甚么似的，但是说不出声音来。那值班的护士又道："今天早上他们把他抬进医院来，医生马上便施手术，替他把肩上的子弹取了出来，他便昏迷的乱说乱叫。医生说那子弹的地位离心脏太近，恐怕没有多大的希望。他不停的哭着叫着，说是他要到一个什么岛上去呢！他发高热，烧糊涂了，所以胡说乱讲。"

大同知道丁龢笙并不是因为发高热、热糊涂了而胡说乱讲。他看看他嘴唇的动作，现在仍是要说神仙岛呢！

"我看他心中有一桩心愿，"大同道，"这儿除了我之外，恐怕谁也不会知道的！"

大同当时百感交加，知道人生真是短促，真是空虚。看看昨天晚上还在总督衙门口冲锋陷阵、活活泼泼的丁龢笙，今天早已奄奄一

息，随时便要与世长辞了。他觉得他自己无职一身轻，不像昨天晚上似的，抱着受了重伤的好朋友在怀中，一听见大家狂叫，便不得不把他放下，赶快跑去指挥战事。责任所在，顾不了私情，以致负伤的好朋友，一纵即逝。今天找了一天，差不多再也找不到，幸好最后找到了，而且又在无意中发现了他好朋友临终的心愿，真是天公捉弄人，何其甚也。他觉得新军中的弟兄们，把黎元洪拖出来做革命领袖，反而成全了他和丁龢笙两人的私谊，他现在可以坐在他病榻之侧，一直侍候他到死而后止了。

那天晚上，丁龢笙便死了。在他临死之前，回光返照，略略的清醒了一下，很无力的睁开了他的眼睛，望一望看见了大同握着他的手，脸上现出了笑容，显然还认得大同。他又想开口说话，但是精力早已尽了，一点声音也发不出来。大同马上对他说，他知道他心里想到海安县南海中那个神仙岛上去，他答应他一定送他到那岛上去。丁龢笙一听，脸上的笑容更显明，微微的点点头，口中透出一口气然，就此瞑目含笑而逝。

丁龢笙死后，大同要想去替他买一副略微好一点的棺木成殓，那知走遍了全城，不但好棺材早已卖得一干二净，就连甚么火板薄棺材，也找不到半副。他只好到汉口来找，也是一样，连西洋的外国棺材店，也在那儿赶做人家的定活儿，现货是绝对买不到了。后来他回武昌的棺材店中去定做一副，又遭拒绝，他们都说所接的定货太多，材料一时不能运到，不知何时才可交货。红十字会医院的护士长，听见大同买不到棺材，又知道大同想把灵柩运到广东南部去安葬，便提议改用火葬。火葬之后，只要用一个瓷器缸儿盛着骨灰，不必用笨重的棺木，运输上自然方便多了。虽然中国守旧的人，反对火葬，可是大同仔细想想，现在天气很热，尸首不能永远放在医院的停尸房中，也就不反对这种办法。当下他便请那位护士长，介绍到汉口外国人办的一家火葬公司去。他对他的亡友，尽最后的义务，陪同火葬公司的人，把遗体运到汉口去举行火葬。当他一个人凄凄惨惨的替丁龢笙料理后事的时候，我们那一位"泥菩萨"黎元洪大都督，却在武昌的湖北咨议局所改的革命军政府中，军乐喧天、礼炮齐鸣声中，正式宣誓就职为鄂军大都督。

　　黎元洪虽然庸庸碌碌，可是大家一听见"泥菩萨"做了革命军政府的鄂军大都督，老百姓个个高兴之至。大家又公举了汤化龙为民政厅长，便用军政府的名义，传令不许妄杀满人，并保护藩库、官钱局、储蓄银行、支度公所、财政处等一切民用机关，并声言保护外国侨民；于是社会安堵，人家都觉得可以安居乐业。

　　革命军得了武汉之后，便派兵渡江，不战而占据了汉阳兵工厂，兵工厂总办王寿昌早已闻风先逃。民军马上又占领了附近的汉阳铁厂。汉阳府的知府，和所有的高级地方官吏，也都逃匿得无踪无影了。还有汉口方面，也不放一枪，不伤一卒，堕入民军之手。这些事更叫外国人看了之后，相信这一次真是不流血的大革命。三天之内，武汉三镇，相继光复，差不多可以说是鸡犬不惊。

　　在革命发动之初，外国人怀疑他们含有排外的性质，恐怕庚子年（一九〇〇年）义和团在北京闹的拳匪之乱，又要在武昌汉口重演一次了。后来看见党军的举动能上轨道，这才放心了。马上军政府又照会各国领事团体，以保护租界和各国的侨民生命财产自任，只要求他们严守中立，并且声明从前满清政府所借的外债，以及公布了的战事赔款，新政府都会照原订的条约继续履行，不过以后再有借款，则不能承认。领事团接到照会之后，大家商议决定宣告中立，对于双方的战事，绝不干涉。他们同时电请各本国政府，承认革命军为交战团体。

　　大同功成不居之后，反说他所主持的武昌起义，不过是一条导火线而已。满清之推翻，民国之建立，是因为全国人民都醒悟了，知道民族不自由，无以生存。有了他所发动的武昌起义，全国马上热烈响应，在几十天之内，十七八省都纷纷宣布独立，加入革命，这才把满人手中的政权，夺了回来，建树了中华民国的基础。

　　各省之中，响应大同所领导的武昌起义，最早的便是湖南。湖南的巡抚余诚格，看见武昌革命，新军响应，马上把湖南的新军调出长沙，驻扎于醴陵。党人焦达峰陈作新，和新军合谋，于九月初一（即阳历十月二十二日），率新军携炮进长沙城，占据了军械局，马上便向巡抚衙门进攻。余诚格一听见革命军占了军械局，接着来攻打他的衙门，那敢抵抗，吓得马上弃职逃命。于是湖南各界，也效法湖北，把湖南省咨议局改为湖南省革命军政府。当初是焦达峰为都督，陈作新为副都督，不久之后，焦达峰被杀，绅商各界，公推咨议局的议长谭延闿为大都督。谭的声望甚高，全省人士都膺服。

其次便是江西。大同是江西人，他早和驻扎在九江的新军协统马毓宝有联络。九月初二（阳历十月二十三日），马毓宝起来响应，把他带的一协新军，改称九江革命民军，宣布九江独立，大家公推马毓宝为九江都督。南昌是大同的生地，他那边和很多咨议局的咨议早有默契，于是绅商学各界，在省咨议局召开各界联席会议，创办保安民团，要宣布江西全省独立。江西巡抚冯汝骙，举棋不定，意持两可，观望大局，看见黎元洪的兵，后来连打了几个败仗，便不敢宣布独立。南昌的新军协统吴介璋，恂民意于九月初十那天起事，放火焚烧抚台衙门。当时冯汝骙便逃走，后来走头无路，两面不讨好，只有自杀。吴介璋为众望所归，被大家推为赣军大都督，设军政府于江西高等学堂。

江西光复之后，在南昌闹了一个大笑话。大同对于政治灰心，这是一个重大的原因。有一天，军政府忽然接着一封公函，用了孙文黄兴的名义，说是中华同盟会，特派彭程万为江西省革命军大都督，率同敢死队百人，指日携带炸弹入城接事。此事一经传出，大小官员，恐慌万状，民团警兵，相继逃匿。后来果然有一个人自称是孙文的代表，到军政府中来，召集当时在府一切人员，开一个临时紧急大会。他当众宣读彭程万为大都督的委任状。那时候孙文尚在外国，大家听了，相顾愕然，谁也不敢诘问。吴介璋之为都督，也是大家随随便便推举出来的。他同大同是好朋友，在新军之中做协统，意在革命，现在既然成功，他也和大同一样，自愿功成身退，当时便向到会的大众辞职，拂袖而去。

吴介璋走后，便有人提议委派代表欢迎彭程万接任。第二天彭程万走马上任，宣读一篇像《尚书》里皇帝的诰一般的就职宣誓，更使得大家莫名其妙。九江都督马毓宝，听见南昌的赣军大都督，忽然发生了如此滑稽的变化，马上打了一个限即刻到的长电报，严辞诘问彭程万的来历。彭程万接到了马毓宝的电报之后，惊惶无措，大家对他的怀疑，也充分的表示出来了。彭程万难安于位，只好引咎辞职。南昌各方面的人，受了拥马派的运动，发起个迎马大会，又推举迎马代表团，到九江去把马毓宝欢迎到南昌来，就职为江西全省的大都督。

湖南革命之后，大家争权夺利，以至杀人流血，幸好后来谭延闿能孚众望，湘局乃定。江西都督一席，如此滑稽争夺，便使得大同再也不肯出山了。

和江西九江差不多同时响应武昌起义的，便是陕西省。那儿的常备新军，本来多数都是甘肃和陕西两省的人。不过自从安徽人王毓江做了协统之后，南方人越来越多。后来熊成基在安庆起义失败之后，他部下溃散的兵士，差不多全部逃到陕西去了，他们一听见武昌革命，大家都谋起来响应。原来定了九月初八（阳历十月二十九日）举事，不料参加的人太多，风声马上透露出去了。因为怕当局先发动，他们便提前于九月初一日（阳历十月二十二日）起事，先把省城的电报局烧了，使得陕西和外面不能通电讯，然后占了省城。那时的巡抚是钱能训，他和他手下的高级官吏，大家都弃职逃避。初三又占领了渭南和临潼各城，声势浩大，公推管带张凤翙为兴汉军的大统领，后来也改名为陕西军政府的大都督。不过陕民强悍，遍地都是盗匪，在满清官吏逃匿、兴汉军接收不及的时候，歹人乘机劫掠，良民不堪其苦，虽然军政府派员四出招抚，仍然比其他各省纷乱得多了。

那时山西的巡抚是陆钟琦，他一听见陕西光复了，恐怕陕西的兴汉军向东来攻山西，便打算派新军前去守住潼关；九月初七（阳历十月二十八日）晚上，把子弹和粮饷发给新军，要他们第二天早上开拔。那知道初八（阳历十月二十九日）那天，新军不但不向潼关进发，反蜂拥进太原城，一直来攻抚台的衙门。原来这时候在山西有一位江西九江人，姓李名盛铎，曾出使欧洲，为通权达变之士，和李刚是多年的文字交，后来大同常常和他通信。他虽然不敢公开反对朝廷，但对于百姓和国家，爱护极了，颇有"民为贵，社稷次之，君为轻"的意思。他在山西，时时有救国救民的言论，极为一班有志之士所尊重。他借着到敦煌审查经卷的幌子，和法国人柏希和常到西北来与他的儿女亲家藩台何彦升见面，秘密运动新军起义。

陆钟琦很佩服李盛铎的道德文章，李过太原时，陆必招待，两人也常谈到新军之事。陆听了李盛铎的话，以为新军很可以听听他们在上面的人指挥。所以这一次新军入城，陆以为只要他抚台大人，亲身出来对弟兄们讲讲道理，说几句好话，大家一定可以俯首听命的。那知士兵们认为他是替满人做奴隶之辈，专门压迫自己的汉族，便毫不客气的当场把他杀死了。同时他的儿子陆光熙，和协统谭振德等人，也被革命军所杀，李盛铎赶来救也救不及了。山西革命成功，成立军政府，大家公推李盛铎做都督。李觉得他救不了陆钟琦等，心中不安，坚辞不允。大家才改推阎锡山，阎锡山便一直的做了几十年。

至于广东省，乃是革命的策源地。自从大同在武昌起义之后，在广东省各地的党人，大家都预备响应。那时候的两广总督张鸣岐，他极力和绅商两界联络，要大家开会暂守中立。九月初四（阳万十月二十五日）那天，大家开了一个会，会中勉强通过了中立的议案。但是散会之后，许多人责备主持之人，表示这并不是公意。初八那天，各商团另外集会，一致主张承认武昌的革命军政府。这消息一传出去，人心大快，广州各商店，都不再悬黄龙旗，而挂白旗以志独立，家家张灯结彩，互相庆祝。张鸣岐看见大家如此热闹的庆贺独立，觉得不妥，出告示禁止，使得人心骚动。党人陈炯明王和顺等，已起义于惠州。同时在南海、番禺、顺德、三水各县的党人，也纷纷发动，驻在省城附郭的新军，也预备响应。广东省的咨议局，便顺从民意，议决宣布独立，但对张鸣岐十分客气，举他做广东省革命政府的大都督。但是张鸣岐杀过很多党人，当然不敢接受，竟私自逃走，大家乃改推胡汉民任之。

广东宣布独立之后，便是云南。云贵总督李经羲，深谋远虑，听见湖北起了革命，便觉得要特别戒严，以先下手为强。九月初七日（阳历十月二十八日）黎明，云南的常备新军尚在早操，他忽然下命令，将兵士的枪械子弹一律缴回。军士们当时没有准备，只得俯首听令。过了三天之后，新军的标统蔡锷，带了他的部下，先到枪炮厂去，把枪炮厂占据了，夺得枪炮子弹，便去攻打总督衙门。蔡锷和督署的卫队打了一天一夜，把卫队打得落花流水。李经羲看看势头不对，匆匆由南门逃出省城，于是蔡锷便被推为云南的革命政府大都督。

江苏省响应武昌起义，苏州虽是省城，起事却先在上海。党人陈其美，在沪上暗中组织民军，于九月十三日（阳历十一月三日），和闸北的巡警联络，令反正之巡警，一律臂上绑着白布，随同民军去攻上海道的道台衙门，把道台衙门烧了，又去攻军火制造局。十四日，上海大定，各界公举陈其美为沪军都督，李平书为民政厅长。那天晚上，陈其美派一部分民军坐专车到苏州去，和城外的新军联络。那时苏州绅商各界，已经派了代表去见江苏巡抚程德全，请他自动宣布独立。第二天，九月十五日（阳历十一月五日），新军先后都进了城，驻守各重要地点，各界开会宣布独立，公推程德全为苏州革命军政府的大都督，程德全不能不答应。江苏各地如松江、镇江、扬州都先后光复，只有南京一时不肯响应。

南京是长江下游的军事重地，那儿驻有新军第九镇一镇人，由徐绍祯为统制。两江总督张人骏，怕他响应革命，不发军火，令移驻秣陵关，而调江防营十二营人及新防营十营人，驻于附近要点。江防营的统制，是一个行伍出身、目不识丁的江西人张勋，曾在袁世凯部下受过训练，他和新防营的统领王有宏，都受了张人骏的命令，坚守南京，效忠清室。九月十八（阳历十一月八日）徐绍祯率领全体新军，宣布独立，响应革命，进攻雨花台。张勋和王有宏，出其不意，就近反攻新军，血战一日一夜，徐绍祯子弹不足，被张勋打得大败，退驻镇江。幸好附近上海南京各地的革命军都可调来攻打南京，张勋一面电京请援，一面闭城坚守。

那时袁世凯早已做了清廷的湖广总督，后来又做了内阁总理，张勋以为一定会派重兵南下，来救南京之急。那知急电如火，袁世凯并不派半个兵来援。支持了许久，最后程德全、徐绍祯，组织苏浙沪联军，会师南京附近，分兵绕道，进扑清兵，将南京各要塞一一克复。双方血战十多日，自十月初三日起直至十二日止（阳历十二月二日），才把张勋和他残余的队伍打败了。清兵渡江退到浦口，革命军方得南京。

和程德全的兵，同在徐绍桢总司令之下，合攻苦守南京的张勋和王有宏的，还有浙江省新成立的革命军。浙江人民，本来早想独立，但当地有旗兵驻守，一时不能如愿。九月十三日（阳历十一月三日），浙江省咨议局副议长沈钧儒，请巡抚增韫宣布独立，以免流血。增韫不肯。

第二天，新军第八十一标和第八十二标，与上海派来之敢死队，同攻抚台衙门，把巡抚增韫擒住。十五日，正式宣布独立，改咨议局为浙江革命军政府，公推汤寿潜为都督。革命军再将旗兵所驻之营盘四面围住，劝他们投降。当初他们不肯投降，双方便开战。旗兵既无斗志，也没有作战的训练和经验，所以马上便缴出军械子弹，全体投降。汤寿潜认为民军军力不足，便把旗兵也改编为民军。

广西响应武昌起义，是在九月十六日（阳历十一月六日）。全省商民，都早想独立，到了那天，广西省咨议局开会，议决通过宣布独立，由议长面谒巡抚沈秉堃，要求他立刻宣布。当时沈秉堃虽然表示同意，但是他却不肯马上发表。

那时候桂林附近驻扎的新旧各军，都归藩台王芝祥统带。那天晚上，藩台衙门里，制好了许多独立的旗帜，分发到各衙门局所民户，让他们自动，愿意的第二天便挂起来，不愿的可以不挂。第二天一早，各衙门以及家家户户，都高悬着独立旗，这算是最民主的办法。于是广西省便正式宣布独立，响应革命，并公推巡抚沈秉堃为都督。沈秉堃虽然做了都督，心中终久不安，随后自己托故辞职，大家改选陆荣廷继任。

那时候安徽的巡抚是朱家宝。他听见武昌起了革命，真要奉清廷之命，派驻在安徽的新旧各军去攻湖北，把很充足的军火子弹发给军队。十几天以来，军队仍在安徽境内待命的时候，他看看各省的新军，都纷纷起来响应革命，宣布独立，心中便犹疑不定，只好按兵不动。因此新军图变的谣言四起。他一想不妙，便下令将已经发下了的军火子弹，全部收回。

那知如此一来，新军大哗，宣言既不要他们打仗，他们只好自动准备归计，大家都把被服等，到典当铺里去当钱。典当铺那能应付，都要关门，所有的典当铺一关门，不但士兵会闹事，所有的穷人也要被迫作乱了。朱家宝无法，只好拨款将军队全部遣散。

但是安徽的绅商各界，觉得把军队遣散了，虽然暂时典当业可以苟安片刻，可是这许多遣散了的士兵，一定会再谋集合起事。安徽一日不独立，人民一日惴惴不安。于是咨议会开会，议决响应武昌革命，并谓巡抚朱家宝平兵乱有功，推举之为安徽革命军大都督，党人王天培为副都督。朱家宝便于九月十八日就职（阳历十一月八日），正式宣布独立。

党人王天培，认为朱家宝本是一个满人的奴才，见风转舵，一变而为革命军的大都督，而他自己努力革命，仍居其下，心中不服，竟向朱家宝要求他辞职，并索取大都督的印信。朱家宝本来就首鼠两端，现在便不再恋栈，把印信交给王天培，自己预备马上离开省城。偏偏那时候，巡防营的兵，有一部分变乱，开枪射击，绅商们大惊，觉得朱家宝是清吏之中，一员爱民的好官，大家赶快趁他尚未走之前去挽留他。

绅商各界代表，把朱家宝拥到军政府，索取都督印信。王天培当初不肯交出来，后来还是由咨议局的局长，代表民意，取得都督印信，又送交朱家宝。那知安徽的局面未定，九江的民军来了，声言要捉拿满清的奴才，把朱家宝吓得逃避唯恐不及。后来是孙毓筠、柏文蔚相继任皖军都督。

和安徽省的情形大同小异的，而且发生的时间、宣布独立的日期也不相上下的，便是山东省。山东各界人士，先听见武昌起义，继而各省纷纷响应；后来又听见清廷向德国借款三百万，以山东全省的土地，作为抵押，便于九月十九日（阳历十一月九日），在山东省咨议局会议，议决要求取消借德款，请省当局立刻电北京政府，转达民意。

那时山东的巡抚是孙宝琦。他的态度和朱家宝一样，一方面既不想开罪满清政府，一方面又想保护老百姓，顺从公议。他循大家的意见，组织保安会，自立为都督。又虑不妥，故暂用"临时都督"的名义，宣布独立。后来又有一部分人，反对独立，要求他取消独立。他正是左右做人难，双方敷衍维持，最后还是被迫辞职。这都是在济南省城所发生的事。至于党人蓝天蔚，在烟台起义，自立为都督，那时并没有力量打到济南来，对山东全局，尚无重大影响。

福建独立，却发生了相当激烈的战争，因为福建是满清的旗兵驻防地。自大同在武昌起义之后，总督松寿，将军朴寿，看见各省的新军，大多响应革命，便特别加意防范新军，将所有的军械子弹，一概运入旗界。旗兵之外，凡是旗人，都发给子弹，以备决战。这样砺兵秣马的情形，使得居民惊惶不安，于是福建省咨议局开紧急会议，一致议决，公请总督松寿，将政权和军权，和平让出，以免生灵涂炭。但是松寿那里肯让呢？

九月十九日（阳历十一月九日），革命人士组织民军，和青年会的义勇队联合，约同常备新军，大规模的向旗兵宣战，放火把将军衙门和满州街烧了，并且占据了火药库。旗兵的军士，毫无斗志，被民军新军义勇队杀得大败，全部解甲乞降。总督松寿，听见旗兵败绩，当日自杀。第二天将军朴寿也被擒处死，福建省便宣布独立，人心始安。大家推举常备新军的统领孙道仁为福建革命军政府的大都督。

四川省因为保路风潮，人民最早便违抗清政府的命令，成了革命的导火线。总督赵尔丰，用高压手段，鱼肉人民，所以人民恨官吏入骨。大家组织保路同志会，后来公然组成革命军，攻打成都省城。各府州县，也起而援之，人数竟有十万之众。可惜城坚难下，大家乃改变计划，先去收复各府州县，省城孤立，将来不攻自破。十月初二日（阳历十一月廿二日），重庆宣布独立，四川战事渐息，成都省城也在初七日宣告独立，公举蒲殿俊为都督，川督赵尔丰和督办大臣端方两人均被杀。后来兵变，改举陆军小学总办尹昌衡继任。

此外各省，如奉天、贵州、甘肃、新疆等，也先后纷纷独立，响应大同的武昌革命。前前后后不过四十天，全国十七省都光复了。满清的政府，自然而然的站不住了。

现在暂时把革命的怒潮放下不表，说一说大同私人的行踪。他一个人静悄悄的把丁龢笙的后事料理完毕，看看各省虽然纷纷响应，但是当事者仍然是争权夺利，觉得十分灰心。他知道政体纵然改变了，人民的幸福，还不知道在那里。老百姓要想安居乐业，恐怕还要经过多少年的变乱。在这种新旧交换的时期，浑水中正好捉鱼，不知道会有多少投机分子，趁这个机会来争权夺利。他自小受了刚叔叔的熏陶，把名利二事，看得最淡，不但最不愿投机，而且认为"邦无道，则可卷而怀之"，乃是最好的教训。何况他对于世界的历史非常之清楚。法国革命之后，多少人冤冤枉枉的上了断头台。他不想做大都督，不想做大总统，却也不想上断头台。所以他连同盟会的老朋友也避而不见。好在这些朋友，大家都忙于奔走新贵之门，谁也没有多少时间去找他。这种大变乱的时期，事事日新月异，一眨眼之后，他就和他们这些人不通音问了。

他忽然之间，不期然而然的觉得他孤苦零丁，无依无靠，一下便变成了一个鳏寡孤独的单身汉子了。他心中所最念的只有两个人：一个是他的妻子莲芬，一个是他的刚叔叔——刚婶婶早去世了。革命了之后，南北作战，他又是武汉起义的主犯，他怎可以到北京去找莲芬呢？不但他自己的生命有危险，他还要连累他的爱妻：谋反叛逆，是要灭九族的！所以他只有回江西去，去找刚叔叔。他老人家今年七十九岁，革命一起，想必马上便辞了赣州府的事，回到南昌的老家去了。大同生而无家，在事实上，在心理上，都是以刚叔叔的家为家。他急于要见刚叔叔，他要去拜婶婶之墓，所以便归心似箭，马上要回到南昌去。

汉口到南昌，本来就很方便，半天便到了九江，由九江最多才两三天便可以到南昌。他原来和莲芬约定，革命成功之后，他们同到海安县南海之中，那个丁酥笙所说的神仙岛上云隐居的。现在他带了丁酥笙的骨灰，正要到那岛上去，也应该由南昌，经赣州，过大庾岭，入广东省，一直南下到海安县去。他在南昌等莲芬也好，在赣州等莲芬也好，反正要先到南昌。

他想到刚叔叔他老人家，居然在八十的高龄，能够亲眼看见大汉民族的复兴，把腐败的满清政府推翻了，真是晚年最大的快乐，无量的安慰。他一向把大同看得比自己的儿子还重，对大同抱了莫大的期望；到了今天，大同扪心自问，虽然自己没有做甚么地方的革命军大都督，可是他所做的事，每一件都是照着刚叔叔的教训去做的。他对叔叔，对人民，对国家，都可告无罪！

在这种兵慌马乱的时候，旅行的人也真多！来来去去，有的赶着回家，有的趁机会做买卖，没有一个不是匆匆忙忙的。长江一带，调兵遣将，交通更是拥挤不堪。大同一路所经过的地方，都看见一片混乱，有的地方，还留着革命的遗迹，断砖破瓦，遭了兵灾而没有重修的建筑物，大城市中仍可看见。他一路无心浏览风景，日夜盼望着早早到家。

南昌省城光复时，并没有受多大的损失，看不见甚么伤痕。不过这十几年来，他心目中并没有片刻遗忘的城廓，完完全全和他所记得的不相同了。也许这应该说，不是和他记得的城廓完全不相同，而是和他所想象的不相同！章江门大街，洗马池大街，嫁妆街，跃龙桥，三眼井，怎么全变得如此的狭小了！宽敞的大街，当年好似两顶四人大轿，迎面对穿而过，也不会觉得狭小，现在小车儿碰着小车儿，行路的人碰着行路的人。而且不但街道比从前狭小，连他心中念念不忘的大店铺的高大楼房，也变得矮小多了。他小时候去开过学校联合运动的小校场，那明明是一个宽大无比的广场，现在看起来，小得和人家种田人家一个打稻草的场子不相上下了。

他走过甘家前巷，转向荆波宛在去看一看，再拐回来一直经过系马桩出进贤门。这三条街，都是上三路一带相当宽敞的大街道，现在又小，又短，又狭，大非昔比。最使他惊异的，便是进贤门的城门楼儿和城墙。这种伟大的建筑，在他心目中，多少年以来，总是既庄严又伟大，虽然不能和正阳门与北京的城墙相比，可是决不至于像他现在所看见这种样儿，好像不可下水的衣服，碰着了大雨之后，缩小得不成了东西！他不免想着城中心那广大的东湖，前湖后湖，东西南北，四处都有美丽的风景：孺子亭、冠鳌亭、百花洲、苏翁圃、苏翁堤、状元桥、算子桥、陈家桥、水观书桥等处，他小时候同着许多同学，一群一群的在这些地方留连忘返，难道现在也会缩小得两三个人都不能并行其间吗？他连看也不敢去看了。

当初他走过滕王阁时，只见一片瓦砾，心中未免觉得可惜。这一所有名的文艺纪念建筑物，算是付了革命的代价。它虽然不"画栋朝飞南浦云，珠帘暮卷西山雨"，却是他昔年常来瞻仰之地。在他心目中，也是高大、宽敞、美丽极了！不过现在看见了这许多缩小了变坏了的街道城楼儿，他反觉得滕王阁烧了倒好。它在他心中的印象，仍然是庄严美丽的。假若没有烧毁，今日一见，一定也会觉得大失所望，把多年的美梦打破了的！他远远望见进贤门外的绳金塔，七层高耸入云，这倒还差强人意，好像没有缩，没有变多少似的。

大同急急忙忙离开城市，走过定慧庵，清泰寺，一直向乡间前进，不觉李家庄远远在望了。他本来想到定慧庵去看看他的岳母，但是因为时间不早了，希望在黄昏之前到家，免得在黑暗之中走乡间的路，只好下一次再到定慧庵了，现在是一心一意的去看刚叔叔。

刚叔叔生平最爱善本书籍。大同在十几年前，初到袁世凯北京的小公馆做文牍时，买了一部朱墨套印的《白香山诗选》。这是一位特别喜欢白居易诗的人，精刻精装由《长庆集》里面选出的一百几十首诗，洁白的连史纸，瓷青色的绸封面，米色的丝线订成两册。大同带上带下，十几年来，什么东西都丢了，连性命都几乎丢了，只有这部书设法保留着没有丢。他自己并不注重版本，对这部书更不特别欣赏，但是他出生入死，总要把这部书先安顿好了，心中才放得下；出门一定要带着，晚上没有妥当的地方放，便放在枕头旁边，一打开眼睛好可以看见它。在汉口时，他的机关将要被搜查时，除了重要文件之外，他只把这部书带出来了。过江起义之前，他特别托他的俄国朋友替他保存这部书。现在当他看见李家庄渐渐的在地平线上出现的时候，他把这部书拿出来看一看，心中说不尽的高兴。因为他知道刚叔叔一见了这么精雅的套版书，一定会眉开眼笑的。

天色快要入暮了。青天边西方有许多晚霞，衬得落日发生无限的光辉。大同向右望去，天际好像悬了半个青白黄橙赤紫五花十色的华盖似的。在这个颜色夺目的华盖之下，他的故乡，他生长的小小村庄，渐渐的越看越清楚了。村口那几株大树，依然如故。于是屋顶，高墙，稻草堆，最后即是水塘和稻田也都看得清楚了。这都是他小时候所认得的东西，到今日相隔十多年，还毫没有改变，甚至于那几个稻草堆，也仍然站在从前的老地方，高度和形状，仿佛并没有改变似的。

苍茫的暮色，开始笼罩着大地。大同走近李家庄，马上听见犬吠之声。真奇怪。好像他还记得这一只是二花的吠声，这一只一定是来福的吠声！仔细一想，这一定不对，十几年前的狗，早已死了，这不过是他的幻想而已。不过一个天涯游子，在外十几年，一旦回到了他的本乡本土，自小生长之地，幼时游钓之处，心中真有一种无限的安慰，无限的快乐。他这时所接触的还不过是村外的景色风光、树木花草、楼宇茅舍、鸡犬禽兽而已，等到他和近邻故旧相见，其乐更不可形容了。

大同急于要见叔叔，三步并做两步的赶到家中。大门多年失修，大非昔比，这还不要紧。大门之上，怎么挂了麻布！家中有丧事吗？是！两旁也挂了蓝灯笼，灯笼上一面是"南昌"两个字，一面是一个"李"字，天啦！家中除了刚叔叔之外，还有何人？大同当时鼻中酸痛眼泪油然要落下。马上他进了大门，走过前院，果然又是刚叔叔这一边的二门上挂了孝，这更不堪设想了！满腔的高兴，全化为悲哀，他几乎提不起脚步，一步一步挨着走进家门，里边已全然是孝堂的陈设了。

大同走到灵前，望一望祭台上面挂着刚叔叔的遗像，不知是谁请城里专画遗像的画匠画的。朝冠朝服，俨然一员满清的官儿。上面还有一块横匾，题了"音容宛在"四个字，下款竟写着"侄大同泣题"！呜呼！哀哉！这样的遗像，不但丝毫也没有刚叔叔的音容，这样一套满清的朝服，简直把刚叔叔侮辱得不成话了！他老人家一生痛恨满清的官吏，连交往也不肯和他们这种人交往，不图他死后，尤其是在起了革命快要把满清政府推翻之后，还要把他老人家的遗容，画成这般模样！刚叔叔若是九泉有灵，不知道会气成甚么样儿？

大同跑到帷幕后面去，待要抚棺痛哭，但是呜咽而不能成声，只是泪泗滂沱，饮泣不止。他心中无限的悲痛，不知有多少事要想告诉他刚叔叔，殊不知他赶到家中，刚叔叔早已与世长辞了，叫他这满腹的辛酸，到今天可以向谁一诉呢？

守灵的是一位年老本家太婆，大同还认得她，她却不认得大同了。她告诉大同李刚在中秋后不久，便由赣州动身回省，途中辛苦，回家没几天便病倒了。大猷在革命之初便投了军，现在早已开拔到外省去打仗去了，还不知道他父亲去了世呢。李刚的丧事，全是由秀才先生的大儿子代办的。他承继他父亲，经管李家庄祭祀会的事。李刚家中的丧事，全是由他一手包办。最初是那位太叔太婆，后来是李刚的太太，现在是李刚本身，他认为李刚生前应该进学中举，所以在他死后，替他把功名补上去，叫画匠替他画了朝冠朝服。

大同到定慧庵去看他的岳母，这才知道莲芬的母亲，早已在两年之前圆寂了。大同在她墓前，不胜哀恸之至。他和她在生时，并没有交过几句谈，但是他对她的一生，十分同情，十分感叹。她虽生于富贵之家，嫁于豪门旺族，但是过了大半生孤苦零丁的日子，仅此一个爱女，也不能略叙天伦之乐，便撒手西归，命也如斯，舍叹何言？

尾声

"上天桥，入地狱。"

满清入关统治中国，从顺治而至宣统，一共是十朝，二百六十八年。宣统这个可怜的小皇帝，他晓得甚么？登基的时候，饥不知食，寒不知衣。他的义母，也是他的伯母，光绪的皇后，隆裕太后，也是一个懦弱无能、不学无术的女子，那能当国？他的亲生父亲，监国摄政王，醇亲王载沣，也是一个只知声色犬马之徒，怎能监国？怎能摄政？据恽毓鼎说，自光绪中叶以来，他们这一班公子哥儿们，谁也不去读书，"近支王公，年十五六，即令备拱卫扈从之役。轻裘翠羽，日趋跄于乾清景运之间。暇则臂鹰驰马以为乐，一旦加诸百僚上，与谋天下事，祖制尽亡，中外侧目，于是革命排满之说兴矣。"

在革命之前，侍郎徐致祥说得更透彻。他说道："吾立朝近四十年，识近属亲贵殆遍。异日御区宇握大权者，皆出其中。察其器识，无一足当军国之重者，吾是以知皇灵之不永也。"

大同从事革命排满，苦干了十几年，最后在武昌领导一百几十个同盟会的党员起事。革命的火花，一经爆发，势如燎原，三天便占领了武汉三镇。监国摄政王载沣，既是一筹莫展，只好忍气吞声，再去起用他所黜免了的汉人袁世凯，要他继瑞澂之任，为湖广总督。袁世凯当年做官练兵，正弄得轰轰烈烈，载沣一朝监国摄政，便硬说他有"足疾"，要他退休。现在湖北已经独立了，瑞澂逃了，又要他来做挂名的空头湖广总督。他退职之后隐居在河南卫辉府洹上村那所精建的别墅之中，看见有人非要来求他出山不可，他未免要摆摆他的臭架子。他最先是辞不受命，说是他的"足疾"未愈。载沣一听，气得要死，袁世凯那里有甚么"足疾"！当年是赏他一个面子，不说免职，说他有"足疾"，要他回籍养疴，那完全是载沣替他捏造出来的玩艺儿，不想到今天瞧得他起，请他出来做湖广总督，他仍要怀恨在心，竟敢以"足疾"为借口而不受命；这真是人心大变，无怪革命党的人要造反了！

不过袁世凯并不是真不肯出山，他一来是要出一口怨气，给载沣一点颜色看看，二来是高抬身价，没有军权没有政权没有钱不答应。后来还是徐世昌亲身跑到洹上村去一请再请，他才故意的说他先要招集旧部，筹备军饷，慢慢的再出来。那时清廷已经派了陆军大臣荫昌往湖北去督师，先调了两镇人马，又催各省派兵援鄂。荫昌往来孝感信阳之间，大军不敢前进，奏请袁世凯督师，定可平乱，袁世凯便成了清廷所赖的红人了。

清廷到了这时候，大家怎么说便怎么好，马上令袁的旧部冯国璋统第一军，段祺瑞统第二军，又令袁世凯为钦差大臣，节制海陆军。前线的清兵，听见袁世凯不日前来督师，士气百倍，在九月初六日（阳历十月二十七日），大战革命军于摄水之南，进迫大智门，直入汉口，革命军打得大败，退到汉阳，与清军隔水相守。袁世凯到了前敌各营，抚巡受伤的士卒，极得军心，当年清廷的弃臣，今日一变而成了清朝唯一的救星了！

袁世凯真肯替清廷效忠吗？为了自己的前途，不惜出卖光绪的人，自然也会出卖宣统和隆裕太后！他要权要利，马上两样都有了。九月十一日（阳历十一月一日），内阁总理大臣庆亲王奕劻辞职，上谕许之，立刻诏授袁世凯为内阁总理大臣，攻湖北的陆军海军，仍归他节制调遣。袁世凯虽然打了一个大胜仗，仍然按兵不动。过了两天，资政院拟定宪法信条十九款，奏请宣誓太庙，立即颁行。信条载明皇统万世不废，皇帝神圣不可侵犯，但政权归于国会及内阁，内阁总理大臣由国会公选。九月十八日（阳历十一月八日），资政院奏称，遵照公布之信条，公举袁世凯为内阁总理大臣。三日之后，袁世凯才大摇大摆的进京。

袁世凯进京之后，立时自组内阁，选定外交、民政、度支、陆军、海军、学部、法部、邮部、农工商、理藩十部大臣；并奏谓责任内阁业经成立，总理大臣不必每日入对，凡内外章奏，均直送内阁，由内阁斟酌转奏代递。皇帝太后摄政王召见官员及奏事处传旨，应立即停止，以免与宪法抵触。清廷这时还有甚么话可说，只得一一照办。于是袁世凯利用责任内阁之名，一手掌握政权，一手掌握军权，和昔日的皇帝一样了。

九月底，革命军早已占据了南北十几省，便联合反攻汉口。袁世凯认为要钱的时候到了，声明要军费一千二百万两，大局方可粗定。那时候独立了的各省，都没有款项送京。外国使节，又为了保护外债赔款，干涉税关，税银暂由外人保存，不肯交给南北政府。清廷以国库空虚，发行短期公债，令亲贵大臣捐输。这时谁肯拿钱出来？袁世凯乃指挥其部下，各统兵大将，向王公大臣宣言，说他们存款于外国银行，若不捐输购买公债，将来难免有杀身之祸。袁世凯又面奏太后，大军无饷，一定会哗变。可怜的太后，吓得马上拨黄金内帑八万两，亲贵大臣，也交出财产表，自动捐军饷。这时候只要袁世凯开口，说甚么便有了甚么。

袁世凯有了军权，有了政权，又有了钱，现在只差一点点东西，便是名义。孔子曰："名不正，则言不顺"，袁世凯虽然没有读多少孔孟之书，他却也知道名义的重要。他只有皇帝的实权，而没有皇帝的名义，说起话来差一点儿，到底是美中不足，所以他还要发愤努力，以达最后的目的。有志者事竟成，这是后语，暂且不表，现在只说他那时对清室和民军的手法。

革命军一方面联合各路援军，反攻汉口，军饷既不充足，号令又不统一，连战不利，一方面在上海召开各省代表联合会，大家极争权夺利的能事，马上就分了沪派和鄂派，凡是捧"泥菩萨"的新政客，都主张到武昌去开会，以武昌为中华民国的新京都，弄得一班新贵仆仆风尘，由上海又赶到武汉去。

袁世凯这时候把他雄厚的兵力，集中汉口附近，渡汉水，猛攻汉阳，马上就把汉阳收复而占据了。这一下子革命军丧了胆，人人自危，不知道他甚么时候再到武昌来，黎元洪也预备逃走。清室高兴之至，满以为袁世凯可以替他们平乱复国了。殊不知他停兵不进，反派人和革命军谈判，由英国驻汉口的领事，和驻北京的公使，前后向双方建议，停战言和。真正的革命同志，觉得这事万万不可，但是大多数的新贵，认为只要大家都有官做，一切都不妨从权妥协，以保持新取得的特殊地位。

大家仗是不打了，一天只高叫着南北议和。各省的代表们，全由上海奔往武汉，后来汉口失守，武昌受迫，又奔到南京，有的拥黎元洪，有的拥黄兴，相争得厉害。那知道正在一方面袁世凯一心一意要大权独揽，名利兼收，一方面黎元洪自命为革命先进，地位决不可居人之后的时间，一位半生尽瘁推翻满清政府、从不图名重利的革命领袖孙文先生回国来了。他一到上海，大家问他由外国带了军费政费来没有，因为那时南方的政府和军队，大家等着要钱。他公开的说，他没有带钱回国来，他却带了一种比金钱更重要万倍的东西回来，他带了革命的精神回来！我们要说平心静气的话：那时大家真是一点革命的精神也没有了！

孙中山先生是十一月初六日（阳历十二月廿五日）到上海的，初十日十七省代表在南京公举孙中山先生为中华民国临时大总统，后来又选了黎元洪为临时副总统，将来袁世凯要怎么办，是只好等南北的和议代表去磋商。孙先生于十三日（阳历一九一二年一月一日）在南京就职的宣誓说：

颠覆满清政府，巩固中华民国，图谋民生幸福，此国民之公意，文实遵之，以忠于国，为民众服务。至专制政府既倒，国内无变乱，民国卓立于世界，为列邦公认，斯时文当解临时大总统之职，谨以此誓于国民。

不消说，孙先生的意思，这时已表明了：只要袁世凯能使清帝退位，国外无事，国内安堵，他便愿意推位让国，决不恋栈。当时外面不知道其中底蕴的人，只知道孙先生清高，不知道他就任的誓言，等于是对袁世凯宣言，只求袁世凯早早把满清推翻，共建民国，中华民国的正式大总统，他一定让给袁世凯去做，他决不食言。

袁世凯也算是收了渔人之利。革命党要推翻满清政府，满清政府要消灭革命党，两者不能并存，袁世凯从中取利。他有了军权政权，把革命军打得胆战心寒，便派了唐绍仪到上海，和南方的代表伍廷芳议和。不过他忽然看见南京成立政府，举了孙文为临时大总统，恐怕将来他做不了大总统，马上电唐绍仪，推翻一切成议，后来还是他和伍廷芳直接电商，才把条件讲妥。他认为他一方对得住清室，优待他们，一方帮助了革命，马上建立了民国，他只要求一个小小的条件，做第一任正式大总统，这实在不为过分。

　　袁世凯在大胜之后，停兵不进，与敌言和，清廷有志之士，群起反对。其中最烈的是宗社党的军人良弼，认为袁世凯以清廷内阁大臣之尊，与叛党代表伍廷芳，往返电商条件，不忠于君，莫此为甚，和许多亲王，主张继续作战。良弼的态度激烈，马上便被人炸死了，吓得其他的主战派，四出逃命，到天津、青岛、大连等处，托庇于外人保护之下。袁世凯要早早做大总统，便在十一月廿八日（阳历一九一二年民国元年一月十六日），会同他所用的国务大臣，奏说："形势危险，饷源困难，民军却万众一心，莫之能御。国体改为民主，如尧舜之禅让，非亡国之可比，合于圣贤民重君轻之说。若久持争议，则将难免友邦之干涉，民军对于朝廷之感情，将益恶劣。法国革命，其王如能早顺舆情，何至路易之子孙，靡有孑遗也？……我皇太后皇上，何忍九庙之震惊，何忍乘舆之出狩？必能俯鉴大事，以顺民心……"

　　隆裕太后等人，当时吓得说不出话，不过溥伟载泽等，坚持不可。袁世凯只好令他部下把兵退到孝感，又叫前敌的高级将士二十八人，由段祺瑞领衔，于十二月十二日（阳历一月三十日）致电北京政府，谓和议已有要领，宫廷且已允许，乃为载泽溥伟等所阻，而今势屈力单，必将坐亡。人心趋向共和，不如早日裁决。恳求以现内阁代表政府交涉未完各事，再召集国会，组织共和政府，并且即带全队军士入京，与各亲贵剖陈利害等语。

　　有了这一道前线军人段祺瑞等所下的哀的美敦书式的电报，还有谁敢不听袁世凯的话呢？

隆裕太后看见这种情形，马上召集御前会议，决定立刻逊位。可怜的寡妇，对着她双祧的儿子，牛衣对泣。据尚秉和所记逊位旨将下之前的御前会议，"太后硬咽流涕，各王公大臣亦皆哭失声。久之，太后谓皇帝曰：'尔之尚得有今日者，皆袁大臣之力。'即敕皇帝降御座致谢袁大臣。袁大臣惶恐，顿首辞谢，伏地泣不能仰视。"

　　这可见得袁世凯到底是一位大大的忠臣。他既然救了宣统皇帝一条小命儿，太后要皇帝下位，当着各王公大臣谢他赏命之恩，他并不觉得今日之事我为主，你差不多是阶下囚，我本来可以不理你的，他仍然跪在地下，把脑盖乒乒乓乓的在地上叩着，假情假意的也陪着大家一道儿哭。他到底还有一点儿良心，所以他不好意思抬起头来见人。

　　大家老百姓勉强的过了一个打仗的年，可是可怜的太后和小皇帝，忍痛的于十二月二十五日（阳历二月十二日），下诏逊位。当然诏中不说是外迫于革命党，内逼于袁大臣，而说得冠冕堂皇的如下：

　　朕钦奉隆裕太后懿旨，前因民军起事，各省响应，九夏沸腾，生灵涂炭，特命袁世凯遣员与民军代表讨论大局，议开国会，公决政体。两月以来，尚无确当办法。南北暌隔，彼此相持，商辍于途，士露于野。徒以国体一日不决，民生一日不安。今全国人民心理，多倾向共和。南中各省既倡议于前，北方诸将亦主张于后。人心所向，天命可知。予亦何忍因一姓之尊荣，拂兆民之好恶？是用外观大势，内审舆情，特率皇帝将统治权公诸全国，定为共和立宪国体，近慰海内厌乱望治之心，远协古圣天下为公之义。袁世凯前经资政院选举为总理大臣，当兹新旧代谢之际，宜有南北统一之方；即由袁世凯以全权组织临时共和政府，与民军协商统一办法。总期人民安堵，海宇乂安，仍合汉满蒙回藏五族完全领土，为一大中华民国。予与皇帝，得以退处宽闲，优游岁月，长受国民之优礼，亲见郅治之告成，岂不懿欤？

　　照这道逊位的诏书，等于指定了袁世凯主持中华民国，南方的民军，要想甚么位置，都得向袁世凯接洽。孙中山先生既有誓言在先，而且自己也不想争权夺利，第二天便向参议院提出辞职书，并举袁世凯以自代。大家也官样文章的于十五日召开各省代表选举临时大总统的会，仍然是十七省代表参加，袁世凯便以十七票当选为临时大总统。黎元洪也照例的辞一辞，二十日大家又重选他做副总统。

袁世凯倒了好几年的霉，一朝被载沣拉了出来，三个多月之后，便做了中华民国的临时大总统。黎元洪当初藏在他姨太太的床底下，被他部下的人把他拖了出来，不到三个月之内，便做了副总统。可是那一班真正革命的人，战死的战死，被杀的被杀。老朱在武昌起义的那天早上，早被一颗流弹打死了，陶将军却做了黎元洪的部下，日后竟升为总统府的卫队长。他的哥哥，都来投奔他，在他手下做军官，这是后话暂且不表。

大同无职一身轻，冷眼旁观世局，觉得孙中山先生在就职时说："专制政府既倒，国内无变乱，民国卓立于世界，为列邦公认"，南北议和成功，他马上便解了他临时大总统之职，退位让贤，举袁世凯自代，这都是极不好的现象，心中未免发生避世之感。当初他对莲芬说过：推翻满清，革命成功，他便要到海安县南海那个岛中去隐居的。现在满清是推翻了，革命也勉勉强强可以算是成功了。南北既已言和，交通也方便了；他便打电报到北京，由南昌县馆转给莲芬，要她早日回南昌，一同到海安之南的岛上去度隐居的生活。

莲芬的回电中，说因有某故，不便隐居。不日启程返乡，一切面详。

大同接到莲芬的电报，高兴之至，但是对于这个不能隐居的"某"故，知道一定不是电报中可以问得出来、说得清楚的，只好在南昌焦急的等待着。他心中仔细回想，当年莲芬和他说到那岛上去的事时，她虽然看出了大同早有避世之感，她也十分赞成他到那岛上去，但她自己并没有表示她也喜欢去过那岛上的生活。是不是她怕那岛上真有鬼呢？据丁酥笙说，并没有鬼，那是胡说八道！而且后来她也不怕鬼，大同亲眼看见她一个人在黑暗之中，一点也不怕有鬼了！

她不是怕有鬼，那是为了甚么缘故不去那岛上呢？现在电报中的

"某"故，叫他一时猜不出来。他又记得他离开北京的时候，火车将开，她大声的要对他说甚么事。后来火车上的汽笛大鸣，把她的话打断了，再问她时，她改口说她要他常常写信。他当时便觉得有点不对，她决不是为了这件事，会那么紧张的对他说话。可是火车开了，她追着火车走，一定是觉得不便说，这才改口说是她要他常常写信给她，免得他再追问下去。

莲芬电报中所说的"某"故，乃是指大同没有见过面的女儿：丽明！

丽明今年快十三岁了，在北京英国人办的培华女子中学读书。她穿了一身学校的制服，深蓝色的短褂短裙，梳着两条长长的辫儿，先和校长包小姐告别，再和她们二年级的级任卫小姐说再见。她在这儿读了一年半书，和她的同班们很好，现在要回南方去，对同学好朋友们依依不舍，眼泪只在眶子里转。可是大家笑嘻嘻的祝她前程万里，她也忍泪和她们话别，跳跳蹦蹦的出了校门，学校离家不远，一到了家中，兴致又高极了。她满面笑容的对她母亲说道："妈妈，我回来了！妈妈，咱们的浆糊在那儿呀？我要把这些照片贴上相本儿。今儿个又有了好些个。"

"丽明我乖孩子，你回来了呀！浆糊在我屋里书台儿上。"莲芬正在收拾行李，一看见她的女儿，心里不用提有多么高兴了！只要隔了半天没有见着，再一见着，就和分别了多年再相逢似的，一定要目不转睛的瞪住她望一个半天！

"妈妈，您忙些甚么？要我帮帮您的忙吗？"丽明自然而然的问。她知道她母亲从来不会让她帮忙的，所以一边跑进屋子里去找浆糊去。她妈妈说用不着要她帮忙的时候，她还在屋子里，并没有听见。

"丽明，你同学给你的照片，越来越多，你的相本儿贴得下吗？你还能记得谁是谁吗？"她妈妈看见她又拿了许多照片望本儿上贴，很关心的问她。

"这不算多，妈妈。我们上一班有一个同学，她的照片才多呢！她有一次看见我收集的邮票本儿，她说她的照片，比我的邮票还要多呢！"丽明一面贴照片，一面告诉她妈妈。

"你现在是想同她比赛比赛，看看谁的照片多吗？"她母亲笑着问她。

"妈妈，我才不同她比赛呢！"丽明赶快声明，"我是注重质，不是注重量。第一，要这张照片照得好，有美术的价值，我才留着贴上本儿去，第二，先还得看这个人够不够朋友，要是坏蛋的照片，她送了给我，我根本就把它扔了，留也不留，怎么还会贴在本儿上去呢？"

"好孩子，真有你的！"莲芬笑道，"你和同学老师们辞别的时候，他们对你说甚么呀？"

"我们的级任教数学的卫小姐问我，是不是我们因为近来北京附近，常常有兵变，妈妈吓坏了，所以开了学之后，忽然要回南昌去。我们的校长包小姐对我说，叫你妈妈不用担心，她从英国府里听见人说，附近的兵变，都是袁大总统的命令，叫他们变的，好让南方的代表知道北方还没有平静，大总统一时万万不能到南京去。"

"真有这种事？"莲芬惊讶的说道。

"还有我们的国文先生陈老师说，"丽明道，"南方的学校，没有北京的好。那儿的国文先生，有的连秀才都没有考上。妈妈，您得知道，我们的陈老师是举人，要不是废除了科举，他老早中了进士点了翰林呢！他说不如妈妈一个人回江西去，留我在学校住堂，甭到南昌去进乱七八糟的学校好多了！"

"一班讽世的人说，"莲芬道，"这一次的大革命，不过是换汤不换药，大家谁也不革新，不过是换一套制服而已。可是我看人心变得厉害，和从前大不相同了。革命之前，大家都谦让有礼，现在全自高自大，不可一世了。我们从前进学校的时候，我们的老师，老是称赞别人的学校，对自己的学校，总是谦虚极了的。现在革了命，正好和从前相反。丽明，你对他们怎么说呢？"

"妈妈，我说我不知道。"丽明道。

"丽明，我的好孩子！"莲芬责备她的女儿，"你怎么甚么事都说不知道呀！你马上就十三岁了！应该懂一点事儿呀！你应当对你的老师说，你一生下来就没有见过爸爸，你要回家去看爸爸呀！"

丽明在那儿贴照片贴得正起劲，谈话对她并不发生多大的兴趣。

她随口对她妈妈道："妈妈，我得说实话，我还不知道爸爸是一个甚么样儿的呢？我一辈子没离开过北京，我倒是想出门去看看南方是甚么样儿。"过了一忽儿，她又自言自语的道："我有好几个同学说：爸爸不如妈妈好，还有人说，爸爸可怕极了。可是我真不知道！"

"你爸爸真可怜！"莲芬道，"他连知道也不知道有你这一个女儿，你还说他可怕极了？"

"妈妈，您怎么不早告诉他呢？"

"好孩子，你不明白，你还太小！"莲芬道。

"我明白！"丽明道，"妈妈方才不是说我快十三岁了吗？说我应该懂事吗？"

"那时候他非走不可，"莲芬道，"北京不能耽，一耽就怕有性命的危险。假如他知道了有你的话，他也许就不肯走的，所以我就没有告诉他！"

"他走了之后，"丽明道，"妈妈就可以告诉他了。"她认为她未免受了多少委屈似的。

"也说不得！"莲芬道，"他一直在做革命的工作，随时要预备牺牲性命的。假如他知道了有你，也许就觉得我的负担太重，他对我更有责任，只好不去革命，另外做一点找饭吃的事情，比较安全一点儿。"

丽明一点也不明白她母亲的话，只好问道："难道妈妈不要爸爸安全吗？"

"他不参加革命，这一辈子，以后都会难过，他会觉得他逃避了他的大责任，悔恨不止的！"莲芬对她女儿极力解释。

"哦，我明白了！"丽明先听见她母亲说她爸爸对她妈妈有责任，现在又听见她说他逃避甚么大责任，越听越糊涂，只好说她明白了算了，以免更弄不清楚，其实她一点也不明白。她贴完了照片，站起身来，看看手指头儿上面有许多浆子，现在都干了，便把手指头儿放在嘴里，用口水弄湿了，随手在她衣服上擦几下。她母亲一看见她这种举动，急得叫住她。

"丽明！"莲芬做一副很生气的样儿骂道，"快别乱擦。手脏了，赶紧去洗去，别在衣服上乱擦！"她的怒容维持不了多久，马上又变得笑容满面了，她继续的说道："丽明我的好宝宝！你这种马马虎虎的脾气，就和你爸爸一样，真叫我生气！"

"妈妈一点儿也不生气！"丽明嘻皮笑脸的对她妈妈说，"妈妈同我去照照镜子，看看您自己的样儿，好玩儿极了！妈妈要想板着脸做一副生气的样儿，可是又忍不住笑，好玩儿极了，妈妈，您真好！我真爱您，我爱您爱得要死！"

"丽明！"莲芬道，"我不是对你说过多少次，不许你开口闭口说死的吗？"

"妈妈，对不起，我说错了！"丽明马上赔罪，"我的意思是说我爱您爱得要命！"

"真要命！"莲芬叹道，"就是说'要命'也不好……"

"妈妈自己不是刚才也说了'真要命'吗？"丽明道，"说'要死'是不好，不过说'要命'，妈妈，我想不要紧的，您随便说吧！"

"你这个孩子！"莲芬道，"话真多！这一点倒不像你爸爸。你爸爸最不会说话！"

"妈妈一忽儿说我像爸爸这个，"丽明道，"一忽儿又说我不像爸爸那个！我只要像妈妈会画好画儿，像爸爸会写好字儿，就算像爸爸有一点儿马马虎虎的脾气，也不要紧！可是我决不会像爸爸离开妈妈一十三年！真是，我一年也不要离开妈妈，一天也不要离开妈妈。妈妈！我真爱您，我爱您爱得要……要命！妈妈，您瞧，这一次我记得了，我没有说'要死'呢！"

"别废话吧！"莲芬笑道，"快去洗手去！"

北京附近一带，这一向常常有兵变。到底是不是秉承袁大总统的旨意而行的呢？还是他们弟兄们自己闹的玩艺儿，我们局外人难以揣测，不过既然北方常常有变乱，南方欢迎袁大总统的团体，便不能勉强袁世凯，轻易的离开北京重地，到南京去就职，也免了被南方的新势力，包围新总统了！

国都不迁南京，暂在北京，袁大总统便在北京添设一个京畿卫戍司令部，由一位少将阶级的卫戍司令官，统领一批精选的军队，保卫京畿的安宁。他们是袁世凯的心腹军队，除了保卫京畿之外，还有许多副作用。南京政府，因袁大总统不肯到南京就职，只好全部迁到北京来，国会也随着迁了来。后来国会通过的议案，显然是和大总统为难，袁世凯便用京畿戍卫司令部的军队，把国会解散，免得这些和他捣蛋的议员，阻碍行政。

京畿卫戍司令之职，十分重要，袁世凯派了一位他多年所信任的人，担任这个掌握着特权的职位。这人是谁呢？便是足智多谋的李晓铭。他接任不久，即有一位稀客，到他的司令部去拜访他。客人说有要事和司令面谈，所以他虽然回了公馆，他的秘书，马上把这位客人带到李公馆。那时小明正和他一位新姨太太在家中吃点心，一听见这位稀客有事要找他，他非常得意的微微一笑，望望他这位新姨太太极时髦的衣服，极贵重的珠宝首饰，认为这位客人来得再巧也不过了，马上吩咐底下人，把客人一直请进来同吃点心。

"莲芬，"小明一看见这位客人进了门，便高声的叫道，"你来得正巧，请坐下来吃一点东西！真是多年不见了！"

"多年不见，不必客气！"莲芬好不容易忍住了呜咽，小小的声音说道。她穿着朴朴素素的布衣布裙，脸上没有施一点脂粉，头髻也是最简单梳法，手上头上，并没有戴首饰珠宝。可是她那副姿态，令小明的新姨太太看了，不胜羡慕之至，恨不得问问莲芬，她的裁缝是谁，她的头髻是谁教她梳的，她可以不可以教教她化妆的秘诀！

"这是甚么风把你吹到舍间来的？"小明带几分讥讽的口吻来问莲芬。"请坐下谈谈，这是小妾！"他又对他的新姨太太介绍道，"这是我的表妹，莲芬——也是李太太，对不对？"

莲芬很不自然的对那位姨太太略微鞠一鞠躬，便对小明道："我是有事情和你谈谈。我本想和你一个人谈谈的，不知道方便不方便？"

"方便之至！"小明答道，"那有甚么要紧！你进去吧！"他把手一挥，叫他的姨太太进屋子里去。

那位姨太太敢怒而不敢言，狠狠的望莲芬一眼，忍气吞声的走了进去。在她走进屋子之前，还回头横着眉竖着眼望一望小明，表示等一会儿再来和他算账的意思。

"看你这一身素的衣服，看你这一副样儿，是不是表示你做了寡妇呀？"小明仍然是在那里挖苦莲芬，"寡妇我真不知道怎样对付？我的经验到底有限，生平就没有玩过寡妇……"

"不要胡说八道。"莲芬正颜厉色的说道，"我是为了我的女儿来找你……"

"你的女儿？"小明笑道，"只要你的女儿不是我的女儿就好办！她今年多大了？"

"十三岁！"

"对了！"小明算一算说道，"不知不觉，大同就把你扔下了十三年啦！日子过得也真快！要不是十三岁，那就不是大同的女儿了。现在大同死了，你还替他戴孝吗？"

"他没有死，"莲芬道，"他在南昌等我们，我要带我女儿马上就回南昌去。北京附近全戒严，常常有兵变的事情发生。所以我来求求你，求你发一张通行证给我们……"

"好让你回南昌去和大同算账……？"小明笑道。

"我们夫妻俩，有甚么账可算？"莲芬一点也不笑的说，"他刚刚由武昌回到家里，打电报来要我回来……"

"哦，原来是回家去团圆！"小明的态度仍然是非常轻佻的样儿，"一家三口儿，分别了十三年，马上就要团圆了！恭喜！恭喜！我甚么事儿全猜错了！我也真糊涂，老糊涂了！不过你是一个聪明人儿！莲芬，我不能不承认，我这一辈子从来就没有碰过比你更聪明的女人！我知道你要是没有把握，决不会来找我要通行证的，对不对？莲芬，你不能不知道，凭我们过往的交情，我应当应酬应酬你吗？请你从头到尾的仔细想一想，你多会儿应酬过我一遭半遭儿呢？再说大同呢，我们是不是兄弟，你是应该知道的呀？所以我得请教你这位聪明人儿，我凭甚么要给你通行证？"

"我是来求求你，看了他老人家的份上，帮帮我们的忙？"莲芬指着上首墙上挂着一张李明的真容。

"我爸爸？"小明道，"你的姑爹？"

"他不是我的姑爹！"莲芬揩揩她的眼泪道。

"我爸爸不是你的姑爹吗？"小明大吃一惊，愕然的望着莲芬，一句话也说不出。

"我压根儿就没有姑妈，他怎么能够算是我的姑爹呢？"莲芬不断的抹她的眼泪，显然她心中有一段很伤心的家庭隐史，难于启口。

"你压根儿就没有姑妈？"小明越来越摸不着头脑了！他当时的轻浮态度，在不知不觉中，完全消灭了。他茫然的问莲芬道："难道我的妈妈，不是你的姑妈？"

"当然不是的！"莲芬在呜咽中，轻轻的声音答道，"你的妈妈，和我一点儿血统上的关系也没有。"

"哦？我的妈妈，和你一点儿血统上的关系也没有吗？"小明好似掉在五里雾中，只知道把莲芬说的每一句话重说一遍，看着他可以不可以了解这一句话的意思。他想来想去，还是一点儿不能了解，不过他忽然发觉了他在这时候，早已不期然而然的变得庄重起来了。他认为他这种态度，既奇怪，也不妥当，马上勉勉强强的做出一副轻佻的样儿，对着莲芬哈哈大笑的说道："哈哈，哈哈，哈！哈！哈！原来你也是和大同一样的东西，彼此都是一丘之貉！我应当知道我舅舅不会生孩子的！我真糊涂！那末，你是我舅舅打那儿买来的私生子呢？"

"不要胡说八道！"莲芬忍不住了，叱骂小明，不准他再放肆，"我不是你舅舅买来的私——私"她说到这儿，再也说不下去。她的眼泪，简直和泉水一般，不断的由眼眶里涌出来，"私生子"这三个字，她实在说不出口。

"真对不起！"小明说道，"请你不必这样伤心，这只怪得我失口说错了话，我要请你原谅。不过你既然是说，你和我妈妈一点儿血统上的关系也没有，那你决不是我舅舅生的，大家都说我舅舅不能生孩子的话，到底还是靠得住呀！对不对？那末，我可以不可以请教请教：你到底是谁生的呢？"

莲芬这时候呜咽得更厉害。

"你不告诉我也不要紧。"小明道，"不过你总可以告诉我：你贵姓呀？哦，对不起，我太冒昧了，你有没有姓？也许你就没有姓，也许你和大同一样，根本就不知道自己姓甚么！"

"我怎么没有姓。"莲芬呜咽的说道，"我怎么不知道我自己姓

尾声

315

甚么！"

"那就好了！"小明道，"你姓甚么呢？"

"我姓……我姓……姓李！"莲芬慢慢的说出来了。

"莲芬，你也姓李？"小明一听，不禁失笑道，"那我们算是同宗了！"

"岂但同宗，"莲芬忍痛似的索性直说，"而且是同父异母的兄妹！"

小明不禁回头望一望上首墙上他父亲的真容，惊问道："你也是我爸爸生的吗？"

天桥

316

莲芬的眼泪，如雨点一般的滴个不停。她断断续续、呜呜咽咽的诉说道："两年之前，我妈妈在她去世的时候，寄了一封信给我，说的她皈依我佛十年之后，觉得她已经完全超脱了。她对于人世间一切，认为都是空虚的，她已看破了红尘，脱离了苦海，马上要去登彼岸，她知道你因为我和大同结为夫妇，心中怀恨；她认为这都是她的罪孽。她为了顾全她自己的名誉，没有把真情告诉你。现在她知道人生如梦，她不久便要由梦中醒悟起来，进入永生的世界，所以她一定要把这桩未了的心愿，交待清楚。她要我把我不能嫁你的缘故，老老实实告诉你，以免你对大同对我，怀恨在心，将来有不利我们的举动。我妈为了我的父亲，为了你的父亲，一失足成千古恨，抱憾终身，一直等到临死才脱离苦海！"

小明听见了莲芬这一番语，好似由大梦中渐渐的醒悟过来，他回首前尘，不觉有啼笑皆非之感，半晌不能出声。

"我当时虽然得到了她这一封信，"莲芬继续说道，"但是觉得我妈是神圣不可侵犯的，我决不可以把她的过失，去告诉世界上任何人，于是便决定了要违背她老人临终的遗命。我那里肯为了贪图我自己的安全，伤害我妈死后的令名？我现在才明白，她老人家那时候是受了母爱的驱使，宁肯牺牲自己的名誉，以求她女儿的安全。我今天也是受了母爱的驱使，宁愿放弃多年的志愿，以求我女儿的安全。我要你发一张通行证给我们，好让她可以平平安安的到南方去，看她没有见面的父亲。若是我妈在九泉之下有灵的话，一定会觉得我做得对的。"

　　小明听了莲芬这一番议论，觉得女人讲起道理来，真是与众不同：完全是出于女性的立场，感情重于理智。她也有她一套道理，倒是很把他感动了。他说道："不用说你只要一张通行证，即使你要一百张，一千张，我也会给你的……"

　　"那真多谢你的好意。"莲芬马上把事情讲妥，以免小明反悔，"这样我们一家人便可以平平安安的在南昌团聚了……"

　　"不过据我看起来，"小明道，"现在一时无论甚么地方也不会怎么平安的。老百姓想过太平的日子，恐怕还远得很呢！莲芬，我现在既然知道了你是我的妹妹，我想劝劝你，不要把你女儿带到南方去。让我照看她，教育她。我一直没有小孩子，我请过许多医生医治，我这一辈子恐怕再没有生孩子的可能。我们的父亲，只生了我们两兄妹，下一代，只有你的女儿是他老人家唯一的亲骨血。我也不敢对你说要你把她过继给我，只要你肯让我照护她，我这许多钱全可以花在她身上。不瞒你说，这十几年来，得了袁大总统的提拔，钱是用不完的。我既然没有别的亲人，不把它花在她身上，难道我预备把钱带到棺材里去吗？"

　　"钱不是好东西！"莲芬道，"多了反会误死人的！再说这个年头儿，钱算得甚么？"

　　"莲芬，你说得不错！"小明道，"这个年头儿，他妈的钱真算不了东西！有钱非得有势。有钱不一定有势，有势就一定有钱。袁大总统的势力，当今全国数第一！谁也不能比他，谁也打他不倒了！真是顺我者昌，逆我者亡。所以我还是劝你把你女儿留在我这儿，我会尽力把她培植起来。我小时候，有读书的机会，却没有好好的读书，全给爸爸、妈妈、外婆惯坏了。这是我毕生的遗憾。我现在愿意把我爸爸的外孙女儿，不惜金钱好好的教育起来！"

　　"小明！"莲芬早已揩干了眼泪，嘴角旁边不觉略略的露出了笑容说道，"隔了这么多年，你还是脱不了你的老脾气：自私自利，只知有己，不知有人！"

　　"我还自私自利？"小明不服的抗辩道，"我任何名义都不要，还愿意把我所有的钱，所有的一切，全用来培植你的女儿，你还说我自私自利？”

“可不是吗？”莲芬道，“你为了甚么呢？”

“我甚么也不为呀！”小明道，“就为了减轻你的负担呀！”

“不是的！”莲芬道，“一来是为了我女儿是你父亲的亲骨血，二来是为了你自己没有子女，三来是为了你钱多得没有地方用，最后是为了你小时候没有好好的受教育，现在要拿她来补偿你毕生的遗憾！”莲芬把每一句话的“你”字说得特别重。

小明半天说不出话来。

“小明哥，”莲芬很诚恳的对他说道，“我劝劝你，处处先替别人着想。我的女儿，没有自己的母亲随时照顾，她会快乐吗？母亲为女儿，登天入地都愿意的！”

“那你就让我替你出钱教育她好了，”小明道，“不管她要用多少钱，全让我出！这总不是我自私！这样你总不能不接受！”

“你的钱是怎么来的？”莲芬问道，“全是袁世凯提拔你弄来的！那是民脂民膏，肥了你的私囊！我宁可不要用这种钱！”

“那我就把我爸爸在南昌的田地产业给她得了！”小明道，“我爸爸也是你的父亲，你女儿的外祖父！他的产业应该由她承继。我要了有甚么用？还不是白让许多穷亲戚穷本家借用！不如把它划为你女儿的教育费。大同有钱吗？我看他这一辈子也不会有钱的！”

“我们父亲的钱，”莲芬道，“来得也不正当，用了也不会昌旺的。你说得不错，大同这一辈子也不会有钱的。不过我也不算穷，我先替慈禧太后、后替隆裕太后画画儿，十几年来，也积了不少的钱。教育子女，足足有余！”

“哈哈，”小明讥讽道，“你的钱是从那儿来的呀？慈禧太后，隆裕太后，岂不原来也是民脂民膏吗？”

“原来的来路我管不了，”莲芬道，“只要我自己是辛辛苦苦卖劳力赚来的，就对得住良心！你要是真念我们的父亲，想照护你的外甥女儿，那就发一张通行证给我们，再别提钱的事！”

“好吧！”小明道，“这就只好遵命。不过请你答应我，等到你女儿将来要人帮忙的时候，我是她舅舅，别忘了先找我呀！"

"这个当然！"莲芬道，"可是我想不至于……"

"咳！莲芬，你不知道我的意思！"小明道，"目今天下大乱方殷，变化还多着呢！袁世凯雄心未已，南方又不肯俯首贴耳的听他摆布。他告诉我说，乱党总是乱党，亡命之徒，今天革了满清的命，将来一定会革他的命。我看终久免不了打仗的。天下要大乱，所以我劝你把女儿留在我这儿，比较稳当。就算我的钱没有用罢，我处处有朋友，有势力。我杀的人不少，但是我饶了的人，和救了的人，也不少，他们这一辈子都要报答我的恩。在这种乱世，所谓出外靠朋友，一个人真不知道什么时候，要全靠朋友的！"

"你说袁世凯雄心未已？"莲芬惊问道，"他不是已经如愿以偿的做了大总统吗？还有甚么雄心未已呢？他还想做甚么？"

"天知道！"小明说，"再看吧！"

第二天一早，莲芬便带了她女儿丽明出京。一路经过许多军警驻扎的地方，别人都要受种种检查，种种盘问，有的人被留难，有的人甚至被扣押，只有她母女两人，有了京畿卫戍司令部的通行证，平安无事，通行无阻。

假如没有小明给他们的这一张通行证，旅行也真艰难。为保护京畿安宁，附近到处都是军队，她们是不容易通过的。外面所传的谣言，说是各处的兵变，全是奉了袁大总统的密令而行的，这种消息不见得靠得住，因为袁大总统早已下明令，责成京畿卫戍司令李晓铭，维持这一带的治安，四出巡察，搜查作乱抢劫的逃兵，捉到了便由他立即以军法从事，一点也不姑息，马上押到天桥去执行枪决的死刑。

自从革命之后，旧时秋决与平常行刑的老地方，一概不用了，全改在天桥执行。可怜的囚犯，每天免不了有几个该死的逃兵，由卫戍司令部，押到天桥去枪毙，因为是希望能杀一儆百，以防效尤。于是北京有名的天桥，变成了入地狱之门了。可是那怕每天有千千万万的人，到天桥去看正法，这些上天桥去入地狱的好汉，一点也不在乎。他们在行刑之前，常是喝得醉醺醺的，还要唱几句梆子腔，大叫两声："好汉做事好汉当，再过二十年，又是一条英雄好汉来了！"博得天桥四面的观众，大声叫好，抢案并不从此减少，治安也不从此改好。这想必是因为"上梁不正下梁歪"；窃国的窃国，窃钩的窃钩，机会有大有小，命运有幸有不幸，羡慕妒忌，大可不必；贪生怕死，早就不会出来当兵吃粮了。

且说莲芬带了丽明，由京南下，坐京汉车两天便到了汉口，由汉口搭长江下水轮船，一天功夫便到了九江。在九江换内河的小火轮，经过鄱阳湖，两天就到南昌，一路也还顺利方便。大同接到莲芬由九江在上小火轮之前发的电报，按期到章江门外码头上去迎接她。隔别了一十三年，莲芬几乎不认得大同，大同倒认得莲芬。在船尚未靠码头时，他对她招手，叫她的名字，她听见了口音，这才敢确定他便是她的丈夫。

在码头上莲芬再仔细看看大同，不禁眼泪盈眶，一半高兴，一半是感慨。她小小的声音对他道："大同，这一十三年之中，你真辛苦了，你老多了！"

"莲芬！"大同含愧低头道，"你才辛苦了！"

"丽明！"莲芬揩一揩她的眼泪笑道，"还不快上前叫爸爸！这就是你十三年没有见过面的爸爸呀！"

"爸！爸！"丽明羞羞涩涩，两脸绯红的走到她父亲身边，低着头不敢看人。

大同一只手放在她肩上，一只手托着她的下巴看她的面容，高兴得不得了的对莲芬道："原来电报里说的'某'故，就是指这个小淘气呀！你怎么不早一点告诉我呀？也好让我早高兴十三年啦！"

小明早已打电报给他那位在南昌替他经理财产的律师，把他父亲所有的遗产，一律移交给莲芬名下。莲芬对着这笔财产，不知道如何处理！她要是不受呢，小明在电报中，已经叮嘱了他的律师，他决不收回。她要是受下呢，心中实在不愿意。后来还是大同出了一个主意。他说道："你父亲造了那一座不成名目的天桥，结果弄得你们两家发生了这一段冤孽！现在经过了这三十多年，那座桥已经不成样子了，对于桥上的行人，桥下的船只，都有危险。你不如把这笔遗产，完全去重造这座桥。用最好最结实的材料，既可以便利行人，也算是替了你父亲赎罪。我可以替你监工，还要把妳父亲由老桥下运来的大理石，全运回去造新桥。"

这真是最好的办法。大同在他把丁龢笙的骨灰送到广东海安县南海中的岛上安葬之前，便在梅家渡监造重建天桥。莲芬看过北京城里和城外颐和园大大小小许多石桥，一半照了旧式，一半由她独出心裁，画了一张图样！把新的天桥建造得既美丽，又坚固，又适用。桥上宽敞结实，载重的车辆，通行方便，桥下也可以走过内河中最大的船只，那座桥至今犹在，南昌附近一带的居民，走过那座桥的时候，一定异口同声的赞道："谢天谢地，天桥真是我们这一方居民之福！"

这句话说得一点也不错。这座桥不但是四方居民之福，也成了这一带名胜之地。桥旁两岸，满布垂杨，迎风飘荡，春日嫩绿新黄，和水面的芦草参差上下，煞是好看。秋季柳叶尽落，疏枝下垂，芦苇花开，白球点点，另是一番潇洒的景象。有时经过此河飞往鄱阳湖去的雁群，留下一只孤鸿，在这桥边留连不去，好像是难舍此处的风光似的。

停停正午，日影当空，桥上行人，攘攘莽莽，桥下舟楫，川流不息；这并不是欣赏这座桥真面目的时候。若是在行人不见、宿鸟归飞、夕阳西下、天际只见一片橙色的晚霞反映在白石桥上，或者是夜阑人静、月白露冷，或者是细雨纷飞、野渡舟横，或者是大雾方启、旭日初升、万籁俱寂、一声欸乃，这才是欣赏这座天桥的好机会。

桥头景色，东西南北，变化万千，各自不同。桥上行人，桥下过客，悲欢离合，迁易无常，各自不同。只有这一座天桥，年年不改，岁岁如是，真是大众的福利，一方的胜景。

——全书完

出版后记

熊式一先生早年用英语完成的小说《天桥》（*The Bridge of Heaven*）于1943年在伦敦首印，轰动英伦，多次加印，后又被译成法语、德语、瑞典语、捷克语、荷兰语和西班牙语等多种文字。多年后，熊式一先生亲自将其译成中文在香港、台湾刊行。时隔近七十年，《天桥》简体中文版在大陆首次出版。

本书以2003年台湾正中书局版《天桥》为底本，并与1960年香港高原出版社版及英文版相互印证，力求呈现原著风貌。对于语言文字问题，如数字的写法、某些字词的表述等，本着尊重原著时代特点的原则，未按现今规范统一；对于文中出现的前后不一致之处，征得作者后人同意后将其统一；对于明显的笔误、印刷错误等，在考证各个版本并请教专家后，予以修订。但因编者学识所限，编辑上的疏漏之处在所难免，恳请读者指正。

熊式一先生的后人熊德輗先生、熊伟先生对本书的编辑出版给予了全力支持，诗人、翻译家屠岸先生将各中文版本均未翻译的梅斯菲尔德序诗首次译出，华东师范大学陈子善教授、美国萨福克大学郑达教授对本书的版本源流等问题提供了大力帮助，在此特表诚挚谢意！

编者谨识
2012年6月